AF397599

fv Fehnland-Verlag

Knapp, Martin: Olymp. Hamburg, Fehnland Verlag 2022

1. überarbeitete Neuauflage
ISBN: 978-3-96971-152-1

Dieses Buch ist auch als eBook erhältlich und kann über den Handel oder den Verlag bezogen werden.
ePub-eBook: ISBN 978-3-942223-79-9

Lektorat: Maria Konstantinidou
Umschlaggestaltung: Lea Oussalah
Coverbild: Jupiter und Thetis‹ von Jean-Auguste-Dominique Ingres, 1811, Musée Granet, Aix-en -Provence

Bibliografische Information der Deutschen Nationalbibliothek: Die Deutsche Nationalbibliothek verzeichnet diese Publikation in der Deutschen Nationalbibliografie; detaillierte bibliografische Daten sind im Internet über https://dnb.d-nb.de abrufbar.

Der Fehnland Verlag ist ein Imprint der Bedey & Thoms Media GmbH, Hermannstal 119k, 22119 Hamburg.

Martin Knapp

OLYMP

Roman

α′

»WAHNSINN – *TSUNAMI AM WANNSEE*« hatte Bild Online am Morgen getitelt. Zwar hatte der Tsunami keine Menschenleben gefordert, und auch die Sachschäden hielten sich in Grenzen, doch Berlin war beunruhigt. Dass nicht viel passiert war, lag nicht zuletzt daran, dass das ungewöhnliche Phänomen zu sehr früher Stunde aufgetreten war. Lediglich zwei Jogger waren in panischer Angst vom Uferweg in den Wald gerannt, als sie die etwa einen Meter hohe Welle auf sich zukommen sahen. Eine kleine Hündin wurde vermisst, die ein Rentner am See ausgeführt hatte. Bild Online veröffentlichte ein riesiges Foto von Trixi, der Dackeldame, daneben ein ganz kleines von Karl-Heinz Baumann, Trixis untröstlichem Herrchen.

Die Redakteure der weniger volkstümlichen Medien hingegen versuchten, sich irgendwie schlauzumachen. Sie hatten in kürzester Zeit Wissenschaftler aufgetrieben, die sie nach den möglichen Ursachen für einen Tsunami auf einem so kleinen Binnengewässer befragten. Adam Zeussen las sich die Erklärungsversuche der Fachleute kurz durch. Er hatte noch nie verstanden, wie jemand Fachmann für ein Phänomen sein kann, das zum ersten Mal auftritt.

Von den Anziehungskräften des Mondes war da die Rede, doch war das nicht ganz überzeugend, zumal der Mond an diesem Tage seine gewöhnliche Bahn nachweislich nicht verlassen hatte. Außerdem war das Ereignis auf den Wannsee beschränkt. Selbst ähnlich große Seen in unmittelbarer Nähe, wie beispielsweise der Müggelsee, waren völlig ruhig in ihrem Bett liegen geblieben und nicht nach der einen Seite, der Stadtseite, hin übergeschwappt wie der Wannsee.

Ein punktuelles Erdbeben in großer Tiefe, haargenau unter dem Wannsee, vermutete ein bekannter Seismologe der Freien Universität als Ursache. Dem widersprachen zahlreiche Internet-Kommentatoren. Unter ihnen stachen vor allem die Verschwörungstheoretiker hervor, die von unterirdischen Experimenten sprachen, die irgendwelche finsteren Mächte unterhalb des Sees anstellten. Religiöse Fanatiker wiederum sahen in dem Tsunami eine Warnung Gottes, gerichtet an die anerkanntermaßen gott- und sittenlosen Berliner. Als Adam Zeussen das las, musste er lächeln. Er wusste: Das Zeichen galt ihm – und nur ihm.

Seinen Job als Staatssekretär im Bundesfinanzministerium hatte Adam sich ganz allein erkämpft. Staatssekretäre in deutschen Ministerien sind politische Beamte, Zwittergestalten gewissermaßen zwischen Politikern und Beamten, wobei einige mehr an Beamte und andere mehr an Politiker erinnern. Adam gehörte ganz eindeutig zur zweiten Gruppe.

Besonders schwer war ihm der Aufstieg in die Führungsetage des Ministeriums nicht gefallen, längst nicht so schwer wie anderen, die erst eine Jahrzehnte dauernde Beamtenkarriere durchlaufen müssen oder aber als Quereinsteiger ins Ministerium kommen, nachdem sie einen innerparteilichen Gegner nach dem anderen niedergerungen haben. Adam hingegen war erst spät in die Partei eingetreten. Für seinen Ortsverband war er dabei so etwas wie ein deus ex machina gewesen. Jahrelang hatte man mangels besserer Kandidaten einen nervigen Studienrat oder eine wortgewaltige, in politischen Fragen aber wenig bewanderte Hausfrau in die nächsthöheren Gremien entsandt, bis zu dem Tag, an dem Adam zum ersten Mal in einer Parteiversammlung auftrat.

Die Mitglieder des Ortsverbandes waren wie verzaubert von Adams kurzer Ansprache. Niemand konnte in der Folge wiedergeben, was Adam eigentlich gesagt hatte, ja selbst das Thema zu nennen, wäre den meisten schwergefallen. Alle waren sich jedoch einig, dass in dieser Stunde ein neuer Stern am lokalpolitischen Himmel aufgegangen war, so wohlgesetzt waren seine Worte, so geschliffen sein Humor, so angenehm der Klang seiner Stimme, so durchkomponiert der Reigen seiner Sätze, so wohlgesetzt die künstlichen, Aufmerksamkeit erzeugenden Pausen, fast wie bei Willy Brandt. Die anschließende Abstimmung war eine Formsache, und so begann der steile und scheinbar unaufhaltsame Aufstieg des Adam Zeussen im politischen Leben der Bundesrepublik.

Wie immer in solchen Fällen versuchten die Nachrichtenmagazine, dem Geheimnis des Erfolges auf die Spur zu kommen. Alle waren sich darin einig, dass Adams besonderes Durchsetzungsvermögen auf irgendeine Weise mit seiner Kindheit in Zusammenhang stehen müsse. Adam Zeussen hatte es nach herkömmlichen Maßstäben nicht leicht gehabt. Ein Elternhaus, wie andere es vorweisen können, gab es bei ihm nicht. Er war ein Findelkind, das in einem Kinderheim groß geworden war. Heimkinder lernen eben, sich durchzusetzen. Das war Konsens unter den Journalisten, die sich bemüßigt sahen, das neue finanzpolitische Talent dem Publikum vorzustellen. Es erklärte aber nicht, warum es Adam gelungen war, die Klosterschule mit einem Einskommanull-Abitur abzuschließen. Mit dieser Schule kooperierte sein Heim, auch dieses eine kirchliche Einrichtung, wenn sich mal ein Ausnahmekind fand, das die Heimleitung für gymnasiabel hielt, was selten genug vorkam. Für die allermeisten Heimzöglinge hielt man eine Lehre in irgendeinem Handwerksberuf für angemessen. Die Verantwortlichen rechneten sich jede Karriere dieser Art als Erfolg an. Aus schwierigen Kindern brave Bürger zu machen, darin sah die Heimleitung ihre vornehmliche Aufgabe. Ansprüche hatten Heimkinder nicht zu stellen, im Gegenteil, man erwartete eine gehörige Portion Dankbarkeit von ihnen.

Zu behaupten, dass man Adam irgendwelche Steine in den Weg gelegt hätte, wäre aber gelogen. Speziell der Direktor der Klosterschule, ein rundum gebildeter Jesuit, sah in Adam so etwas wie ein jüngeres Pendant seiner selbst. Er förderte die Schulkarriere des Jungen mit dem mysteriösen Hintergrund nach Kräften.

Gefunden hatte man Adam als Neugeborenen mitten im Kölner Dom. Ein Küster war bei einem morgendlichen Kontrollgang auf ein leises Wimmern aufmerksam geworden, das hinter einer Säule hervorkam. Dort lag Adam in einem altmodischen Weidenkorb, mit einem bestickten Kissen und einer kleinen Decke aus Baumwolle. Ein Zettel lag dabei, auf dem aber nichts stand als sein Name: Adam Zeussen. Es war ungewöhnlich, dass ein Findelkind nicht nur mit einem Vornamen, sondern auch mit einem Nachnamen ausgestattet aufgefunden wurde, doch ergaben die Nachforschungen im ganzen Land und in den deutschsprachigen Nachbarländern keinen Hinweis auf eine Familie namens Zeussen. Auf die Durchsuchung der Telefonbücher der Sowjetischen Besatzungszone verzichtete man, weil von dorther ja niemand kommen konnte. Allerdings fand sich in den benachbarten Niederlanden eine Familie Zuissen, was ähnlich ausgesprochen wird wie Zeussen, doch auch diese Spur führte ins Leere.

Pater Reimundus Müller SJ, der Schulleiter, hatte heimlich gehofft, Adam würde sich nach dem Abitur für ein Studium der Theologie entscheiden, aber dieser tat ihm nicht den Gefallen. Er fühlte sich zur Philosophie, zur Archäologie und zur Klassischen Philologie hingezogen. Das Studium und die anschließende Promotion über die Theogonie des Hesiod absolvierte Adam mit Bravour. Jedermann in seinem Umfeld an der britischen Traditionsuniversität, an die es ihn aufgrund eines Begabtenstipendiums verschlagen hatte, sah in ihm einen künftigen Lehrstuhlinhaber und großen Altertumsforscher. Doch zur allgemeinen Überraschung ging er zu einer Bank.

Natürlich ging Adam Zeussen Ph.D. nicht zu irgendeiner Bank. Er bewarb sich bei einer der großen Investment-Banken in der Londoner City. Die Verantwortlichen dort waren zunächst etwas verwundert, als sie seine Unterlagen prüften, schließlich bewarben sich nicht jeden Tag Leute mit einem rein geisteswissenschaftlichen Hintergrund. Als sie aber sahen, dass diesem Menschen bis dato alles, was er begonnen hatte, auf Anhieb und in höchster Vollendung gelungen war, wurden sie neugierig und luden ihn zu einem Vorstellungsgespräch. Im Anschluss daran hätten sie kaum wiedergeben können, was genau Adam gesagt hatte, doch sein akzentfreies Englisch und seine unnachahmliche Rhetorik hatten sie in seinen Bann geschlagen. Sie stellten ihn ein.

Das Handwerk des Investmentbankers lernte Adam schnell. Er begriff rascher als seine Kollegen das transzendente Wesen des Geldes. Er hatte zwar nicht, wie von Pater Reimundus erhofft, Theologie studiert, doch mit Glaubensfragen kannte er sich aus. Sprach man in der Finanzwirtschaft nicht von Gläubigern? Was glaubten die denn? Dass sie ihr Geld zurückbekommen. Welches Geld? Den Kredit. Das kommt von credere, glauben. So gelangte Adam schnell zu der Einsicht, dass er es auch bei der Hochfinanz mit einer Art Religion zu tun hatte.

Selbst die Rituale, die an der Börse galten, erinnerten an einen Tempel. Dabei war das meiste, was dort geschah, für Nichteingeweihte ein Mysterium, unergründbar und doch unendlich mächtig. An der Börse schuf und vernichtete man Millionenwerte, man entwertete mühsam aufgebaute menschliche Existenzen zu Tausenden, alles mit einem einzigen Knopfdruck. Und fast alle glaubten an die Macht der Börse, nahmen ihre Ratschlüsse ohne Protest hin. Wenn das keine Religion war! Auch standen die Gehälter und Boni der Investmentbanker in keinem Verhältnis zu dem Wert ihres realen Beitrages zum Wohlergehen der Menschheit. War das nicht ein weiteres Indiz dafür, dass es sich hier um eine klassische Priesterkaste handelte? Bei jeder wirklichen Religion steht die Arbeit des Priesters außerhalb des Bewertungsschemas, das für gewöhnliche Tätigkeiten wie Brotbacken, Aktenabheften oder Schuheputzen gilt. Adam gefiel das.

Die neue Einsicht nahm ihm vollends die Ehrfurcht vor dem göttlichen Gelde. Der Glaube an das Geld darf, so dachte er, mich selbst nicht vereinnahmen. Der überzeugendste Priester, das wusste er seit der Klosterschule, ist der, der seinen eigenen Glauben nicht in den Mittelpunkt stellt. Es ist ziemlich gleichgültig, an was der Papst glaubt, solange er anderen den Glauben an Gott vermitteln kann, meinte Adam. So gewappnet stieg er schnell auf in der Hierarchie der Investmentbanker. Bald wurde alles, was er berührte, zu Gold. Das war natürlich nicht im stofflichen Sinne zu verstehen, wie bei jenem unglücklichen König Midas, der am Ende verhungerte, weil man Gold nicht essen kann, sondern rein metaphorisch. Nicht nur dem Bankhaus brachten Adams Deals zuerst Millionen und dann Milliarden ein, auch seine privaten Kontoauszüge füllten sich mit schwarzen Zahlen. Je vielstelliger diese wurden, desto mehr Glück verhießen sie dem, dessen Name in der obersten Zeile stand. Adam war mit sich und der Welt zufrieden.

Mit der Zeit begann jedoch Adams Verhältnis zu den anderen Menschen unter seinem neuen Reichtum zu leiden. Er fing ganz unbewusst damit an, seine Mitmenschen nach ihrem mutmaßlichen Kontostand zu bewerten. Wer ein Zehntel von dem besitzt, was ich besitze, ist ein Zehntel von dem wert, was ich wert bin. Und wer nur ein Hundertstel oder gar ein Tausendstel von meinem Besitz sein Eigen nennt, der ist vollkommen zu vernachlässigen, verdient es kaum, als Artgenosse angesprochen zu werden, kann allenfalls Mittel zu irgendeinem Zweck sein.

Entsprechend arrogant verhielt sich Adam in jener Zeit gegenüber Menschen, welche ihr Leben mit weniger lukrativen Tätigkeiten zu bestreiten versuchten als dem Investmentbanking. Dies isolierte ihn zunächst in seinem alten Freundeskreis, der sich in erster Linie aus seinen Studienkollegen, den Altertumsforschern, rekrutiert hatte. Gemischte Gesellschaften aus den alten Freunden und den neuen Kollegen, den Bankern, gerieten regelmäßig zu einem Desaster. Aber auch gegenseitige Besuche und gemeinsame Unternehmungen mit den alten Kommilitonen wurden immer seltener, um schließlich ganz aufzuhören. Man hatte sich auseinandergelebt. Das Facebook mit seiner neuen Definition des Begriffs ›Freundschaft‹ gab es zu Adams Londoner Zeit noch nicht.

Heute, in Berlin, wenige Stunden nach dem denkwürdigen Wannsee-Tsunami, sitzt Adam an seinem Schreibtisch im Finanzministerium und denkt nach: Was wollen sie schon wieder von mir? Als ich noch ein beinahe anonymes Findelkind war, hatte ich zumindest meine Ruhe. Sicher war ich neidisch auf die wenigen Heimkinder, die dann und wann Besuch von Verwandten erhielten. Auch ich wünschte mir eine Familie. Aber gleich so eine?

β′

Rückblende.
Wir schreiben das Jahr 1999. Genauer gesagt, den 24. März. Flugzeuge der NATO beginnen damit, Belgrad zu bombardieren. Serbien soll dazu gezwungen werden, die Rechte der Albaner im Kosovo zu respektieren. Die Welt hält den Atem an. Eine europäische Hauptstadt wird bombardiert, nach Jahrzehnten, in denen man dergleichen überwunden glaubte. Das langjährige Ringen darum, was nach dem Zerfall Jugoslawiens an dessen Stelle treten sollte, hat eine neue Qualität erhalten, steuert auf seinen Höhepunkt zu.

Adam war an jenem Tage vom Büro in sein Apartment im feinen Belgravia zurückgehrt und wollte es sich gerade auf seiner weißen Ledercouch gemütlich machen, als der Summer Besuch ankündigte. Er war darüber verwundert und auch wenig begeistert. Zum einen war es in seinen Kreisen unüblich, sich gegenseitig ohne telefonische Anmeldung zu besuchen, und zum anderen waren die Tage in der Bank überaus ermüdend, benötigt man doch seine gesamte Konzentrationskraft, wenn es gilt, alle Gelegenheiten optimal zu nutzen, die der Markt bietet, um dem Gewinn der Bank und dem eigenen Bonus noch ein paar Stellen vor dem Komma hinzuzufügen. Eher unwillig ging Adam in Richtung Wechselsprechanlage.
Wenn jetzt schon jemand hier hereinschneien muss, dachte er, dann lass es doch wenigstens Evelyn sein, oder Ruth, notfalls auch Elizabeth. Das waren alles Kolleginnen, mit denen er von Zeit zu Zeit ausging, und manchmal folgte im Anschluss an einen Restaurant- oder Theaterbesuch auch mehr. Er hatte großen Erfolg bei den jungen Bankerinnen. Adam sah nicht nur extrem gut aus, er war auch geistreich, und vor allem konnte er aufgrund seiner Ausbildung auch über andere Dinge reden als über Ak-

tienkurse und die eigenen Spekulationserfolge. Besonders in diesem Punkt unterschied er sich von seinen männlichen Kollegen, welche die Damen mit ihrem monotonen Gerede über ihre beruflichen Leistungen langweilten, ohne zu bedenken, dass die Mädchen mindestens ebenso erfolgreich waren wie sie selbst.

Zu Adams Enttäuschung erklang aus der Wechselsprechanlage eine männliche Stimme. Gleichzeitig war auf dem Bildschirm ein jüngerer Mann zu sehen. Doch das Bild war, wie immer, verzerrt und zugleich verschwommen.

Der Besucher stellte sich nicht vor, sondern fragte auf Deutsch: »Herr Zeussen?«

Adam bejahte.

»Darf ich kurz raufkommen? Ich würde gerne mit Ihnen über Ihre berufliche Situation reden.«

Aha, dachte Adam, ein Headhunter. Normalerweise rufen die ja am Arbeitsplatz an, aber dieser scheint einer von der ganz besonders vorsichtigen Sorte zu sein, kommt gleich zu einem ins Haus. In ihm wuchs die Neugier. Er drückte auf den Knopf mit der Aufschrift ›open‹.

Nach wenigen Minuten stand der Besucher vor der Tür. Er schien etwa in Adams Alter zu sein, machte einen eher mediterranen Eindruck und sprach mit einem Akzent, den Adam zuvor an der Wechselsprechanlage nicht bemerkt hatte und der ihn an irgendetwas erinnerte, er wusste nur nicht gleich, an was.

»Guttän Tack, Härr Zeussen«, sagte der Besucher, der offensichtlich Probleme mit der Quantität der Vokale hatte. »Ich wirrdä gärrn kurz mit Innen ssprechen«, fuhr der Fremde fort, der offenbar auch mit den Zischlauten und den Umlauten der deutschen Sprache auf Kriegsfuß stand.

Jetzt wusste Adam Bescheid. »Sie sind Grieche?«, fragte er aufs Geratewohl.

»Wie chabbän Sie das värsstandän?«

»Intuition.«

Er geleitete den Fremden ins Wohnzimmer und hieß ihn auf der weißen Ledercouch Platz nehmen. Er selbst setzte sich in einen der Sessel gegenüber der Couch und warf einen prüfenden Blick auf den Besucher.

An wen erinnerte er ihn? Er fand es schnell heraus. Der sieht ja aus wie ein Klon von George Clooney! Adam gefiel das Wortspiel. Nur war an seinem Gegenüber alles noch ein wenig perfekter als bei dem berühmten Schauspieler. Der elegante dunkle Anzug, die dazu passende blau-weiße Krawatte, die glänzenden, nagelneuen Schuhe, alles schien so, als wäre der Mann gerade einem Herrenmodemagazin entstiegen.

»Ja, ich bin Grichä«, begann der Besucher, der sich immer noch nicht vorgestellt hatte, »in einem gewissän Sinnä jäddänfalls. Abbär Sie sind äs auch.«

»Wie bitte?« Adam war konsterniert.

»Gänau wie Sie gächärrt chabben, Sie sind auch Grichä.«

»Aber wieso denn?«, fragte Adam überrascht. »Ich bin doch Deutscher.«

»Wänn ich mich nicht irrä, und ich irrä mich nie, sind Sie ein Findälkind«, sagte der Unbekannte.

Die Feststellung beunruhigte Adam. Über seine ungeklärte Herkunft hatte er seit Langem mit niemandem mehr gesprochen, weder an der Universität noch an seinem Arbeitsplatz. Die Einzigen, die darüber Bescheid wussten, waren seine alten Heimkameraden und die Mitschüler von der Klosterschule.

»Woher wissen Sie das?«

»Oh, wir wissän särr viel, fast alläs«, gab der Fremde zurück.

Wir? Wer war damit gemeint? Etwa die Firma, die ihn abwerben wollte? Es klang jedenfalls mehr nach einem Geheimdienst oder etwas Ähnlichem.

»Ausserdämm muss ich äs wissän, dänn wir beide sind Briddär, Chalbbriddär, um gänau zu sein.«

Halbbrüder? Jetzt erste bemerkte Adam im Gesicht seines Gegenübers eine gewisse Ähnlichkeit mit seinem eigenen.

»Was Sie nicht sagen! Sie wollen mein Bruder sein? Sind Sie denn jünger oder älter als ich?«

»Viel älter, särr viel älter, unändlich viel ältär, känntä man fast saggän.«

Der Besucher begann, Adam irgendwie unheimlich zu werden. Vermutlich war es irgendein Spinner, allerdings ein ungewöhnlich gut informierter Spinner, wie Adam zugeben musste.

»Wirr chabbän«, fuhr der eigenartige Besucher fort, »dänsälbän Vattär, abärr verssiedänä Mittär. Meinä heißt Maia, die Irrigä Gärrtrutt. Meine Muttär äxistiert noch, Ihre Muttär ist gässtorbän. Vorr zwei Jarrän.«

Jetzt hielt Adam den Atem an. Es war das allererste Mal in seinem Leben, dass er Informationen über seine Mutter erhielt, wenn er auch nicht wusste, ob da überhaupt etwas dran war, an dem, was der Fremde sagte. Als Kind hatte er sich oft ausgemalt, wie seine Mutter wohl aussah, wie sie hieß, wie sie sprach, wie sie roch. Er hatte sich oft gefragt, warum er seine Mutter nicht kennenlernen durfte. War sie gestorben oder hatte sie ihn verstoßen? Und warum? Nächtelang hatte Adam über diese Fragen gegrübelt. Und jetzt stand da auf einmal ein völlig Unbekannter vor ihm und gab vor, über seine Mutter Bescheid zu wissen! Adam war sich nicht sicher, wie er reagieren sollte. Wollte er überhaupt mehr über seine Mutter erfahren? Er war kurz davor, den merkwürdigen Fremden einfach vor die Tür zu setzen. Auf der anderen Seite war sein Interesse geweckt. Vielleicht war dies ja die einzige Gelegenheit in seinem Leben, etwas über seine Herkunft zu hören. Er beschloss, den Besucher auf die Probe zu stellen. Vielleicht war das Ganze ja irgendein Betrugsmanöver, und der Mann spekulierte darauf, dass Adams ungeklärte Herkunft seine Schwachstelle sei. Auf alle Fälle entschloss er sich, seine Neugier nicht zu verraten.

»Wie sagten Sie, heißt Ihre Mutter, Maia?«

»Ja, das sstimmt.«

»Jetzt sagen Sie bloß noch, dass Ihre Mutter als Fixstern im Sternbild der Plejaden ans Himmelszelt geheftet ist!«

»Wocher wissen Sie das? Das weiß doch cheute kaum noch jämmant, schon garr kein Investmentbanker!«

Adam wurde böse. »Nun hören Sie mal zu, Herr Hermes, denn nach dem, was Sie gerade zugegeben haben, können Sie eigentlich niemanden anderen darstellen als den antiken Gott Hermes. Sie sollen wissen, ich habe Altertumswissenschaften studiert. Ich habe zwar keine Ahnung, wer von meinen Freunden oder wer von meinen Feinden mir diesen blöden Streich spielt, aber richten Sie ihm bitte aus, dass man mit dem persönlichen Drama anderer Leute kein Schindluder treibt. Ich halte das für geschmacklos. Im Übrigen sehe ich unsere Unterredung als beendet an.«

Er stand auf und wies mit der linken Hand in Richtung Tür. Doch der andere lachte nur.

»So ssnell wärden Sie mich nicht loss! Kurz bävorr sie sstarb, chatt Ihre Mutter Innän einän Briff gässribbän. Bittä ssauän Sie.«

Er zog einen gewöhnlichen, länglichen Briefumschlag aus einer Aktenmappe, die neben ihm auf der Couch lag, und hielt ihn Adam hin. Der Brief war verschlossen. Darauf war handschriftlich vermerkt: ›Für Adam‹.

Jetzt hatte die Neugier bei Adam die Oberhand gewonnen. Ungeduldig riss er den Umschlag auf. Drinnen kamen drei Blätter aus einem linierten Schreiblock der Größe A4 zum Vorschein, beschrieben mit einem Kugelschreiber, in einer regelmäßigen, gut zu entziffernden Handschrift. Die Sprache war Deutsch, die Buchstaben lateinisch ohne jede Beimischung von Sütterlinelementen. Demnach war der Schreiber oder die Schreiberin nach dem Krieg zur Schule gegangen, wie Adam sofort kombinierte. Er las:

Lieber Adam!

Mein Name ist Gertrud Feldmann, und ich bin Deine Mutter. Ich fürchte, dass Du es mir nie verziehen hast, dass ich Dich gleich nach Deiner Geburt ausgesetzt habe.

Aber ich wollte, dass sich Dein Vater um Dich kümmert. Das hat er dann auch getan, wenngleich Du es nicht bemerkt haben dürftest. In Deinem Leben, das ich die ganze Zeit über verfolge, ist sehr vieles sehr gut gelaufen. Das ist natürlich auch Dein eigenes Verdienst, aber nicht nur. Dein Vater hat immer wieder in Dein Leben eingegriffen, und ich darf sagen, er ist sehr stolz auf Dich. Er hat mir aber ausrichten lassen, dass ich nicht in unmittelbaren Kontakt mit Dir treten darf. Dem musste ich mich fügen. Lediglich diesen Brief darf ich Dir schreiben, aber mir wurde gesagt, dass Du ihn, wenn überhaupt, erst nach meinem Tode erhalten wirst, und zwar zu einem Zeitpunkt, den die Familie für richtig hält.

Nun schulde ich Dir einiges an Information über ebendiese Familie. Ich weiß nicht, ob Du im Innersten ein religiöser Mensch bist. Vielleicht hat ja die Klosterschule auf Dich abgefärbt.

Hat sie nicht, dachte Adam und las weiter:

Wenn Du religiös veranlagt sein solltest, würde es Dir jetzt sicher helfen. Wenn nicht, versuche mit dem Verstand zu begreifen und zu verarbeiten, was ich Dir mitzuteilen habe. Aber am besten ist es, wenn ich die Dinge von Anfang an erzähle.

Ich muss vorausschicken, dass ich in meiner Jugend eine Schönheit war. Anfang der sechziger Jahre hatte ich sogar an einer Vorausscheidung der Wahlen zur Miss Germany teilgenommen. Damals muss ER auf mich aufmerksam geworden sein. Jedenfalls änderte sich mein Leben von jenem Tag an vollständig. Zunächst erschien es mir ganz natürlich, dass mir als Teilnehmerin an einem Schönheitswettbewerb verschiedene Männer den Hof machten. Aber es wurden immer mehr. Junge und alte, dicke und dünne, gutaussehende und hässliche, reiche und arme, manchmal zwei oder drei an einem Tag. Ich hatte alle Hände voll zu tun, diese meist sehr plumpen Annäherungsversuche abzuwehren. Eines Tages wurde mir bewusst, dass alle diese Aktionen, die von so vielen verschiedenen Männern vorgetragen wurden, doch allesamt nach demselben Schema abliefen.

Es kam mir allmählich so vor, als ob immer wieder derselbe Mann auftrat, nur in anderer Gestalt. Zunächst dachte ich, dass da ein Freundeskreis am Werk war, der sich unter der Anleitung eines einzigen Regisseurs einen Spaß daraus machte, mich zu belagern. Wahrscheinlich, so glaubte ich, hatten die sogar eine Wette darauf abgeschlossen, wer denn schließlich der Glückliche sein würde, der mich ›rumkriegte‹, wie man damals sagte. Schon zu Beginn hatte ich abweisend reagiert, zumal mir die ewig gleiche Masche der Männer nicht zusagte – jetzt wurde ich geradezu aggressiv. Immer wenn ein neuer Verehrer auftrat, brüllte ich ihn an und entfernte mich eiligen Schrittes. Noch heute denke ich mit Schrecken an jene Zeit zurück.

Eines Tages hörte die Belagerung auf, ganz plötzlich, wie abgeschnitten. Ich fühlte mich richtig erleichtert. Offenbar hatte die merkwürdige Truppe ihr Ziel aufgegeben und beschlossen, mich ab sofort in Ruhe zu lassen. Doch ein paar Tage später, es war schon dunkel, ich befand mich gerade auf dem

Heimweg von meiner Arbeit, da hatte ich ein mehr als merkwürdiges Erlebnis. Ich habe später niemandem etwas davon erzählt, denn es hätte mir sowieso keiner geglaubt.

Ich wohnte damals mit meinen Eltern in einem Vorort meiner Heimatstadt Bremen. Von der Endhaltestelle der Straßenbahn bis zu unserem Haus hatte ich knapp zwei Kilometer zu Fuß zurückzulegen – unvorstellbar für Eure motorisierte Generation. Ein Teil meines Heimwegs führte mich über einen Feldweg, der zwischen zwei Kuhweiden lag. Im Sommer liebte ich diese Wegstrecke, wegen der Wiesen links und rechts, und wegen der grasenden Kühe, die ich manchmal über den Zaun hinweg fütterte und am Kopf kraulte. Im Winter hingegen, wenn es spät hell und früh dunkel wurde, hatte ich dort schon ein wenig Angst. Ich war immer froh, wenn sich irgendeine Nachbarin fand, die denselben Weg nahm. Dann half ich ihr auch gerne dabei, ihre schwere Einkaufstasche zu schleppen.

An jenem denkwürdigen Tag, es war im Februar 1963, war weit und breit keine Nachbarin zu sehen. Also machte ich mich allein auf den Weg. Immer wenn mir auf dem dunklen Weidenweg jemand begegnete, waren meine Nerven besonders angespannt. Das galt speziell für Männer, die allein unterwegs waren. Oft entpuppte sich der Mann beim Näherkommen als ein Nachbar. Dann sagte ich brav »Guten Abend Herr Soundso«, und jeder ging seines Weges. Diesmal aber sah ich von Weitem eine Gestalt, die leuchtete. Es kam immer wieder vor, dass irgendjemand aus unserer Siedlung eine Taschenlampe mit auf den Weg zur Straßenbahn nahm, um sich auf der Weidestrecke sicherer zu fühlen. Offensichtlich hatte dieser Mensch seine Taschenlampe auf sich selbst gerichtet, wie wir es als Kinder gerne vor dem Spiegel taten, bis Mutter es wegen der damit verbundenen Batterieverschwendung untersagte.

Beim Näherkommen sah ich, dass dies keine Taschenlampe sein konnte. Die Gestalt leuchtete einheitlich vom Kopf bis zu den Füßen, gewissermaßen von innen heraus, ohne die charakteristischen Schatten, die eine äußere Lichtquelle erzeugt hätte. Du kannst Dir nicht vorstellen, wie sehr ich erschrak. Gleichzeitig aber ging von der Erscheinung eine Faszination aus, die ich mir nicht erklären konnte. Ich blieb stehen. Die Gestalt kam näher und näher. Bald konnte ich einen etwa fünfzigjährigen Mann ausmachen mit dunklem Haar und Vollbart, wie ihn damals nur ganz alte Männer trugen, die ihre Jugend lange vor dem Ersten Weltkrieg durchlebt hatten.

Ich stand da wie gelähmt. Der Leuchtende machte etwa anderthalb Meter vor mir halt. Ich sah, dass er einen weißen Anzug, ein weißes Hemd mit einer weißen Krawatte und dazu weiße Schuhe und Strümpfe trug, ein eher ungewöhnlicher Aufzug, vor allem im Februar. Sein Gesicht war ebenmäßig, die Augen waren dunkel und schauten eigentlich ganz freundlich drein. Letzteres gab mir ein wenig von meinem Mut zurück.

»Gärrtrutt, du machst äss mir sswär«, begann die Lichtgestalt zu sprechen, mit einem Akzent, den ich damals noch nicht einzuordnen wusste. »Abärr das macht mich nurr noch märr verrickt.« Das waren die letzten Worte, an die ich mich erinnern kann. Auf jeden Fall erwachte ich am folgenden Tag im städtischen Krankenhaus. Passanten hatten mich auf dem Weidenweg gefunden, im Tiefschlaf, aber ohne jede sichtbare Verletzung. Ich blieb drei Tage zur Beobachtung im Krankenhaus und wurde dann ohne Befund entlassen. Ich versuchte, mit der Erinnerung an die merkwürdige Begegnung auf dem Weidenweg zurechtzukommen. Schließlich beschloss ich, dass es ein Traum gewesen sein musste.

Doch diese Erklärung wurde hinfällig, als sich Wochen später Anzeichen einer Schwangerschaft einstellten. Du kannst Dir nicht vorstellen, was es in jener Zeit bedeutete, schwanger zu sein und keinen Vater für das Kind vorweisen zu können! Man machte mir die Hölle heiß. Verwandte wollten nichts mehr mit mir zu tun haben, selbst die meisten Freundinnen kehrten sich von mir ab. Meine Eltern gaben sich selbst die Schuld, weil sie mir die Teilnahme an dem Schönheitswettbewerb gestattet hatten, auf mein inständiges Bitten hin und gegen allergrößte Bedenken ihrerseits, welche sie nun in schlimmster Weise bestätigt sahen.

Das Erschreckendste war jedoch die Tatsache, dass ich mir selber keinen Reim auf meine Schwangerschaft machen konnte, was mir natürlich niemand abnahm. Für mich jedenfalls stand fest, dass die Begegnung an jenem Februartag etwas damit zu tun haben musste, obwohl man damals keinerlei Anzeichen einer Vergewaltigung festgestellt hatte.

Selbstverständlich zogen wir in eine andere Stadt, nämlich nach Köln. Glücklicherweise herrschte damals Vollbeschäftigung in Deutschland, sodass Vater schnell eine neue Arbeitsstelle fand. Für mich war an Arbeit nicht mehr zu denken. Wer stellte schon eine unverheiratete schwangere Frau ein? ›Uneheliches Kind‹, das klang damals schlimmer als ›unehrliches Kind‹. Für die neuen Nachbarn wurde die Legende eines bei einem Autounfall tödlich verunglückten Ehemanns ersonnen, was mir das Mitleid aller eintrug, denn aufgrund meines jugendlichen Alters konnte ich ja nur ganz kurz verheiratet gewesen sein. Die etwas Intelligenteren unter unseren Mitmenschen in Köln glaubten das Märchen vom verstorbenen Ehemann ohnehin nicht, denn ich trug ja weiterhin denselben Familiennamen wie meine Eltern. Sie waren aber taktvoll genug, die Sache nicht zu thematisieren.

Etwa einen Monat vor Deiner Geburt war ich an einem Vormittag allein zu Haus. Vater war an seinem Arbeitsplatz in einer Maschinenfabrik, und Mutter war in die Stadt gefahren, um Besorgungen zu machen. Es klingelte. Ich öffnete die Tür, ohne zu kontrollieren, wer davor stand. Draußen stand ein junger Mann, derselbe, der Dir einst diesen Brief überbringen dürfte. Er stellte sich mit dem Namen Hermes vor, aber das sagte mir damals nichts, denn ich hatte nur die Realschule besucht. Was mich wirklich faszinierte, war sein Akzent. Ich hatte ihn doch schon einmal gehört.

Ich bat Hermes herein, und er setzte sich auf einen jener spreizbeinigen Sessel, wie sie damals in jedem zweiten deutschen Wohnzimmer standen. Hermes erzählte mir eine Geschichte, wie sie verrückter nicht sein konnte. Antike Götter kamen darin vor, die im Gegensatz zu dem, was die Leute glaubten, die Welt immer noch beherrschten, wenn auch nicht mehr so offen wie früher, sondern eher diskret aus dem Hintergrund heraus. Der Obergott, sein Vater, habe Gefallen an mir gefunden, und meine Schwangerschaft sei das Resultat davon. Wie nicht anders zu erwarten, hielt ich Hermes' Geschichte zunächst für vollkommenen Unfug, aber als er mir bis ins letzte Detail die Begegnung auf dem Weidenweg schilderte, von der ich niemandem erzählt hatte, musste ich ihm Glauben schenken, ob ich wollte oder nicht.

Ich würde, erklärte mir Hermes, einen Halbgott zur Welt bringen. Das sei eigentlich nichts Besonderes, es gebe eine Menge davon. Die Halbgötter seien im Gegensatz zu den Göttern sterblich wie die Menschen. Was ihre

Anlagen betreffe, könne man nichts Genaues voraussagen. Bisweilen dominiere das göttliche Element, meistens aber das menschliche. Das sei ganz genauso wie beim Maulesel, bei dem manchmal das Pferd und manchmal der Esel stärker durchscheine. Doch seien fast alle Halbgötter den gewöhnlichen Menschen haushoch überlegen. In früheren Zeiten seien die intellektuell Begabteren unter ihnen oft Könige geworden, während diejenigen, deren Vorzüge eher auf der körperlichen Seite gelegen hätten, sich als Helden – im wahrsten Sinne des Wortes – durchgeschlagen hätten. Heute neigten die Intelligenteren dazu, eine politische Karriere anzustreben, während die eher körperbetonten Halbgötter Fußballspieler oder Boxer würden. Einige würden aber auch Chefärzte, Universitätsrektoren, Chefredakteure oder Bankenvorstände, manchmal leider auch Bankräuber oder Betrüger. Auf jeden Fall gelangten fast alle in sehr einflussreiche Positionen.

Nun schulde ich Dir noch eine Erklärung dafür, dass ich Dich gleich nach Deiner Geburt im Kölner Dom aussetzte. Ich war über Hermes' Geschichte ziemlich erbost. Da zogen die Herren Götter durch die Welt, schwängerten sterbliche Frauen und überließen ihnen anschließend den ganzen Ärger, ohne auch nur einen Bruchteil ihrer Verantwortung zu übernehmen. So leicht sollte mir der leuchtende Herr vom Weidenweg nicht davonkommen! Außerdem meinte ich, dass wir als einfache Arbeiterfamilie kaum in der Lage sein würden, einem heranwachsenden Halbgott ein angemessenes Umfeld zu bieten.

Ich dachte, der Dom sei der richtige Ort, um das Kind seinem Vater zu übergeben, denn irgendwie hatte das ja mit Religion zu tun, und die verschiedenen Götter würden schon einen Weg finden, um solch eine Sache untereinander zu regeln. So dachte ich jedenfalls damals in meiner jugendlichen Naivität. Wenn ich zu jener Zeit gewusst hätte, dass die Priester Dich behalten und in einem katholischen Kinderheim aufwachsen lassen würden, ich hätte Dich selbst aufgezogen, allen Schwierigkeiten zum Trotz. Bitte glaube mir das!

Hast Du übrigens einmal über den Hausnamen nachgedacht, den ich Dir gab? Der sagt eigentlich alles.

Hier musste Adam innehalten. Natürlich, Zeussen – Zeus' Sohn. Jetzt fiel es ihm wie Schuppen von den Augen. Als Altertumskundler hätte er auch von allein auf diese Etymologie kommen können, aber wer denkt schon an so etwas?

So jetzt weißt Du alles, Du bist ein Halbgott. Es liegt an Dir, daraus etwas zu machen. Wenn Du diesen Brief in den Händen hältst, bedeutet das, dass die Götterfamilie irgendetwas mit Dir vorhat. Sonst würde sie sich nämlich nicht zu erkennen geben. Es gibt viele Halbgötter, die sterben, ohne je zu erfahren, dass sie welche sind. Meistens erahnen es ihre Mitmenschen viel eher als sie selbst. Mit mir hält die olympische Familie einen losen Kontakt. Hermes kommt von Zeit zu Zeit, um mir von Deinen neuesten Erfolgen zu berichten und um mir mitzuteilen, was Zeus als Nächstes mit Dir vorhat. Ich bin sehr stolz auf Dich!
Deine Dich aus der Ferne liebende Mutter
Gertrud

P.S. Geschwister hast Du übrigens auf der mütterlichen Seite keine, ich habe nie geheiratet. Es erschien mir irgendwie unpassend. Auf der väterlichen Seite hast Du dafür umso mehr Brüder und Schwestern, Hunderte, um genau zu sein, die meisten sind allerdings seit Ewigkeiten tot. Hermes gehört auch zu Deinen Geschwistern, aber als hundertprozentiger Gott ist er natürlich unsterblich. Ich finde ihn eigentlich ganz sympathisch.

Adam ließ das Blatt sinken und schaute Hermes an. Während seines Archäologiestudiums hatte er mehrfach an Grabungen in Griechenland teilgenommen, und bei dieser Gelegenheit hatte er mit der ihm eigenen Leichtigkeit die neugriechische Sprache erlernt. Er sagte zu Hermes: »Tora plaka mou kanis«, was so viel heißt wie: Willst du mich zum Narren halten?

Hermes verzog keine Miene. »Mitnichten. Äss ist alläs wie in dämm Briff Irrär Muttär bässribbän. Nattirrlich brauchän Sie eine gäwissä Zeit, um sich an dänn Gädankän zu gewännän, dass Sie ein Chalbgott sind. Es ist heute sswirrigär als frichär, die Chalbgätter von irrär Iddäntitätt zu ibberzeugän. Wärr nicht an Gättär glaubt, glaubt auch nicht an Chalbgättär.«

Adam leuchtete das ein.

»Ibbrigäns«, fuhr Hermes fort, »ssprächän wir Gättär untäreinandär nicht Neugrichiss, sondärn Altgrichiss.«

Adam musste sich eingestehen, dass er nie darüber nachgedacht hatte, in welcher Sprache die antiken Götter heute miteinander kommunizierten. Wenn er ehrlich war, hatte er sich nicht einmal über ihren Verbleib am Ende der Antike Gedanken gemacht. Dabei musste es sie ja noch geben, waren sie doch unsterblich.

Hermes' Präsenz holte ihn unmittelbar in die Wirklichkeit zurück. »Wir Gättär ärrkännän das Invästmäntbänking durchaus als gättlichäs Wirrkän an, abbär jetzt chabbän wirr einän andärän Auftrack firr dich.«

Adam bemerkte sofort, dass Hermes stillschweigend zum Du übergegangen war. Das brachte ihn in eine schwierige Situation. Sollte er den Gott auch duzen? Auf der einen Seite waren sie Brüder, oder zumindest Halbbrüder. Auf der anderen Seite war da ein Altersunterschied von einigen Tausend Jahren. Außerdem: Was schrieb das olympische Savoir Vivre in Bezug auf das Verhältnis zwischen Halbgöttern und Vollgöttern vor?

Hermes schien seine Gedanken gelesen zu haben. »Du kannst mich ruchik duzzän«, sagte er und erlöste Adam damit aus seinen protokollarischen Zweifeln. Hermes sprach gleich weiter. »Wirr mächtän, dass du nach Deutsland zurickkärrst. Wirr machän uns grossä Sorrgän um das Land. Und wenn wirr uns Sorrgän um ein Land machen, dann ssauän wir, was wirr firr Chalbgättär dort im Land chabbän und sätzän sie gezillt ein.«

Adam erschrak. Ihm gefiel sein Leben als Investmentbanker, und er verspürte nicht die mindeste Lust, nach Deutschland zurückzukehren, um dort von irgendwelchen Göttern gezielt eingesetzt zu werden. Gezielte Einsätze von Halbgöttern konnten in Katastrophen enden, das wusste er nur zu gut aus der Klosterschule.

»Keine Angst, dirr passirrt nichts«, versuchte Hermes, ihn zu beruhigen.

Es ist verdammt schwer, dachte Adam, mit jemandem zu verhandeln, der weiß, was du gerade denkst.

»Nunn lass das Philosophirrän und konzäntrirr dich auf die Sachä. Äss ist wichtik.« Hermes wies ihn zurecht, als wäre er ein Schuljunge. Doch ließ er Adams innere Reaktion diesmal unkommentiert, was diesen sehr freute.

»Deutsland braucht dich«, sagte Hermes. »Du sisst doch, wass loss ist. Wir chabben uns mitt dänn Deutsän nach dämm Krick so vill Michä gägäbbän. Wirr wolltän sie zum Prottotipp einär neuän Nation machän, firr das einunsswanzigstä Jarrchundärt. Onnä Nationalismus und Milittarismus, wirtssaftlich sstark und politiss weisä. Chabbän wirr doch gäwaltigä Gächirnwässä väranstaltät! Kein andäräs Volk chattä nach dämm Krick so saubärä Gächirnä! Und jätzt das! Machän an vordärrstär Front mitt bei sowas Primitiwäm wie einäm Krick!«

Im Laufe der Unterhaltung erfuhr Adam, dass es beschlossene Sache beziehungsweise göttlicher Ratschluss sei, dass er nach Deutschland zurückzukehren und dort so schnell wie möglich eine politische Karriere anzustreben hatte. Die Partei sei dabei egal, wichtig sei, dass er dieser Partei baldigst zum Siege verhelfen sollte. Konkrete Aufträge gebe es jetzt noch nicht, das hänge schließlich von der weiteren politischen Entwicklung des Landes ab. Adam machte noch einige zaghafte Versuche, sich seiner neuen Bestimmung zu entziehen, doch Hermes konterte mit dem klassischen Spruch »to pepromenon fygein adynaton«, zu Deutsch »es ist zwecklos, sich seinem Schicksal entziehen zu wollen«, mit dem Adam als klassischer Philologe natürlich vertraut war.

Den Rest des Abends diskutierten die beiden über die Möglichkeiten der Götter, Einfluss auf das Schicksal der Menschen zu nehmen. Adam musste sich dabei von lieb gewonnenen Allmachtsvorstellungen verabschieden, die sich bei ihm während seiner Klosterschuljahre festgesetzt hatten. Hermes klärte ihn auf, dass niemand allwissend und allmächtig sein könne, ohne darüber verrückt zu werden. Schon das Maß an Macht, das die Götter in Wirklichkeit besäßen, sei psychisch kaum zu verkraften. Wie zum Beweis dessen war Hermes bald nach dem Beginn des Gesprächs vom Deutschen, das ihn sichtlich anstrengte, in ein einfaches altgriechisches Idiom gewechselt, das Adam aber einigermaßen verstand, obwohl er diese Sprache zum ersten Mal in gesprochener Form hörte. So musste, dachte er, das gesprochene Griechisch um die Zeitenwende geklungen haben. Die Grammatik folgte noch weitgehend den Regeln des klassischen Griechisch, wenngleich sich der Satzbau gegenüber der Zeit der großen Philosophen und Tragödiendichter deutlich vereinfacht hatte. Die Aussprache jedoch entsprach weitgehend der des Neugriechischen. Damals konnte Adam sich noch keinen Reim darauf machen, warum die Sprache der Götter auf dieser Entwicklungsstufe des Griechischen stehen geblieben war. Er selbst antwortete Hermes in modernem Griechisch, dem dieser wiederum bestens folgen konnte.

Am Ende verabschiedete sich Hermes, nicht ohne weitere Besuche seinerseits anzukündigen. Auch andere Götter könnten versuchen, mit Adam Kontakt aufzunehmen. Diese hätten allerdings die Angewohnheit, statt einfach an der Tür zu klingeln wie er selbst, ihre Auftritte wesentlich eindrucksvoller zu gestalten. In der Regel kündigten sie sich kurz vor ihrem Besuch durch ein Wunder aus ihrem jeweiligen Zuständigkeitsbereich an. Wenn zum Beispiel ein schwuler Bürgermeister in irgendeinem Gebüsch in flagranti mit einer Frau erwischt würde, bedeutete das höchstwahrscheinlich, dass Aphrodite mit Adam Kontakt aufnehmen wolle. Er müsse dann in den folgenden Stunden oder Tagen mit ihrer Erscheinung rechnen.

Adam erkundigte sich noch nach dem Grab seiner Mutter, worüber Hermes ihm bereitwillig Auskunft gab. Es war schon später Abend, und die beiden ungleichen Halbbrüder waren schon fast Freunde geworden, als Hermes den deutschen Halbgott verließ, in dessen Leben künftig nichts mehr so sein sollte wie bis dahin.

Es gab in Griechenland kaum etwas, was nicht unter der Schuldenkrise zu leiden hatte. Lediglich der Hitze scheint die Krise nichts auszumachen, dachte Olymbía Theodorou. Die junge Parlamentsabgeordnete konnte nicht schlafen. Es war eine jener Nächte des Athener Sommers, in denen die Temperatur nicht nennenswert zurückgeht, sodass die Sonne am nächsten Tag gewissermaßen auf ihre eigenen Erfolge vom Vortage aufbauen und die Temperatur um ein paar weitere Grad ansteigen lassen kann. Es kam oft vor, dass Olymbía in solchen Nächten schlecht einschlafen konnte. Sie saß auf ihrem Balkon und las im fahlen Licht der Außenlampe ein Buch. In der Ferne hörte sie die Geräusche eines Müllwagens. Sie schaute auf die Uhr. Dieses Gefährt erschien jede Nacht gegen zwei Uhr, so auch heute. Das Geräusch kam langsam näher. Olymbía unterbrach ihre Lektüre. Sie wusste, dass es gleich beginnen würde, das Müllballett von Panagou.

In der Tat waren ganz plötzlich schnelle, leichte Schritte zu hören, und wie aus dem Nichts erschienen in der Dunkelheit ein etwa fünfundzwanzigjähriger Mann und eine gleichaltrige Frau auf der Straße vor Olymbías Balkon. Die beiden jungen Leute rannten nebeneinander her, als ob sie von irgendeiner unheimlichen Macht getrieben wurden. Ihnen setzte aber keine bis an die Zähne bewaffnete Räuberbande nach, wie man hätte erwarten können. Gespenster waren auch keine zu sehen. Lediglich der Müllwagen war bis auf etwa fünfzig Meter herangekommen. Er hatte aber nichts Bedrohliches an sich, ganz im Gegenteil, der Fahrer hielt ihn, wie bei Müllwagen üblich, alle paar Meter an, damit der hinter dem Wagen herlaufende Müllwerker seines Amtes walten konnte.

Olymbía wusste genau, was jetzt folgen würde, doch fand sie das Schauspiel immer wieder faszinierend – und lehrreich zugleich, denn das Müllballett sagte nach ihrer Meinung mehr über Griechenland und seine

Krise aus als die meisten Studien gelehrter Ökonomieprofessoren. Der junge Mann und das Mädchen trennten sich plötzlich. Ohne ihre Geschwindigkeit zu verringern, rannten sie auf die Bürgersteige, er nach links und sie nach rechts. Als Erster erreichte der junge Mann sein Ziel. Vor der Gartenmauer des gegenüberliegenden Einfamilienhauses stand ein Kasten aus Metall, etwa einen Meter hoch, anderthalb Meter lang und vierzig Zentimeter tief. Der Nachwuchsmüllwerker öffnete den Deckel des Kastens, zog drei oben verknotete Supermarkt-Plastikbeutel voller Müll hervor, schloss den Deckel und legte die Beutel an den Rand des Bürgersteiges, um sich sogleich im Laufschritt zum nächsten Grundstück zu begeben, vor dem sich ein ähnlicher Kasten befand.

Weniger Glück hatte seine Kollegin auf Olymbías Seite der Straße. Die Bewohner des Hauses, in dem sie wohnte, hatten keinen Metallkasten aufgestellt, sondern eine handelsübliche 240-Liter-Mülltonne gekauft, in der sie ihren Abfall deponierten. Um den hohen Behälter mit den Händen bis ganz unten zu leeren, musste sich die eher zierlich gebaute junge Frau so tief in die Tonne hineinbücken, dass sie schon auf ihren Zehenspitzen stand. Olymbía hatte fast den Eindruck, als würde das Mädchen gleich den Halt verlieren und kopfüber in der Mülltonne verschwinden. Dieses aber förderte nach und nach fünf Müllbomben aus der Tiefe der Tonne zutage, legte sie auf den Bürgersteig und wandte sich, genau wie ihr Kollege auf der anderen Straßenseite, im Laufschritt der nächsten Tonne zu.

Inzwischen war der Müllwagen herangefahren. Hinter diesem lief ein Müllwerker her, der doppelt so alt und dreimal so dick war wie der junge Müllrenner. Er nahm gemütlichen Schrittes die von den jungen Leuten links und rechts aufgerichteten kleinen Müllpyramiden auf und warf sie in den großen, offenen Schlund auf der Rückseite des Wagens. Olymbía fiel auf, dass der Wagen wie neu aussah. An seiner Seite wies eine nicht zu übersehende Aufschrift darauf hin, dass das Fahrzeug im Jahre 2008 von der Stadt beschafft worden war, und zwar unter der Bürgermeisterschaft von Herrn Ladis, der wohl auf diese Weise beweisen wollte, dass er das Geld seiner Wähler bisweilen auch zu deren Wohl auszugeben verstand und nicht nur zu seinem eigenen.

Olymbía hatte irgendwo gelesen, dass bereits im Jahre 1893 der Berliner Erfinder Samuel Leopold Kinsbruner das Patent für ein System genormter Mülltonnen erhalten hatte, welche ein entsprechend ausgerüsteter Müllwagen an seiner eigenen Wand hochziehen, umkippen und automatisch leeren konnte. Überall in der zivilisierten Welt hatte sich diese Erfindung seit Jahrzehnten durchgesetzt, nur hier nicht. Olymbía taten die jungen Müllrenner von Panagou irgendwie leid, obwohl sie wusste, dass die beiden den ekelhaften Job nicht allzu lange würden machen müssen. In ein paar Jahren winkte ihnen ein überflüssiger, aber relativ gut bezahlter Bürojob bei der Stadtverwaltung. Frische junge Müllrenner würden ihren Platz einnehmen, bis auch sie in die Büros aufrücken würden, und so weiter und so fort.

Olymbía sah solche Systeme durchaus kritisch. Sie hatte Volkswirtschaft studiert und wusste, dass sich der Lebensstandard einer Bevölkerung auf die Dauer nur nach ihrer Produktivität richten konnte und nicht danach, wie hart sie arbeitete. Das Müllballett zeigte auf der einen Seite, dass Menschen, welche die ganze Nacht von Mülltonne zu Mülltonne rannten, um diese mit ihren eigenen Händen zu leeren, alles andere waren als die Faulpelze, welche manche Nordeuropäer an den Gestaden des Mittelmeers auszumachen glaubten. Auf der anderen Seite war die Müllentsorgung in dieser gutbürgerlichen Athener Vorstadt schon seit Jahrzehnten auf diese bescheuerte Art und Weise organisiert, dass Olymbía sich dafür schämen musste. Sie selbst hatte dieses perverse System oft genug angeprangert, als sie noch als einzige Vertreterin ihrer Partei, der Nationalen Linken, im Gemeinderat saß.

Zugleich war sie sich dessen bewusst, dass auch ihre Partei solche Zustände nicht wirklich zu verändern beabsichtigte. Junge Leute wie die Müllrenner waren ihre bevorzugte Zielgruppe, von ihnen erhoffte man sich viel. Niemals würde die Partei einem Plan zustimmen, der die Jobs der Müllrenner in Gefahr bringen würde. Auch ihre Perspektive, einen nutzlosen Bürojob zu ergattern, galt in Olymbías Partei, wie in allen anderen Parteien, als unantastbar. Würde man den jungen Leuten sagen, jawohl, ihr werdet nicht arbeitslos, aber ihr müsst die nächsten vierzig Jahre bei der Müllabfuhr bleiben und dabei mit modernen Systemen arbeiten, die das Rennen überflüssig machen, es würde sie durchaus nicht freuen. Ja, sie würden es geradezu als eine Drohung auffassen. Schließlich hatten beide studiert. Das Mädchen hatte ein Prädikatsexamen in Jura, der Junge ein MBA aus Großbritannien. Das wusste Olymbía zwar nicht, doch konnte sie es sich ausmalen. Zigtausende junge Menschen in Griechenland hatten mehr oder weniger die gleichen eindrucksvollen Biografien.

Olymbía selbst war es etwas anders ergangen. Sie war in einem Umfeld aufgewachsen, das es ihr erlaubte, auch ohne den Umweg über die Müllabfuhr Karriere zu machen. Das Ungewöhnliche an ihrem Lebenslauf war, dass sie als uneheliches Kind zur Welt gekommen war. Vor sechsunddreißig Jahren war so etwas noch unerhört gewesen. Sogenannte Patchworkfamilien waren damals in Athen noch die absolute Ausnahme, uneheliche Geburten so gut wie unbekannt, während die illegalen Abtreibungskliniken zu den wenigen wirklich florierenden Wirtschaftszweigen des Landes gehörten. Olymbías Mutter Ioanna, seinerzeit eine ebenso energische wie attraktive junge Rechtsanwältin, bestand zur großen Bestürzung ihrer gesamten Verwandtschaft darauf, ihr Kind zur Welt zu bringen, obwohl sie keinen Vater dazu benennen konnte oder wollte, den man durch eine entsprechende Mitgift zur Eheschließung hätte bewegen können.

Mitte der Siebzigerjahre war es für griechische Eltern, die das Pech hatten, Töchter auf die Welt gebracht zu haben, noch ein absolutes Muss, sich die dazu passenden Schwiegersöhne regelrecht zu kaufen. Bei der Festsetzung des Preises, der sogenannten Prika, galt es für einen jungen Mann geradezu als ein Glücksfall, wenn das Mädchen schwanger war und eine Abtreibung aus irgendeinem Grund nicht infrage kam. Der christliche Glaube spielte dabei eher selten eine Rolle. Obwohl die orthodoxe Kirche lautstark gegen die Abtreibung zu Felde zog, waren es oftmals die religiösen Familien, welche ihre gefallenen Töchter am konsequentesten zur Abtreibung zwangen. Der gute Ruf der Familie war letztendlich wichtiger als ein reines Gewissen.

Bei Olymbías Geburt war das anders. Die Eltern ihrer Mutter hatten erkennen müssen, dass ihre Argumente bei ihrer Tochter nicht verfangen wollten. Ihre berufliche Zukunft sei in Gefahr, hatte man gesagt. Einen

Mann würde sie als Mutter eines »Mouliko«, eines Bastards, nicht mehr finden. Doch selbst einen bereits vereinbarten Termin in der Abtreibungsklinik ließ Ioanna ungenutzt verstreichen. Ihre Mutter Aspasia bekam daraufhin Weinkrämpfe, die mit Wutausbrüchen abwechselten. Dabei beschimpfte sie ihre Tochter als Straßennutte, wobei sie vergaß, dass auch sie schwanger in die Ehe gegangen war.

Auch Aspasia hatte ihr Kind, Ioanna, nicht abtreiben lassen. Doch hatten ihre Eltern seinerzeit den Makel dadurch ausgeglichen, dass sie Ioannas Vater wenige Tage vor der Hochzeit das Eigentum an dem Haus der Familie im noblen Athener Vorort Psychikó überschrieben, was zu einem seither nicht wieder behobenen Zerwürfnis mit Aspasias älterer Schwester Frosso geführt hatte, welche sich als Erstgeborene mit einer Dreizimmerwohnung in dem weit weniger angesehenen Stadtteil Kypséli zufriedengeben musste. Frosso konnte daraufhin trotz ihres sehr passablen Äußeren und trotz eines Diploms als Zahnärztin nur einen einfachen Volksschullehrer heiraten. Das hatte sie ihrer Schwester nie verziehen. Sie empfand deren Weigerung, sich einer einfachen Abtreibung zu unterziehen, als einen ebenso perfiden wie erfolgreichen Versuch, sie selbst in Sachen Mitgift auszutricksen. Schließlich hatte Frosso schon drei Abtreibungen hinter sich und wusste daher, dass solch ein Eingriff gar keine große Sache war.

Eine Generation weiter wären auch Ioannas Eltern schweren Herzens bereit gewesen, ihrerseits dem Vater von Ioannas Kind das Haus im Psychikó zu überschreiben, obwohl das zu einer Wiederholung der Geschichte geführt hätte, denn auch Ioanna hatte eine Schwester, die kleine Myrtó, welche dann mit dem mittlerweile hinzugekommenen Ferienhaus der Familie am Golf von Korinth hätte vorlieb nehmen müssen. Ioannas Bruder Kostas spielte bei diesen Überlegungen keine Rolle. Als Mann konnte er sich ohnehin keine Hoffnung auf eine der Familienimmobilien machen. Er würde sich seine Bleibe wohl oder übel durch eine geschickte Politik gegenüber seinen eigenen künftigen Schwiegereltern erkämpfen müssen.

Ioanna aber bekam das Haus im Psychikó letztendlich nicht. Sie weigerte sich konsequent, auch nur den Vornamen des Kindesvaters zu nennen. Sie sagte nur, dass dieser selbst durch ein Haus im Psychikó nicht zu beeindrucken sei, was ihr aber niemand abnahm. Man hielt dies für eine Schutzbehauptung und das Kind, Olymbía, für das Ergebnis einer Zufallsbekanntschaft, deren Namen sich Ioanna wahrscheinlich nicht einmal gemerkt hatte. Folglich erhielt Myrtó bei ihrer Hochzeit beides, sowohl den Stammsitz der Familie als auch das ›Exochikó‹, das Ferienhaus. Ioanna aber ging leer aus.

Obwohl als Mutter eines Bastards gebrandmarkt, fand Ioanna eine Stelle in der Kanzlei von Charálambos Mylonás, einem bekannten Anwalt und Politiker der sogenannten undogmatischen Linken. Es dauerte nicht lange, bis aus Ioanna und Charálambos ein Paar wurde. Sie heirateten zwar niemals, doch wurde Charálambos für Olymbía so etwas wie ein Vater. Der in Paris ausgebildete Intellektuelle war kein Staranwalt im eigentlichen Sinne. Seinen Ruf hatte er sich während der Militärdiktatur erworben, als etwas, was man in Deutschland später als »Bürgerrechtler« zu bezeichnen begann. Ein dreiwöchiger Aufenthalt im Untersuchungsgefängnis während der Diktatur mutierte im kollektiven Gedächtnis der Linken später zu einer langjährigen Haftstrafe, wogegen Charalambos natürlich nichts unternahm. Der Nimbus des Widerständlers war nach dem Fall der Junta im Sommer 1974 ausgesprochen hilfreich für jeden, der im neuen Griechenland eine politische Karriere anstrebte.

Olymbía wuchs in einem Milieu heran, wie es für die intellektuelle Entwicklung eines Kindes nicht hätte günstiger sein können. Seine Ehefrau hatte Charálambos schon bald nach Ioannas Eintritt in die Kanzlei fortgeschickt. Zu seinen beiden Söhnen unterhielt er aber ein herzliches Verhältnis, sodass Olymbía zwei ältere Stiefbrüder bekam, die wiederum ihre Freude an dem aufgeweckten kleinen Mädchen hatten. Frixos, der ältere, entwickelte sich später zu einem viel gelesenen Schriftsteller und Dauergast in den Talkshows des griechischen Fernsehens, während Jannis eine nicht unbedeutende Position bei der Europäischen Kommission in Brüssel eingenommen hatte.

Als Olymbía fünfzehn war und Frixos einundzwanzig, hatten die beiden eine ebenso kurze wie heftige erotische Beziehung, welche durchaus nicht unbemerkt blieb, die aber auch nicht für besonders problematisch erachtet wurde, zumal Frixos und sie weder in biologischer noch in juristischer Hinsicht verwandt waren. Ihre Eltern hatten ja nicht geheiratet. Es muss an dieser Stelle erwähnt werden, dass Olymbía eine unbeschreiblich schöne Frau ist. Sie ist derartig schön, dass sie niemandem, der sie jemals sah, weder Mann noch Frau, wieder aus dem Sinn geht.

Immer wenn Hermes in die Arbeitshöhle seines Vaters kam, dachte er sich, dass dies nicht das richtige Ambiente für einen Weltenherrscher sein konnte. Mit ihren einfachen Holzmöbeln glich die Höhle eher dem Büro des Filialleiters einer Kreissparkasse aus den Sechzigern. Heute erschien ihm der Widerspruch zwischen dem Anspruch der olympischen Götter, die oberste aller Instanzen des Weltalls zu sein, und der schnöden Wirklichkeit besonders krass. Hinter Zeus' Schreibtisch saß nämlich nicht sein Vater, sondern ein fülliger Mittdreißiger mit Brille und Geheimratsecken. Hermes erkannte ihn als Kostas Papadopoulos, Netzwerktechniker aus dem nahen Katerini. Zeus stand hinter Papadopoulos und schaute ratlos über dessen Schulter hinweg auf den Bildschirm. Hermes glaubte sogar, aus den Augen des Göttervaters eine gewisse Bewunderung für die Fähigkeiten des sterblichen Computerspezialisten herauslesen zu können.

»Na, hakt es mal wieder?«, fragte Hermes beim Eintreten.

Weder Zeus noch Papadopoulos antworteten.

»Du hast mich rufen lassen, Papa? Es sei dringend, wurde mir gesagt.«

Zeus machte eine abwehrende Grimasse und deutete mit dem Zeigefinger hinter dessen Rücken auf Papadopoulos. Offensichtlich wollte er nicht vor dem Sterblichen sprechen. Doch im selben Moment stand Papadopoulos auf und sagte:

»Es läuft wieder. Rechnung wie immer an die Kasse?«

»Selbstverständlich«, entgegnete Zeus.

»Ich würde Sie gerne noch einmal an mein Angebot erinnern, für alle Wartungsarbeiten eine Flatrate, einen Pauschalpreis, zu vereinbaren. Hatten Sie schon Gelegenheit, sich das einmal anzuschauen?«

»Ja, ja, das sieht ganz verlockend aus, aber jetzt haben wir leider keine Zeit dafür.«

Wie jedes Mal, dachte Papadopoulos, der einsah, dass er einmal mehr keine Chance bekommen würde, die Einzelheiten seines Angebotes darzulegen. Es blieb ihm nichts anderes übrig, als sich höflich zu verabschieden.

»Ich weiß wirklich nicht, ob das nicht ganz schön leichtsinnig ist, hier Sterbliche reinzulassen«, sagte Hermes, nachdem er sich vergewissert hatte, dass Papadopoulos außer Hörweite war. »Ich erinnere dich an den Fall Homer, den wir hier zu Gast hatten und der uns anschließend seinen Mitmenschen haarklein beschrieben hat.«

»Heute ist das etwas anderes, lieber Sohn. Es glaubt doch keiner mehr an uns. Was kann dieser Papadopoulos denn erzählen? Dass er das Intranet der olympischen Götter betreut? Dann stecken sie ihn doch gleich in die Klapsmühle! Außerdem bekommt er von uns 120 Euro die Stunde, steuerfrei, weil wir nicht beim Finanzamt registriert sind, plus Bergsteigezulage. Der wäre schön blöd, wenn er uns verraten würde.«

Hermes verstand, dass sich sein Vater die Entscheidung, einen sterblichen Netzwerktechniker zu beschäftigen, nicht leicht gemacht hatte.

Zeus setzte sich auf den Drehstuhl hinter seinem Schreibtisch und forderte Hermes mit einer Handbewegung auf, sich auf einen der beiden unbequemen Stühle zu setzen, die vor dem Tisch standen. Billige Versandhausware, dachte Hermes, doch Zeus fuhr fort:

»Hinzu kommt: Was sollen wir denn machen? Für die EDV brauchen wir nun mal die Sterblichen. Nenne mir einen einzigen Gott, der sich mit Computern auskennt! Außerdem können wir ganz zufrieden sein mit Papadopoulos. Er macht einen guten Job. Aber ich habe dich nicht seinetwegen rufen lassen.«

Hermes ahnte bereits, dass es wieder einmal um die Eurokrise ging. Seit vielen Monaten gab es unter den Göttern wie unter den Sterblichen kaum ein anderes Gesprächsthema. Normalerweise war die Ökonomie ein Gebiet, welches die Verwandten liebend gern ihm, Hermes, überließen. Bis vor Kurzem verstand keiner der Götter wirklich etwas von Volkswirtschaft. Sicher, wenn sie es gewollt hätten, wären sie aufgrund ihrer göttlichen Natur in der Lage gewesen, sich die notwendigen Kenntnisse innerhalb kürzester Zeit anzueignen. Kein Gott benötigt ein Universitätsstudium, um komplizierte und komplizierteste Zusammenhänge zu durchdringen. Aber ganz ohne Mühe geht es auch bei ihnen nicht, und die wollte sich vor der Krise niemand aus der Familie geben. Die Wirtschaft war ihnen einfach zu langweilig.

Jetzt, wo die Eurokrise auf ihren Höhepunkt zusteuerte, war diese Stimmung umgeschlagen. Auf dem ganzen Olymp konnte man Göttern und niederen Gottheiten begegnen, die sich aus den Buchläden der Umgebung besorgt hatten, was immer zum Thema Geld- und Währungspolitik aufzutreiben war. Nun waren Orte wie Leptokaryá, Litóchoro und Katerini nicht gerade als Zentren von Kultur und Wissenschaft bekannt, weswegen sich etliche Götter bis nach Thessaloniki begeben hatten, wo es besser sortierte Buchhandlungen gab.

Einige, die fremdsprachige Literatur bevorzugten, hatten diese über das Internet bestellt. Kostas Papadopoulos' Büro in Katerini musste dann jedes Mal als Empfängeradresse für die eintreffenden Pakete herhalten, was ihn überhaupt nicht begeisterte, weil er diese Lasten anschließend auf den Berg schleppen musste. Aber seine Proteste halfen nichts, schließlich konnten die Götter keine eigene Adresse angeben, an welche die Kurierdienste all diese Bücher zustellen konnten. Natürlich hätten sich die Götter ihre Fachliteratur auch herbeizaubern können, aber Zeus drang schon seit Jahrhunderten auf einen sparsamen Umgang mit den göttlichen Zauberkräften. Speziell das Herbeizaubern von Gegenständen war verpönt, da diese Gegenstände dann ja irgendwo bei den Menschen vermisst wurden. Das hatte zur Folge, dass immer wieder irgendwelche Lagerverwalter zu Unrecht der Unterschlagung bezichtigt wurden, und das war in Zeus' Augen nicht in Ordnung.

Die Bezahlung der im Internet bestellten Bücher erfolgte allerdings nicht über Papadopoulos. Geld aus dem Nichts zu erschaffen, war für einen Gott eine der leichtesten Übungen, zumindest seitdem es seine Gegenständlichkeit verloren hatte und nicht mehr ausschließlich in Form von Münzen und Scheinen zirkulierte. Ursprünglich hatte Zeus das Geldmachen verbieten wollen, doch dieser Versuch hätte beinahe zu einem Aufstand auf dem Olymp geführt. Vor allem Hephaistos hatte sich einmal mehr empört. ›Du kannst uns doch nicht etwas verbieten‹, sagte er, ›was jede poplige Sparkasse ohne Mühe hinkriegt, wenn sie ihren Kunden Kredite gewährt.‹ Die anderen Götter stimmten ihm zu, sodass Zeus keine andere Wahl hatte, als das Geldmachen in einem begrenzten Umfang – und ausschließlich zur Befriedigung persönlicher Bedürfnisse – zuzulassen. Er hatte allerdings des Öfteren den Eindruck, als hielten sich die Götter nicht allzu streng an diese Begrenzung. Er hoffte nur, dass sie mit ihrer heimlichen Geldvermehrung nicht wesentlich zur Entstehung der Geldschwemme beigetragen hatten, unter der die Menschheit gegenwärtig litt.

Hermes selbst hatte seine liebe Not mit den zahlreichen frischgebackenen Ökonomen unter den Bewohnern des Olymp. Je nachdem, welches Buch ihnen in die Hände gefallen war, hatten sie sich verschiedenen volkswirtschaftlichen Schulen angeschlossen. Das führte zu unendlichen Diskussionen in den Höhlen und in den heiligen Hainen beziehungsweise in dem, was von diesen Hainen nach den verheerenden Waldbränden der letzten Jahrzehnte noch übrig geblieben war. Denn nicht nur der Lebensraum vieler Tierarten, auch der der Götter wird durch menschlichen Frevel ernsthaft bedroht.

All diese Gedanken gingen durch Hermes' göttlichen Kopf, als Zeus wieder zu sprechen anhob:

»Die Krise spitzt sich zu, lieber Sohn, gerade hier bei unseren Griechen, aber auch anderswo. Europas Mythos ist in Gefahr.«

»Was meinst du damit?«, fragte Hermes, »die Sache damals mit dem Ochsen?«

»Stier, Hermes, in einen Stier hatte ich mich seinerzeit verwandelt! … Nein, Quatsch, diese Geschichte meine ich natürlich nicht, wie kommst du denn darauf? Wenn ich vom Mythos Europas spreche, dann meine ich das Selbstverständnis der Europäer auf der einen Seite und auf der anderen die Frage, wie sie von der restlichen Menschheit wahrgenommen werden. Richtig ist, dass wir die Europäer seit Jahrhunderten verwöhnt haben. Warum wir das getan haben, steht auf einem anderen Blatt. Das hat vermutlich mehr mit unserer eigenen Psyche zu tun als mit ihnen selber.«

»Was willst du damit sagen?«

»Vermutlich haben wir sie bevorzugt, weil sie uns von allen Menschen rein geografisch am nächsten stehen, zumindest seit wir uns hier auf dem Olymp niedergelassen haben. Um nicht aufzufallen, nehmen wir meistens ihre Gestalt an, oder etwa nicht? Sag mal ehrlich, wie lange bist du nicht mehr als Schwarzer oder als Indianer rumgelaufen?«

Hermes musste kurz überlegen. Als Indianer war er in der Tat schon eine Weile nicht mehr aufgetreten, wahrscheinlich nicht mehr seit 250 Jahren, als im Siebenjährigen Krieg die Indianer Nordamerikas in die kolonialen Auseinandersetzungen zwischen Engländern und Franzosen hineingezogen wurden. Als Schwarzer jedoch war er öfter unterwegs, immer wenn es darum ging, den Kontakt zu einigen Halbgöttern in Afrika aufrechtzuerhalten, für deren Existenz Zeus durch seine Eskapaden auf jenem Kontinent gesorgt hatte. Doch daran mochte er seinen Vater jetzt nicht erinnern. So zog er es vor, die Frage unbeantwortet zu lassen.

Offenbar hatte Zeus auch keine Antwort erwartet.

»Selbst wenn wir unter uns sind, laufen wir doch fast immer als Europäer herum, oder? Ich finde, das lässt tief blicken. Und fast die ganze Menschheit hat das Outfit der Europäer genauso übernommen. Alle tragen Krawatten, wenn man mal von einigen besonders traditionsbewussten Arabern, Afrikanern und Indern absieht. Auch durch die Übernahme der Kleidung zeigen die Menschen ihren Respekt vor dem Mythos Europas, ohne dass es ihnen selbst klar wird, vermute ich mal. Es ist manchmal schon komisch, wenn man Historikern aus der Dritten Welt zuhört, wie sie auf die Kolonialherrschaft schimpfen und dabei eine Krawatte tragen, findest du nicht auch?«

»Was haben denn bitte die Krawatten afrikanischer Historiker mit der Eurokrise zu tun?«, fragte Hermes ungläubig.

»Mehr, als du denkst. Durch die Krawatte drückt der Afrikaner unbewusst aus, dass er die ästhetische Vorherrschaft der alten Kolonialherren nach wie vor anerkennt. Und wer das tut, der hinterfragt am Ende auch nicht, warum die Menschen auf dem anderen Kontinent viel besser leben als die eigenen Landsleute. Deshalb gibt es auch keine wirklichen Proteste, wenn zum Beispiel der Internationale Währungsfond für die Rettung eines europäischen Staates ein Vielfaches von dem ausgibt, was er jemals für ein afrikanisches Land zu geben bereit wäre. Dabei ist das eigentlich in keiner heiligen Schrift so festgelegt, oder kennst du eine?«

Hermes musste zugeben, dass er kein entsprechendes Gebot kannte. Weder in der Bibel noch im Talmud oder in den buddhistischen Schriften war das Recht der Europäer und ihrer amerikanischen oder australischen Abkömmlinge auf einen höheren Lebensstandard verankert, immer im Vergleich zur restlichen Menschheit.

»Vielleicht steht das ja im deutschen Grundgesetz«, warf er ein.

»Witzbold«, entgegnete Zeus. »Und jetzt kommst du ins Spiel, mein Lieber.«

»Ich? Wieso ich?«

»Ja, wer hat uns denn das Konzept der Globalisierung schmackhaft gemacht, damals im Geschichtsplanungsworkshop, 1971?«

Hermes begann, sich unwohl zu fühlen, denn das Gespräch nahm eine für ihn ungünstige Wendung.

»Das war ein Mehrheitsbeschluss. Beziehungsweise, es stand sechs zu sechs und deine Stimme hat den Ausschlag gegeben, Vater. Du kannst jetzt die Verantwortung nicht allein bei mir abladen, das ist unfair!«

»Aber du warst es, der uns damals bequatscht hat! Eine bessere Menschheit würde die Globalisierung mit sich bringen. So etwas wie der Vietnamkrieg sei dann nicht mehr möglich, weil solche Länder dann erst wirtschaftlich und später auch militärisch stärker würden, sodass man mit ihnen nicht mehr machen könnte, was man wollte, hast du gesagt. Von Teilhabe der Farbigen am Wohlstand hast du gesprochen. Und von mehr Gerechtigkeit. Doch was ist aus deiner Gerechtigkeit geworden? Selbst in den Ländern, die vordergründig von der Globalisierung profitieren, öffnet sich die Schere zwischen Arm und Reich immer weiter! Anstatt dass die großen Massen in den Entwicklungsländern an den Wohlstand der Weißen herangeführt werden, geht Europa vor die Hunde. So haben wir nicht gewettet!«

Hermes sah sich in die Ecke gedrängt und entschloss sich zur Flucht nach vorn.

»Dann werden sich die Europäer und die Amis wohl oder übel damit abfinden müssen, künftig normale Völker zu sein, wie alle anderen auch, ohne irgendwelche Privilegien. Und dann funktioniert die Wirtschaft eben nach dem Gesetz der kommunizierenden Röhren. Da gleicht sich alles aus, da kann man gar nichts machen. Das ist eben der Wettbewerb. Außerdem habe ich das alles nur für meine kleine Tochter getan.«

Zeus blickte Hermes verwundert an.

»Für deine Tochter? Für Peithó, die Göttin der Überzeugungskunst?«

»Nein, doch nicht für die. Ich sagte doch ›kleine Tochter‹! Peithó wird demnächst viertausend! Bitte vergiss nicht, ihr zu gratulieren, ihren Dreitausendsten hattest du glatt verschwitzt, und sie nimmt dir das immer noch übel. Nein, ich rede von meiner Tochter Análosis, der Göttin des Konsums, das süße kleine Mädchen, das mir Pleonexía geschenkt hat, die Göttin der Habsucht.«

»Aber die ist doch noch ein Baby!«, warf Zeus ein.

»Ja, sie ist gerade mal etwas über hundert Jahre alt, aber sie macht sich prächtig. Sie hat schon mehr Tempel, als jeder von uns jemals gehabt hat, mehr Priester und viel mehr Gläubige. Milliarden Menschen vertrauen ihr, weltweit. Und es ist ganz egal, an wen sie sonst noch glauben, Jesus, den Dalai Lama oder Ron Hubbard, meine Tochter verehren sie alle. Sie rennen täglich in ihre Tempel und opfern ihr zwei Drittel ihres Einkommens! Wo gibt's das sonst? Es ist eine wahre Freude! Der Konsum als erste wirkliche Universalreligion!«

»Na gut, das hat natürlich was für sich. Doch war das wirklich ein Grund, um alle Wirtschaftssysteme durcheinanderzubringen?«

»Und wie, denn die Sache hatte einen Schönheitsfehler. Nur ein kleiner Teil der Gläubigen konnte diese neue Religion richtig ausleben, praktisch nur in Nordamerika und in Westeuropa, später auch in Japan. Woanders waren es immer nur einzelne, die richtig daran teilhaben konnten. Da musste ich etwas umschichten. Ich hatte einfach Angst davor, dass die schwarzen, braunen und gelben Menschen irgendwann rebellieren oder sich sogar von meiner armen kleinen Tochter abwenden würden. Deshalb habe ich mir die Globalisierung ausgedacht. Ich geb ja zu, dass die Operation nicht ganz so erfolgreich war, wie ich mir das vorgestellt hatte. Doch wenn man ehrlich ist, muss man auch sagen, dass es zwei, drei Milliarden Menschen heute deutlich besser geht als vorher, vor allem in Ostasien.

Ein totaler Misserfolg ist die Sache jedenfalls nicht. Außerdem: Wir haben schließlich alle hart gearbeitet, um die neue Wirtschaftsordnung durchzusetzen, und keiner von euch hat die ganzen Jahre über irgendetwas dagegen gesagt. Und jetzt soll alles falsch gewesen sein, und ich bin der einzige Schuldige!« Hermes redete sich in Rage, es schien fast, als hätte er vergessen, wen er vor sich hatte. Doch der Weltenherrscher ließ ihn weitersprechen. »Das ist total unfair! Du bist selber in all den Jahren immer wieder in die Gestalt irgendwelcher Politiker geschlüpft, um die Globalisierung voranzubringen. Richtig Spaß hat dir das damals gemacht, wenn du dich bitte mal daran erinnern könntest!«

Zeus schien den frechen Ton seines Sohnes zu überhören. »Ja, da hast du recht«, räumte er ein. »Es war natürlich ein großes Ziel, doch zeigt das nur, wie sehr du uns den Kopf verdreht hattest. Wie auch bei der Sache mit dem Goldstandard.«

Hermes wurde schwindelig. Offenbar ging es seinem Vater um eine Generalabrechnung mit seiner Wirtschaftspolitik der letzten fünfzig Jahre. Am Ende würde er ihm wohlmöglich noch die Zuständigkeit für die Wirtschaft wegnehmen und sie Hephaistos übertragen, dieser linken Socke! Das durfte nicht passieren. Ihm selbst bliebe dann nur noch die Kommunikation mit den Halbgöttern und natürlich das Begleiten der Toten in die Unterwelt. Hatte nicht Zeus immer wieder mal Witze gemacht über die merkwürdige Zusammensetzung von Hermes' Aufgaben? In der Tat war sein Arbeitsgebiet riesig, und er war derjenige von den Göttern, der mit Abstand das meiste zu tun hatte. Das war jetzt wohl der Dank ... Hermes schwante Böses. Zeus würde vor die Götter treten und vorschlagen, ihn, Hermes, endlich zu entlasten ... Nein, eine solche Niederlage wollte er auf keinen Fall erleben.

Natürlich war er längst dazu übergegangen, nur noch die prominentesten Toten persönlich in die Unterwelt zu geleiten. Hermes musste zugeben, dass es durchaus Spaß machte, wenn die Leute plötzlich merkten, dass es doch ein Leben nach dem Tode gab. Und noch mehr Spaß machte es, wenn diejenigen unter den Verstorbenen, die noch eine klassische Bildung genossen hatten, begriffen, dass das Leben nach dem Tode in etwa der antiken Vorstellung hiervon entsprach und nicht irgendeiner anderen. Allerdings wurden die Toten mit humanistischer Vorbildung immer seltener. Wie das Geleit der Toten, stellte auch die Kommunikation mit den Halbgöttern immer wieder eine interessante Unterbrechung der täglichen Routine dar, vor allem zu Beginn, wenn die Halbgötter erstmals erfuhren, dass sie welche sind. Jeder reagierte da auf seine Weise. Die Wirtschaftspolitik war dagegen ein zähes Geschäft, aber abtreten mochte Hermes sie deswegen noch lange nicht.

»Was ich dich immer schon mal fragen wollte ...« Zeus unterbrach Hermes' Gedanken. »War das wirklich dieser Nixon, der damals vor vierzig Jahren im Fernsehen verkündet hat, dass man ab sofort die Dollars nicht mehr gegen Gold eintauschen kann, oder warst du das? Nun mal raus mit der Sprache!« Zeus beugte sich nach vorn über seinen Schreibtisch, hob den Kopf und sah Hermes herausfordernd an. Der schien in sich zusammenzusinken.

»Ja, ich geb's ja zu, das war ich, in seiner Gestalt. Er selbst wollte das nicht. Er hatte die Zusammenhänge auch gar nicht kapiert, sosehr sich seine Berater auch abmühten, sie ihm zu erklären.«

»Dann ist es also deine Schuld, wenn seither die ganze Welt in Geld ertrinkt, das mal hierhin und mal dorthin schwappt, von Blase zu Blase, überall nach Rendite sucht, dann enttäuscht wieder abzieht, nichts hinterlassend als verbrannte Erde!«

Wenn Zeus sich aufregt, dachte Hermes, klang das fast wie in der guten alten Zeit. Auf jeden Fall sah er eine Chance, etwas Boden gutzumachen:

»Vater, wollen wir jetzt wirklich über die Geschichte der Weltwährungsordnung diskutieren? Das bringt doch nichts! Natürlich war die Abschaffung des Goldstandards ein Fehler, aber der Grund war schließlich der Vietnamkrieg, und den hatte ich ja wohl kaum angezettelt, oder? Vielleicht solltest du mal mit meinem Bruder Ares reden, der durch die Weltgeschichte zieht und unsinnige Kriege lostritt. Stattdessen schimpfst du mit mir, der ich dann mit den Folgen fertigwerden muss. Meine Händler fangen keine Kriege an!«

»Na ja, wenn ich da an die Rüstungsindustrie denke ...«, warf Zeus ein.

»Für die ist auch Ares zuständig, zumindest politisch – und dein lieber Hephaistos, wenn es um die Technologie geht!« Hermes war froh, seinen Vater bei einer Wissenslücke ertappt zu haben. »Ich beschäftige mich mit dem friedlichen Teil der Wirtschaft.«

»Na ja, so friedlich geht es da ja auch nicht zu, wenn man sich anguckt, wie sich die Europäer wegen der Krise in die Haare kriegen.« Offenbar versuchte Zeus, das Gespräch auf den Ausgangspunkt zurückzulenken.

»Das kann man wohl sagen«, antwortete Hermes, froh darüber, nicht mehr selbst im Mittelpunkt der Diskussion zu stehen. »Wer griechische Zeitungen liest, gewinnt seit Jahrzehnten den Eindruck, dass die ganze Welt nur erschaffen wurde, um den Griechen zu schaden. Heute lese ich in der deutschen Presse: Es ist genau umgekehrt.«

»Ja, ungefähr so.« Zeus überging Hermes scharfsinnige Analyse. Offenbar drückten ihn schwere Sorgen. »Ich werde für heute Nachmittag den Rat der Götter zu einer Sondersitzung einberufen. Als Gast soll Prometheus dabei sein. Ich habe gehört, dass er sich irgendetwas Schlaues ausgedacht haben soll. Soll er mal vortragen. Kannst du bitte alles veranlassen?«

»Gerne«, antwortete Hermes, »an welche Uhrzeit hättest du denn gedacht?«

»Um sechs, gleich nach der Mittagspause.«

Offenbar war Zeus die gute alte Tradition der Siesta immer noch heilig, dachte Hermes, Krise hin, Krise her.

Wegen der Hitze hatte Olymbía noch weniger geschlafen als gewöhnlich. Doch der Wecker summte unerbittlich. Sie hatte sich extra eins von den Modellen gekauft, die sich nicht durch einen einfachen Schlag auf den Kopf zum Schweigen bringen ließen. Man musste in einer bestimmten Reihenfolge auf mehrere Knöpfe drücken, um ihn abzustellen. Das war offenbar das Kalkül seiner Konstrukteure gewesen. Wer solch eine Weckuhr erfolgreich abstellen kann, beweist damit, dass er wirklich wach ist.

Olymbía war am heutigen Freitagmorgen einmal mehr als Studiogast bei einem Morgenmagazin eingeladen. Manchmal fragte sie sich, ob es dem Image einer Politikerin wirklich guttat, morgens um sieben voll angezogen und geschminkt den Leuten per Bildschirm ins Haus zu schneien und finstere Prognosen von sich zu geben. Würden sich die Leute nicht sagen: Die hat's wohl nötig, wegen ein paar Minuten Publicity um halb sechs aufzustehen!? Außerdem: Würden diese Auftritte nicht im Unterbewusstsein der Wähler einen Widerwillen gegen all diejenigen erzeugen, die sie jeden Morgen aufs Neue an ihre aussichtslose Lage erinnerten? Olymbía wusste keine Antwort auf diese Fragen. Tatsache war, dass kaum ein Politiker die Einladung zu einem Auftritt im Morgenmagazin von GIGAS TV abzulehnen wagte. Ihr war auch klar: Würde sie ohne triftigen Grund Nein sagen, würden sie die Redakteure von ihrer Liste streichen, und sie könnte diese beliebte Sendung für immer vergessen. Also nichts wie hin.

Olymbía hätte es sich wirklich kaum leisten können, eine Einladung gerade dieses Senders auszuschlagen, denn der gehörte einem Konsortium aus Baulöwen und Pressezaren, ohne deren Zustimmung kaum jemand im Lande etwas werden konnte. Besonders gefürchtet war unter Regierungsmitgliedern die allabendliche mindestens einstündige Nachrichtensendung dieses Kanals, welche mit einer Sehbeteiligung von etwa einem Viertel der Zuschauer unangefochten an der Spitze aller vergleichbaren Sendungen lag, und das, obwohl die Nachrichten des Tages bei dieser ›Nachrichtensendung‹ gar nicht im Mittelpunkt standen.

Es gab zwar kurze Einspielfilme, mit denen ein Thema vorgestellt wurde, danach aber wurde der Bildschirm in bis zu zehn kleine Fenster aufgeteilt. Aus dem größten Fenster in der Mitte schaute eine missmutige, blondierte Dame undefinierbaren Alters auf die Nation herab. Wie die Vorsitzende eines Schauprozesses der Stalin-Ära machte sie das Opfer des Tages, in der Regel einen Minister oder Staatssekretär, mit blecherner Stimme zur Schnecke. Das Opfer selbst erschien in einem viel kleineren Fenster am untersten Rand des Bildschirms. Links und rechts von der Vorsitzenden waren zwei weißhaarige Herren mittleren Alters zu sehen, die sich mit der Rolle von Staatsanwälten zufriedengaben, obwohl auch sie bekannte Journalisten waren, die nebenbei eigene Talkshows moderierten.

Die restlichen Fenster waren an den Rändern des Bildschirms angesiedelt und viel kleiner. In einigen von ihnen erschienen jüngere Journalisten, die etwas zu dem Thema beitragen konnten, wenn dem Vorsitzenden und den beiden Staatsanwälten die Sachkenntnis ausging. In den übrigen Fensterchen waren meistens Abgeordnete der Opposition zu sehen, die von Zeit zu Zeit die Gelegenheit erhielten, das ministerielle Opfer des Landesverrats zu beschuldigen. Ganz egal, welche Partei in Griechenland an der Macht ist, die Regierungsmitglieder müssen sich permanent gegen einen unterschwelligen, selten direkt ausgesprochenen Vorwurf der jeweiligen Opposition wehren, verkappte Agenten finsterer, vorzugsweise ausländischer Mächte zu sein. Davon werden sie erst erlöst, wenn sie in die Opposition gehen und ihren vormaligen Peinigern ihrerseits unterstellen dürfen, vom bösen Ausland gekauft worden zu sein.

Bei einem Auftritt vor diesem Gerichtshof konnte ein Minister nichts gewinnen. Im Gegenteil, seine eigene Autorität nahm allein schon durch die Anordnung der Fenster Schaden, so gut er sich in der Diskussion auch schlagen mochte. Dennoch wagte kaum ein Minister oder Staatssekretär eine Einladung zur Teilnahme an dieser Sendung abzulehnen. Dem Volk gefiel das Programm, denn gewissermaßen stellvertretend für den kleinen Mann auf der Straße zeigte Tatiana Tourtouri, so hieß die Dame in der Mitte, den angeblich Mächtigen, was eine Harke ist. Indirekt trug diese Sendung dazu bei, den Einfluss eines griechischen Ministers an der Außentür seines Vorzimmers enden zu lassen. Dass das Land auf diese Weise unregierbar wurde, interessierte den Sender nicht. Im Gegenteil. Je größer das Chaos, desto höher die Einschaltquote. Olymbía hatte bisher noch keine Einladung für die zentrale Nachrichtensendung erhalten. Sie wusste aber, dass einige ihrer Abgeordnetenkollegen von der jeweiligen Opposition bereit waren, alles zu geben, um an diesem nationalen Ministerbashing teilnehmen zu können.

Das Morgenmagazin, auf das sich Olymbía jetzt mental vorbereitete, war gewissermaßen die Vorhölle zu den Abendnachrichten. Hier hoffte sie, sich irgendwann die Eintrittskarte für jenes Allerheiligste des griechischen Fernsehens zu verdienen. Natürlich wollte sie nicht wie ein Minister zur Schnecke gemacht werden. Als Oppositionsabgeordnete spekulierte sie vielmehr auf eines der Fensterchen am Bildschirmrand, von dem aus sie einen Minister würde verdreschen dürfen, ohne dass dieser sich groß wehren konnte.

Der Mann in dem Glashäuschen an der Einfahrt zur Tiefgarage erkannte sie sofort. Sie wusste auch die Gästeparkplätze des Senders anzusteuern. Kaum hatte sie ihren Audi abgeschlossen, erschien wie aus dem Nichts ein uniformierter Security-Mann, der sie per Aufzug in den siebten Stock begleitete. Den Weg zur Maske fand sie allein. Auf einem der Friseurstühle saß bereits ein Abgeordneter der konservativen Partei, der sie herzlich begrüßte. Sie erwiderte die Begrüßung in einem ebenso herzlichen Ton. Schließlich kannte sie Dimitris Galanopoulos seit ihrem zwölften Lebensjahr. Sie waren beide etwa gleich alt. Er war der Sohn eines früheren Ministers, sie die Stieftochter eines ebenso bekannten Politikers der Linken. Vor ein paar Jahren hatten sie auch mehrere Male miteinander geschlafen. Die Initiative dazu war von Olymbía ausgegangen, die es auch war, welche die Affäre von einem Tag auf den anderen ohne Angabe von Gründen wieder beendete, was Dimitris' Selbstwertgefühl damals ziemlich zugesetzt hatte.

»Man hat mich gestern im Café der Abgeordneten ganz schön damit aufgezogen, dass ich heute gegen die Schönheitskönigin des Parlaments antreten muss. Weißt du eigentlich, wie viele Kollegen es gibt, die Angstzustände bekommen, wenn sie mit dir in einer Sendung auftreten sollen? Sie meinen, gegen deine Schönheit könnten sie nicht anargumentieren.«

»Sexistischer Unfug. Nicht ich bin zu schön, die sind zu blöd. Sie kommen einfach nicht gegen meine Argumente an.«

»Ich will damit ja nicht sagen, dass du auf den Mund gefallen wärst. Auf jeden Fall, du würdest staunen, wenn du wüsstest, wer alles Angst vor dir hat.«

»Na, Hauptsache, du hast keine, oder? Obwohl ich dich nachher ganz schön fertigmachen werde.«

»Kunststück bei dem Blödsinn, den unser Boss gestern verzapft hat! Aber irgendwas wird mir schon einfallen, um ihn in Schutz zu nehmen, nicht übermäßig natürlich ...« Dimitris Galanopoulos war bekannt dafür, dass er durchaus eigene Ambitionen hegte. Da machte es sich nicht gut, wenn er sich zu eindeutig hinter seinen derzeitigen Parteichef und Ministerpräsidenten stellte, wenn dieser offensichtlichen Blödsinn von sich gab. Loyalität ja, aber nur nicht übertreiben. Das war seine Devise, aber auch die der meisten anderen Politiker. Dimitris träumte fürs Erste von einem Posten als Staatssekretär, auch auf die Gefahr hin, dass er sich dann regelmäßig in dem Prangerfenster unterhalb von Tatiana Tourtouri zerfleischen lassen müsste. Aber was tat man nicht alles, um im Alter einmal Visitenkarten mit der Aufschrift ›Minister a. D.‹ verteilen zu können!

Natürlich war Dimitris noch viel zu jung, um Ansprüche auf die Parteiführung zu stellen. Für die griechischen Politiker, die Männer zumindest, galt nach wie vor der Grundsatz, dass sie mit fünfzig wahrgenommen und mit sechzig ernst genommen wurden. Nur die Frauen konnten damit rechnen, ihre Chance in einem wesentlich jüngeren Alter zu bekommen. Als in Olymbías Partei kurz zuvor ein fast noch jugendlich wirkender Politiker zum Parteiführer aufgestiegen war, war das eine absolute Sensation.

Olymbía und Dimitris saßen mittlerweile in einer dunklen Ecke des Flurs. Dort stand eine Couchgarnitur für die wartenden Studiogäste. Die dreckigen und abgegriffenen Kunstleder-Polstermöbel in der Warteecke schienen den durchweg prominenten Persönlichkeiten, die dort tagtäglich zu warten hatten, eine Botschaft zu vermitteln: Draußen mögt ihr wichtige Leute sein, hier in diesen Räumen seid ihr es nicht. Olymbía kannte auch die entsprechenden Warteräume bei anderen Sendern, wo es ganz ähnlich aussah. Auch dort warteten die Damen und Herren Minister geduldig in Sesseln sitzend, die sie im Wartezimmer eines Dorftierarztes für eine Zumutung gehalten hätten.

Die Morgensendung wurde von zwei Herren moderiert, die unterschiedlicher nicht sein konnten. Der eine war ein dicklicher, eher gemütlicher Typ, der sich den Gästen gegenüber kumpelhaft freundlich gab, während der andere deutlich schlanker war und eher ein wenig wortkarg daherkam, dafür aber manchen Gast durch eine geschickte Fangfrage oder eine spitze Bemerkung in Verlegenheit brachte. Doch der Sender konnte es sich ja erlauben, auch mit scheinbar hochgestellten Gästen hart ins Gericht zu gehen.

Während eines Werbeblocks wurden Olymbía und Dimitris ins Studio gerufen. Die Moderatoren begrüßten sie herzlich als alte Bekannte. Ein Mitarbeiter des Senders brachte an ihrer Kleidung ein kleines Mikrofon an. Olymbía spürte, wie sehr es der schmächtige junge Mann genoss, dass er sie ein paar Sekunden lang berühren und in ihren Ausschnitt linsen durfte. Doch steckte das Mikrofon gerade noch rechtzeitig an ihrem Kragen, als die Werbung zu Ende ging. Der dicke Moderator verlas die Meldung des Tages. Eine Flutwelle habe in den frühen Morgenstunden halb Berlin überschwemmt. Sein Kollege fragte, ob denn das Kanzleramt mitsamt seiner Bewohnerin hinweggespült worden sei. Man habe, so lautete die Antwort, noch keine näheren Informationen. Aus der Agenturmeldung ginge so etwas jedenfalls nicht hervor.

Der rundliche Moderator eröffnete daraufhin die nächste Runde und stellte die Gäste kurz vor: »Wir wollen heute über einen Vorschlag sprechen, den der Ministerpräsident gestern in der Debatte über das Privatisierungsprogramm als hoffnungsvolles Beispiel angeführt hatte, und der anschließend Stürme der Entrüstung entfacht hat. Es geht um die Verpachtung der Akropolis an die deutsche Firma Global Monument Management für 99 Jahre. Wie Sie bereits aus den Nachrichten erfahren haben, ist das Personal aller Museen und Ausgrabungsstätten seit heute Morgen in einen unbefristeten Streik getreten, um die Verwirklichung dieser Pläne zu verhindern. Bevor wir in die Diskussion einsteigen, wollen wir mit unserem Korrespondenten in Deutschland, Charis Antoniou, sprechen.«

Der Kopf von Charis Antoniou erschien in einem elektronischen Fenster schräg hinter dem Moderator. Dieser drehte sich zu ihm um.

»Guten Morgen Charis.«

»Guten Morgen Babis«, erwiderte der Korrespondent.

»Charis, ist es dir gelungen, eine Stellungnahme der Firma Global Monument Management zu erhalten?«

»Natürlich Babis, ich habe gestern persönlich mit dem Chef der Firma, einem gewissen Klaus Müller, gesprochen. Aus seiner Sicht handelt es sich hier um einen ganz normalen Vorgang. Die Firma GMM sei auf das Management von nationalen Monumenten weltweit spezialisiert. Es handele sich dabei um eine klassische Win-win-Situation, weil durch ein modernes Monumenten-Management sich die Zahl der Besucher drastisch erhöhen ließe. Dies käme dann dem Tourismus in dem jeweiligen Land insgesamt zugute und damit der Volkswirtschaft.«

»Hat Herr Müller denn gesagt, was sich auf der Akropolis alles ändern würde, wenn sein Unternehmen dort die Regie übernähme?«

»Nun, hierzu wollte er sich nicht detailliert äußern, das sei gewissermaßen ein Betriebsgeheimnis, zumindest solange der Vertrag nicht unterschrieben sei. Nichtsdestoweniger habe ich recherchiert, was die Firma in anderen Ländern so macht, wo sie die nationalen Monumente schon heute unter ihrer Kontrolle hat.«

»Das klingt interessant, was hast du denn herausgefunden?«

»In vielen Fällen veranstaltet GMM in den Monumenten Vorstellungen, bei denen Schauspieler in historischen Kostümen die Glanzzeit des jeweiligen Monuments nachzustellen versuchen. Hinzu kommen musikalische Darbietungen, Tanz, sogenannte Mondscheinabende, Vervollständigung von Ruinen durch Hologramme und vieles mehr. Herr Müller sagt, dass sich die meisten Länder bei der Verwaltung ihrer nationalen Monumente von längst überholten Tabus leiten ließen. Deshalb gehöre das

Management solcher Einrichtungen in professionelle Hände. Im Übrigen werde man die Heiligkeit des Ortes im Falle der Akropolis ganz besonders respektieren. Es handele sich schließlich um ein Monument der Heiligkeitsklasse A Minus nach der firmeneigenen Bewertungsskala.«

»Was soll das bedeuten, unsere Akropolis und A Minus? Das gibt's doch nicht! Hat dieser Müller dir das erklärt?«, warf der schlankere Moderator ein, der bis jetzt geschwiegen hatte.

»Ja hat er. A Minus bekommen zentrale Monumente nicht mehr existierender Kulturen, wie zum Beispiel auch die Pyramiden. Der Petersdom in Rom hat ein A Plus, weil die dort praktizierte Religion im Moment noch existiert.«

»Soll das heißen, dass die Pyramiden und der Petersdom bereits von dieser Firma gemanagt werden?«

»Nein, Babis, aber man bemüht sich darum, und so hat man auch diese Monumente schon einmal in Kategorien eingeteilt. Du weißt ja, die Deutschen teilen alles in Kategorien ein. Auf jeden Fall, hat Herr Müller gesagt, würden sie die Akropolis zuallererst behindertengerecht umbauen. Derzeit sei die Akropolis so ziemlich das behindertenfeindlichste Monument der Welt, sagt Herr Müller. Auch für ältere Menschen sei die Kletterei heutzutage nicht mehr zumutbar, und gerade diese hätten heute noch das Geld, um in der Welt herumzureisen. Deshalb soll es künftig nicht nur Aufzüge und Rampen für die Rollstuhlfahrer geben, sondern auch geschickt in den Fels eingearbeitete Rolltreppen für alle Besucher, vorausgesetzt natürlich, der Vertrag mit der GMM wird unterschrieben.«

»Wird Herr Müller alle Wächter übernehmen?«, fragte der rundliche Moderator.

»Das wird er, und nicht nur das. Man würde sogar 150 Leute mehr anstellen, vor allem Animateure, Schauspieler und ähnliche Berufe.«

»Vielen Dank Charis, bitte bleib in der Leitung, wir werden dich nachher noch zu einem anderen Projekt befragen.«

Der Moderator wandte sich an Olymbía: »Was halten Sie von dem Plan? Was sagt Ihre Partei dazu?«

»Dieses Projekt bestätigt unsere allerschlimmsten Befürchtungen im Hinblick auf den Ausverkauf unseres Vaterlandes unter dem Vorwand der

Krise. Offensichtlich plant die Regierung, aus unserem wichtigsten nationalen Symbol eine Art Disneyland zu machen. Doch so weit werden wir es nicht kommen lassen. Der Plan wird am Widerstand der Arbeitnehmer, aber auch aller anderen Athener, ja aller Griechen, scheitern.«

»Und Sie, Herr Galanopoulos, wie sehen Sie das?«

»Ich meine, es handelt sich um einen durchaus diskussionswürdigen Ansatz. Die gegenwärtige Lage unseres Staates und unserer Wirtschaft zwingt uns, alle Möglichkeiten vorurteilsfrei zu prüfen.«

»Aber Ihr Regierungschef hat das Projekt doch gestern beinahe als vollendete Tatsache präsentiert, nicht als irgendeine Option, die man prüfen würde.«

»Das habe ich nicht so verstanden.«

»Aber Herr Galanopoulos ...« Olymbía unterbrach ihn, »das spielt doch gar keine Rolle, wie weit das Projekt schon gekommen ist. Allein die Tatsache, dass sich der Ministerpräsident vor das griechische Parlament stellt und so etwas Unglaubliches ankündigt, zeigt doch schon, wie weit es mit dieser Regierung bereits gekommen ist. Ich schäme mich für ihn als Griechin und als Politikerin.«

Der schlankere Moderator griff erneut in die Diskussion ein: »Was halten Sie, Frau Theodorou, von der Tatsache, dass ausgerechnet eine deutsche Firma das Management der Akropolis übernehmen soll?«

»Das macht die Sache besonders schlimm. Wir alle kennen die Fotos mit der Hakenkreuzfahne über dem heiligen Felsen. Außerdem lebt noch einer der Helden, die seinerzeit hinaufgeklettert waren, um die Nazifahne herunterzuholen. Wie wird der sich fühlen, wenn dort oben wieder die deutsche Flagge weht?«

»Kein Mensch hat davon gesprochen, auf der Akropolis die deutsche Flagge zu hissen«, widersprach Dimitris. »Die Firma würde das Monument ganz diskret aus dem Hintergrund heraus managen.«

»Da bin ich anderer Ansicht. Auch wenn da keine deutsche Flagge aufgezogen wird, ist es doch eindeutig, dass die deutsche Bundeskanzlerin hinter dem Projekt steht. Sie versucht einmal mehr, das griechische Volk zu demütigen.«

»Davon kann man ausgehen«, sagte der schlanke Moderator. »Wir müssen an dieser Stelle leider abbrechen, denn Charis Antoniou in Berlin hat noch Informationen über das zweite Projekt der Firma GMM. Charis!« Er wandte sich wieder dem Deutschlandkorrespondenten zu, der die ganze Zeit geduldig in seinem Fenster gewartet hatte.

»In der Tat ergaben sich aus dem Gespräch mit Herrn Müller noch weitere, hochinteressante Einzelheiten zu diesem zweiten Projekt. Wie gestern bekannt wurde, verhandelt die Firma Global Monument Management mit der griechischen Regierung nicht nur über die Akropolis, sondern auch über die touristische Erschließung des Olymp. Dieser soll durch eine Reihe von Seilbahnen zugänglich gemacht werden. Oben soll dann ein sogenannter Themenpark entstehen, wo die Besucher hautnah das Leben der Götter miterleben können. Das heißt, die verschiedenen Sagen werden dort durch dreidimensionale Filme und durch Hologramme dargestellt. In der Hauptsaison werden auch Schauspieler dort oben tätig sein, welche Schlüsselszenen der griechischen Mythologie unmittelbar nachspielen, wie zum Beispiel die Taten des Herakles.«

»Dann dürfen wir ja gespannt sein, wie die Deutschen dort oben das Ausmisten des Augiasstalls darstellen werden. Vielen Dank, Charis, nach Berlin und einen schönen Tag noch.«

Das bewegte Bild des Korrespondenten verschwand vom Bildschirm. Dafür erschien ein Standbild eines bärtigen Herrn mittleren Alters mit einem offenen, hellgrünen Hemd. Der schlanke Moderator kündigte an, dass man jetzt den Bürgermeister der Gemeinde Dion-Ólymbos, Herrn Ioannidis, in der Leitung habe.

»Herr Bürgermeister, wie sehen Sie den Plan der Deutschen, und natürlich der Regierung, auf dem Olymp, in Ihrer Gemeinde, einen Freizeitpark einzurichten?«

»Wir haben auch erst gestern davon erfahren und hoffen natürlich, dass diese Nachricht der Wahrheit entspricht. Die große Mehrheit der Bevölkerung in dieser Region verlangt seit Jahrzehnten eine bessere touristische Erschließung des Berges.«

»Stört es Sie nicht, dass ausgerechnet eine deutsche Firma das Projekt durchführen soll, wo doch die Deutschen unserem Vaterland so viel Leid zugefügt haben und sich wiederum anschicken, unser Volk zu vernichten, diesmal nicht durch ihre Panzer, sondern durch ihr Geld?«

»Wissen Sie, wir hier im Norden sehen das etwas entspannter. Viele von uns haben in Deutschland gelebt und gearbeitet, wir haben da keine Berührungsängste, Hauptsache es entstehen Arbeitsplätze.«

»Herr Bürgermeister, Sie glauben doch nicht im Ernst, dass die Deutschen uns Griechen an dem Projekt werden mitverdienen lassen. Höchstens als Putzfrauen wird man unsere Frauen dort dulden. Alles andere werden die Deutschen selber machen, und dann werden sie sich auf Kosten unseres Volkes und unserer kulturellen Tradition ein schönes Leben machen, denn sie selbst haben ja keine Kultur. Vielen Dank, Herr Bürgermeister, und einen schönen Tag noch!«

Das Bild des Bürgermeisters verschwand vom Bildschirm.

Auch die Zeitungen berichteten am Freitagmorgen ausführlich über das Akropolis-Projekt. Fast alle Blätter sahen den Plan ähnlich kritisch wie die Moderatoren des Morgenmagazins. Lediglich ein national-religiöses Blatt wagte eine weiter gehende Deutung:

»Hinter dem Plan, dass eine deutsche Firma die Akropolis managen soll, steht in Wirklichkeit viel mehr. Wie unsere Zeitung aus sicherer Quelle erfahren hat, will die deutsche Regierung die schwierige Lage unseres Vaterlandes ausnutzen, um einen jahrhundertealten Traum der deutschen Nation zu verwirklichen. Wussten Sie, lieber Leser, dass die Deutschen ihre Hauptstadt in grenzenloser Anmaßung oft Spree-Athen nennen? Was glauben Sie, warum ein Stadtteil im Süden Berlins seit jeher Tempelhof heißt, obwohl dort weit und breit kein Tempel zu sehen ist? Ist es ein Zufall, dass der dort befindliche Flughafen vor ein paar Jahren ohne einen triftigen Grund seinen Flugbetrieb eingestellt hat? Ist es ein Zufall, dass die sonst so eifrigen Deutschen bisher kein Nutzungskonzept für das ehemalige Flugfeld umgesetzt haben? Wenn Sie darüber nachdenken, wird es Sie nicht sonderlich überraschen, wenn wir Ihnen jetzt eröffnen, dass unsere Akropolis mitsamt dem Felsen auf dem Tempelhofer Feld bequem Platz fände. Die griechische Nation wird aber diese finsteren Pläne der Barbaren durchkreuzen. Der heilige Felsen bleibt in Athen - für immer und ewig!«

Kurz nachdem Zeus seinem Sohn Hermes aufgetragen hatte, für den späten Donnerstagnachmittag den Rat der Götter zu einer Sondersitzung einzuberufen, war die Nachricht von der beabsichtigten Errichtung eines Freizeitparks auf dem Olymp dort wie eine Bombe eingeschlagen. Hestia, die Göttin der Familie und der Häuslichkeit war mit den Jahren zu einer treuen Konsumentin der privaten Fernsehprogramme geworden. Sie hatte die Mittagsnachrichten in ihrer Wohnhöhle verfolgt und sofort Alarm geschlagen. Die Neuigkeit machte unmittelbar die Runde. Überall sah man Gruppen von Gottheiten herumsitzen, in denen lebhaft über die neue Bedrohung diskutiert wurde. Zum ersten Mal seit über viertausend Jahren, seit sich die Götter auf dem Olymp niedergelassen hatten, war ihr Wohnsitz unmittelbar gefährdet. Einige wenige, eher defätistisch eingestellte niedere Gottheiten suchten bereits in Google Earth nach einem alternativen Wohnsitz. China war natürlich sofort im Gespräch und ganz besonders Indien, wo man noch ein positives Verhältnis zum Polytheismus hatte. Nur waren die Vorstellungen, die man dort von den Göttern hatte, weit von der Realität entfernt. Homer war in Indien, wenn überhaupt, erst im Neunzehnten Jahrhundert durch die Briten bekannt geworden, und damals waren die Ideen der Inder in Bezug auf die Götter bereits zu sehr verfestigt, um sich noch korrigieren zu lassen.

Einige Zyniker unter den niederen Gottheiten meinten, Zeus und die übrigen Führungskräfte könnten sich ja bei der Firma Global Monument Management bewerben und sich dann vor den zahlenden Gästen selber darstellen. Doch war es nur eine kleine Minderheit, die so dachte. Die große Masse der etwa 7800 Götter und Gottheiten war fest zum Widerstand entschlossen. Das galt sogar für diejenigen, die selbst gar nicht auf dem Olymp, sondern irgendwo anders in der weiten Welt wohnten und nur dann und wann aus dienstlichen Gründen dorthin reisten, denn für alle war der Götterberg der eigentliche Bezugspunkt, gewissermaßen ihre gefühlte Heimat.

Zeus hatte es kommen sehen, dass sich die Diskussion auf der Ratssitzung am späten Nachmittag weniger um die Eurokrise als um diese unmittelbare, von den Göttern als persönlich empfundene Bedrohung drehen würde. Nichtsdestoweniger versuchte er in seiner Einleitung, die Verbindung herauszustellen, die zwischen den beiden Themen bestand.

»Liebe Mitgötter, wir können die beiden Fragen nicht isoliert voneinander sehen. Gäbe es keine Wirtschaftskrise, wäre auch niemand auf die Idee gekommen, auf dem Olymp einen Freizeitpark zu errichten. Das heißt im Umkehrschluss, dass wir uns jetzt erst recht anstrengen müssen, die Krise ein für alle Mal zu überwinden, denn sonst kommt dieser unsägliche Plan niemals vom Tisch.«

Als erster Redner ergriff Apollon das Wort. Alle in der Runde wussten in etwa, was er sagen würde. Als der in der Antike nach Zeus am meisten verehrte Gott litt er am stärksten unter der Einführung des Monotheismus. Er ließ keine Gelegenheit aus, Zeus daran zu erinnern, dass er diese Entscheidung für grundfalsch hielt.

»Was hat es denn überhaupt erst möglich gemacht, dass die Menschen sich so etwas ausdenken wie die Einrichtung eines Freizeitparks auf dem Olymp? Doch nur die Tatsache, dass sie keine Angst mehr vor uns haben, dass manche sogar an unserer Existenz zweifeln, beziehungsweise dass sie uns ungestraft zu Witzfiguren für ihre Comic-Hefte machen konnten. Solange sie vor unserer Rache zitterten, war ein solcher Plan unvorstellbar. Aber du, Zeus, musstest sie ja zum Monotheismus bekehren! Wir anderen haben uns vollständig von den Menschen entfremdet. Selbst unser Griechisch klingt mittlerweile total altmodisch, so wenig Kontakt haben wir in den letzten siebzehnhundert Jahren selbst zu den Menschen in unserer nächsten Umgebung. Wir können uns kaum noch mit der Bevölkerung in den Dörfern rund um den Olymp verständigen.«

»Mein lieber Sohn«, antwortete Zeus, »wir haben diese Diskussion schon Hunderte von Malen geführt. Darum sage ich dir zum allerletzten Mal: Es gab damals keine Alternative. Seit Homer unsere Gastfreundschaft so schmählich missbraucht hatte, wussten die Menschen einfach zu viel über uns und unsere Schwächen. Wir waren am Ende zu lächerlichen Marmorstatuen in römischen Villen verkommen, an die kein Schwein mehr richtig glaubte. Es gibt auch so etwas wie eine Inflation des Göttlichen. Wisst ihr noch, wie in einer Phase jede Menge Allegorien vor unserer Tür standen und ihre Aufnahme in den Götterhimmel verlangten? Plötzlich gab es Tyche, die Göttin des Glücks, Ploutos, den Gott des Reichtums. Dann kamen Zelos, der Eifer, Bia, die Gewalt, Nike, der Sieg und Kratos, die Macht, gleich im Viererpack als Geschwister zu uns! Solche Götter entstehen nicht durch einen tiefen Glauben der Menschen, solche Götter sind das Ergebnis einer gefährlichen Beliebigkeit im Umgang mit dem göttlichen Element. Dir fehlt ein Gott? Denk ihn dir einfach aus! Dir fehlt eine Billion Euro? Mach sie einfach per Dekret! Beides schadet dem Glauben, dem Vertrauen! Götter und Geld – das funktioniert nach demselben Prinzip! Der beste Gott ist der, dessen Ursprünge sich in der dunklen Vorzeit verlieren. Das beste Geld ist das, über dessen Entstehung niemand nachdenkt! Durchsichtige Götter sind wie inflationäres Geld! Die Einführung des Monotheismus, das war gewissermaßen die Währungsreform in der Religion. Man streicht ein paar Nullen weg, und schon vertrauen die Menschen wieder ihrer Währung!«

Zeus war anzusehen, dass er stolz darauf war, wie elegant er den Bogen zurück zum Thema der heutigen Sitzung geschlagen hatte. Doch er hatte sich zu früh gefreut.

»Und wir sind also die Nullen, die bei dieser religiösen Währungsreform weggestrichen wurden!«, bemerkte Poseidon mit einem sarkastischen Unterton.

»Wenn du so willst, ja. Auch wenn ich es so nicht ausdrücken würde. Was ich euch bisher noch nicht erzählt habe: Den Anstoß für den großen Wandel gab für mich dieser Oktavian alias Augustus, als der sich selber zum Gott erklärte. So groß war die Beliebigkeit geworden, mit der die Menschen ihren Göttern begegneten.«

»Moment mal«, unterbrach ihn Apollon, »wieso sollte sich Oktavian nicht zu den Göttern zählen? Zu den Halbgöttern zumindest, er war schließlich mein Sohn!«

»Wie bitte, Oktavian war dein Sohn?« Zeus war wie vom Donner gerührt.

»Ja natürlich«, fuhr Apollon fort, »wisst ihr denn nicht, dass seine Mutter berichtete, wie sie in meinem Tempel geschlafen hatte, und wie dann eine Schlange an sie herangekrochen war?«

»Igitt, mit einer Schlange!« Artemis schüttelte sich bei der Vorstellung.

»Wieso? Ist doch mal was anderes ...« Aphrodite machte sich gerne einen Spaß daraus, die jungfräuliche Artemis wegen ihrer Betulichkeit in sexuellen Fragen aufzuziehen.

Zeus hatte seine Fassung wiedergefunden.

»Wenn das so ist, meine Damen und Herren Götter, dann war das Ganze in der Tat ein Missverständnis. Wenn das die Theologen wüssten ...« Zeus brach in sein bekanntes homerisches Gelächter aus, und schließlich stimmten alle Götter darin ein. Bei den Menschen ist dieses Gelächter als Donner zu hören.

Zeus fing sich als Erster wieder. Die Götter bemerkten das, und das Gelächter verstummte so plötzlich, wie es angefangen hatte.

»Aber wie dem auch sei, an den Grundtatsachen ändert das natürlich gar nichts. Die Religion war damals auf den Hund gekommen. Über kurz oder lang hätte ich da sowieso eingreifen müssen. Ich hab es euch ja erklärt. Wenn der Zusammenbruch einer Religion droht, muss man einen Plan B haben, alles andere wäre unverantwortlich. Ich glaube ohnehin, dass es spätestens alle zweitausend Jahre an der Zeit ist, der Religion eine neue Gestalt zu geben, denn dann hat sich die alte zu sehr abgenutzt.«

Apollon nutzte die Steilvorlage, die ihm Zeus unbeabsichtigt geliefert hatte.

»Einverstanden! Dann lasst uns gleich ans Werk gehen. Wir zeigen den Menschen mit ein paar deutlichen Wundern, dass wir noch da sind und dass sie uns zu respektieren haben. Ihr sollt sehen, wie schnell die das Projekt Freizeitpark in der Versenkung verschwinden lassen.«

»Lieber Apollon«, meldete sich Athene zu Wort, »das ist, mit Verlaub gesagt, Unfug. Jetzt einfach nach zweitausend Jahren zu sagen, April, April, es war alles Quatsch, die alte Religion ist doch die richtige, das geht doch nicht. Sicher ähnelt vieles bei den Menschen wieder den Zuständen im alten Rom, aber das heißt noch lange nicht, dass man zwei Jahrtausende einfach ausblenden kann. Da müsste man sich schon eine sehr starke Story ausdenken.«

Artemis sprang ihrem Zwillingsbruder bei. »Ich finde Apollons Vorschlag gar nicht schlecht. Der Polytheismus kommt dem modernen, logisch denkenden Menschen doch entgegen. Stellt euch vor, einer gewinnt eine Million Euro im Lotto und drei Tage später erfährt er, dass er Krebs hat. Der wird doch verrückt, wenn er sich fragt, warum ein einzelner Gott ihm so was antut. Und, was noch schlimmer ist, viele Leute halten einen Gott, der so was macht, für einen Psychopathen. Sind aber mehrere Götter im Spiel, ergibt sich kein Widerspruch. Der eine Gott liebt unseren Menschen und lässt ihn gewinnen, was wiederum den anderen Gott erzürnt, und der schickt ihm dann den Krebs. Und schon ist alles wieder in sich schlüssig.«

Apollon erschien dieser etwas simple Gedankengang seiner Schwester eher peinlich denn hilfreich. Darum ging er darüber hinweg und sagte: »Ich möchte das wieder aufnehmen, was Athene eben gesagt hat. Athene, du meintest, dass die Leute heutzutage in vielen Punkten wieder den Menschen des Altertums ähneln. Das ist sehr gut beobachtet. Nehmen wir zum Beispiel ihre Ästhetik. Ist einem von Euch schon einmal die Ähnlichkeit ihrer Reklamebilder mit unseren alten Götterstatuen aufgefallen? Die Nacktheit, die Schönheit, die Vollendung? Damals gab es Praxiteles, heute gibt es Photoshop, aber das Ergebnis ist dasselbe, und darauf kommt es doch an, oder?« Die Götter folgten seinen Worten mit gespannter Aufmerksamkeit. »Dann ihre Ethik. Die Ethik des Christentums beruhte doch allein auf dem schlechten Gewissen, das man bei den Leuten erzeugte. Selbst ihre Träume mussten sie beichten, wenn etwas Unzüchtiges darin vorkam! Heute lassen die allermeisten Menschen die Religion gar nicht mehr in ihr Innerstes hinein, genau wie damals, als wir die Welt noch ganz offen regieren durften. Wir haben niemals und von niemandem verlangt, uns seine geheimsten Gedanken zu beichten. Warum auch? Erstens konnten wir ihre Gedanken sowieso lesen, und solange sie ihre Opfer darbrachten, war für uns alles in Ordnung. Genauso, wie das heute in Deutschland mit der Kirchensteuer passiert. Ich finde, wir können es endlich wagen, ganz offen zum Polytheismus zurückzukehren. Natürlich brauchen wir eine gute Story, Athene, aber uns ist doch immer noch was eingefallen, oder?«

Zeus war sichtlich verärgert über die Richtung, die die Diskussion eingeschlagen hatte.

»Kinder, die offizielle Wiedereinführung des Polytheismus könnt ihr euch abschminken, für die nächsten fünfzig Jahre zumindest. Danach können wir ja noch mal darüber reden.«

»Wieso denn?« Apollon gab nicht auf.

»Allein schon aus Kostengründen«, antwortete Zeus. »Habt ihr euch mal überlegt, was das kosten würde, die ganzen Tempel wiederaufzubauen? Bei der aufwendigen Bauweise? Griechenland ist pleite, Italien auch, und die Deutschen würden sich bedanken, wenn sie dafür auch noch zur Kasse gebeten würden. Vergesst es! Mit diesen Freizeitpark-Fuzzis müssen wir schon auf eine andere Weise fertigwerden.«

»Wo sitzt diese Firma?«, fragte Poseidon in die Runde hinein.

»In Recklinghausen«, sagte Hermes, der wie immer gut informiert war.

»Dann schlage ich vor«, erwiderte Poseidon, »wir zerstören Recklinghausen, wo immer das liegt, durch ein Erdbeben.«

»Das bringt doch nichts«, warf Athene ein, die ihrem Onkel Poseidon schon seit Jahrtausenden nur zu gerne widersprach. »Wenn so eine Idee einmal in der Welt ist, wird sie eben von einer anderen Firma aufgegriffen, wenn die erste ausfällt. Außerdem haben wir hier wieder dasselbe Problem wie immer bei solchen Strafaktionen: Die Leute in Recklinghausen würden gar nicht verstehen, dass das Erdbeben mit diesem perversen Projekt zu tun hat. Wir dürfen uns ja den normalen Sterblichen nicht zu Erkennen geben, und unsere Orakel sind seit dem fünften Jahrhundert verstummt. Wir können den Menschen einfach nichts mehr erklären.«

Demeter hatte eine Idee. »Halbgötter«, rief sie, »wir haben doch sicher Halbgötter in der Gegend, die wir einsetzen können! Denen gegenüber dürfen wir uns doch offenbaren.«

»In Deutschland gibt's verdammt wenige«, sagte Hermes. Er öffnete einen vor ihm liegenden Aktenordner, der an der Seite ein Daumenregister aufwies, unter dem Buchstaben Gamma, wie Germania, also Deutschland. »Wie vermutet sieht es dort schlecht aus mit Halbgöttern. Auf der Liste haben wir ganze eins, zwei, drei … elf, zwölf, fünfzehn, achtzehn Namen bei den Jungs und eins, zwei … acht, zehn, zwölf … fünfzehn bei den Mädchen. Offenbar haben nur wenige von uns Lust, mit deutschen Frauen Halbgötter zu zeugen, und die deutschen Männer beeindrucken unsere Göttinnen überhaupt nicht.«

»Was machen unsere Leute denn beruflich?«, erkundigte sich Zeus.

»Bei den Frauen haben wir je drei Talkshow-Moderatorinnen, Schauspielerinnen und Sportlerinnen, eine bekannte Feministin, eine Konzernchefin, drei Journalistinnen und eine Luxusnutte, Verzeihung, Edelprostituierte.«

»Wessen Tochter das wohl sein mag?«, fragte Poseidon, doch niemand beachtete ihn.

»Bei den Männern gibt es drei Fußballspieler, zwei Boxer, zwei Kirchenfürsten, einer davon hat es besonders weit gebracht, einen Schönheitschirurgen, einen Lobbyisten, einen Metzger mit eigener Fernsehsendung und einen Staatssekretär im Finanzministerium, alle anderen sind Verfassungsrichter.«

»Das klingt interessant«, sprach Zeus. »Wen setzen wir ein? Es muss jemand sein, der wirklich Einfluss hat. Ich schwanke zwischen dem Staatssekretär und der Luxusnutte.«

»Warum nicht beide?«, fragte Prometheus, der bisher noch nichts gesagt hatte.

»Eine geniale Idee!«, musste Zeus schweren Herzens eingestehen, obwohl er an Prometheus sonst kein gutes Haar zu lassen pflegte. »Wissen die beiden über ihre göttliche Natur Bescheid?«

Hermes sah noch einmal in seine Unterlagen. »Der Staatssekretär ja. Das ist der Adam Zeussen, du erinnerst dich doch, Vater? Ich habe ihn damals im Kosovokrieg selber aus London nach Deutschland zurückgeholt. Wir setzen ihn auch manchmal für kleinere Sachen ein. Die Nutte hat vermutlich keine Ahnung.«

ζ'

Der Tsunami auf dem Wannsee, das war Adam klar, konnte niemanden anderen ankündigen als seinen Onkel Poseidon, den Gott des Meeres und der Erdbeben. Warum aber sollte gerade der nach Berlin kommen? Deutschland hatte zwar eine Küste, doch war der Bezug zum Meer in diesem Land niemals von zentraler Bedeutung gewesen, wenn man von der Hanse und von der Zeit Wilhelms des Zweiten mit seinem Flottenwahn einmal absah. Auch Erdbeben fanden in Deutschland nur selten statt, und wenn, dann waren sie kaum der Rede wert. Adam war sehr gespannt, was es mit dem Besuch Poseidons in Berlin wohl auf sich hatte. Im Moment interessierte es ihn natürlich auch, in welcher Gestalt Poseidon sich ihm wohl nähern würde. Die Götter hatten da sehr viel Fantasie. So war Athene einmal in der Gestalt eines Callgirls aufgetreten, was ihm beinahe sein Amt als Staatssekretär gekostet hätte. Ausgerechnet die jungfräuliche Athene als Callgirl! Offenbar nutzten die Götter solche Gelegenheiten, um einmal ihrer festgelegten Rolle zu entfliehen und mit einer anderen Identität zu spielen, sei es auch nur in der Theorie und nur für wenige Stunden. Adam konnte das gut nachvollziehen. Wenn man über Jahrtausende auf eine bestimmte Rolle festgelegt ist, lechzt man geradezu nach ein wenig Abwechslung.

Manchmal kam es auch zu grotesken Situationen. Kurz nach seiner Rückkehr aus London hatte sich der Kriegsgott Ares bei ihm angesagt. Das war während des Krieges im Irak, und Adam stand am Anfang seiner zweiten Karriere. Das Wunder war noch eindeutig gewesen. Morgens um vier Uhr waren die Weltkrieg-II-Panzer vor dem sowjetischen Ehrenmal wie von Geisterhand bewegt losgefahren, hatten die Siegessäule mehrfach mit großem Getöse umrundet, um sich anschließend wieder auf ihren Platz vor dem Ehrenmal zu stellen, als wäre nichts geschehen. Adam wusste sofort, dass es Ares war, der sich bei ihm ankündigte.

Am Morgen des nächsten Tages war der Motz-Verkäufer in der U-Bahn deutlich aufdringlicher als sonst. Er setzte sich sogar neben Adam und versuchte, ihm ein Gespräch aufzuzwingen. Dabei ging es um die Mächtigen dieser Welt, die keinen Respekt mehr vor gar nichts hätten und ähnlich dummes Zeug mehr. Adam war sich sicher, den Kriegsgott vor sich zu haben und behandelte den Verkäufer der Obdachlosenzeitung mit ausgesuchter Höflichkeit, sehr zur Verwunderung der anderen Fahrgäste, aber auch des Motz-Verkäufers selbst. Am Ende hatte Adam ihm sogar sämtliche Zeitungen abgekauft.

Der Motz-Verkäufer verabschiedete sich an der nächsten Station. Noch eine Station weiter betrat ein Kontrollteam der BVG den Zug. Einer der Kontrolleure sah, dass Adam einen ganzen Stapel von Exemplaren der Obdachlosenzeitung in der Hand hielt. Zu jener Zeit hatte die BVG den Verkauf der Zeitung in den Zügen verboten. Adams Einlassung, er verkaufe die Zeitung nicht und habe lediglich einem wirklichen Motz-Verkäufer aus Mitleid den ganzen Stapel abgekauft, lies der Kontrolleur nicht gelten. Das Missverständnis konnte erst auf der Polizeiwache geklärt werden. Ares erschien dann am nächsten Tag in Form eines Verkehrspolizisten, der Adam anhielt, angeblich um seinen Führerschein zu kontrollieren.

Doch als was würde Poseidon auftreten? Adam beschloss, an diesem Tag besonders aufmerksam zu sein. Es war ihm immer wieder peinlich, wenn er als Halbgott die Zeichen eines Gottes übersah. Nach dem Mittagessen machte er wie sehr oft einen kurzen Spaziergang an der Spree entlang. Von Jahr zu Jahr bevölkerten immer mehr Touristendampfer den schmalen Wasserweg. Nur noch selten waren Frachtkähne zu sehen. Das hing damit zusammen, dass die modernen Frachtschiffe für die Spree und ihre alten Schleusen zu groß waren. Heute aber hatte zu Adams Verwunderung gleich hinter dem Kanzleramt ein betagter polnischer Frachtkahn festgemacht. An dieser Stelle war das Anlegen aus Sicherheitsgründen auf das Allerstrengste verboten. Nichtsdestoweniger sah Adam ein Boot der Berliner Wasserschutzpolizei an dem Kahn vorbeifahren. Die Polizisten an Deck unterhielten sich lebhaft und schienen das alte polnische Frachtschiff nicht einmal zu bemerken, obwohl sie um ein Haar mit ihm kollidiert wären. Da war Adam sofort klar, Poseidon hatte die Polizisten mit

Blindheit geschlagen, gewiss mit einer selektiven und vorübergehenden Blindheit, aber eben doch mit Blindheit.

Das galt allerdings nicht für Herrn Becker, der für Adams persönliche Sicherheit verantwortlich war und der ihn überallhin begleitete. Ihm erschien der polnische Frachtkahn verdächtig. Er wollte Adam davon abhalten, daran vorbeizugehen, und schlug vor, er solle seine Schritte in die entgegengesetzte Richtung lenken. Adam aber bestand darauf weiterzugehen. Als die beiden Männer auf der Höhe der Kommandobrücke angelangt waren, trat der Kapitän aus seinem Glashaus und rief Adam etwas in einer fremden Sprache zu. Dies versetzte Herrn Becker in allerhöchste Alarmbereitschaft. Er verstand kein Polnisch und schon gar kein Griechisch. So entging es ihm, dass der Schiffer dem Staatssekretär etwas auf Altgriechisch zugerufen hatte. Ihn wunderte es nur, dass der Minister in derselben Sprache, die Becker naheliegenderweise für Polnisch hielt, antwortete. Seine Überraschung kannte aber keine Grenzen mehr, als der Staatssekretär ihn mit entschiedenen Worten für den Rest des Tages entließ. Becker wollte protestieren, doch Adam ließ keinen Zweifel an seiner Entschlossenheit. Anstatt sich über den vorzeitigen Feierabend zu freuen, verschwand Becker hinter einem dicken Baum und verfolgte das Geschehen aus sicherem Abstand. Becker sah, wie Adam über das Fallreep auf das Deck kletterte und vom Kapitän in die Kajüte geleitet wurde.

Adam hatte bis dahin Poseidons persönliche Bekanntschaft noch nicht gemacht. Der polnische Poseidon war ein breitschultriger blonder Mann in den Vierzigern mit rundem Kopf und hellen Augen. Natürlich wusste Adam, dass Poseidon normalerweise ganz anders aussah. Er war gespannt, ob der Gott, wenn sie erst einmal allein wären, seine gewöhnliche Gestalt annehmen würde. Das war aber nicht der Fall. Adam war darüber leicht enttäuscht. Er sah es als einen Beweis mangelnden Vertrauens des Onkels gegenüber seinem Neffen. Schließlich hatte sich ihm selbst Aphrodite einmal in ihrer ganzen blendenden Schönheit gezeigt.

Nichtsdestoweniger war Adam auf die Unterredung gespannt. Er ging stark davon aus, dass es um die Eurokrise gehen würde. Diese hatte sich in den letzten Tagen zugespitzt. Adam hatte sich ohnehin darüber gewundert, dass die Götter, die doch mitten in Griechenland saßen, fünf

Jahre lang praktisch nichts gegen diese Krise unternommen hatten. Vermutlich, sagte er sich, ist auch den Göttern bisher noch nichts Vernünftiges dazu eingefallen.

Sollte er recht behalten und Poseidon tatsächlich wegen der Eurokrise gekommen sein, wäre es das erste Mal, dass seine olympischen Verwandten etwas Ernsthaftes von ihm verlangten. Bisher waren es nur Kleinigkeiten, weswegen man ihn kontaktiert hatte. Er hatte sich schon manches Mal gefragt, ob es denn wirklich nötig gewesen war, ihn aus seiner Karriere als Investmentbanker in London herauszureißen, um ihn in Berlin diesen schlecht bezahlten und öden Job als Finanzstaatssekretär machen zu lassen. Vielleicht würde sich das Blatt jetzt wenden.

Umso enttäuschter war Adam, als Poseidon sein Anliegen dargelegt hatte. Er begriff, dass es sich um ein simples Freizeitpark-Projekt handelte, das er verhindern sollte. Gut, er konnte die Götter verstehen, wenn sie ihr angestammtes Zuhause nicht verlieren wollten. Aber so war nun einmal die Welt. Neue Investitionen verdrängen altvertraute Einrichtungen. Man kann sich dem Fortschritt schließlich nicht in den Weg stellen. Für die Götter würde sich letztendlich ein neuer Berg finden lassen, in Griechenland oder anderswo. Zweifellos gab es etliche Gipfel auf der Welt, wo sich der Bergsteiger-Tourismus noch in Grenzen hielt, sodass man für die Götter sicher ein ruhiges Plätzchen finden könnte, dachte Adam.

Seinem Onkel gegenüber behielt er das alles lieber für sich. Er vergaß immer wieder, dass die Götter die Gedanken der Menschen lesen konnten, wenn auch unterschiedlich gut. Auf jeden Fall sah er, dass der Meeresgott fest entschlossen war, mit allen Mitteln gegen das Projekt zu kämpfen. Vermutlich galt das für den Rest der Familie gleichermaßen. Adam war sich dessen bewusst, dass es wenig sinnvoll war, sich dieser mächtigen Verwandtschaft offen entgegenzustellen. Auf der anderen Seite wusste er wirklich nicht, wie er den Göttern helfen sollte. Doch hatte er längst gelernt, wie man in einem Ministerium mit lästigen Bittstellern umgeht.

»Leider haben wir keinerlei rechtliche Handhabe, um dieses Projekt zu stoppen. Jedes deutsche Unternehmen ist frei, mit der griechischen Regierung über jedes denkbare Projekt zu sprechen, ohne dass es dazu einer vorherigen Genehmigung durch die Bundesregierung bedarf, von einigen Rüstungsexporten einmal abgesehen.«

Doch das hätte Adam besser nicht gesagt. Poseidon ging in die Luft. Letzteres war beinahe wörtlich zu verstehen, denn er war plötzlich um mindestens einen halben Meter gewachsen. Sein Gesichtsausdruck nahm geradezu bedrohliche Züge an, wie sie Adam noch nie bei einem Menschen gesehen hatte, aber sein Onkel war ja auch kein Mensch ...

»Das heißt, du Pfeife willst uns nicht helfen? Einen schönen Halbgott hat mein Bruder da in die Welt gesetzt! Beruft sich auf so eine juristische Scheiße! Nun hör mal gut zu! Die Firma, die diesen Frevel plant, sitzt in einem Ort namens Recklinghausen. Wenn du nicht dafür sorgst, dass das Thema spätestens in einem Monat vom Tisch ist, werde ich dieses Recklinghausen finden und plattmachen, und zwar mit einem Erdbeben der Stärke neun! Was hab ich gesagt? Ein Monat? Das ist viel zu viel. Eine Woche gebe ich dir ... Genau eine Woche. Was du in einer Woche nicht schaffst, das schaffst du auch in einem Monat nicht! Also: Entweder ist das Projekt in sieben Tagen vom Tisch oder in Recklinghausen bleibt kein Stein auf dem anderen! Merk dir genau: Nächsten Freitag um zwölf ist Recklinghausen Geschichte.«

Das hatte Adam gerade noch gefehlt. Er als Staatssekretär wäre verantwortlich für das erste Starkbeben auf deutschem Boden seit Menschengedenken! Adam war zwar kein Seismologe, aber so viel wusste er: Ein Beben der Stärke neun mit Epizentrum in Recklinghausen würde nicht nur diese Stadt, sondern das ganze Ruhrgebiet und vielleicht auch noch das angrenzende Rheinland in ein Trümmerfeld verwandeln. Offenbar wusste sein Onkel nicht, in was für einer dicht besiedelten Gegend Recklinghausen lag. Auch wenn die wirtschaftliche Bedeutung dieser Region in den letzten Jahrzehnten stark abgenommen hatte, wäre das doch ein harter Schlag für die Konjunktur, vorläufig jedenfalls. Später, beim Wiederaufbau, würden sich natürlich neue Chancen ergeben, aber das würde die massive, wenn auch temporäre Schwächung der deutschen Wirtschaft durch das Erdbeben nicht aufwiegen können. An das mit der Katastrophe verbundene menschliche Leid wagte Adam gar nicht zu denken.

»Also, habe ich mich klar genug ausgedrückt?« Poseidon sah Adam streng in die Augen. »Ja? Dann mach dich ans Werk. Angelika Baum wird dir dabei helfen. Sie nennt sich allerdings Cindy. Sie ist auch eine Halbgöttin hier in Berlin, genau wie du, nur weiß sie es nicht. Du sollst es ihr auch nicht sagen. Hermes behauptet, für Geld täte die alles, und davon gibt es ja jede Menge, da, wo du arbeitest. Wir legen großen Wert auf eine harmonische Zusammenarbeit. Also keine Alleingänge! Dazu ist die Sache zu wichtig. Hier ist ihre Handynummer.« Poseidon gab ihm ein gelbes Post-it, auf dem mit Kugelschreiber eine Mobilfunknummer notiert war. »Und jetzt husch, husch an die Arbeit!«

Im selben Moment fand sich Adam auf der Spreeuferpromenade stehend wieder. Der polnische Kahn hatte sich offenbar mitsamt seinem Kapitän in Luft aufgelöst. Hielte er nicht den gelben Zettel mit der Handynummer von Angelika Baum in der Hand, hätte Adam geglaubt, das alles nur geträumt zu haben. Er setzte sich auf eine nahe Bank und versuchte, seine Gedanken zu ordnen. Jetzt saß er ganz schön in der Tinte. Er musste, um eine Megakatastrophe zu verhindern, ein Projekt stoppen, das er im Grunde für vernünftig hielt, und gegen das er mit legalen Mitteln auch nichts machen konnte. Erschwerend kam hinzu, dass gerade die Bundesregierung bei jeder Gelegenheit von Griechenland Fortschritte bei der Privatisierung und Nutzung des Staatseigentums verlangte.

Enttäuschend war für Adam nicht zuletzt auch die Tatsache, dass die Götter in dieser Frage reagierten wie ganz normale Bürger, wenn sie erfahren, dass neben ihrem Haus beispielsweise eine Müllverbrennungsanlage gebaut werden soll. Niemand ist mehr bereit, für die Gemeinschaft Opfer zu bringen, offensichtlich auch die Götter nicht, dachte Adam. Der Gipfel aber war die Tatsache, dass er sich bei diesem Projekt der Hilfe einer gewissen Angelika Baum bedienen sollte, die sich aus unerfindlichen Gründen Cindy nannte und die er aus Mitteln seines Ministeriums bezahlen sollte. Was für Vorstellungen hatten diese Götter überhaupt? Als ob er als Staatssekretär so einfach mir nichts, dir nichts eine Mitarbeiterin einstellen könnte, ohne Rücksicht auf den Stellenplan und die Qualifikation der betreffenden Person! Offenbar hatte die Tatsache, dass die Götter seit viertausend Jahren in Griechenland wohnten, auf ihre Denkweise abgefärbt. Oder war es umgekehrt? Hatten die Griechen etwa ihre lockere Art, mit den Spielregeln umzugehen, von den Göttern übernommen?

Herr Becker hatte für ein paar Sekunden flussabwärts geschaut, wo ein Ausflugsdampfer mit einem rheinländischen Damen-Kegelverein seine Aufmerksamkeit in Anspruch genommen hatte. Als er wieder in Richtung des polnischen Schiffes blickte, war dieses wie durch Zauberhand verschwunden. Stattdessen saß sein Chef einsam auf einer Bank am Ufer der Spree.

η′

Olymbía hatte sich in der morgendlichen Sendung gut geschlagen, fanden zumindest ihre Parteifreunde. Sie selbst war sich da gar nicht so sicher. Schließlich lag der Olymp in ihrem Wahlkreis. Die Partei hatte sie dort aufgestellt, weil ihre Großmutter mütterlicherseits aus der Gegend stammte. Sowohl bei Facebook als auch auf den anderen Seiten, auf denen sie präsent war, mischten sich unter die Zustimmung auch kritische Töne, insbesondere von Menschen aus der Region selbst. Obwohl sie strenggenommen nur über die Akropolis gesprochen hatte und von den Moderatoren überhaupt nicht zum Thema des Olymp befragt worden war, schienen viele Menschen wie selbstverständlich davon auszugehen, dass sie auch dieses Projekt ablehnte.

Ein Zuschauer aus Leptokaryá schrieb: *Frau Theodorou sitzt im Athener Parlament und isst mit goldenen Löffeln. Die Arbeitslosen in der Piería sind ihr offenbar vollkommen egal. Da schlägt endlich mal jemand ein vernünftiges Projekt vor, und schon sind die Damen und Herren Politiker dagegen, angeblich aus ideologischen Gründen. Sie sollten sich schämen.*

Olymbía ahnte, dass es für sie nicht leicht würde, sich aus der Affäre zu ziehen. Sie wollte ihren Wählern entgegenkommen und suchte nach Gründen, warum sie gegen das Akropolis-Projekt und gleichzeitig für die Privatisierung des Olymp sein konnte, fand aber keine glaubwürdige Begründung für solch eine differenzierte Position. Außerdem war es die Linie ihrer Partei, beide Projekte abzulehnen, wie überhaupt jede größere Investition privater Unternehmer, aus dem Inland ebenso wie aus dem Ausland. Es half nichts, sie musste dagegen sein.

Zu allem Überfluss kam dann noch eine Einladung aus Katerini, der Hauptstadt des Bezirks, in dem der Olymp liegt. Der Bürgermeister lud sie für den Montag der folgenden Woche zu einer öffentlichen Podiumsdiskussion mit Befürwortern und Gegnern des Projekts »Freizeitpark

Olymp« ein. Als Abgeordneter des Wahlkreises Piería fiel ihr die ehrenvolle Rolle zu, das Grundsatzreferat vonseiten der Projektgegner zu halten. Olymbía wusste, dass sie hier nicht kneifen durfte, wenn sie sich in ihrem Wahlkreis nicht lächerlich machen wollte. Auf der anderen Seite: Was sollte sie den Arbeitslosen sagen, die ihre ganze Hoffnung in dieses Projekt setzten?

Auf dem Olymp selbst hatte Olymbías Auftritt im Morgenmagazin ausnahmslos allen gefallen. Hermes sah sich schon zum dritten Mal die Aufzeichnung im Internet an. Wie schön, dass es in Athen bereits eine einflussreiche Halbgöttin gab, die ohne Wenn und Aber gegen das Projekt war! Anders als in Berlin mussten die Götter hier keine Überzeugungsarbeit mehr leisten. Hermes würde einfach zu Olymbía gehen, sie über ihre wahre Natur aufklären und ihr deutlich machen, dass sie den Freizeitpark gemeinsam mit zwei deutschen Halbgöttern verhindern musste.

Einer der wenigen Vorteile im Leben eines Gottes war die Möglichkeit, sich jederzeit an jede Stelle des Weltalls zu begeben, ohne seine Zeit auf Flughäfen, Autobahnen und an Bahnhöfen zu vergeuden. Nur wenige Sekunden, nachdem Hermes den Entschluss gefasst hatte, Olymbía noch heute zu besuchen, stand er vor der Tür ihres Büros in Athen. Die griechischen Abgeordneten müssen sich selbst Büros in den Straßen rund um das Parlament suchen. Große Blocks mit Abgeordnetenbüros wie in Berlin sucht man in der griechischen Hauptstadt vergebens. Olymbía wollte nicht im feinen Kolonaki residieren wie die meisten ihrer Kollegen. Die touristisch geprägte Altstadt Plaka fiel ebenso aus, weil hier die Mieten während der Wohlstandsjahre ins Unermessliche gestiegen waren. Nicht dass sie persönlich ein Problem mit der Höhe der Miete gehabt hätte, doch sie gehörte einer linken Partei an. Da tat ein wenig Bescheidenheit immer gut. Schließlich entschied sie sich für eine alte Dreizimmerwohnung in einem etwas heruntergekommenen Viertel namens Psyrrí, wo kurz vor der Krise eine alternative Kneipenkultur entstanden war, die es aber nicht mehr geschafft hatte, die Immobilienpreise ernsthaft in die Höhe zu treiben. Jetzt, in der Krise, wurden die Mieten ohnehin wieder erschwinglich. Von Psyrrí aus waren es auch nur wenige Schritte bis zur Zentrale ihrer Partei.

Hermes drückte auf den Klingelknopf mit der Aufschrift »Bürgerbüro O. Theodorou«. Eine weibliche Stimme tönte aus dem Lautsprecher: »Oríste!«

Da sich Hermes von einem Moment auf den anderen entschieden hatte, Olymbía zu besuchen, hatte er sich nicht überlegt, was er eigentlich sagen wollte, um zu ihr vorgelassen zu werden. So entschloss er sich zur Flucht nach vorn. Er würde einfach die Wahrheit sagen.

»Ich heiße Hermes und bin ein Verwandter von Frau Theodorou aus der Piería.«

»Einen Moment bitte«, sagte die blecherne Stimme aus dem Lautsprecher.

Olymbía erschrak, als die Sekretärin ihr mitteilte, ein Verwandter aus dem Wahlkreis wolle sie sprechen. Sie kannte keinen ihrer dortigen Verwandten persönlich, auch keinen Hermes. Zu Beginn des Wahlkampfes hatte sie einige Nachforschungen anstellen lassen, ob sich nicht irgendwelche Verwandten finden ließen, die ihr im Wahlkampf behilflich sein könnten. Allerdings hatten ihre Emissäre herausgefunden, dass ihre Mutter dort nur wenige Verwandte hatte, die in der Region auch nicht besonders einflussreich waren und zu allem Überfluss politisch weit rechts standen. Daraufhin hatte sie von der Idee Abstand genommen, ihre Verwandten zu besuchen, um sie eventuell für sich einzuspannen. Nun aber stand einer von diesen Leuten vor ihrer Tür, offensichtlich um sie dazu zu bewegen, ihren Widerstand gegen den Freizeitpark aufzugeben. Das konnte ja heiter werden.

»Lass ihn im Wartezimmer Platz nehmen. Ich komme gleich.«

Während sich ihre Mitarbeiterin anschickte, den Besucher hereinzulassen, griff Olymbía zum Telefon und wählte die Nummer ihrer Mutter. Vielleicht wusste die ja etwas über einen Verwandten namens Hermes. Doch ihre Mutter antwortete weder auf der Festnetz- noch auf der Mobilnummer. Jetzt galt es zu improvisieren.

Im Wartezimmer traf sie auf einen ausgesprochen gut aussehenden Mann um die Vierzig.

»Hallo Hermes«, begrüßte ihn Olymbía überschwänglich. »Lange nicht gesehen.«

»Ich glaube nicht, dass wir uns schon einmal begegnet sind«, antwortete Hermes kühl.

»Wirklich nicht? Ich hätte schwören können, dass wir uns schon mal getroffen haben. So vertraut erscheint mir deine Physiognomie.«

Vielleicht hat sie mich ja auf irgendeiner alten Briefmarke gesehen, dachte Hermes. Über Jahrzehnte hinweg zierte die griechischen Briefmarken ein stilisierter Hermeskopf.

»Gehen wir in mein Arbeitszimmer!«

Olymbía ging voran. Sie hieß den Besucher, auf der Couch Platz zu nehmen, und setzte sich ihm gegenüber. In der Tür erschien die Gestalt von Polyxeni, ihrer Sekretärin. Die Getränkefrage war schnell geklärt. Weil er als Gott nur Nektar trank, musste Hermes in solchen Fällen den angebotenen Kaffee stets höflich ablehnen. Polyxeni machte die Tür hinter sich zu.

Olymbía hielt es für angebracht, ihren Verwandten erst gar nicht dazu kommen zu lassen, seine Argumente für das Projekt auf den Tisch zu legen. Außerdem wollte sie Diskussionen über den Grad ihrer Verwandtschaft und über andere Verwandte im Wahlkreis vermeiden, denn von diesen hatte sie ja keine Ahnung. So entschied sie sich, sofort mit voller Kraft in das Thema Freizeitpark einzusteigen.

»Hör zu, Hermes, ich freue mich, dass du den Weg zu mir gefunden hast. In einem offenen Dialog lassen sich solche Fragen immer noch am besten klären. Das ist meine feste Überzeugung. Also hör zu. Unsere Partei steht natürlich zu einhundert Prozent auf der Seite der Arbeitslosen. Wie sollte es auch anders sein, schließlich sind wir eine Arbeiterpartei. Das heißt aber nicht, dass wir der erpresserischen Politik der Feinde unseres Landes und der Arbeiterklasse nachgeben dürfen, nur weil diese uns ein paar armselige, schlecht bezahlte Arbeitsplätze versprechen.«

Hermes wusste nicht, was er darauf erwidern sollte. Auf der einen Seite hielt er Olymbías Ideologie für eine besonders menschenverachtende Form des Populismus. Die Partei versuchte, die Bevölkerung gegen mögliche Investoren aus dem In- und Ausland aufzubringen, ohne ihr selbst irgendeine alternative Lösung anbieten zu können. Auf der anderen Seite brauchte er Olymbía, um das Freizeitpark-Projekt zu verhindern. Und dabei kam ihm die Position ihrer Partei entgegen.

»Ich bin nicht gekommen, um darüber zu diskutieren, ob eure Partei das Recht hat, ein ganzes Volk dazu zu verleiten, die Spielregeln des globalisierten Kapitalismus zu missachten. Ich bin gekommen, weil ich dir sagen will, dass deine Familie dieses spezielle Projekt, den Freizeitpark auf dem Olymp, mindestens ebenso radikal ablehnt wie du. Wir möchten dir daher unsere Unterstützung beim Kampf gegen diese Investition anbieten.«

Olymbía horchte auf. Ihre Verwandten würden sie unterstützen? Das hörte sich verlockend an. Doch sofort erinnerte sie sich daran, dass man ihr gesagt hatte, die Familie ihrer Mutter genieße in der Piería kein besonderes Ansehen und trage zudem eine rechte Gesinnung zur Schau. Vielleicht war es doch keine allzu gute Idee, sich gerade mit solchen Leuten zu verbünden.

»Vielen Dank, Hermes, es ist schrecklich nett von euch allen, dass ihr mich unterstützen wollt. Doch will ich euch da nicht mit reinziehen. Ich weiß, es wird nicht einfach werden für mich. Am Montag gibt es schon eine öffentliche Podiumsdiskussion in Katerini. Da werde ich mir einiges anhören müssen.«

»Nun, da könnten wir dir schon helfen. Ich könnte mit ein paar Verwandten kommen, die der Versammlung einen ganz schönen Schrecken einjagen würden. Das kann ich dir garantieren.«

Olymbía erschrak. Offensichtlich waren ihre Verwandten noch schlimmer als befürchtet. Das fehlte auch noch, dass sie sich von stadtbekannten rechten Schlägertrupps unterstützen ließ!

»Das ist wirklich sehr gut gemeint von euch«, sagte sie, »aber solche dynamischen Leute haben wir in unserer Partei auch mehr als genug. Nur setzen wir sie im Moment nicht ein, denn wir geben uns gerade ein etwas bürgerlicheres Profil.«

»Ich fürchte«, sagte Hermes, »wir reden aneinander vorbei. Ich spreche nicht von irgendwelchen Rabauken, sondern von Leuten wie meinem Bruder Ares oder Onkel Poseidon.«

Olymbía kannte durchaus Menschen, die Hermes oder Ares hießen. Ein Poseidon war ihr jedoch noch nie begegnet. Höchstens Fährschiffe oder Fischtavernen hießen so. Offenbar hatte man in ihrer Sippe eine besondere Vorliebe für klassische Namen.

Sie konnte sich nicht zurückhalten: »Onkel Poseidon ...«

Hermes unterbrach sie: »Ja, mein Onkel Poseidon, bei dir muss es natürlich heißen Vater Poseidon.«

»So, mein Vater heißt also Poseidon ... Sag bloß, dass wir auch noch einen Zeus in der Verwandtschaft haben!«

»Natürlich haben wir den. Das ist mein Vater, das heißt, er ist Ares' Vater, meiner ... und dein Onkel.«

»Wie bitte?« Olymbía traute ihren Ohren nicht. Da kam ein Unbekannter namens Hermes hereinspaziert und erzählte ihr, dass sie einen Vater namens Poseidon und einen Onkel namens Zeus hatte! Das musste ja eine supernationalistische Familie sein!

Tatsache war, dass Olymbía so gut wie nichts über ihren Vater wusste. Ihre Mutter hatte sich stets standhaft geweigert, irgendetwas über ihn zu erzählen. Eigentlich wusste sie nur, dass ihr Vater, der Mutter zufolge, auch durch eine sehr ansehnliche Mitgift nicht zu einer Heirat veranlasst werden konnte. Als Olymbía dreizehn war, malte sie sich aus, die Tochter eines wohlhabenden Mannes zu sein, der aber verheiratet war und fürchten musste, im Falle einer Scheidung die Prika seiner bisherigen Frau zu verlieren, die offenbar noch wertvoller war als ein Haus im Psychikó. Später hatte sie einfach damit aufgehört, über ihren Vater nachzudenken. Mutter würde schon ihre guten Gründe haben, wenn sie konsequent schwieg, wann immer das Gespräch auf Olymbías biologischen Vater kam.

»Was meinst du, warum du Olymbía heißt?«, fragte Hermes.

»Das ist eine gute Frage, darüber habe ich noch nie nachgedacht«, musste sie einräumen.

Normalerweise bekamen griechische Kinder den Namen eines Großvaters oder einer Großmutter. Ihre Oma mütterlicherseits hieß aber Aspasia. Hermes gab selbst die Antwort auf seine Frage:

»Du heißt so, weil du von den olympischen Göttern abstammst, wie wir alle.«

»Tora plaka mou kanis?«

Hermes musste lachen. Denselben Satz hatte er in einem ähnlichen Zusammenhang schon einmal gehört.

»Du willst doch nicht im Ernst behaupten, dass es die Götter wirklich gibt und dass Poseidon mein Vater ist und Zeus, also der berühmte Zeus vom Olymp, der die Blitze schleudert, mein Onkel?«

»Doch, genau das will ich.«

Olymbía lachte laut auf, doch eher aus Verlegenheit denn aus Belustigung.

»Wo ist die versteckte Kamera, in deiner Tasche oder in einem Knopfloch? Schickt dich die Regierung, um mich lächerlich zu machen? Raus mit der Sprache!«

Olymbía war sich plötzlich ihrer misslichen Situation bewusst geworden. Warum hatte sie sich nur auf dieses Gespräch eingelassen? Doch Hermes ließ sich davon nicht beeindrucken.

»Was meinst du, wo du diese überirdische Schönheit herhast?«, fragte er, wohl wissend, dass man gerade schöne Frauen meistens in Verlegenheit brachte, wenn man sie auf ihr Aussehen ansprach. Bei Olymbía funktionierte das nicht.

»Soll das jetzt so was wie ein Kompliment sein?«

»Durchaus nicht. Das Wort ›Kompliment‹ bedeutet so viel wie ›Ergänzung‹, und eine Ergänzung braucht deine Schönheit wirklich nicht, denn sie ist göttlich.«

In der Tat stimmte bei Olymbía trotz ihrer 36 Jahre einfach alles. Sie war in der Presse mehrfach mit verschiedenen berühmten Statuen aus dem klassischen Altertum verglichen worden. Ihr markantes Gesicht war mit den Jahren zwar ein wenig gereift, aber nicht wirklich gealtert. Das wusste auch Olymbía selbst.

Sie blickte zu Hermes herüber. Auch er sah toll aus. Sie gäben sicher ein eindrucksvolles Paar ab ...

Als könnte er ihre Gedanken lesen, sagte er: »Mein Aussehen zählt nicht, wir Götter können uns selber aussuchen, wessen Gestalt wir annehmen wollen. Auch wenn jeder Wechsel sehr anstrengend ist. Ich bin dann immer für einen ganzen Tag außer Gefecht.«

Olymbía merkte, dass ihr der Gedanke an eine göttliche Abkunft allmählich zu gefallen begann. In diese Falle durfte sie aber nicht tappen, sie musste sich am Riemen reißen. Es war höchste Zeit, diese Farce zu beenden. Auch wenn der Besucher keine versteckte Kamera bei sich hatte, in seiner Hosentasche lief mit Sicherheit ein Tonband mit.

»Ich glaube, es reicht langsam«, sagte sie bestimmt. »Es war nett, mit dir zu plaudern, aber wir haben leider auch eine Menge Arbeit.«

So etwas war Hermes noch nie passiert. Dass die ›neuen‹ Halbgötter ihm nicht glauben wollten, das kam oft genug vor. Aber rausgeschmissen hatte ihn noch niemand. Offenbar war seine Taktik, auf die Schönheit seiner Gesprächspartnerin abzuheben, nicht die richtige gewesen. Er hasste es, wenn er seine Verwandten durch irgendwelche Taschenspielertricks überzeugen musste. Er sah das jedes Mal als Niederlage seiner persönlichen Überzeugungskraft an. Doch hier schien nichts anderes mehr zu helfen. Er streckte seinen rechten Arm aus und zeigte mit dem Zeigefinger auf eine Blumenvase, die vor ihm auf dem Couchtisch stand. Nachdem er sich vergewissert hatte, dass Olymbía auf seinen Finger schaute, hob er diesen plötzlich an. Sofort erhob sich die Vase mitsamt Inhalt in die Höhe. Etwa einen Meter über dem Tisch blieb sie in der Luft stehen. Hermes Zeigefinger beschrieb daraufhin einen großen Bogen, bis er auf Olymbías Schreibtisch zeigte. Die Vase folgte dieser Linie und setzte sanft auf der Schreibtischunterlage vor Olymbías leerem Stuhl auf.

Doch als bekennende Marxistin war Olymbía so leicht nicht zu überzeugen. Ihren ersten Schrecken überwand sie schnell.

»Komm mir jetzt bitte nicht mit irgendwelchen Tricks!«, rief sie sichtlich erregt.

»Dann eben nicht«, sagte Hermes und verschwand.

Wo er bis vor einer Zehntelsekunde gesessen hatte, saß jetzt niemand mehr. Das war selbst für Olymbía zu viel. Träumte sie? Sie kniff sich in den Unterarm. Das tat weh. Also träumte sie nicht.

Es vergingen keine dreißig Sekunden, da war Hermes wieder da. Allerdings saß er jetzt auf Olymbías Schreibtischstuhl hinter der Blumenvase. Er stellte sie zur Seite.

»Du machst es mir wirklich schwer, liebe Cousine«, sagte er in einem gespielt strengen Ton.

»Und du solltest im Zirkus auftreten, da würdest du reich.«

Offenbar, dachte Hermes, müssen manche Frauen immer das letzte Wort haben, egal unter welchen Umständen.

»Haben wir uns jetzt verstanden?«, fragte er mit einer deutlich ernsteren Miene.

Der zweite Teil ihres Gespräches verlief wesentlich konstruktiver. Hermes versuchte, Olymbía klar zu machen, was für Auswirkungen ihre göttliche Natur auf ihr weiteres Leben haben würde.

»Heißt das, ich bin unsterblich?«, fragte sie.

Diese Frage hatte Hermes nicht erwartet. Außerhalb Griechenlands hörte er sie manchmal von frischgebackenen, oder besser: von frisch informierten Halbgöttern. In Griechenland wurde sie ihm bisher noch nie gestellt. Eines der Probleme des Landes war sein rückwärtsgewandtes Bildungssystem. Im Rahmen der Lehrpläne mussten die Schüler nicht nur die nationale Geschichte, oder was das Bildungsministerium dafür ausgab, bis zum Erbrechen auswendig lernen, auch die antike Mythologie hatte hier durchaus noch ihren Platz. Für Hermes hatte das den Vorteil, dass jedes griechische Schulkind wusste, Götter sind unsterblich, Halbgötter sind es nicht, es sei denn, sie werden nachträglich von den Göttern dazu gemacht, wie etwa Herakles. Nur diese Halbgöttin wusste das offenbar nicht. Das konnte ja heiter werden.

Sie saßen von elf Uhr bis siebzehn Uhr nachmittags zusammen. Olymbía ließ Polyxeni einen Termin nach dem anderen absagen. Sie wollte wissen, was die göttliche Verwandtschaft denn zu tun gedenke, um ihre, Olymbías, politische Karriere zu fördern. Hier fiel Hermes' Antwort zunächst recht enttäuschend aus.

»Als Götter müssen wir die Geschicke der Welt bestimmen, das ist unser Job. Aber welche Mittel stehen uns eigentlich zur Verfügung? Darüber denkt kaum jemand wirklich nach. Wir haben im Prinzip nur drei echte

Werkzeuge: Naturkatastrophen, Wunder und Metamorphosen. Damit müssen wir die Menschheit lenken. Der gezielte Einsatz von Naturkatastrophen ist eine Wissenschaft für sich. In einem Land droht die Konjunktur überzukochen. Hier tut eine kleine Überschwemmung Wunder. Woanders muss etwas für den Bausektor getan werden. Hier hilft dein Vater gerne mit einem Erdbeben nach. Die Kunst dabei ist es, so ein Erdbeben richtig zu dosieren. Fällt es zu heftig aus, verkehrt sich der wirtschaftsfördernde Effekt ins Gegenteil. Die Menschen verfallen in eine Art Lethargie, die sie daran hindert, den Wiederaufbau überhaupt erst in Angriff zu nehmen.« Hermes bemerkte, dass Olymbía seinen Worten mit großer Aufmerksamkeit folgte. »Nun ist der Punkt, bei dem der Aufbauwille in Tatenlosigkeit umschlägt, nicht etwa bei allen Völkern derselbe, mitnichten. Erfreulicherweise versteht Poseidon einiges von Völkerpsychologie. Dennoch gibt es immer wieder Fälle, bei denen ein Erdbeben zu stark ausfällt. Wenn du darüber nachdenkst, fallen dir sicher ein paar solche Beben ein, die ganze Regionen für Jahrzehnte aus der Bahn geworfen haben.«

»Und wie dosiert Poseidon so ein Erdbeben?«, fragte Olymbía interessiert.

»Das ist eine Kunst für sich. Da spielt erst einmal die Kraft eine Rolle, mit der dein Vater seinen Dreizack in den Boden rammt, aber auch der Winkel und natürlich die geologische Beschaffenheit der Region. Um das alles zu erforschen, fährt er oft schon Tage vor dem Beben in die von den Göttern ausgewählte Gegend.«

Olymbía war sichtlich fasziniert. In der Schule hatte sie ganz andere Erklärungen für diese Naturerscheinung gehört.

»Mit den Wundern«, fuhr Hermes fort, »hat es eine andere Bewandtnis. Die Leute glauben heute nicht mehr an Wunder. Anstatt auf die Knie zu fallen und irgendeinen Gott zu preisen, rufen die meisten sofort nach den Naturwissenschaftlern. Diese wiederum haben nicht den Mut zuzugeben, dass es sich bei einer bestimmten Erscheinung um ein Wunder handelt, denn Wunder gibt es für die Wissenschaft offiziell nicht. Sie formulieren lieber eine völlig abstruse Theorie, als offen einzugestehen, dass sie sich das jeweilige Phänomen nicht erklären können. Hast du im

Internet die Berichte über den Tsunami heute Morgen in Berlin gelesen? Ich habe selten so gelacht. Alles in allem ist das Wunder heute eine ziemlich stumpfe Waffe geworden. Kleine Zimmerwunder vor begrenztem Publikum, das geht noch, wie die Sache vorhin mit der Vase, aber viel kann man damit nicht ausrichten. Das ist eher was zum Eindruckschinden. Größere, öffentliche Wunder können heute allenfalls bei rückständigen, sehr religionsbetonten Gesellschaften noch etwas bewirken.«

»Und die Metamorphosen, die du erwähntest, was hat es mit denen auf sich?«

Olymbía hörte Hermes während dieser Phase ihres Gesprächs besonders gespannt zu.

»Die Metamorphosen sind unser wichtigstes Werkzeug. Es gibt davon zwei Formen. Bei der einen verwandeln wir unser Gegenüber, so wie einst Kirke die Gefährten des Odysseus in Schweine verwandelte.«

Olymbía horchte auf. »Das ist ein herrliches Bild, die Frau, die die Männer in Schweine verwandelt. Könnte ich das auch lernen?«

»Im übertragenen Sinne kannst du's wahrscheinlich schon sehr gut ... Aber in Wirklichkeit schaffen die allermeisten Halbgötter das nicht. Ganz wenige haben diese Fähigkeit von ihren göttlichen Vorfahren geerbt. Oft sind das dann auch Dreiviertelgötter, das heißt Abkömmlinge eines Gottes und einer Halbgöttin oder umgekehrt. Aber auch die müssen das lange trainieren. Es gibt da einen Test. Wenn du willst, können wir den mal miteinander machen, aber nicht heute. Er kostet sehr viel Kraft. Da musst du dann eine Maus in einen Kanarienvogel verwandeln und wieder zurück – unter meiner Anleitung, versteht sich. Wenn dir das nicht gelingt, heißt das, du hast die Fähigkeit definitiv nicht geerbt.«

»Bei der anderen, in der Praxis viel wichtigeren Form der Metamorphose verwandeln wir uns selbst. Heute nicht mehr so oft in Tiere, dafür aber immer öfter in Politiker.«

»In Politiker?«, fragte Olymbía ungläubig.

»Natürlich. Ist dir denn noch nicht aufgefallen, wie oft Politiker ihre Meinung ändern? Meistens geht das fast unmerklich vor sich. Am Anfang sagen sie: Ich schließe das und das kategorisch aus. Beim nächsten Mal schließen sie es nur noch ganz normal aus, nicht mehr kategorisch. Dann sind sie nur noch dagegen. Anschließend gehen sie davon aus, dass es nicht passieren wird. Dann sollte es eigentlich nicht passieren. In der Folge hoffen sie nur noch, dass es nicht passiert. Danach kann es sein, dass es am Ende nicht passieren wird. Anschließend könnte es vielleicht doch passieren, und am Ende passiert es dann. Das ist gewissermaßen der normale Weg der Willensbildung eines Politikers, wenn er sich einem sogenannten Sachzwang gegenübersieht, und das ist eigentlich immer der Fall. Wir verfolgen das dann sehr aufmerksam, greifen aber in der Regel nicht ein.«

»Nun geschieht es aber immer wieder«, fuhr Hermes fort, »dass ein Politiker sich gar nicht von der Stelle bewegen will. Dass er wie verstockt auf irgendeiner Position beharrt, obwohl diese längst nicht mehr zu halten ist. Dann schlüpft einer von uns in seine Rolle, um die Diskussion von der Stelle zu bringen.«

»Wie geht das denn in der Praxis vor sich?«, fragte Olymbía, die mittlerweile den Ausführungen ihres göttlichen Vetters mit allerhöchster Anspannung lauschte.

»Nun, in der Regel machen wir uns die Tatsache zunutze, dass Politiker ständig Reden halten und Interviews geben. Irgendwann sitzt dann mal nicht der Herr Ministerpräsident vor der Kamera, sondern einer von uns.«

»Und wo bleibt derweil der echte Ministerpräsident?«

»Schläft tief und fest im Hotelzimmer.«

»Aber wenn er aufwacht, dann merkt er doch, was passiert ist. Dass da jemand an seiner Stelle etwas gesagt hat, was er selber so nicht gesagt hätte.«

Hermes hatte diesen Einwand erwartet.

»Das ist richtig, aber was soll er machen? Soll er etwa verkünden, das sei nicht er gewesen, der da geredet hat? Wie würde das wohl bei seiner Kundschaft ankommen?« Das leuchtete Olymbía ein. Sie wollte etwas dazu sagen, doch ihr Besucher fuhr fort.

»Manchmal versuchen sie natürlich, zurückzurudern und sich ihrem vorherigen Standpunkt wieder anzunähern, aber das geht immer nur bis zu einem gewissen Grad. Und wenn einer es mit dem Zurückrudern übertreibt, dann kennen wir auch keine Gnade, das muss ich dir ganz offen sagen. Dann kommen meine Schwestern Lachesis und Atropos zum Einsatz, aber ganz brutal, sage ich dir.«

»Lachesis und Atropos, wer war das noch? Bitte entschuldige meine Unkenntnis. Es ist schon ein paar Jahre her, seit wir in der Schule die Mythologie gelernt haben. Hätte ich damals gewusst, dass alles meine unmittelbare Verwandtschaft ist, hätte ich sicher besser aufgepasst.«

Hermes überhörte die leichte Ironie in Olymbías Worten und gab ihr bereitwillig Nachhilfe: »Es gibt doch die drei Moiren: Klothó, die den Lebensfaden für jeden Menschen spinnt, Lachesis, die bestimmt, wie lang er wird, und schließlich Atropos, die ihn abschneidet. Das ist natürlich auch ein Mittel zur Lenkung des Weltgeschehens, aber wir setzen es nur ungern ein, versteht sich, gewissermaßen als Ultima Ratio bei total verstockten Politikern. Außerdem sind die drei Moiren autonom. Sie lassen sich selbst von Zeus nichts befehlen. Wir müssen sie schon recht freundlich bitten, wenn sie jemandem seinen Faden vorzeitig abschneiden sollen.«

Olymbía war beeindruckt: »Kann ich davon ausgehen, dass die Halbgötter diese Fähigkeit, die Gestalt anderer anzunehmen, nicht haben?«

»Da hast du recht, liebe Cousine, diese Fähigkeit habt ihr nicht.«

»Schade, ich wäre so gerne mal mein Parteiführer geworden, nur für eine Stunde, eine Grundsatzrede, das hätte gereicht.«

»Nun«, sagte Hermes, »du kannst das in der Tat nicht. Aber ich könnte es schon, wenn wir uns, sagen wir mal, etwas näher kennenlernten ... Zeus dürfte nur nichts merken, denn alle Metamorphosen sind genehmigungspflichtig. Ich würde da ein gewisses Risiko eingehen. Es geht auch nicht sehr oft, denn es schlaucht ungemein. Und jetzt während der Eurokrise machen wir mehr Metamorphosen als je zuvor, da müssen mittlerweile alle ran. Selbst irgendwelche niederen Gottheiten verwandeln sich regelmäßig in parlamentarische Hinterbänkler, wenn es gilt, irgendeine Stimmung anzuheizen oder zu besänftigen. Allerdings, das muss ich zugeben, ist das alles nur Flickwerk. Eine richtige Strategie zur Überwindung der Eurokrise haben wir auch nicht.«

Olymbía hatte verstanden. ›Wenn wir uns etwas näher kennenlernten ...‹, hatte Hermes gesagt. Ihr gefiel der Gott, der ihr gegenübersaß, genauso wie sie ihm. Früher war sie bisweilen selbst erschrocken gewesen über ihre lockere, fast männliche Art, mit ihrer Sexualität umzugehen. Jetzt ahnte sie, woher sie das hatte. Dennoch hatte sie Bedenken.

»Aber streng genommen sind wir doch enge Verwandte, Vetter und Cousine.«

»Zeus und Hera sind sogar hundertprozentige Geschwister. Wie du siehst, zählt das bei uns Göttern nicht, auch nicht bei den Halbgöttern, um deiner Frage zuvorzukommen. Unser Erbgut ist qualitativ so toll, da gibt es selbst unter Geschwistern keine Probleme mit den Nachkommen, wie etwa bei den Menschen.«

»Dann ist es ja gut.«

Olymbía ging zur Tür, öffnete sie und rief ihrer Sekretärin zu: »Polyxeni, ich brauche dich heute nicht mehr, du kannst nach Hause gehen!«

Sie schloss die Tür. Beide warteten gespannt, bis sie die Außentür zuklappen hörten. Dann riss sich Olymbía die Bluse vom Leib. Drei Knöpfe sprangen dabei ab und hüpften durch das Zimmer. Was in den nächsten Stunden folgte, lässt sich mit menschlichen Worten nicht beschreiben, denn es war einfach ... göttlich.

Adam Zeussen war gleich nach seinem Treffen mit Poseidon in sein Büro zurückgekehrt. Dieses lag in Görings altem Luftfahrtministerium. Weder die zweite deutsche Diktatur, die den grauen Kasten ebenfalls als Ministerium nutzte, noch die Bundesrepublik hatten sich bemüht, dem Äußeren dieses Gebäudes durch geeignete Umbauten oder wenigstens mit etwas Farbe ein menschliches Aussehen zu geben. Vielleicht hatte man sich gesagt, dass es gerade einem Finanzministerium gut anstünde, wenn es ein wenig bedrohlich wirkte. Doch darüber konnte Adam nur spekulieren, denn er kannte niemanden, den er hierzu befragen konnte. Immerhin stand das Gebäude nicht in der Invalidenstraße, wo man nach der Wende ausgerechnet das Wirtschaftsministerium angesiedelt hatte.

Adam war ratlos. Was hatte sich Poseidon nur dabei gedacht, als er seine Drohung ausstieß? Handelte er im Alleingang oder hatte der Rat der Götter einen entsprechenden Beschluss gefasst? Adam wüsste das nur zu gerne, um die Lage richtig einschätzen zu können. Leider hatte ihm keiner der Götter, die ihn in den letzten vierzehn Jahren besucht hatten, eine Handynummer oder eine Mailadresse hinterlassen. Doch Adam wollte unbedingt mit seinen olympischen Verwandten Kontakt aufnehmen. Vielleicht könnte er Poseidon mithilfe der anderen Götter noch umstimmen.

Schließlich hatte er eine Idee. Er klickte seinen Terminkalender an. In der nächsten Woche konnte er sich zur Not vier Tage freischaufeln. Das müsste reichen für eine Reise zum Olymp. Er hatte zwar keine Ahnung, wie er mit den Göttern Kontakt aufnehmen sollte, wenn er erst einmal vor Ort wäre, aber es würde auf jeden Fall leichter sein als von Berlin aus. Er rief die Reisestelle an und erkundigte sich nach günstigen Flügen nach Thessaloniki. Nachdem er den Hörer aufgelegt hatte, fiel ihm ein, dass

Poseidon ihn vor Alleingängen gewarnt hatte. Er sollte in alle Aktionen jene Halbgöttin einbeziehen, die eigenartigerweise nichts über ihre Herkunft erfahren sollte. Er suchte in seiner Jackentasche nach dem gelben Zettel mit der Handynummer von Angelika Baum.

Es tutete nur dreimal, dann meldete sich eine weiche, warme Stimme: »Ich bin Cindy ... was kann ich für dich tun?«

»Guten Tag Frau Baum, hier spricht Adam Zeussen.« Er hielt es für richtig, in dieser Phase seine Position im Ministerium noch nicht zu erwähnen. »Ich müsste dringend mit Ihnen sprechen.«

»Wenn mich jemand anruft, ist es meistens dringend. Darf ich fragen, Adam, wer dir diese Nummer gegeben hat?«

Adam war weder auf das Du noch auf die Frage vorbereitet. Er zögerte.

»Ich frage nur zur Sicherheit, verstehst du? Sehr, sehr wenige Menschen kennen diese Nummer«, sagte die weiche, warme Frauenstimme.

»Ein Verwandter, der auf seine Anonymität Wert legt, hat mir Ihre Nummer gegeben, Frau Baum.«

»Aber warum denn so formell, Adam? Ich heiße Cindy.«

Offensichtlich, schloss Adam, bewegte sich Angelika alias Cindy hauptsächlich im angelsächsischen Sprachraum, wo man schneller als in Deutschland dazu überging, sich gegenseitig mit dem Vornamen anzureden. Sei's drum ...

»Gerne, Cindy, aber den Namen kann ich Ihnen wirklich nicht nennen.«

»Na ja, nicht so schlimm, du klingst sympathisch. Wirst schon kein Verbrecher sein.«

»Danke für den Vertrauensvorschuss.«

»Nichts zu danken, aber was kann ich denn für dich tun?«

»Das kann ich Ihnen am Telefon nicht sagen, ich schlage vor, wir treffen uns. Es müsste nur möglichst bald sein, um genau zu sein, sofort.«

»Es pressiert dir also«, sagte Cindy und lachte kurz auf.

Adam fragte sich, was es da zu lachen gab.

»Leider bin ich am Wochenende total voll«, fuhr seine Gesprächspartnerin fort. »Es ist reiner Zufall, dass ich den Anruf jetzt annehmen konnte. Ich habe mir den Nachmittag freigenommen, um etwas auszuspannen.«

»Dann wäre ich Ihnen sehr verbunden, wenn wir uns gleich heute treffen könnten. Es wird auch nicht sehr anstrengend, das verspreche ich Ihnen.«

Cindy lachte erneut kurz auf. »Na, das klingt ja gut. Von mir aus. Aber ich warne dich, ich nehme vierhundert Euro die Stunde.«

Vierhundert Euro die Stunde! Adam war plötzlich alles klar. Angelika Baum war eine Unternehmensberaterin! Das machte die Sache deutlich einfacher, zumindest was ihre Bezahlung aus dem Etat des Finanzministeriums anging.

»Das gilt aber nicht für das Vorgespräch, nehme ich an?«, fragte Adam.

»Für das Vorgespräch?« Cindy stockte kurz. »Doch, auch für das ›Vorgespräch‹, wie du es nennst.«

»Wie sollte man es denn sonst nennen?«, fragte Adam.

»Nun, da gibt es auch andere Ausdrücke, aber das soll jetzt nicht unser Problem sein. Du klingst irgendwie ulkig. Das macht mich neugierig. Aber es bleibt dann heute wirklich bei einem Gespräch, versprichst du das?«

»Natürlich, was denn sonst?«

»Gut, wann und wo treffen wir uns?«

Jetzt musste Adam seine Identität preisgeben.

»Am besten in einer Stunde, bei mir im Büro. Das ist das Finanzministerium in der Wilhelmstraße, Ecke Leipziger.«

»Im Finanzministerium? Ich habe mich schon an den merkwürdigsten Orten mit Leuten getroffen, aber im Finanzministerium?«

»Warum denn nicht? Oder haben Sie Steuerschulden?« Adam erlaubte sich diesen kleinen Scherz, der aber ohne Reaktion blieb.

»Na gut, dann eben im Finanzministerium, in einer Stunde bin ich da.«

Cindy legte auf.

Wenn die Dame schon für das Vorgespräch Geld nahm, musste sie sich ihrer Sache sehr sicher sein, dachte Adam. Für ihn bedeutete das, dass er die Finanzierung des Projekts jetzt sofort in trockene Tücher bringen musste. Er ließ Wilfried Storch kommen, den zuständigen Referatsleiter.

»Herr Storch, Beratungsleistungen wegen der Eurokrise, haben wir da noch Luft?«

»Natürlich, Herr Staatssekretär, Geld ist immer da, für alles. Ausgenommen sind nur Bordellbesuche.« Storch lachte kurz über seine Bemerkung, unterdrückte sein Lachen aber, als er sah, dass der Staatssekretär ernst blieb. »Es ist alles nur eine Frage der richtigen Begründung. Unter oder über 100.000 Euro?«

»Vermutlich weniger. Wenn es mehr werden sollte, machen wir mehrere Tranchen draus.«

»Gut, dann geht es ohne Ausschreibung. Wer soll beauftragt werden?« Storch machte sich Notizen.

»Die Beraterin heißt Angelika Baum, die genauen Daten werden nachgeliefert.«

»Ein Stichwort, Herr Staatssekretär?«

»Schreiben Sie: Privatisierungsprogramm Griechenland.«

Genau eine Stunde später meldete sich Cindy, die ein hochgeschlossenes, hellgraues Businesskostüm trug, an der Pforte des Finanzministeriums. Der Pförtner hinter der dicken Glasscheibe musterte sie aufmerksam von oben bis unten, soweit es jedenfalls sein durch die Brüstung der Loge eingeschränktes Blickfeld zuließ. Zu seinem Bedauern reichte es nur bis zur Hüfte der eindrucksvollen Besucherin.

»Guten Tag, Sie wünschen?«

»Mein Name ist Cindy, nein Entschuldigung, Angelika Baum. Ich habe einen Termin bei Herrn Zeussen.«

Der Pförtner schaute misstrauisch drein. Offenbar war ihm ihr ungewöhnlicher Versprecher bei der Nennung des eigenen Vornamens sofort aufgefallen.

»Bei Herrn Staatssekretär Dr. Zeussen also ...« Er wälzte in seinen Unterlagen, schaute kurz auf seinen Bildschirm und griff anschließend zum Telefonhörer.

Cindy konnte nicht hören, was er sagte. Nach zwei oder drei Anrufen schien alles geklärt. Der Pförtner fragte nach ihrem Personalausweis, den er besonders eingehend prüfte. Insbesondere verglich er das Foto auf dem Ausweis sehr gründlich mit dem vor ihm stehenden Original.

»Warten Sie bitte, Sie werden abgeholt.«

Das klang aus seinem Munde fast wie eine Drohung, und zu Görings Zeiten, aber auch in der DDR, wäre das auch eine gewesen, speziell in diesem Gebäude, dachte Cindy.

Nach etwa fünf Minuten erschien eine hübsche junge Frau. »Frau Baum?«

»Das bin ich.«

»Lemke, vom Büro des Staatssekretärs Dr. Zeussen. Ich soll Sie abholen.«

Cindy bedankte sich freundlich, und die beiden Frauen machten sich schweigend auf den Weg. Das Callgirl dachte, so einen ähnlichen Job würde ich auch wohl machen, wenn ich mich nicht frühzeitig anders entschieden hätte. Anja Lemke hingegen schien über die ungewöhnliche Besucherin, gelinde gesagt, verwundert zu sein. Während sie Seite an Seite durch die unendlichen Gänge des Ministeriums schritten, hatte Cindy sogar das Gefühl, als könnte sie aus verstohlenen Seitenblicken ihrer Begleiterin so etwas wie eine feindselige Haltung ihr gegenüber herauslesen. Sie kannte das. Vermutlich versuchte die Sekretärin seit Monaten, ihren Chef einzuwickeln. Deshalb sah sie ihre Präsenz als Bedrohung an.

Wenige Minuten später waren sie in Adams Büro angekommen. Anja stellte noch die obligatorische Kaffeefrage und schloss, als Cindy dankend ablehnte, hinter sich die Tür. Das Einschnappen des Schlosses klang ein ganz klein wenig heftiger als sonst, was Adam sofort bemerkte. Er schaute unwillkürlich zur Tür, wandte sich dann aber seiner Besucherin zu.

Diese fand den Staatssekretär sogleich sympathisch. Er sah blendend aus. Vor allem aber war er deutlich jünger als all die reichen Herrschaften, die sich sonst ihre Gesellschaft erkauften. Oder er wirkte zumindest so. Wirklich einschätzen konnte sie sein Alter eigenartigerweise nicht. Auf jeden Fall schien sich diese Geschichte ganz anders zu entwickeln als die große Mehrzahl ihrer beruflichen Einsätze. Sie war jetzt richtig gespannt auf die Fortsetzung.

Ihr fiel auf, dass Adam sich mit der Eröffnung des Gesprächs schwer tat.

»Frau Baum, Entschuldigung, Cindy, ich bedanke mich, dass Sie meiner Einladung so schnell gefolgt sind. Es ist wirklich sehr dringend.«

Wenn es so dringend ist, fragte sich Cindy, wozu dann dieses blödsinnige Vorgespräch im Ministerium? Sie hätten sich schließlich auch in irgendeinem Hotel treffen können.

»Es geht um eine Reise«, fuhr Adam fort.

Das ist ja nun gar nichts Besonderes, dachte Cindy. Sehr viele Kunden buchten sie als Reisebegleitung. Hauptsache weit weg vom heimischen Herd und von der Ehefrau.

»Das Besondere an der Sache ist, dass sich Art und Umfang des Auftrags erst vor Ort herausstellen werden.«

Was sollte das denn nun wieder heißen? Ihr wurde die Sache langsam unheimlich. Art und Umfang des Auftrages? Was die Art anging, na ja, normalerweise pflegte sie ihren Kunden schon am Anfang auf eine diskrete Weise mitzuteilen, bei welchen Spielchen sie mitmachen würde und bei welchen nicht. SM zum Beispiel war bei ihr nicht drin. Aber der Umfang? Das klang fast so, als sollte sie mit Adams Kegelklub verreisen, wobei nur noch nicht feststand, wie viele von den Kegelbrüdern mitkommen würden ...

»Insofern bitte ich Sie, mir zu vertrauen.«

Cindy mochte Männer, trotz aller beruflich bedingten Erfahrungen, aber Vertrauen?

»Ich hoffe, Sie haben kein Problem mit der Terminplanung.«

»Ich bin in der nächsten Zeit ziemlich ausgebucht, außer nächste Woche, da ist ein Kunde abgesprungen.«

»Oh«, Adam schien sichtlich erleichtert, »das kommt gut hin. Die Reise findet nämlich genau in der nächsten Woche statt. Montag bis Donnerstag.«

»Sehr schön, das würde passen«, sagte Cindy ohne große Begeisterung. Die Sache mit der Art und dem Umfang des Auftrags spukte noch in ihrem Kopf herum. »Wo geht es denn hin, wenn ich fragen darf?«

»Natürlich dürfen Sie fragen. Wir fliegen nach Griechenland, in die Nähe von Thessaloniki.« Kaum hatte er den Satz beendet, reagierte Cindy so heftig, dass Adam fast erschrak.

»Griechenland, Thessaloniki? Toll, das ist meine Heimat! Da komme ich gerne mit, da freue ich mich jetzt schon drauf!«

In der Tat war ihre Mutter vor 31 Jahren als Achtzehnjährige wegen einer Schwangerschaft, die sie nicht hinreichend erklären konnte, aus einem Dorf in der Nähe der nordgriechischen Stadt Kilkis zu einer Cousine nach Deutschland geflohen.

»Ich kann sogar Griechisch, sprechen jedenfalls. Griechisch Schreiben habe ich nie gelernt, weil es bei uns im Schwarzwald keine griechische Schule gab. Als ich geboren wurde, hieß ich noch Triantafyllidou mit Nachnamen. Später hat meine Mutter dann meinen Stiefvater geheiratet, und seitdem heiße ich nur noch Baum. Soll ich etwa für dich dolmetschen?«

»Danke, das wird nicht notwendig sein, ich spreche selber Griechisch.«

»Bah«, rief Cindy aus, »ein deutscher Staatssekretär, der Griechisch spricht, wo gibt's denn so was?«

»Wie Sie sehen, gibt es das. Ich muss Ihnen noch etwas Wichtiges sagen. Bringen Sie Wanderkleidung und festes Schuhwerk mit. Wir werden vermutlich auf einen Berg steigen müssen.«

Erst die Sache mit der Art und dem Umfang des Auftrags, jetzt auch noch Bergsteigen! Das wurde ja immer verrückter! Doch im Angesicht der Tatsache, dass es nach Griechenland gehen sollte, war Cindy alles recht. Doch wo würde sie Wanderkleidung herkriegen und festes Schuhwerk? Ausgerechnet sie und festes Schuhwerk …

»Übrigens, ehe ich es vergesse«, begann Adam erneut, »es geht Montag sehr früh los. Die Maschine startet bereits um sechs Uhr, irgend so ein Billigflieger, ab Schönefeld.«

Sechs Uhr morgens? Billigflieger? Schönefeld? Bergsteigen? Art und Umfang des Auftrags noch unklar? Was heißt eigentlich ›Auftrag‹? Beinahe hätte sie, Griechenland hin oder her, Adam doch noch eine Absage erteilt. Doch am Ende gewann die Neugier. Cindy erklärte sich mit allem einverstanden und erinnerte Adam noch einmal an ihr Stundenhonorar, welches er akzeptierte. Er fragte sie nur nach ihren Kommunikationsdaten und ihrer Steuernummer. Beim Hören dieses Wortes geriet Cindy leicht ins Schwitzen. Doch vertröstete sie Adam auf Montag. Bis dahin würde ihr schon etwas einfallen.

»Schicken Sie alle diese Angaben bitte an Herrn Ministerialrat Storch«, bat Adam schließlich. »Er und seine Leute werden Ihnen nachher auch bei den Formalitäten der Abrechnung behilflich sein. Sie wissen ja, die Bundeshaushaltsordnung ...«

Cindy fand es im Grunde ganz schön dreist, dass der Steuerzahler für ihre Dienstleistungen zahlen sollte. Da hieß es immer, Griechenland sei so korrupt. Und was passierte hier in Berlin? Im Finanzministerium beschäftigten sich offenbar veritable Ministerialräte damit, die Dienstleistungen von Prostituierten abzurechnen. Da regte sich selbst bei Cindy das staatsbürgerliche Gewissen.

Man verabredete sich für Montag um fünf Uhr in der Früh am Flughafen Schönefeld. Als Cindy sich zum Gehen wandte, schaute Adam ihr nach. Er freute sich schon auf die Reise an der Seite einer der schönsten Frauen der Welt. Dessen war er sich sicher. Wer weiß, vielleicht würde man sich sogar näher kommen? Er beschloss, sehr behutsam vorzugehen, um Cindy nicht zu verschrecken.

In demselben Moment, in dem Adam sich vornahm, auf der Reise den perfekten Kavalier zu spielen, kam es auf dem Gang zu einer folgenreichen Begegnung. Gerade als Cindy aus der Tür von Adams Büro trat, kam der Ministerialdirigent Dr. Achim Meier-Weidenthal vorbei, einer von Cindys Stammkunden. Entsprechend den ungeschriebenen Regeln, die für den Fall einer Begegnung zwischen einer Prostituierten und einem Kunden auf neutralem Grund gelten, taten sowohl der Ministerialdirigent als auch Cindy so, als wären sie einander völlig fremd. Doch es half nichts. Meier-Weidenthal machte auf dem Absatz kehrt und ging in sein Büro zurück. Zu Adams Pech war er unter anderem auch für die Sicherheit des Ministeriums zuständig. Das erlaubte ihm, Adams Personenschützer, Herrn Becker, kommen zu lassen.

»Nehmen Sie Platz, Herr Becker.«

Der junge Polizist fühlte sich nicht ganz wohl in seiner Haut. Was würde dieser hohe Herr wohl von ihm wollen? Hatte sich der Staatssekretär etwa über ihn beschwert? Meier-Weidenthal schien das zu ahnen.

»Sie brauchen sich keine Sorgen zu machen. Im Gegenteil, der Herr Staatssekretär hat sich sehr lobend über Sie geäußert.«

Das war zwar gelogen, half aber, das Eis zu brechen. Becker wuchs scheinbar um mehrere Zentimeter.

»Wir machen uns aber dennoch große Sorgen um die Sicherheit der Leitung unseres Hauses. Dabei geht es nicht so sehr um den Minister, denn der genießt ja vollen Personenschutz. Es geht vielmehr um die Herren Staatssekretäre, die in der Regel nur von einem einzigen Mann bewacht werden. Dadurch kommt diesem einen Mann natürlich eine besondere Verantwortung zu.«

Becker verfolgte die Worte des Ministerialdirigenten mit großer Anspannung. Worauf wollte er wohl hinaus?

Meier-Weidenthal fuhr fort: »Wir machen uns gerade jetzt um Herrn Dr. Zeussen besondere Sorgen, weil er ja diese Griechenlandgeschichten auf dem Schreibtisch hat. Wie Sie sicher aus den Medien wissen, ist das deutsch-griechische Verhältnis im Moment außerordentlich gespannt. Deshalb frage ich Sie: Ist Ihnen in letzter Zeit irgendetwas Außergewöhnliches aufgefallen?«

»Was meinen Sie, wenn Sie sagen, ›etwas Außergewöhnliches‹?«

»Nun, außergewöhnlich wäre, wenn sich etwa jemand an den Herrn Staatssekretär heranmachen würde, eine Dame zum Beispiel.«

»Nein, Damen gab es in letzter Zeit keine. Auch sonst gab es nichts Außergewöhnliches ... außer ...«

»Außer?«

»Außer heute Mittag, da passierte etwas sehr Merkwürdiges.«

»Ja, was denn?«, fragte Meier-Weidenthal sichtlich ungeduldig.

Daraufhin erzählte Becker ihm die Begebenheit mit dem polnischen Frachtschiff. Das Einzige, was er ausließ, war das mysteriöse Verschwinden des Kahns, denn der oberste Sicherheitsbeauftragte des Ministeriums sollte ihn ja nicht für übergeschnappt halten.

»Sehr interessant, sehr gut beobachtet, Herr Becker, sehr gute Arbeit! Eine Bitte nur. Bitte erzählen Sie sonst niemandem von der Sache, abgemacht?«

Offenbar, dachte Meier-Weidenthal, bestellte sich der Herr Staatssekretär und vormalige Investmentbanker nicht nur stadtbekannte Callgirls am helllichten Tage vor aller Augen ins Ministerium. Das hier, was der Becker erzählte, das roch ja sogar nach Agententätigkeit! Sehr interessant! Da musste er dranbleiben.

Eine Stunde später lief die Anmeldung einer dringenden Dienstreise des Staatssekretärs nach Thessaloniki über Meier-Weidenthals Schreibtisch. Seine Aufgabe war es, über eventuell notwendige Sicherheitsvorkehrungen während der Dienstreise zu entscheiden. Das passt ja bestens, dachte der Ministerialdirigent und griff zum Telefon.

Für Oliver Steinhaus vom Bundeskriminalamt sollte der Montag ein harter Arbeitstag werden. Man hatte ihn am Freitagabend kurzfristig damit beauftragt, den Staatssekretär im Finanzministerium Dr. Adam Zeussen während einer Dienstreise nach Thessaloniki diskret zu beschatten. Schon gegen Mittag des ersten Reisetages kam ihm der Gedanke, dass er mit seiner Größe von einem Meter und fünfundneunzig und seinen langen, hellblonden Haaren sicher nicht die Idealbesetzung für diesen Job war, aber daran hatten seine Vorgesetzten offensichtlich nicht gedacht, als sie ihn dafür auswählten.

Der Billigflieger nach Thessaloniki war pünktlich um sechs von Schönefeld abgeflogen. Steinhaus saß fünf Reihen hinter Adam Zeussen und Frau Baum. Spätestens als sich herausstellte, dass das bekannte Callgirl Angelika Baum alias Cindy den Staatssekretär auf seiner Griechenlandreise begleiten würde, begannen in Berlin die Alarmglocken zu läuten. Auch erschien die Begründung der Dienstreise etwas fadenscheinig: »Fortschrittskontrolle grch. Privatisierungsprogramm«. Seit wann war das die Aufgabe eines deutschen Staatssekretärs?

Einen besonders offiziellen Charakter konnte die Reise nicht haben. Das bemerkte Steinhaus gleich nach der Ankunft in Thessaloniki, denn niemand war gekommen, um den Staatssekretär und seine Begleiterin in Empfang zu nehmen. Nicht einmal ein Vertreter des Deutschen Generalkonsulats. Sehr verdächtig! Am Flughafen in Thessaloniki warteten die Zielpersonen lange auf ihre Koffer. Als beide ihre Gepäckstücke endlich vom Band nehmen konnten, begaben sie sich zum Schalter einer Mietwagenfirma. Steinhaus blieb nichts anderes übrig, als sich bei der Konkurrenz nebenan auch einen Wagen zu mieten. Später, auf dem Mietwagenparkplatz, stellte er fest, dass Zeussen und Baum einen Geländewagen mit einer starken Motorisierung ausgewählt hatten. Er selbst hatte auch mit dem Gedanken an einen Geländewagen gespielt, ihn aber wieder verworfen. Warum sollte ein Staatssekretär in die Wildnis fahren?

Mit seinem silbernen VW Golf folgte Steinhaus dem dunkelgrünen Jeep auf der Umgehungsstraße rund um Thessaloniki herum. Offenbar war die nordgriechische Metropole nicht das eigentliche Ziel dieser merkwürdigen Dienstreise. Im Nordwesten der Stadt bog der Jeep auf die Nationalstraße in Richtung Athen ein. Wenn die beiden in Wirklichkeit nach Athen wollten, warum sind sie dann nicht gleich dorthin geflogen, fragte sich der Agent. Doch schon in Katerini, einer kleinen Stadt unterhalb des Olymp, verließen die beiden die Autobahn, eine knappe Stunde, nachdem sie vom Flughafen losgefahren waren.

In der Innenstadt von Katerini hatte Zeussen offenbar Mühe, eine Parklücke für das stattliche Gefährt zu finden. Schließlich fand er eine, wenn auch im absoluten Halteverbot. Das schien den Staatssekretär aber ebenso wenig zu interessieren wie die Besitzer von mindestens zwanzig weiteren Autos, die ihre Fahrzeuge vor und hinter dem Jeep gleichfalls im Halteverbot geparkt hatten. Steinhaus sah ein, dass er seinen Golf, wenn überhaupt, auch nur in der Verbotszone würde parken können. Sodom und Gomorra! Sollte er einen Strafzettel bekommen, würde er den aus eigener Tasche bezahlen dürfen. Doch zunächst hatte er Glück. Vier Plätze vor dem Jeep wurde gerade in diesem Moment eine Lücke frei. Steinhaus stand von allen Fahrern, die es auf den illegalen Stellplatz abgesehen hatten, mit seinem Wagen am günstigsten. Als die Insassen des nachfolgenden Fahrzeugs beim Vorbeifahren sahen, dass ein Nordeuropäer ihnen den heiß ersehnten Platz vor der Nase weggeschnappt hatte, machte einer von ihnen eine Handbewegung, für die in Deutschland eine Geldstrafe von mindestens zehn Tagessätzen fällig geworden wäre. Doch jetzt hatte Oliver Steinhaus andere Sorgen. Er stieg aus und folgte dem Paar.

Der Staatssekretär hat offenbar nur Augen für seine schöne Begleiterin, dachte der Mann vom BKA. Sonst hätte er doch längst den nordischen Riesen bemerken müssen, der ihm schon seit Berlin auf den Fersen war. Zeussen zog unterdessen ein Papier aus der Tasche, welches er aufmerksam studierte. Zwischendurch blickte er immer wieder auf ein anderes Blatt, welches von Weitem aussah wie der Ausdruck eines aus dem

Internet heruntergeladenen Stadtplans. Offenbar suchte er eine Adresse. Schließlich faltete er beide Papiere zusammen und marschierte gemeinsam mit Cindy auf der Hauptstraße, auf der sie geparkt hatten, etwa zweihundert Meter weiter. Schließlich blieben sie stehen und besahen sich die an einem Hauseingang angebrachten Schilder. Zeussen drückte auf einen Klingelknopf. Es war der dritte von oben. Als ihnen geöffnet wurde und sie im Haus verschwanden, pirschte sich Steinhaus an das Klingelbrett heran. Fast alles, was dort stand, war in griechischer Sprache. Das Einzige, was er lesen konnte, war das Wort ›Computer‹.

Adam Zeussen und Angelika Baum blieben etwa zehn Minuten in dem Haus. Dann kamen sie heraus, schauten erneut auf das Blatt Papier und auf den Stadtplan. Offenbar wurden sie sich einig, wo es als Nächstes hingehen sollte. Steinhaus verfolgte sie weiter in einem relativ großen Abstand. Irgendwann sah Zeussen ein Plakat, das an einem Laternenpfahl klebte. Er las es mit großem Interesse und machte sich eine kurze Notiz auf der Rückseite des Stadtplans. Als Steinhaus das Plakat erreichte, konnte er nichts anderes lesen als ein Datum und eine Uhrzeit. Offenbar war das eine Einladung zu einer Veranstaltung. Sie sollte an demselben Abend um 20 Uhr stattfinden. Oberhalb des Textes zierte das Plakat das Foto eines stattlichen Berges.

Offenbar interessierte sich der Staatssekretär für die Veranstaltung. Sie konnte aber nicht der eigentliche Grund seiner Dienstreise sein, denn Zeussen hatte ganz offensichtlich erst durch das Plakat davon Kenntnis erhalten. Steinhaus notierte sich diesen Gedanken, wie er überhaupt alle wesentlichen Beobachtungen des Tages gewissenhaft in sein Notizbuch eintrug.

Wenige Minuten später fand das Paar sein neues Ziel. Diesmal war es ein ebenerdiger Computerladen. Hier dauerte der Aufenthalt keine fünf Minuten. Adresse Nummer drei war wohl wieder ein Büro, das in einem mehrstöckigen Gebäude über einem Haushaltswarengeschäft angesiedelt war. Das Büro lag etwas außerhalb der Innenstadt. Deshalb waren Adam und Cindy mit dem Auto gefahren und hatten Oliver Steinhaus gezwungen, ebenfalls seinen Wagen zu benutzen.

Jetzt gingen sie in das Haus hinein. Steinhaus ergriff wieder die Gelegenheit, das Klingelbrett zu studieren. Lateinische Buchstaben! Das hieß, er konnte wenigstens lesen, was da geschrieben stand: »K. I. Papadopoulos – Computer«. Und darunter: »Hardware – Software – Networks«. In diesem Büro blieb das Paar über eine halbe Stunde. Steinhaus saß im Wagen und wartete. Er fühlte, wie er immer mehr die Aufmerksamkeit der Anwohner auf sich zog. Manche sahen verstohlen zu ihm herüber, während sie mit einem Nachbarn sprachen. Andere zeigten ganz offen auf ihn. Hoffentlich kam jetzt niemand auf die Idee, die Polizei zu holen, weil vor seinem Haus ein verdächtiger Ausländer in einem Auto saß. Schließlich traten die beiden Zielpersonen wieder auf die Straße. Inzwischen zeigte Oliver Steinhaus' Uhr schon drei. Bekamen die denn nie Hunger?

Zu seiner großen Erleichterung suchten sich Adam und Cindy jetzt ein Restaurant in der Innenstadt. Hier ging Steinhaus nicht mit hinein. Die Gefahr, ihre Aufmerksamkeit zu erregen, erschien ihm doch zu groß. Er beschloss, ein an derselben Straße gelegenes Fastfood-Restaurant aufzusuchen, das so aussah, wie solche Restaurants überall auf der Welt aussehen. Auch wenn es sich offenbar um eine griechische Kette handelte, entsprachen die dort angebotenen Speisen, vor allem Hamburger in verschiedenen Variationen, seinen Erwartungen. Er war zum ersten Mal in Griechenland. In Berlin besuchte er niemals griechische Restaurants, und das nicht erst seit Ausbruch der Krise. Es hatte auch insofern nichts zu bedeuten, als dass er spanische, chinesische, indische, vietnamesische und schwäbische Gaststätten ebenso mied. Nur bei den italienischen machte er eine Ausnahme, aber auch dort beschränkte er sich auf Pizza und zwei, drei weitere Gerichte, die er kannte. Der Polizist glaubte aus Erfahrung zu wissen, dass es mindestens eine Stunde dauern würde, wenn ein Mann und eine Frau, die nicht miteinander verheiratet waren, gemeinsam essen gingen. Doch kaum war er mit seinem Hamburger fertig, sah er das Paar bereits aus der Tür des Restaurants treten. Das ging aber schnell, dachte sich Steinhaus, der nicht wusste, dass man in traditionellen griechischen Restaurants nicht auf sein Essen zu warten braucht, weil es fertig zubereitet in großen Blechwannen darauf wartet, vom Gast ausgewählt zu werden.

In der Folge fuhren Adam und Cindy zu einem Hotel in Meeresnähe. Offensichtlich hatten sie dort ein Zimmer gebucht. Aus der Tatsache, dass sie jedes Mal, wenn sie das Auto benutzten, ihr Ziel nicht lange suchen mussten, schloss ihr Verfolger, dass der Jeep mit GPS ausgestattet war.

Steinhaus stellte sich hinter einen Pfeiler in der Hotelhalle. Betonskelettbauten hatten eben auch ihre Vorteile. Zu seiner großen Überraschung händigte der Rezeptionist sowohl Adam als auch Cindy je eine Schlüsselkarte aus. Wie sollte man das verstehen? Als Vorsichtsmaßnahme? Wohl kaum. Schließlich hatte der Staatssekretär kein Problem darin gesehen, die Nutte im Finanzministerium zu empfangen. Sehr merkwürdig.

Adam und Cindy gingen zum Lift. Sobald sie eingestiegen waren und sich die Tür hinter ihnen geschlossen hatte, hechtete Steinhaus zu den Aufzügen, um zu sehen, in welchen Stockwerken die beiden aussteigen würden. In der Tat hielt der Lift in der dritten Etage kurz an, um dann in der fünften Etage stehen zu bleiben. Das bedeutete, sie hatten die Einzelzimmer nicht nur pro forma gemietet. Wer machte denn so was? Fährt mit der schönsten Prostituierten von Berlin und Brandenburg in ein total abgelegenes Kaff, mietet zwei Einzelzimmer und schläft dann auch wirklich getrennt von der Dame. Steinhaus konnte sich keinen Reim darauf machen. Eigentlich gab es nur zwei Möglichkeiten. Entweder war der Staatssekretär schwul – doch wozu dann das Call Girl? Oder er mochte im Grunde gar keine Prostituierten und hatte Cindy nur zur Tarnung mitgenommen. Zur Tarnung? Warum sollte man sich auf so eine skandalträchtige Weise zu tarnen versuchen? Aber halt, das war geradezu genial! Wenn etwas über die Reise herauskäme, würde sich alle Welt über die Lustreise mit der Nutte das Maul zerreißen, und der eigentliche Zweck der Reise bliebe im Dunkeln! Dazu passte auch die Tatsache, dass Zeussen die Dame ganz offen im Ministerium empfangen hatte. Man musste auch in die Überlegungen einbeziehen, dass der Staatssekretär, wie jedermann wusste, wirtschaftlich unabhängig und damit auf den Job im Ministerium nicht angewiesen war. Oberkommissar Steinhaus beschlich langsam das Gefühl, einer ganz großen Sache auf der Spur zu sein.

Er dachte nach. Da war noch irgendetwas, was ihn irritiert hatte. Er wusste nur nicht, was es war. Er setzte sich an die Bar und bestellte einen doppelten Espresso. Kaffee half ihm oft beim Denken. Offensichtlich funktionierte das auch dieses Mal, denn plötzlich fiel es ihm siedend heiß ein. Das Plakat! Wieso konnte Zeussen das Plakat lesen? Und hatten sich die beiden nicht am Mietwagenschalter und an der Hotelrezeption in der Landessprache verständigt? Sowohl der Staatssekretär als auch das Callgirl? Steinhaus fiel es wie Schuppen von den Augen. Das war es! Der Staatssekretär, das angebliche Findelkind, war in Wirklichkeit Grieche! Ein griechischer Agent in der obersten Führungsspitze des deutschen Finanzministeriums, und das auf dem Höhepunkt der Schuldenkrise! Und die vorgebliche Prostituierte war wahrscheinlich sein Führungsoffizier! Oliver Steinhaus griff zum Handy.

Im Hotelzimmer angekommen, ließ Cindy ihren Koffer in der Ecke stehen, riss sich die Kleider vom Leib und stellte sich unter die Dusche. Die Haare hätte sie auch gerne gewaschen, doch wagte sie das jetzt nicht. Vermutlich würde es zu lange dauern, sie wieder zu trocknen. Nach der Dusche legte sie sich nackt auf das Bett. Sie nahm an, dass ihr Kunde in den nächsten Minuten unter irgendeinem Vorwand bei ihr anklopfen würde. Sie würde dann so tun, als sei sie rein zufällig gerade aus der Dusche gekommen, und dann würden die Dinge endlich ihren normalen Gang gehen. Sie hatte schon öfter erlebt, dass Kunden ein solches Theater aufzogen, bevor sie zur Sache kamen. Offenbar wollten diese Männer sich selbst weismachen, nicht mit einer Prostituierten unterwegs zu sein, sondern mit einer normalen Mitarbeiterin, die sie durch ihre Persönlichkeit beeindruckten und nicht mit ihrer Brieftasche. Auf der anderen Seite machte der Staatssekretär eigentlich gar keinen verklemmten Eindruck.

Im Flugzeug und im Auto hatte Adam die ganze Zeit über die Eurokrise gesprochen. Dabei hatte er das Fachchinesisch der Börsianer benutzt. Glücklicherweise hatte Cindy schon von vielen Kunden aus dieser Branche ähnliche Vorträge gehört, sodass sie wenigstens mit den Fachbegriffen einigermaßen vertraut war. Ihr Interesse demonstrierte sie pflichtgemäß dadurch, dass sie von Zeit zu Zeit eine Frage stellte. Diese Fragen durften sich aber niemals auf eines der sogenannten Essentials, das heißt eine der grundlegenden Tatsachen des Fachgebietes beziehen, von denen sie natürlich keine Ahnung hatte, sondern immer auf irgendein Detail. Diese Technik hatte sie im Laufe der Jahre bis zur Perfektion verfeinert. So gab sie ihren Kunden das Gefühl, ihr etwas zu erzählen, was sie verstand und interessierte. Das bedeutete für manch einen von ihnen mehr als die sexuelle Befriedigung am Abend im Hotelbett. Cindy hatte sich durch ein Studium der Psychologie an der Universität Köln gezielt auf ihren Beruf vorbereitet.

Als sie nach Katerini kamen, versuchte Adam mit allen Mitteln, sie sofort ins Hotel abzuschieben. Er habe noch etwas zu erledigen. Das könne anstrengend werden. Sie wolle sich doch sicher lieber ausruhen, und so weiter. Cindy fragte schließlich kokett, ob das denn so streng geheim sei, was er da vorhabe. Zu ihrer eigenen Überraschung kapitulierte er sofort. Er sagte irgendeinen Satz wie »Na ja, irgendwann erfährst du es ja doch« und nahm sie mit auf seine Tour.

Ihre Besuche bei verschiedenen Computerspezialisten verliefen allerdings mehr als merkwürdig. Adam fragte jeden von ihnen, ob er bereit sei, einen Auftrag auf dem Gipfel des Olymp auszuführen. Die ersten beiden sahen ihn daraufhin an, als wäre er aus dem Irrenhaus ausgebrochen. Der allererste fragte ihn, ob ihm bekannt sei, dass es ganz oben auf dem Olymp keinen Stromanschluss gebe. Der zweite machte einen dummen Scherz, indem er Adam fragte, ob ihn die olympischen Götter geschickt hätten. Adam reagierte auf diese Bemerkung irgendwie seltsam. Er lachte überhaupt nicht, sondern begann von einem Freund zu sprechen, der oben auf dem Olymp wohne. Der Computerspezialist hielt ihn daraufhin für völlig übergeschnappt und gab ihm das auch mehr oder weniger deutlich zu verstehen. Für Cindy war dies eine peinliche Situation, die schließlich ihr Ende dadurch fand, dass Adam aufgab und sie sich verabschiedeten.

Ganz merkwürdig aber reagierte der dritte EDV-Fachmann, ein gewisser Papadopoulos, auf Adams Frage nach seiner Bereitschaft, einen Auftrag auf der Spitze des Olymp auszuführen. Aus unerfindlichen Gründen wirkte er zunächst wie ein erwischter Ladendieb. Doch als Adam anfing, seinen Freund, der angeblich oben auf dem Olymp wohnte, bis ins Detail zu beschreiben, fasste Papadopoulos allmählich Vertrauen. Er stellte Adam einige Fragen zu diesem Freund, welche dieser offenbar zu Papadopoulos' Zufriedenheit beantworten konnte. Schließlich ging er kurz in ein Nebenzimmer. Als er wiederkam, sagte er:

»Ich weiß nicht, ob ich das Richtige tue, aber Sie scheinen ja ohnehin Bescheid zu wissen. Von mir aus können Sie morgen früh mitkommen. Ich habe sowieso da oben zu tun.«

Man verabredete sich dahingehend, dass man am nächsten Morgen um acht von Papadopoulos' Büro aus aufbrechen wolle. Zur Sicherheit wurden die Handynummern ausgetauscht.

Cindy gingen alle diese merkwürdigen Ereignisse durch den Kopf, als ihr plötzlich klar wurde, dass der Tag noch gar nicht zu Ende war. Adam bestand darauf, dass sie um acht Uhr zu irgendeiner Podiumsdiskussion gehen sollten, von der er zufällig durch ein Plakat in der Stadt erfahren hatte. Dabei ging es um den Plan, auf dem Olymp einen großen Freizeitpark anzulegen. Warum sich ein deutscher Staatssekretär gemeinsam mit einer Berliner Prostituierten auf den Weg machen sollte, um in sich in Katerini eine lokalpolitische Diskussion über einen Freizeitpark anzuhören, war ihr schleierhaft. Noch merkwürdiger erschien ihr, dass der Staatssekretär entgegen ihren Erwartungen nicht an ihre Tür klopfte. Schließlich übermannte sie der Schlaf.

Die Panik, die in einschlägigen Berliner Kreisen nach Oliver Steinhaus'
Anruf ausbrach, war allenfalls mit dem zu vergleichen, was knappe
vierzig Jahre früher in Bonn passiert war, als man im Vorzimmer des Bun-
deskanzlers einen Stasi-Agenten enttarnt hatte. Alle Geheimnisträger
platzten geradezu vor Wichtigkeit. Die Presseleute spürten, dass etwas
ganz Großes in der Luft lag, konnten aber nichts Konkretes herausfinden.
Im Bundeskanzleramt sah man sich schon die Koffer packen. Ein griechischer Agent als Staatssekretär im Finanzministerium! Sollte sich diese
Information bestätigen, wäre sogar der Rücktritt der Kanzlerin nicht auszuschließen. Der im Zusammenhang mit der Eurokrise immer wieder
beschworene deutsche Steuerzahler würde kaum etwas anderes akzeptie-
ren. Fürs Erste erhielt Steinhaus die strikte Anweisung, unbedingt an der
Sache dranzubleiben.

Von alledem ahnte Adam nichts. Im Hotelzimmer beantwortete er wie
gewohnt seine Mails. Anschließend duschte er und legte sich auf sein
Bett, um ein wenig über die Situation nachzudenken. Poseidon hatte ihm
am Freitag sein Ultimatum gestellt. Gleich danach hatte er mit Cindy die
Reise verabredet. Jetzt war Montag. Das bedeutete, dass Recklinghausen
noch ganze vier Tage lang existieren würde. Musste er die Menschen dort
nicht irgendwie warnen? Musste man nicht die Evakuierung der ganzen
Region vorbereiten, für den Fall, dass es ihm und Cindy nicht rechtzeitig
gelingen würde, das Freizeitpark-Projekt zu stoppen? Dass mit Poseidons
Drohung nicht zu spaßen war, das war Adam von Anfang an klar. Nichtsdestoweniger hoffte er weiterhin, ihn mithilfe der anderen Götter umzustimmen. Deshalb ja auch die Reise hierher.

Die Sache mit der Evakuierung erschien Adam am Ende doch eher
problematisch zu sein. Einmal war die Region an Rhein und Ruhr viel zu

dicht besiedelt, um in wenigen Tagen evakuiert zu werden. Wo sollten all diese Leute hin? Aber noch wichtiger war die Tatsache, dass ihm aller Wahrscheinlichkeit nach niemand glauben würde. Jedes Kind wusste, dass es auch zu Beginn des 21. Jahrhunderts noch keine verlässliche Erdbebenvorhersage gab. Und dann sollte ausgerechnet das Finanzministerium in der Lage sein zu wissen, dass ausgerechnet am Freitag ausgerechnet in Recklinghausen die Erde wackeln würde? Das Finanzministerium, das nicht einmal die Eurokrise hatte kommen sehen, obwohl diese doch eindeutig in sein Fachgebiet gehörte? Adam verwarf den Gedanken. Sein Plan war der einzig richtige, und alles hing von seinem Gelingen ab.

Die Frage war nur, wo er am besten ansetzen sollte. Die griechische Regierung dazu zu bringen, das Projekt zu begraben, wäre rein theoretisch möglich, doch würde das der bisherigen Politik der Bundesregierung widersprechen, die stets darauf gedrungen hatte, dass Griechenland jede denkbare Einnahmequelle erschloss. Und dann sollte er ausgerechnet einem deutschen Investor in die Quere kommen? Das ließe sich kaum darstellen. Die deutsche Firma selbst war auch kein geeigneter Ansatzpunkt, denn wie sollte er seine Intervention ihr gegenüber begründen? Sollte er behaupten, das Projekt ließe es an Pietät gegenüber den olympischen Göttern fehlen? Nein, es blieb ihm keine andere Wahl, als Poseidon umzustimmen.

Wie Cindy ihm bei der Sache behilflich sein sollte, war Adam immer noch schleierhaft. Aber aus irgendeinem Grunde hatten die Götter sie ihm aufgehalst. Da konnte er nichts machen. Heute war sie ihm schon sehr lästig gewesen, als er die Computerspezialisten besuchte. Doch wollte sie unbedingt dabei sein, und da sie als Beraterin an dem Projekt teilhaben sollte, wäre es letztendlich ein Fehler, sie von einzelnen Phasen auszuschließen. Er wusste, dass Unternehmensberater sehr misstrauisch wurden, wenn man ihnen nur teilweise Einblick in die Details eines Projekts gewährte. Wenn es ihm doch wenigstens gelänge, sie in sein Bett zu bekommen! Leider vermochte er in ihrem Verhalten keine Anzeichen zu erkennen, die ihm in dieser Hinsicht irgendeine Hoffnung machten. Sie war offenbar eine von jenen knallharten Business-Frauen, die das Private vom Geschäftlichen strikt zu trennen wussten. In fachlicher Hinsicht war sie offenbar große Klasse. Das bewiesen ihre gezielten Fragen zum Thema der Eurokrise heute im Flugzeug. Mit diesen Fragen hatte sie ihn oft genug bis an den Rand seiner Kompetenz gebracht. Alle Achtung!

Pünktlich um acht betraten Adam und Cindy das städtische Freiluftkino, das sich auf der Dachterrasse eines Rathausflügels befand. Sie waren beinahe die Ersten. Hier sollte die Podiumsdiskussion stattfinden. Ihren Schatten, der ihnen bis zum Eingang des Kinos gefolgt war, hatten sie immer noch nicht bemerkt. Steinhaus sah seinerseits keinen Grund, sich unter das Publikum zu mischen. Er hatte verstanden, dass in dem Kino heute Abend ganz offensichtlich kein Film gezeigt werden würde, doch er begriff im Moment noch nicht, was genau hier vor sich ging. Er beschloss, die Observation der Zielpersonen fortzusetzen. Er schätzte die Höhe der Gebäude rings um ab. Zwei von ihnen schienen ihm hoch genug, um von dort aus das Geschehen im Auge zu behalten. Die Eingangstür des ersten Gebäudes fand er fest verschlossen. Bei dem zweiten hatte er mehr Glück. Er verschmähte aus Sicherheitsgründen den Lift und stieg die Treppen hinauf. So gelangte er auf die Dachterrasse des Bürohauses.

Hinter dem Maschinenhaus des Aufzugs konnte er sich hervorragend verbergen. Von dort aus sah er, wie sich das Kino gegenüber langsam füllte. Ihm fiel auf, dass die meisten Leute nicht einzeln oder paarweise kamen, sondern in großen Gruppen, die zum Teil sogar mit Reisebussen auf dem Rathausplatz eintrafen. Einige dieser Gruppen hatten sogar an Holzstielen befestigte Spruchbänder mitgebracht, die sie aber noch nicht ausgerollt hatten. Mehrere Kamerateams bauten ihre Stative hinter den Sitzreihen auf.

Vor der verputzten Mauer, welche normalerweise als Leinwand diente, hatte man ein Podest aufgebaut, auf dem vier Stühle standen. Außerdem gab es noch ein Rednerpult. Steinhaus' Zielpersonen hatten sich an das linke Ende der dritten Reihe gesetzt, gleich hinter den reservierten Ehrenplätzen. Am Ende war das Kino richtiggehend überfüllt. Die Sitzplätze waren längst alle besetzt, selbst Stehplätze gab es kaum noch, während immer mehr Besucher auf die Dachterrasse drängten. Es dauerte eine Weile, bis sich die auf der Treppe Wartenden in ihr Schicksal fügten und begriffen, dass es für sie auf der Terrasse keinen Platz mehr gab. Sie setzten sich schließlich auf die Treppe und begnügten sich damit, die Veranstaltung akustisch zu verfolgen.

Es ging schon auf neun Uhr zu, als ein grau melierter Herr ans Mikrofon trat. Er sagte etwas auf Griechisch, um dann einen anderen Herren, der in der Mitte der ersten Reihe saß, aufzufordern, das Wort zu ergreifen. Dieser stellte sich hinter das Rednerpult. Neben dem Pult stand ein zweites Mikrofon, hinter dem sich eine junge Dame aufstellte. Zu Steinhaus' großer Überraschung konnte er diesen ersten Redner verstehen, denn er sprach auf Deutsch. Es handelte sich um einen mittelgroßen, mittelblonden, freundlich dreinblickenden Mittvierziger mit einem Dreitagebart. Alle zwei bis drei Sätze hielt der Vortragende inne, damit die junge Dame neben ihm das Gesagte ins Griechische übersetzten konnte.

Der Redner sagte, dass er die Firma GMM aus Recklinghausen repräsentiere. Er freue sich besonders darüber, die Gelegenheit zu bekommen, hier in Katerini das große Projekt seiner Firma, den Freizeitpark Olymp, vorzustellen. Er sei sich sicher, dass durch dieses Projekt eine neue Ära für die Region beginne und dass das Ganze ein hoffnungsfrohes Zeichen für das von der Krise gebeutelte Griechenland sei. Steinhaus sah, dass während der Redner sprach, einige Stichworte und Zahlen auf die obere Hälfte der weißen Mauer projiziert wurden. Der Vertreter der deutschen Firma ging auf die Daten des Projekts ein. Er erwähnte die voraussichtliche Investitionssumme, die Größe des Areals und wie viele Kilometer an Straßen beziehungsweise Zahnrad- und Seilbahnen man bauen würde. Seinen größten Trumpf sparte er sich für den Schluss seiner kleinen Ansprache auf, nämlich die Zahl der Arbeitsplätze, welche man zu schaffen gedachte. Der Deutsche versprach der Region nicht weniger als dreitausend neue Arbeitsplätze, fünfhundert direkt beim Freizeitpark und mindestens weitere zweitausendfünfhundert, die durch die Zunahme des Fremdenverkehrs entstehen würden.

Kaum hatte der Redner geendet, wurde er von den meisten der Anwesenden mit einem lebhaften Applaus bedacht. Steinhaus schätzte, dass ein Viertel der Zuschauer überhaupt nicht applaudierte, doch gab es nur vereinzelte Unmutsäußerungen. Dennoch schien ihm die Atmosphäre deutlich angespannt zu sein. Einer rief ein Wort, das klang wie »Jermanará«, was wiederum bei der Mehrheit der Anwesenden eine sehr negative Reaktion hervorrief. Jemand rief dem Redner auf Deutsch zu: »Hören Sie nicht auf diesen Idioten, viele von uns haben in Deutschland gelebt, wir lieben Deutschland!« Der Redner konnte damit offenbar wenig anfangen, denn er hatte das Wort »Jermanará« ebenso wenig verstanden wie Oliver Steinhaus auf der anderen Seite der Straße. Sie ahnten nur, dass es irgendetwas mit den Germanen zu tun haben musste und mit Sicherheit alles andere als freundlich gemeint war.

Als Nächstes wurde ein kurzer Film über das Projekt gezeigt. Zu Beginn sah man wunderschöne Luftaufnahmen vom Olymp, die offenbar aus einem Sportflugzeug oder einem Hubschrauber heraus gedreht worden waren. Diese wurden mehrfach durch eine Satellitenaufnahme unterbrochen, die das Gebiet wie auf einer Landkarte zeigte. Auf diesem Satellitenbild wurden dann immer wieder bestimmte, kreisrunde Zonen mit einem imaginären Scheinwerfer angeleuchtet. Sofort wechselte das Bild zu einer Animation, die dem Zuschauer zeigte, was an der entsprechenden Stelle entstehen sollte. Das reichte von Repliken antiker Tempel und Theater bis hin zu modernen Gebäuden, an denen deutsche Bezeichnungen wie »Museum«, »Bibliothek«, »Vortragssaal« und »zentrales Toilettengebäude« standen.

Was hatte ein Staatssekretär aus dem Bundesfinanzministerium bloß auf dieser Veranstaltung zu suchen?, fragte sich der Oberkommissar. An ihm nagte der Zweifel. Hatte er den Spitzenbeamten vielleicht vorschnell der Agententätigkeit verdächtigt? Es mochte ja alles ganz harmlos sein. Vielleicht war Zeussen ja nur hier, um dieses auch politisch nicht ganz unbedeutende Projekt einer deutschen Firma in einem Krisenland zu unterstützen. Steinhaus begann zu bereuen, dass er seinen Verdacht so eilfertig nach Berlin gemeldet hatte. Auf der anderen Seite, war nicht das Wirtschaftsministerium für die Auslandsinvestitionen deutscher Unternehmen zuständig?

Steinhaus wusste das nicht so genau. Ganz offenbar saß Zeussen nicht auf einem der Ehrenplätze. Könnte das vielleicht bedeuten, dass der Staatssekretär gewissermaßen halboffiziell hier war? War er etwa mit dem

Chef der Firma GMM befreundet? Das würde dann aber keine Dienstreise rechtfertigen. Steinhaus hoffte, dass sich Zeussen zumindest einer kleineren Unregelmäßigkeit schuldig gemacht hatte. Das würde seine eigene Blamage ein wenig relativieren, welche ihm mit Sicherheit ins Haus stünde, sollte sich der Spionageverdacht als falsch erweisen. Dann aber erinnerte sich Steinhaus daran, dass Zeussen offenbar erst am Mittag desselben Tages durch das Plakat am Laternenpfahl auf die Veranstaltung aufmerksam geworden war. Fragen über Fragen. Dass der Staatssekretär hier in Katerini war, um die Stadt Recklinghausen vor dem sicheren Untergang zu bewahren, das konnte der arme Bundeskriminalpolizist wirklich nicht ahnen.

Mittlerweile hatten auf dem Podest vor der Leinwandmauer vier Personen Platz genommen, drei Männer und eine wunderschöne Frau, von der Steinhaus seinen Blick kaum abwenden konnte. Einer der Männer, derselbe, der zuvor auch den Deutschen begrüßt hatte, sagte ein paar Worte. Offenbar stellte er die Teilnehmer der Diskussion vor. Dann trat der jüngere von den beiden verbliebenen Männern an das Rednerpult und hielt eine offensichtlich flammende Rede. Dies schloss Steinhaus sowohl aus dem Vortragsstil des Redners als auch aus den Reaktionen des Publikums. Offenbar stand die große Mehrheit der Anwesenden aufseiten des Redners. Er wurde immer wieder durch begeisterten Beifall unterbrochen. Viele riefen »Bravo!«, das einzige Wort, das Steinhaus verstand. Inzwischen waren auch die Spruchbänder ausgerollt worden. Als der Redner geendet hatte, standen etwa Dreiviertel der Anwesenden auf und klatschten frenetisch Beifall, der schier kein Ende nehmen wollte.

Die Stimmung änderte sich schlagartig, als die wunderschöne Frau ans Rednerpult trat. Obwohl sie eine angenehm klingende Altstimme besaß, schien ihr Vortrag bei großen Teilen des Publikums Aggressionen auszulösen. Sie wurde immer wieder durch Einwürfe unterbrochen, die ihrerseits Beifallsbekundungen auslösten. Eine Minderheit schien die Rednerin in Schutz nehmen zu wollen, in dem sie diejenigen, die ihren Vortrag unterbrachen, zur Ordnung riefen. Das half aber nichts. Trotz ihrer Schönheit scheint die Dame nicht allzu viele Freunde zu besitzen, dachte sich Steinhaus, zumindest nicht in diesem Kino.

Plötzlich sah Oliver, wie etwas Weißes aus der Menge in Richtung Rednerin flog. Dass es sich um einen vollen Joghurtbecher handelte, sah er erst, als dieser auf der Brust der Dame landete. Der Becher sprang zurück und fiel auf das Rednerpult, während der Inhalt seinen Weg durch das Dekolleté der Rednerin nach unten suchte. Wenige Sekunden später tauchte er in Form eines großen Flecks vor dem Bauch wieder auf. Das elegante, dunkelblaue Sommerkleid, in dem die Frau bis zu diesem Moment einfach hinreißend ausgesehen hatte, war ein Fall für die chemische Reinigung, wie Steinhaus mit Bedauern bemerkte. Weitere Becher folgten, verfehlten aber ihr Ziel und zerschellten an der Leinwandmauer, an der jetzt Joghurt herunterlief. Jemand rief ein Wort, das in Steinhaus' des Griechischen unkundigen Ohren wie »Paleokommúna« klang. Andere nahmen dieses Wort auf und skandierten rhythmisch: »Paleokommúna!, Paleokommúna!, Paleokommúna!«

Oliver kannte das aus dem griechischen Bürgerkrieg stammende Schimpfwort für weibliche Kommunisten natürlich nicht, aber er spürte, dass hier Schlimmes bevorstand.

Tatsächlich bewegten sich vier oder fünf kräftige junge Männer drohend auf die Rednerin zu, die sich ihrerseits umdrehte, um in Richtung der Leinwandmauer zu entkommen. Ihre hochhackigen Schuhe behinderten sie dabei. Sie entledigte sich ihrer mit zwei geschickten, schnellen Griffen, warf sie in Richtung ihrer Verfolger und rannte barfuß weiter. Die drei Herren vom Podium versuchten, die Menge zu beruhigen. Besonders tat sich dabei der Vorredner der Dame hervor. Oliver hörte mehrfach das Wort »Dimokratia«. Doch auch der gerade noch mit so viel Beifall bedachte Redner erreichte nur wenig. Einige Leute, die der Rednerin offenbar freundlich gesonnen waren, liefen hinter ihr her. Diese wiederum wurden von den jungen Männern verfolgt, auf die Oliver schon kurz zuvor aufmerksam geworden war und die so aussahen, als verstünden sie keinen Spaß. Steinhaus sah, wie die Frau die Feuertreppe, eine enge Wendeltreppe aus Eisen, hinunterlief. Sie war etwa auf halber Höhe angelangt, als etwas weiter oben auf der Treppe eine Rangelei zwischen den Beschützern und den Verfolgern der Rednerin begann. Die Verfolger waren eindeutig in der Überzahl, doch die Beschützer hielten sich mit den

Händen an den Geländern der offenen Wendeltreppe fest, sodass sie, fünf an der Zahl, ein schwer zu überwindendes Hindernis darstellten.

Plötzlich wurde Steinhaus klar, dass er Zeussen und seine Begleiterin aus den Augen verloren hatte. Mit seinen Augen suchte er das ganze Kino vergeblich nach ihnen ab. Da er nicht davon ausgehen konnte, dass der Staatssekretär und die elegante Prostituierte an der Schlägerei teilnahmen, die rund um die Leinwandmauer tobte, nahm er an, dass das Paar rechtzeitig die Flucht ergriffen hatte. Er rannte so schnell er konnte die Treppen hinunter und durch die Eingangstür auf die Straße, denn er hatte genau wie Zeussen an der Schmalseite des Rathauses geparkt.

Als er an die Ecke kam und die Straße hinter der Leinwandmauer einsehen konnte, wurde er gerade noch Zeuge einer Szene, wie sie sich sonst nur Drehbuchautoren ausdenken. Zeussen saß bereits auf dem Fahrersitz und hatte das Auto angelassen. Angelika Baum hingegen war gerade dabei, auf den Beifahrersitz zu klettern. Auf der Treppe hatte sich die Situation derweil grundlegend verändert. Den Verfolgern der Rednerin war es gelungen, ihre Beschützer an die Seite zu drängen. Die schöne Frau in dem eleganten, vom Joghurt beschmutzten Sommerkleid hatte offenbar im Vertrauen auf die Standhaftigkeit ihrer Verteidiger kurz innegehalten. Jetzt setzte sie ihre Flucht fort.

Sie erreichte das Ende der Treppe gerade in dem Moment, als Cindy keine drei Meter davon entfernt die Wagentür hinter sich zuzog. Die Rednerin öffnete in ihrer Verzweiflung die hintere Tür des Jeeps und hechtete in diesen hinein. Sie schlug die Tür hinter sich zu. Steinhaus blieb nichts anderes übrig, als zu seinem eigenen Auto zu rennen, das er etwa zwanzig Meter hinter dem Jeep geparkt hatte.

Im Namen Gottes, fahren Sie endlich los!«, schrie Olymbía Adam an.
»Dieser begriff die Situation sofort, riss das Steuer nach links und trat
gleichzeitig aufs Gaspedal. Glücklicherweise war vor dem Jeep genügend
Platz, sodass er zum Ausparken nicht zurücksetzen musste. Doch schon
nach fünfzig Metern sah er im Rückspiegel, dass einige der Verfolger ihrerseits in ein Auto einstiegen.

Nur gut, dass die offensichtlich keine Motorräder haben, sagte sich
Zeussen, während er versuchte, den uralten Opel Ascona abzuhängen.
Doch war es nicht auszuschließen, dass die Verfolger der Politikerin per
Handy Verstärkung anfordern würden, vielleicht auch Motorradfahrer. In
wenigen Ländern der Welt wird so viel Motorrad gefahren wie in Griechenland. Schließlich hatte er den Eindruck, den Opel erfolgreich abgehängt zu haben.

»Nur raus aus der Stadt, bitte fahren Sie raus aus der Stadt«, flehte
Olymbía. »Hier in der Stadt bin ich geliefert. Diese Schläger machen mit
mir kurzen Prozess!«

So fuhr Adam mit über achtzig Stundenkilometern durch das nächtliche Katerini in Richtung Nationalstraße. Irgendwann bemerkte er hinter
sich einen Golf. »Scheiße, da sind sie wieder!«, rief er. Doch dann sah er
im Rückspiegel, dass nur ein einzelner, langhaariger Mann in dem Golf
saß. Das beruhigte ihn.

Sie fuhren auf der Nationalstraße in Richtung Süden. Jetzt erst konnten alle drei zum ersten Mal wieder durchatmen.

»Das war mehr als knapp«, sagte Cindy erleichtert. Olymbía meinte,
sich ihren Rettern vorstellen zu müssen, ohne daran zu denken, dass der
Bürgermeister das bereits während der Veranstaltung erledigt hatte.
Adam und Cindy nannten brav ihre Namen. Da wurde Olymbía zum ersten Mal klar, dass sie von zwei Ausländern gerettet worden war, noch

dazu Deutschen. Merkwürdig war nur, dass diese Deutschen Griechisch sprachen.

»Sind Sie von der Firma GMM?«, fragte Olymbía.

»Nein«, sagte Adam, »ganz im Gegenteil. Wir sind hier, um das Projekt ›Freizeitpark Olymp‹ zu verhindern.«

Dies war auch Cindy vollkommen neu, aber sie entschloss sich, das Thema nicht zu berühren, vor allen Dingen nicht in Gegenwart der griechischen Politikerin.

»Wo fahren wir eigentlich hin?«, fragte Cindy stattdessen in die Stille hinein.

»Bitte auf keinen Fall zurück in die Stadt«, bat Olymbía inständig. »Das ist viel zu gefährlich. Für Sie jetzt übrigens auch, denn man wird glauben, dass Sie von meiner Partei sind.«

»Aber wir haben doch unsere Sachen im Hotel!«, protestierte Cindy.

»Ich fürchte, Cindy, an die kommen wir heute Abend nicht mehr ran. Aber irgendwo müssen wir übernachten, es ist schon spät, und dieser Tag war verdammt anstrengend«, meinte Adam. Zu Olymbías Information setzte er hinzu: »Wir sind nämlich seit drei Uhr auf den Beinen, und morgen früh müssen wir auf den Olymp.«

Olymbía dachte nach. »Dann lassen Sie uns doch unten an die Küste fahren, irgendwo bei Platamónas. Da sind viele ausländische Touristen, da fallen Sie nicht auf. Die Griechen dort sind fast alle Sommergäste aus Thessaloniki, die interessieren sich nicht so sehr für die Arbeitsplätze, die der Freizeitpark angeblich schaffen soll.«

Adam gefiel der Vorschlag. Vor allem beeindruckte ihn, dass die junge Frau alle Parameter ihrer misslichen Lage in ihr Denken einbezogen hatte. Er schaute kurz nach rechts, um zu sehen, wie Cindy auf den Vorschlag reagierte. Anschließend sah er Olymbía im Rückspiegel an. Er musste innerlich lachen. Heute Morgen hatte er gedacht, dass er mit der schönsten Frau der Welt in einem Auto fuhr. Keine zehn Stunden später musste er sich korrigieren. Er war mit den beiden schönsten Frauen der Welt unterwegs.

Ein paar Kilometer vor der alten Kreuzfahrerburg Platamónas verließ Adam die Nationalstraße in Richtung Küste.

Plötzlich rief Cindy: »Das hier kenne ich. Hier habe ich als Kind ein paar Mal Urlaub gemacht mit meiner Mutter und meinem Stiefvater. Hier gibt es eine Menge kleiner Hotels, da finden wir bestimmt etwas für die Nacht!«

Doch ganz so einfach, wie Cindy sich das vorgestellt hatte, war es am Ende nicht, denn die Gegend war ziemlich ausgebucht. Die drei Zimmer, nach denen sie fragten, hatte niemand frei. Kurz bevor die Küstenstraße wieder in die Nationalstraße einmündete, lag auf der linken Seite eine größere Anlage. »Campingplatz und Zimmervermietung« stand am Eingangstor. Dort war auch die Rezeption. Nur Adam stieg aus. Er fragte nach drei Einzelzimmern für eine Nacht.

»Drei Einzelzimmer? Wo denken Sie hin? Ich hab zufällig noch ein Dreibettzimmer, wenn Sie damit vorliebnehmen wollen. Sonst kann ich Ihnen nicht helfen.«

Adam schaute die beiden im Auto sitzenden Damen, die den Dialog mitgehört hatten, fragend an. Beide nickten.

»Okay, wir nehmen das Zimmer«, sagte Adam. Er gab seinen Ausweis ab, und sie erhielten den Schlüssel.

Das Gebäude mit den Zimmern befand sich etwa hundert Meter weiter unten, direkt am Strand. Sie stiegen wieder ins Auto und fuhren dorthin. Olympía war froh darüber, dass es dort keine weitere Rezeption gab. So konnte sie, barfuß und mit einem riesigen Fleck vor dem Bauch, ungesehen bis zur Zimmertür gelangen.

Einen merkwürdigen Einzelreisenden in einem silbernen VW Golf, der unmittelbar nach dem Mann mit den beiden schönen Frauen nach einem Zimmer fragte, musste der Hausherr leider enttäuschen. Jetzt war er wirklich ausgebucht.

Da kam Steinhaus eine Idee. »Ich habe ein kleines Zelt dabei«, log er, »haben Sie vielleicht einen Zeltplatz frei?«

Damit konnte der Inhaber, der ausgezeichnet Deutsch sprach, durchaus dienen. Die Plätze für kleine Zelte waren keine fünfzig Meter von der Rezeption entfernt. Der Besitzer wies Steinhaus ein, zeigte ihm die Waschräume und wünschte ihm eine gute Nacht.

Dieser bedankte sich und fragte: »Finde ich noch etwas zu essen?«

»Ja, unser Restaurant hat noch auf.«

Steinhaus ging zunächst dorthin. Er fand einen Platz in der Ecke der Terrasse, die zum Strand hinausging. Resignierend stellte er fest: Es gab nur griechische Küche. Aber was sollte er machen? In der Not frisst der Teufel auch Fliegen.

Als die Dreiergruppe in ihrem Zimmer angekommen war, wurde ihnen klar, dass ihre Situation alles andere als erfreulich war. Keiner von ihnen hatte sein Gepäck dabei, sodass sie nicht einmal ihre Wäsche wechseln konnten. Olymbía hatte zudem nicht einmal Schuhe.

»Welche Größe trägst du?«, fragte Cindy. Ihr war die Politikerin von Anfang an sympathisch gewesen. Zwei schöne Frauen und ein attraktiver Mann, nach landläufiger Meinung müsste das zu einem Zickenkrieg führen, dachte sie. Doch Cindy schrieb es ihrem Beruf als Prostituierte zu, dass sie schon lange keine Eifersucht mehr kannte.

»Siebenunddreißig«, antwortete Olymbía auf Cindys sinnlose Frage nach der Schuhgröße. Schließlich hatte sie auch nur das eine Paar Schuhe, das sie gerade an ihren Füßen trug.

Adam hatte die rettende Idee. Man würde Papadopoulos anrufen. Man würde ihn bitten, morgen früh in beiden Hotels, also auch dort, wo Olymbía untergekommen war, die Rechnungen zu begleichen und das Gepäck von allen dreien mitzubringen. Adam hatte sich allerdings gefragt, ob die Hoteliers Papadopoulos das Gepäck überhaupt aushändigen würden. Schließlich war er nicht der Eigentümer.

»Da machen Sie sich mal keine Sorgen. Ich kenne diese Leute sehr gut«, beruhigte Papadopoulos den Staatssekretär, als sie wenig später miteinander telefonierten.

Na ja, dachte Adam, andere Länder, andere Sitten.

Papadopoulos war alles andere als begeistert von dem Plan. Irgendwie kamen ihm diese Fremden merkwürdig vor. Auf der anderen Seite hatte ihm Adam schon am Mittag indirekt zu verstehen gegeben, dass es ihm darum ging, den Freizeitpark zu verhindern. Das traf sich mit Papadopoulos' eigenen Interessen. Er machte mehr als die Hälfte seines Umsatzes mit den Göttern, und zwar steuerfrei. Gar nicht auszudenken, was aus seinem Geschäft würde, wenn die Götter wegzögen. Dass er mit den Leuten vom Freizeitpark ins Geschäft kommen würde, daran wagte er nicht zu glauben. Die würden bestimmt ihre IT-Spezialisten aus Deutschland mitbringen, glaubte er. Papadopoulos beschloss, morgen sehr früh aufzubrechen. Diese zusätzliche Verpflichtung würde ihn mindestens eine volle Stunde kosten, und er wollte den Olymp sicher nicht während der Mittagshitze besteigen.

Die drei Halbgötter merkten plötzlich, dass sie Hunger hatten. Glücklicherweise war das Restaurant des Campingplatzes, das direkt unter ihrem Zimmer lag, noch geöffnet. Olymbía mochte aber nicht mit dem Joghurtkleid ins Restaurant gehen. Darum zog sie es mit der Bemerkung »wir sind ja erwachsen« vor aller Augen aus. Auch den BH legte sie ab, mit der Begründung, dass er mit Joghurt verschmiert sei. Mit spitzen Fingern warf sie ihn ins Bad, wo er auf dem Fußboden landete. Sosehr er es auch versuchte, Adam konnte seine Augen nicht von der nur noch mit einem Höschen bekleideten Reisegefährtin lassen. Cindy bemerkte das und dachte bei sich, dass der Staatssekretär ja doch zu normalen Reaktionen fähig war. Umso weniger konnte sie sich das Verhalten erklären, das Adam ihr gegenüber an den Tag gelegt hatte.

Zu Adams Leidwesen hielt das Schauspiel nicht lange an, denn Olymbía band sich eins von den weißen Badetüchern um, die wohlgefaltet auf den Betten lagen.

Im Restaurant saßen trotz der späten Stunde noch einige Touristen, die nicht viel mehr anhatten als Olymbía. Offenbar hatte die Gruppe noch ein spätes Bad im Meer genommen. Olymbía war froh über ihre Anwesenheit, denn so fiel ihr Aufzug nicht so sehr auf. Den blonden Recken, der allein in der Ecke der Terrasse saß, bemerkte keiner von ihnen.

Die Auswahl war jetzt nach Mitternacht nicht mehr allzu groß, doch fanden sie alle etwas, was ihnen zusagte. Adam orderte zudem eine Flasche von dem besten Rotwein, den das Haus zu bieten hatte. Auf einem Campingplatz konnte man da natürlich nicht allzu hohe Ansprüche stellen, doch der Wein erwies sich als trinkbar. Bis das Essen serviert wurde, unterhielt man sich über dieses und jenes.

Cindy sagte plötzlich: »Ich finde das total spannend, dass wir morgen auf den Götterberg klettern. Ihr müsst nämlich wissen, ich bin eine Halbgöttin.«

Sowohl Adam als auch Olymbía fielen beinahe die Weingläser, die sie gerade zum Munde führten, aus den Händen.

Adam fand als Erster die Sprache wieder: »Wieso denn das?«

»Nun ja«, antwortete Cindy, »immer wenn ich meine Mutter gefragt habe, wer mein Vater ist, hat sie gesagt: ›der Gott Prometheus‹. Ich sollte mir aber ja nichts darauf einbilden. Außerdem durfte ich den anderen Kindern nichts davon erzählen. Ich weiß natürlich nicht wirklich, ob Mama mir die Wahrheit gesagt hat, aber irgendwann habe ich auch aufgehört, darüber nachzudenken.«

Adam sagte daraufhin mit sehr ernster Miene: »Doch, Cindy, es stimmt, du bist eine Halbgöttin.«

»Woher weißt du denn das?«, fragte sie ungläubig.

»Poseidon hat es mir gesagt. Er war es auch, der mir deine Handynummer gegeben hat. Er hat mir befohlen, dich auf diese Reise mitzunehmen.«

»Du redest mit Poseidon? Darf ich daraus schließen, dass du auch ein Halbgott bist?«, fragte Olymbía.

»Das darfst du«, erwiderte Adam.

Da offenbar die Stunde der Wahrheit gekommen war, sagte Olymbía: »Ich bin übrigens auch eine Halbgöttin. Mein Vater ist ebenjener Poseidon. Ich weiß es allerdings erst seit Freitag. Hermes überbrachte mir die Botschaft. Er war es, der mir befahl, den Freizeitpark auf dem Olymp zu verhindern.«

Der letzte Satz räumte bei Adam jeden Zweifel an der göttlichen Natur Olymbías aus. Er gelangte zu dem Schluss, dass ihr heutiges Zusammentreffen alles andere als zufällig war. Man begann damit, zusammenzutragen, was man einmal über die Götter und zum anderen über das Projekt wusste, das es zu verhindern galt. Naturgemäß konnte Cindy hierzu am wenigsten beisteuern, im Grunde genommen gar nichts.

Olymbía war von der Drohung Poseidons gegen Recklinghausen sehr beeindruckt. Jetzt verstand sie auch, warum Adam als deutscher Staatssekretär gegen ein Projekt zu Felde zog, das er von Amts wegen eigentlich eher unterstützen müsste. Als er ihr auf der Fahrt hierher gesagt hatte, dass er das Projekt verhindern wollte, hatte sie ihn noch für einen jener versnobten Umweltschützer gehalten, von denen es in Deutschland so viele gibt. Olympia mochte diese Leute nicht sonderlich, die als echte deutsche Besserwisser durch die Welt zogen, um die Völker im Namen der Umwelt daran zu hindern, ihren Lebensstandard demjenigen der Europäer anzugleichen.

Olymbía äußerte den Wunsch, am nächsten Tag an dem Aufstieg auf den Olymp teilzunehmen. Man plante daraufhin, den lieben Verwandten zu dritt auf die Bude zu rücken. Allerdings hatte sie in ihrem Gepäck in Katerini keine geeigneten Schuhe. Es stellte sich aber heraus, dass Cindy bei ihrem Schuhkauf am Samstag in einem Berliner Outdoor-Shop die Entscheidung zwischen zwei Paar Wanderschuhen schwergefallen war. So hatte sie kurzerhand beide gekauft, Größe siebenunddreißig.

Zurück im Zimmer, fiel Cindy, die es nicht gewohnt war, um drei Uhr morgens aufzustehen, sofort auf das Einzelbett und schlief ein. So blieb für die beiden anderen nur das Doppelbett übrig. Olymbía legte ihr Handtuch ab, und Adam zog sich bis auf die Unterwäsche aus. Sie legten sich hin und deckten sich mit dem großen Laken zu, das zu diesem Zweck bereitlag. Adam brachte es einfach nicht übers Herz, das Licht zu löschen. Sie schauten sich in die Augen.

»Noch vor vier Tagen hätte ich jeden für verrückt erklärt, der mir gesagt hätte, dass ich heute mit einem der wichtigsten Vertreter des Feindes in einem Bett liegen würde«, sagte Olymbía ganz leise, um Cindy nicht zu wecken.

»Warum sagst du so was?«, fragte Adam leicht indigniert. »Unsere Steuerzahler bürgen doch für eure Schulden, die entstanden sind, weil ihr so lange über eure Verhältnisse gelebt habt.«

»Jetzt schockierst du mich aber wirklich«, antwortete sie. »Glaubst du als der verantwortliche Staatssekretär etwa selber an den Quatsch, den eure Zeitungen schreiben? Du enttäuschst mich. Hast wohl auf deiner teuren englischen Uni nicht aufgepasst!«, fuhr Olymbía fort, die davon ausging, dass Adam wie sie selbst Volkswirtschaft studiert hatte. »Oder bringen die den Leuten da nicht bei, dass es in einem einheitlichen Wirtschafts- und Währungsraum wohl kaum zu erwarten ist, dass überall gleich viel produziert und konsumiert wird? Sicher ist bei uns manches schiefgelaufen, mit den korrupten Regierungen, die wir hatten. Aber selbst wenn Griechenland von den weisesten, anständigsten und effizientesten Leuten der Welt regiert worden wäre, über kurz oder lang wäre es so gekommen, wie es gekommen ist. Alle Waffen, mit denen sich die schwächeren Volkswirtschaften vor den stärkeren schützen, haben wir doch an der Garderobe abgegeben, als wir dem einheitlichen Binnenmarkt und später der Währungsunion beigetreten sind. Zölle, Subventionen, Währungspolitik, Geldpolitik, einfach alles! Da war diese Entwicklung doch vorprogrammiert! Was uns blieb, war nur die Fiskalpolitik, die den Job für alle anderen mitmachen musste. Die Regierungen haben dann versucht, über den Staatshaushalt ein wenig Wohlstand zu schaffen. Schließlich erwarteten die Leute, dass es ihnen durch das vereinte Europa besser gehen würde. Sie sind ja wohl kaum der Union mit der Absicht beigetreten, noch ärmer zu werden, als sie vorher schon waren.«

»Aber warum wolltet ihr dann unbedingt in die Währungsunion rein, noch dazu mit gefälschten Zahlen?«

»Nun komm mir nicht auch noch damit! Die Zahlen waren nicht gefälscht, sie waren ausgedacht!«

»Was soll das denn nun wieder heißen?«

»Fälschen kann man eine Zahl nur, wenn man die richtige Zahl kennt. Wenn du aber keine Zahlen hast, weil du keine vernünftige Buchhaltung kennst, was machst du dann? Richtig, du denkst dir welche aus. Und jetzt nenne du mir jemanden, der sich in einem solchen Fall Zahlen ausdenken würde, die ihm nicht ins Konzept passen! So eine heldenhafte Wahrheitsliebe kann man ja wohl von keinem Politiker erwarten.«

Adam musste zugeben, dass dieser Gedanke einiges für sich hatte.

Olymbía fuhr fort: »Und was eure Troika in unserem Land anstellt, das ist ja wohl wirklich unter aller Kritik. Die kommen da mit ihrem Lehrbuch ›Der kleine Ländersanierer für Anfänger, Band 1‹. Da drin steht, das Mittel der ersten Wahl ist die Abwertung der Landeswährung. ›Oh‹, sagen sie, ›das geht hier nicht, die haben ja den Euro.‹ Und was machen sie? Sie verordnen einfach eine Überdosis von dem zweiten Medikament, dem Sparen! So kriegt man natürlich jede Wirtschaft kaputt! Ich fürchte, für diese Art von Hilfe, wie ihr sie uns gebt, müsst ihr uns irgendwann entschädigen. – Am besten, du fängst gleich damit an«, setzte sie hinzu.

Im selben Moment spürte Adam, wie sich Olymbías Hand an seinem empfindlichsten Körperteil zu schaffen machte.

»Weißt du, was Hermes mir erzählt hat?«, fragte sie im Flüsterton. »Die meisten Halbgötter teilen ihr Verhältnis zur Sexualität mit dem ihrer göttlichen Verwandtschaft. Sie kennen weder eine besondere Zurückhaltung noch sind sie groß eifersüchtig aufeinander. Sie schämen sich auch nicht wegen ihrer Triebe. Was mich betrifft, hat er recht. Wie sieht das bei dir aus?«

»In etwa genauso«, antwortete Adam.

Nichtsdestoweniger versuchte er, Olymbías Hand aus seiner Unterhose zu ziehen. »Bitte versteh mich nicht falsch, aber was ist, wenn sie aufwacht?« Er deutete im Dunklen auf Cindy. Er wusste zwar jetzt, dass auch Cindy eine Halbgöttin war, in Bezug auf ihre berufliche Tätigkeit jedoch befand er sich immer noch im Irrtum. Er hielt sie weiterhin für eine Unternehmensberaterin.

»Nun, ich bin sicher, dass sie mitmachen würde«, sagte Olymbía. »Sie ist schließlich auch eine von uns.«

Doch Cindy wachte nicht auf, obwohl die altersschwachen Sprungfedern des minderwertigen Hotelbettes nach ein paar Minuten einen Höllenlärm machten.

Oliver Steinhaus hatte zum Abendessen nach einem Omelett gefragt, obwohl ein solches Gericht auf der Speisekarte nicht verzeichnet war. Dabei konnte, so glaubte er, nichts schiefgehen. Doch leider hatte der Koch es zu gut mit ihm gemeint und die Eierspeise nach Landessitte mit etwas Schafskäse verfeinert. Oliver mochte keinen Schafskäse, aber hungrig, wie er war, schluckte er das exotische Omelett todesmutig herunter. Das griechische Bier schmeckte ihm überraschend gut.

Er verließ das Restaurant lange vor dem Trio und ging eine Weile am Strand auf und ab. Der fast volle Mond spiegelte sich in den Wellen, doch Steinhaus hatte im Moment keinen Sinn für Romantik. Er sah sich bereits in die Aktenablage strafversetzt, zumindest für den Fall, dass sich Adam Zeussens Aktivitäten in Griechenland am Ende als völlig harmlos herausstellten. Also musste er irgendetwas finden!

Auf halber Höhe zwischen dem Wasser und der Pension standen etwa dreißig blaue Liegen, die tagsüber an die Gäste der Anlage vermietet wurden. Oliver legte sich auf eine dieser Liegen, aber so herum, dass er das Haus im Auge behalten konnte. Plötzlich fiel ihm auf, dass auf der Nachbarliege zur Rechten jemand lag. Im Mondschein konnte er erkennen, dass es eine Frau war. Offensichtlich war sie eingeschlafen, während sie über das Meer schaute. Doch plötzlich wachte sie auf.

»Wo bin ich?«, rief sie erschrocken.

»Am Strand von Platamónas«, sagte Oliver so sanft wie möglich auf Deutsch, denn auch die Dame hatte Deutsch gesprochen.

»Ach ja, Platamónas, seit fünfundzwanzig Jahren komme ich jedes Jahr her, aber dass ich abends auf einer Strandliege einschlafe, das ist mir noch nie passiert. Das müssen Sie mir glauben.« Offenbar war das unkontrollierte Einschlafen auf einer Strandliege für die Dame aus Deutschland eine unverzeihliche Verletzung irgendeiner Regel, die Oliver nicht kannte.

»Ach, ich habe mich gar nicht vorgestellt. Ingrid Hoffmann aus Delmenhorst.«

»Oliver Steinhaus aus Berlin.«

»Machen Sie auch Urlaub hier?«

»Nur für ein paar Tage. Ich bin gewissermaßen auf der Durchreise.«

»Alleine?«

»Ja, alleine.«

Ingrid erzählte, dass sie seit fünfundzwanzig Jahren jedes Jahr herkomme. Sie ließ durchblicken, dass es anfangs einen konkreten Grund hierfür gegeben habe, der Panayotis hieß und in der Nähe bei einer Bank arbeitete. Leider sei Panayotis' Frau nach zehn Jahren hinter die sommerlichen Eskapaden ihres Mannes gekommen. Seither habe er zwischen Mai und September Ausgangssperre. Ihr aber sei Platamónas so sehr zur Gewohnheit geworden, dass sie sich einen Sommer ohne einen Aufenthalt an diesem Ort gar nicht mehr vorstellen könne.

Während er Ingrid zuhörte, behielt Oliver das Gebäude der Pension stets im Blick. Er sah, wie im ersten Stock, zweites Zimmer von links, das Licht anging. Im Schein der Lampe erkannte er Adams Gestalt. Ingrid setzte ihre Erzählung unterdessen fort. Die Besitzer der Ferienanlage seien ihre besten Freunde, und sie gäben ihr auch regelmäßig das Eckzimmer im ersten Stock. Ingrid zeigte auf das Zimmer neben dem, in welchem das Trio untergekommen war. Jetzt war Oliver ganz Ohr. Er rückte seine Liege näher an die ihrige heran und streckte sich darauf aus, jetzt aber – genau wie Ingrid – mit den Füßen in Richtung Mittelmeer. Er legte sich auf die Seite, stützte seinen Kopf auf den angewinkelten Arm, sah Ingrid an und lauschte andächtig einer Reihe von Anekdoten aus Panayotis' und Ingrids gemeinsamen Sommern unterhalb des Olymp.

Ingrid war etwa fünfzehn Jahre älter als Oliver. Sie war höchstens eins fünfundsechzig groß und hatte eine knabenhafte Figur. Ihre Gesichtszüge waren eher markant, um nicht zu sagen, grob. Ein blonder Wuschelkopf rundete das Ganze nach oben hin ab. Oliver Steinhaus begann nach einer kurzen Pause von dem Problem der Einsamkeit zu sprechen, das man ganz besonders in der Urlaubszeit spüre, wenn alle anderen mit ihren

Familien oder doch zumindest mit ihren Partnern in die weite Welt hinausfahren.

»Warte kurz auf mich, nicht weglaufen! Versprochen?«

»Versprochen.«

Er lief kurz zum Restaurant, das der Oberkellner gerade abschließen wollte. Oliver bat ihn, ihm schnell noch eine Flasche Wein zu verkaufen, was dieser nach einem kurzen Blick in Richtung Liegen auch gerne tat, mit einem breiten Grinsen im Gesicht. Ungefragt gab er Oliver auch zwei Gläser mit, aber keine Quittung, denn die Kasse sei bereits abgerechnet. Das war Oliver gleichgültig, denn den Wein konnte er daheim ohnehin nicht als Bewirtungsausgabe geltend machen, ohne genauestens anzugeben, mit wem zusammen und warum er ihn getrunken hatte. Und ganz so genau wollte er seinen Ermittlungseifer in seiner Reisekostenabrechnung nicht dokumentieren.

Der Wein tat das Seine, um zwei einsame Seelen zusammenzuführen, zumindest für jenen Abend. Als Oliver schließlich erzählte, dass er auf der Suche nach einem Zimmer in seiner Verzweiflung zu der Notlüge mit dem Einmannzelt gegriffen habe, um wenigstens Einlass zu dem Campingplatz mit seinen Toiletten und Waschräumen zu finden, war Ingrid sichtlich gerührt. Sie bot an, ihm für heute Nacht Unterschlupf zu gewähren. Bei ihr sei schließlich ein Bett frei. Man würde sich schon vertragen, man sei ja zivilisiert. In einer solchen Notlage müsse man schließlich solidarisch sein. Oliver lehnte höflich dankend ab. Er könne auch in seinem Auto ganz gut schlafen. Er schaffe das schon, trotz seiner Länge. Das wollte Ingrid aber nicht gelten lassen. Sie entschied kurz und knapp: »Du übernachtest heute bei mir!«

Oliver lief schnell zu seinem Auto, um seine Reisetasche zu holen, bevor Ingrid es sich anders überlegte. Diese Befürchtung erwies sich allerdings als unbegründet, denn sie wartete schon in ihrem Zimmer auf ihn. Sie trug einen grün-rot karierten Sommerschlafanzug mit kurzer Hose und ebensolchen Ärmeln. Im Badezimmer zog sich Oliver bis auf die Unterhose aus. Einen Schlafanzug hatte er nicht mitgenommen. Eine kleine Videokamera wanderte aus seiner Reisetasche in seinen Kulturbeutel, den er mitnahm, als er das Bad verließ.

Er ging an Ingrid vorbei auf den Balkon. Aus dem Nebenzimmer drangen verdächtige Geräusche. Oliver versuchte, möglichst unauffällig um die zwischen den beiden Balkonen angebrachte hölzerne Trennwand herumzulinsen. Leider konnte er aufgrund des ungünstigen Blickwinkels nicht sehen, was sich im Nebenzimmer abspielte. Doch seine Videokamera besaß glücklicherweise ein Display, das man in alle Richtungen verdrehen konnte. Er stellte es so ein, dass er von der Seite sehen konnte, was das Objektiv der kleinen Kamera im Nebenzimmer erblicken würde, wenn er sich dicht an die Trennwand stellen und die rechte Hand mit der Kamera in Richtung des Nachbarbalkons ausstrecken würde. Gesagt, getan. Oliver ließ die Kamera einige Minuten lang laufen. Obwohl er das kleine Display nur aus einer Entfernung von etwa einem halben Meter sah, war ihm klar, dass die Aufnahmen es in sich hatten. Morgen würde er sie sich in aller Ruhe ansehen.

Inzwischen hatte Ingrid schon dreimal nach ihm gerufen. Sie wolle das Licht ausmachen, um endlich zu schlafen. Oliver legte sich in das Bett, neben ihr. Sie löschte das Licht, doch ihre Müdigkeit war plötzlich wie weggeblasen. Sie kuschelte sich an Oliver heran. Er dachte: Staatssekretär müsste man sein. Von dem Unterschied zwischen Halbgöttern und normalen Sterblichen ahnte er ja nichts.

Olymbía erwachte als Erste. Das Bettlaken war auf den Fußboden gerutscht. Adam lag neben ihr und schlief tief und fest. Doch dann bemerkte sie auf der anderen Seite des Bettes eine splitterfasernackte Cindy, die in Adams Armen lag. Hier ist, dachte Olymbía, ja noch einiges passiert, während ich schlief. Ein spontanes Gefühl der Eifersucht stieg in ihr auf. Das ist jetzt wohl meine menschliche Seite, stellte sie gleich darauf fest. Als Halbgöttin würde sie sich das wohl abgewöhnen müssen. Adam, der schon seit Jahren wusste, dass er ein Halbgott war, schien ja gut damit zurechtzukommen. Olymbía bewunderte Cindys Körper. Was für schöne Menschen wir Halbgötter doch sind, dachte sie. Schade, dass Cindy nicht Eva hieß. Es hätte gut gepasst, so wie sie da in den Armen des ebenso nackten Adam lag und schlief.

Sie stellte den Fernseher an, drückte aber, um die anderen nicht zu wecken, auf den Lautlos-Knopf der Fernbedienung. Was sie zu sehen bekam, war für sie ein echter Schock. Sie sah sich selbst vor den Angreifern fliehen. Sie sah, wie sie ihre Schuhe auszog und sie gegen die Menge schleuderte. Sie sah auch, wie sie barfuß in allerhöchster Panik hinter der Leinwandmauer verschwand. Sie stellte den Ton des Fernsehgerätes wieder an, gerade mal so laut, dass sie verstehen konnte, was der Sprecher sagte.

»Die Abgeordnete der Nationalen Linken gilt seitdem als vermisst. Das letzte, was man von ihr sah, war, dass sie in einen dunklen Geländewagen einstieg, in dem bereits ein Mann und eine Frau saßen. Der Geländewagen verließ den Tatort mit hoher Geschwindigkeit. Augenzeugen beobachteten, dass einige der Schläger mit einem anderen Auto die Verfolgung aufnahmen. Die Behörden befürchten, dass die Verfolger die Abgeordnete und ihre Begleiter eingeholt haben könnten. In ihrem Hotel ist

Olymbía Theodorou gestern Abend nicht mehr aufgetaucht. Die Polizei sucht den gesamten Distrikt nach der Politikerin ab.«

Olymbía schaltete auf einen anderen Kanal um. Dasselbe Thema. Ein dritter Sender: Dito. In einem weiteren Programm wurde gerade Dimitris Galanopoulos interviewt. Er erzählte dem Publikum, wie er noch versucht habe, Olymbía unter Einsatz seines Lebens zu verteidigen. Das sei schließlich das Wesen der Demokratie, dass man auch für die Meinungsfreiheit des politischen Gegners kämpfe. Natürlich vergaß er nicht, Voltaires berühmten Spruch zu erwähnen. Man ist ja schließlich gebildet, dachte Olymbía. Schon am Vorabend, als Dimitris mit seiner Rede so viel Beifall geerntet hatte, war Olymbía klar geworden, dass es massive Probleme geben würde. Das war eben nicht das Studio von GIGAS TV, das war die raue Wirklichkeit.

Während sie um die Mauer lief, hatte sie noch Dimitris' Stimme vernommen, der die Menge zu beruhigen versuchte. Das stimmte. Aber dass er sie unter Lebensgefahr verteidigt haben wollte, daran hatte sie doch ihre Zweifel. Sie hatte jedenfalls nichts davon mitbekommen.

Olymbía versuchte, Adam so sanft wie irgend möglich zu wecken. Sie wollte auf keinen Fall Cindys Schlaf stören, so unschuldig und anmutig wirkte diese schöne junge Frau an Adams Seite. Schließlich hatte sie Erfolg.

»Schau mal«, flüsterte sie und zeigte in Richtung Fernseher. Dort lief zum x-ten Mal an diesem Morgen die Szene von Olymbías Flucht aus dem städtischen Freilichtkino von Katerini. Anschließend war wieder von ihrem Verschwinden die Rede. Adam war sofort hellwach.

»Ich muss sofort Papadopoulos verständigen. Wenn er jetzt in dein Hotel fährt, um die Sachen zu holen, macht er sich verdächtig.« Er bat Olymbía, ihm sein Handy aus seiner Hosentasche zu angeln. Glücklicherweise hob Papadopoulos sofort ab. Es stellte sich heraus, dass er gerade dabei war, vor Olymbías Hotel einzuparken. Das war ja noch mal gut gegangen! Man vereinbarte, dass Papadopoulos nur Adams und Cindys Gepäck aus dem Strandhotel abholen und dann sofort nach Platamónas kommen sollte.

Etwa eine Stunde später klopfte Papadopoulos an die Zimmertür. Olymbía wollte sofort aufmachen, doch Adam hielt sie zurück. »Zieh dir etwas an, wenigstens ein Handtuch. Denk daran, das ist dein Wahlkreis!«

»Wo du recht hast, hast du recht«, brummte Olymbía und legte sich das Handtuch um, genau wie am Vorabend. Sie nahm von Papadopoulos das Gepäck in Empfang und bat ihn, auf der Terrasse Platz zu nehmen und einen Kaffee zu trinken. Sie kämen so schnell wie möglich.

Glücklicherweise konnte Cindy Olymbía aus ihrem Koffer mit fast allem ausstatten, was sie brauchte. Beide Frauen hatten die gleiche Kleidergröße. Lediglich Cindys Ersatz-BH war deutlich zu klein. »Dann muss es eben auch ohne gehen«, beschloss Olymbía.

Nachdem alle sich für die Bergwanderung zurechtgemacht hatten, gingen sie nach unten, wo Papadopoulos sie bereits erwartete. Er drängte sie, keinen Kaffee mehr zu trinken, sondern möglichst schnell aufzubrechen, um oben am Berg nicht in die Mittagshitze zu geraten. Adam würde mit dem Jeep hinter Papadopoulos' eigenem Geländewagen herfahren.

An der Pforte bezahlte Adam die Rechnung, während Papadopoulos in seinem Wagen auf sie wartete. Bald darauf fuhren sie durch das Dorf Litochoro. Auf der Bergstraße gelangten sie bis zum Parkplatz Prionia in einer Meereshöhe von gut tausend Metern, wo sie die beiden Fahrzeuge stehen ließen.

»Von hier ab geht es nur noch zu Fuß weiter«, erklärte Papadopoulos. »In etwa zweieinhalb Stunden erreichen wir die Berghütte, wo wir uns kurz ausruhen können. Danach verlassen wir den Pfad, den die Touristen benutzen, um auf die verschiedenen Gipfel des Olymp zu klettern.«

Der Weg bis zur Hütte war beschwerlich, in erster Linie wegen der Hitze und der Steigung. Besondere bergsteigerische Fähigkeiten erforderte er nicht. Adam und Cindy hatten ihre wichtigsten Utensilien in zwei Rucksäcke gepackt. Cindy hatte ihren noch am Samstag in Berlin erstanden. Für Olymbía hatte sie zusätzliche Sachen eingesteckt. Deshalb erbot sich Olymbía, den Rucksack die halbe Strecke lang zu tragen, was Cindy gerne annahm. Papadopoulos fand, dass die drei eine erstaunlich gute Kondition an den Tag legten, obwohl keiner von ihnen daran gewöhnt war, auf Berge zu klettern.

Auf der Hütte erwartete sie eine Überraschung. Kaum hatten sie an einem Tisch auf der Terrasse Platz genommen, da erschienen Dimitris Galanopoulos, Bürgermeister Ioannidis und Klaus Müller von der Firma GMM auf der Bildfläche.

»Also hier steckst du!«, rief Dimitris aus, als er Olymbía erblickte. »Sie suchen dich überall! Manche glauben schon, dass du massakriert worden bist. Deine Partei feiert dich schon als Märtyrerin, dabei haben sie deine Leiche noch gar nicht gefunden!«

»Wie auch?«, antwortete Olymbía, »wo du doch wie ein Löwe gekämpft hast, um mir das Leben zu retten! Ich werde dich im Parlament nie mehr attackieren können, ohne als undankbar zu gelten! Reife Leistung heute Morgen, Dimitris, alle Achtung!«

»Nun übertreib mal nicht. Was hättest du wohl an meiner Stelle gemacht?«

Vermutlich das Gleiche, dachte Olymbía, doch das sagte sie nicht.

»Willst du mich den Herrschaften nicht vorstellen?«, fragte Dimitris.

»Ja natürlich. Also, das hier ist Adam Zeussen aus Berlin, und das ist Cindy, ebenfalls aus Berlin. Herr Papadopoulos, ein Freund aus Katerini. Cindy, Adam, das ist mein Parlamentskollege und Freund Dimitris Galanopoulos von der Regierungspartei. Dies hier ist der Bürgermeister der Region, Herr Ioannidis, den ihr gestern auf der Veranstaltung gesehen habt. Zum Reden ist er allerdings nicht mehr gekommen, nehme ich an, oder habt ihr nach meiner Flucht noch weitergemacht?«

»Natürlich nicht!«, erwiderte Dimitris.

»Herrn Müller habt ihr ja auch gestern bei der Veranstaltung gesehen«, ergänzte Olymbía.

Müller wandte sich sogleich an Zeussen, der ihm irgendwie bekannt vorkam. »Sind Sie nicht Staatssekretär im Finanzministerium?«, fragte er. Das musste Adam zugeben.

Die Neuankömmlinge setzten sich ohne besondere Einladung an den Tisch des Trios, welches jetzt streng genommen ein Quartett bildete, da Kostas Papadopoulos dazugestoßen war. Man einigte sich schnell darauf, die Unterhaltung auf Englisch fortzusetzen, die einzige Sprache, die alle am Tisch beherrschten, vom Bürgermeister einmal abgesehen.

»Wie ich feststellte, waren Sie bei der gestrigen Veranstaltung in Katerini«, begann Müller. »Was halten Sie von unserem Projekt, Herr Zeussen?«

Frag mich was Leichteres, dachte Adam. »Es scheint ja großen Anklang bei der Bevölkerung zu finden«, antwortete er ausweichend.

»Das täuscht, Adam«, warf Olympía ein. »Herr Ioannidis hier und sein Bürgermeisterkollege in Katerini gehören beide derselben Partei an. Deshalb haben sie auch sehr viele ihrer Anhänger aus dem Süden des Bezirks mit Bussen nach Katerini gekarrt. Der Rest waren die Schlägertrupps. Denen ist der Freizeitpark vollkommen egal, die wollen nur unserer Partei eins auswischen, indem sie uns als Objekt eines spontanen Volkszorns präsentieren. Das ist hier seit Jahrzehnten ein beliebtes Mittel in der politischen Auseinandersetzung. In den fetten Jahren waren solche Methoden fast in Vergessenheit geraten, aber jetzt in der Krise holt man sie wieder hervor.«

Auf Adam machte Eindruck, dass Dimitris dieser Analyse nicht widersprach. Der Staatssekretär beschloss, die Initiative zu ergreifen und den anderen Fragen zu stellen, um nicht selbst weiter ausgefragt zu werden.

»Wohin sind Sie unterwegs?«

Müller ergriff das Wort: »Wir wollen heute noch auf den höchsten Gipfel, den Mytikas. In unmittelbarer Nähe dieses Gipfels wird später auch der inhaltliche Höhepunkt des Themenparks zu finden sein, der sogenannte Palast des Zeus. Eine Reihe von Schauspielern wird sich dort abwechseln und in Gestalt des Zeus und anderer Götter antike Texte rezitieren, jede halbe Stunde in einer anderen Sprache. Die Geliebten des Zeus werden als Hologramme auftreten, dazu Zeus in der jeweiligen Metamorphose, zum Beispiel als Schwan, als Stier oder als Goldregen. Außerdem natürlich Hera mit ihrer permanenten Eifersucht. Man wird wirklich mit dem Gefühl nach Hause fahren, als wäre man dabei gewesen. Sie sehen, wir gehen auf alle Zielgruppen ein. Im Palast des Zeus, das ist eher etwas für den Bildungsbürger. Die Taten des Herakles weiter unten, das ist dann mehr für den mentalen Normalverbraucher gedacht.«

»Gibt es denn überhaupt noch Bildungsbürger?«, fragte Cindy.

»Auf jeden Fall. Natürlich sind sie nicht halb so gebildet wie die Bildungsbürger von vor fünfzig Jahren, aber man muss das relativ sehen zum Bildungsniveau der Gesamtbevölkerung. Es gibt immer ein paar Leute, die ein bisschen mehr Wissen ansammeln als die große Masse und sich gewaltig was darauf einbilden.«

Papadopoulos, der bisher kein Wort gesagt hatte, stellte Müller unvermittelt die Frage: »Was glauben Sie, was halten wohl die Götter von Ihrem Projekt?«

Adam wäre vor Schreck beinahe vom Stuhl gefallen. Nichtsdestoweniger interessierte ihn die Antwort des deutschen Unternehmers.

»Wenn es sie wirklich gäbe, müssten sie eigentlich recht glücklich sein über unseren Plan. Schließlich beschert er ihnen eine Publicity, wie sie sie seit der Antike nicht mehr genossen haben.«

»Aber sind das, was Sie hier planen, nicht einfach Karikaturen der Götter? Was hat das denn mit den echten Göttern zu schaffen?«

»Wer kennt schon die echten Götter, Sie etwa?«, fragte Müller zurück.

Wenn du wüsstest, dachte Adam. Er sah die Zeit zum Aufbruch gekommen. Eine unnötige Eskalation des Gesprächs wollte er unbedingt vermeiden. Er konnte aber nicht verhindern, dass Papadopoulos der anderen Gruppe bei der Verabschiedung noch zurief: »Passen Sie auf, es gibt hier am Olymp manchmal sehr plötzliche Wetterumschwünge. Da muss man stets auf der Hut sein!«

»Das klingt ja ganz so, als würde Zeus uns höchstpersönlich bedrohen«, rief Bürgermeister Ioannidis lachend.

Wenig später führte Papadopoulos ein kurzes Gespräch auf seinem Mobiltelefon.

Etwa eine halbe Stunde später hörten sie Gewitterdonner. Sie blickten nach oben, sahen aber nur blauen Himmel. Daraufhin lief die ganze Gruppe auf eine kleine Anhöhe, um besser in die Ferne sehen zu können. Der Mytikas hatte sich in Wolken gehüllt, und erste Blitze schlugen in die Felswände ein. Adam mahnte zum Aufbruch. Er schlug vor, sie sollten zur Hütte zurücklaufen und dort abwarten, wie das Wetter sich entwickeln würde. Papadopoulos war anderer Meinung.

»Das Gewitter da hat mit der Großwetterlage nichts zu tun. Es kommt auch nicht zu uns herüber. Er will nur unseren Freunden da ein wenig Angst machen. Er wird auch niemanden mit einem Blitz erschlagen, im Moment jedenfalls. Jeder erhält bei ihm eine zweite Chance, manche sogar eine dritte. Poseidon ist da viel brutaler. Lasst uns nur weitergehen, wir sind bald da.«

Der Weg wurde immer enger und steiler. Die Gruppe musste sich anstrengen, sodass die Gespräche langsam verstummten. Doch plötzlich sagte Papadopoulos zu Adam, der neben ihm kletterte: »Halbgötter dürfen die Zentrale eigentlich nur auf Einladung betreten.« Das sollte wohl so viel heißen wie: Seht her, was ich für ein Risiko eingehe, wenn ich euch hierherbringe. Er verschwieg dabei, dass er sich längst mit Hermes über die Ankunft der Gruppe verständigt hatte. Adam hingegen fragte sich, woher Papadopoulos plötzlich wusste, dass sie Halbgötter waren. Davon war bisher nie die Rede gewesen. Irgendetwas stimmte hier nicht.

Auf einmal hielt Papadopoulos die Gruppe an. Rechts neben dem Weg stand ein etwa zehn Meter hoher Felsen, der aussah wie der überdimensionale Reißzahn eines Tigers. Papadopoulos lief um den Stein herum und blieb auf dessen Rückseite vor zwei dichten Sträuchern stehen, die er mit den Armen zerteilte. Dahinter gab es ein Loch im Felsen, das durch die Sträucher den Blicken der nicht Eingeweihten entzogen war und das einen Durchmesser von etwa einem Meter hatte. Neben dem Loch bemerkte Adam einen Felsbrocken, der offenbar dazu diente, den Eingang bei Gefahr zu schließen. Doch welche Riesen waren wohl in der Lage, diesen Stein hin und her zu bewegen? Sie alle mussten durch das Loch hindurchkriechen. Nach drei Metern weitete sich der Gang wieder aus, sodass sie aufrecht weitergehen konnten.

»Ich gehe nicht davon aus, dass das jetzt der Haupteingang zum Reich der Götter ist«, bemerkte Cindy.

»Soviel ich weiß«, antwortete Papadopoulos, »ist das der einzige Eingang überhaupt, wenn man von einem Tor für sperrige Gegenstände einmal absieht, das es logischerweise irgendwo geben muss. Die Computer habe ich jedenfalls alle einzeln heraufgeschleppt und durch dieses Loch in die Zentrale gebracht. In den letzten Jahren bestellen sie Gott sei Dank nur noch Laptops. Vergesst auch nicht, dass die Götter selbst keinen Eingang benötigen.«

»Gibt es denn hier keine Bewachung?«, fragte Olymbía.

»Das kann man nie wissen. Für die Sicherheit sind hier Titanen verantwortlich, die sich wie alle Götter unsichtbar machen können. Die Titanen haben irgendwann einmal eine Schlacht gegen die Gruppe um Zeus verloren. Deshalb wurden einige von ihnen in den Tartaros geworfen, aber später hat er ihre dort geborenen Söhne und Enkelsöhne begnadigt, unter der Voraussetzung, dass sie hier auf dem Olymp Hilfsdienste leisten. Dazu gehört eben auch der Wachdienst. Ich hatte allerdings nie das Gefühl, dass sie mit großem Eifer bei der Sache sind. Übrigens sind nicht alle Titanen unbedeutend. Ihr Vater, Cindy, ist auch ein Titan, und der hat immerhin die Menschheit erschaffen.«

Papadopoulos schien wirklich alles zu wissen, dachte Adam.

Sie marschierten eine Weile durch den aus dem Felsen gehauenen, spärlich beleuchteten Gang, der vielleicht fünf Meter breit und vier Meter hoch war. Adam sah die Lampen und fragte Papadopoulos: »Woher beziehen die Götter ihren Strom?«

»Den zapfen sie von einer Überlandleitung ab, illegal versteht sich. Ich versuche seit Jahren, sie vom Kauf eines Aggregats zu überzeugen, zumindest für Notfälle. Auf das Elektrizitätswerk kann man sich kaum noch verlassen. Das Internet funktioniert natürlich nur per UMTS. Manchmal ist es verdammt langsam.«

»Gibt es außer Ihnen noch andere sterbliche Lieferanten?«

»Soviel ich weiß, nicht. Mit einfacheren Technologien, wie zum Beispiel der Stromversorgung, kommen die Titanen mittlerweile ganz gut zurecht, obwohl, richtige Profis sind sie auch wieder nicht. Was sie brauchen, schaffen sie per Maultier hier rauf. Sie selber verkleiden sich als Maultiertreiber.«

Irgendwann begannen links und rechts vom Hauptgang ganz ähnliche Gänge abzuzweigen, etwa alle zwanzig Meter. An den Wänden dieser Gänge sah man an beiden Seiten kurze, glatt verputzte Abschnitte mit jeweils einer Tür. So ging das sicher eine ganze Weile, und Adam schätzte, dass sie schon etwa zwanzig Minuten gewandert waren, ohne dass sich das Bild geändert hätte. Seitengänge über Seitengänge, Türen über Türen. Eine Menge Räume, vermutlich Büros, dachte Adam, aber überhaupt kein Verkehr auf den Gängen. Er fragte Papadopoulos.

»Wer sagt Ihnen denn, dass es zwischen den Büros keinen Verkehr gibt?«, erklärte der Computerspezialist. »Die Türen brauchen sie doch nur, wenn sie in menschlicher Gestalt von einem Büro zum anderen laufen wollen. Dazu sind sie aber für gewöhnlich viel zu faul. Sie können sich ja einfach in das andere Zimmer rüberwünschen, und schon sind sie da. Ich habe auch eine ganze Weile gebraucht, um mich daran zu gewöhnen.«

Plötzlich endete der Gang, durch den sie gekommen waren, in einer großen Halle, die an einigen Stellen Türen aufwies, die deutlich größer waren als diejenigen in den Quergängen. Hier sind vermutlich die Sitzungssäle, dachte der ministeriumserfahrene Adam. Auf einmal stand wie aus dem Nichts ein Mann vor ihnen, der eine Security-Uniform trug.

»Die Götter haben im Moment noch eine Sitzung. Hermes kann Sie daher noch nicht empfangen. Er bittet Sie, erst einmal hier Platz zu nehmen«, sagte er in dem eigenartigen spätantiken Idiom, dass zumindest Adam und Olymbía schon kannten. Cindy, die nur Neugriechisch konnte, hatte kaum etwas verstanden.

Er öffnete eine Tür, die zu einem relativ kleinen Besprechungsraum führte. Es gab dort zwölf Bürostühle, die um einen quadratischen Tisch gruppiert waren.

»Nektar und Ambrosia stehen auf dem Tisch.« Er ließ die vier allein.

»Nektar und Ambrosia, die Speisen unserer Verwandten«, sagte Olymbía. »Hermes hat mir erzählt, dass sie nichts anderes essen und trinken. Könnt ihr euch das vorstellen? Auf jeden Fall können wir das Zeug ja mal probieren, er hat es uns ja angeboten.« Sie nahm eins der Gläser und goss aus einer der vier Kannen, die dort standen, Nektar ein. Daraufhin hob sie das Glas und nippte daran. Gleich darauf verzog sie ihr Gesicht. »Gewöhnungsbedürftig. Ein Kaffee wäre mir lieber. Möchte jemand probieren?«

Da keine Reaktion erfolgte, nahm sie einen Teller und tat eine Schöpfkelle voll Ambrosia darauf. Äußerlich glich die Masse dem Produkt, das bei den Menschen unter dem Namen »Götterspeise« im Handel ist. Woher wussten die Hersteller das? Hatte der Erfinder der Götterspeise vielleicht einmal die Gelegenheit gehabt, die echte Ambrosia in Augenschein zu nehmen? Probiert hatte er sie sicher nicht, stellte Olymbía fest, die inzwischen einen halben Löffel davon gekostet hatte. Die menschliche Götterspeise schmeckte unendlich viel besser. Dieses Zeug hier schmeckte eigentlich nach gar nichts. Eins stand für sie fest. Der Speiseplan der Götter war alles andere als attraktiv. Offenbar hatte die Unsterblichkeit auch ihre Nachteile.

Kostas Papadopoulos bereute, dass er seine Weggefährten nicht vorgewarnt hatte: Bei den Göttern gibt es nichts Vernünftiges zu essen! Was er in seinem Rucksack mit sich trug, reichte nur für ihn selbst. Da werden sich der deutsche Staatssekretär und die beiden Puppen wohl oder übel an Nektar und Ambrosia gewöhnen müssen. Er wusste, dass sie als Halbgötter durchaus in der Lage waren, entsprechende Enzyme zu produzieren. Normale Sterbliche bekamen von dem Zeug Magenkrämpfe, wie er aus eigener leidvoller Erfahrung wusste.

Am Morgen war Oliver Steinhaus durch die Reisevorbereitungen im Nebenzimmer wach geworden. Ingrid schlief noch tief und fest. Wahrscheinlich träumte sie von dem Erlebnis der letzten Nacht. Ihre jahrelange, erzwungene oder auch selbst auferlegte Enthaltsamkeit, wer mochte das entscheiden, hatte sich in einer Leidenschaft entladen, die Oliver überraschte. Er begann einen Kollegen zu verstehen, der seit Jahren die Nähe von Damen suchte, die deutlich älter waren als er selbst. In Griechenland sagt man in solchen Fällen »Das alte Huhn hat den Saft«. Doch das wusste Oliver nicht.

Oliver packte seine Sachen zusammen und schrieb auf ein Blatt Papier: *Hallo Ingrid! Es war großartig mit dir. Muss leider aus dienstlichen Gründen dringend weg. Sehen uns hoffentlich in Berlin oder in Delmenhorst. Würde mich freuen. Oliver.* Darunter schrieb er seine Handynummer.

Sobald er hörte, dass die Bewohner des Nebenzimmers sich auf den Weg machten, wartete er eine Minute. Dann folgte er ihnen. Als er in der Nacht seine Tasche holte, hatte er das Auto in der Nähe des Gebäudes mit den Zimmern geparkt. So konnte er gleich nach dem Jeep losfahren. Er sah, dass Adams Wagen jetzt ganz offensichtlich hinter einem zweiten Geländewagen herfuhr, in dem ein einzelner Mann saß. Dieser wartete vor dem Tor, als Adam Zeussen an der Pforte anhielt, um die Rechnung zu begleichen. Seine eigene Nacht, dachte Steinhaus, war auch nicht schlecht gewesen. Nur kam sie dem Steuerzahler deutlich billiger … Da fiel es ihm ein, dass er ja auch noch seinen Zeltplatz bezahlen musste. Während er das tat, sah er die beiden Geländewagen in Richtung Nationalstraße davonbrausen.

Steinhaus war wütend auf sich selbst. Welch ein Anfängerfehler! Doch dann fiel ihm ein wichtiges Detail ein. Er hatte gesehen, dass sowohl Adam als auch die beiden Damen Wanderkleidung trugen. Die zog man bei 38 Grad im Schatten sicher nicht an, wenn man nicht vorhatte, eine Wanderung zu unternehmen. Und wo würden sie wohl wandern? Natürlich auf dem Olymp, wo sonst? Er fragte den Besitzer des Campingplatzes nach dem Weg dorthin.

»Es gibt natürlich mehrere Zufahrten, aber die meisten Gäste fahren über Litochoro zum Parkplatz Prionia. Der liegt am höchsten, und deshalb sind von dort aus die Fußwege zu den Gipfeln am kürzesten.«

Oliver fiel ein Stein vom Herzen, als er auf den Parkplatz einbog. Nicht nur die beiden Geländewagen standen dort, nein, die Reisegesellschaft war auch noch nicht losgewandert. Alle vier standen da und beratschlagten offenbar, wie es weitergehen sollte. Oliver war heilfroh, dass er wenigstens Sportschuhe bei sich hatte. Die zog er noch im Auto an. Er war damit noch nicht ganz fertig, als die vier in Richtung Berghütte losmarschierten. Auf dem Weg konnte er ihnen gut folgen. Er war zwar kein Bergwanderer, dafür aber ganz allgemein gut durchtrainiert.

In der Berghütte kaufte er sich ein paar kleine Flaschen Wasser, vermied aber, sich an einen der Tische zu setzen. Aus der Ferne beobachtete er, wie sich der deutsche Unternehmer und die übrigen Podiumssprecher von der Veranstaltung in Katerini plötzlich zu seinen Zielpersonen gesellten. Ihn verwunderte insbesondere, dass die wunderschöne Rednerin, die von dem wütenden Volk beinahe gelyncht worden wäre, offenbar ein freundschaftliches Verhältnis zu dem anderen Sprecher unterhielt, welcher am Vortag dieselben Leute zu Begeisterungsstürmen hingerissen hatte.

Steinhaus sah, wie sich die beiden Gruppen vor der Hütte verabschiedeten und in verschiedene Richtungen losmarschierten. Natürlich folgt er der Gruppe um den Staatssekretär. Er wanderte weiter in einigem Abstand hinter ihnen her, aber stets nahe genug, um sie nicht aus den Augen zu verlieren. Hinter einer Biegung jedoch schien die Gruppe wie vom Erdboden verschluckt. Steinhaus beschleunigte seine Schritte. Schließlich machte er halt und ging ein Stück zurück bis zu einem seltsam geformten Felsen, der gleich hinter der Biegung stand, wo er die vier zum letzten Mal gesehen hatte. Hier irgendwo mussten sie abgebogen sein. Er ging um den großen Felsen herum. Vor einem kleinen Gebüsch waren Spuren zu erkennen. Offenbar hatten hier mehrere Menschen mit Wanderschuhen gestanden. Er schaute sich die Büsche näher an. Es dauerte nicht lange, da hatte er das dahinter versteckte Loch im Felsen entdeckt.

Trotz des grellen Sonnenlichts, meinte er, in der Tiefe so etwas wie einen Lichtschein zu entdecken. Er kroch hinein, und als er in den breiteren Gang kam, sah er, wie die Reisegruppe, die im Moment etwa dreihundert Meter von ihm entfernt war, zügig weiter ins Innere des Berges marschierte. Er ließ den Vorsprung der anderen zur Sicherheit noch etwas größer werden. Er wusste: Wenn sich auch nur einer von ihnen umdrehte, war er geliefert. Glücklicherweise tat das niemand.

Während er so einherschritt, erinnerte sich Steinhaus daran, dass er Berlin auf dem Laufenden halten musste. Er zog sein Handy aus der Tasche. Kein Empfang. Mist, wenn ihm jetzt etwas zustoßen sollte, wüsste niemand, wo man ihn suchen sollte. Auf der anderen Seite wäre eine Suchaktion ohnehin nicht denkbar, ohne dass die griechischen Behörden informiert würden. Und was würde man denen sagen? Etwa: Helft uns doch bitte, einen unserer Polizisten zu finden, der unter Umgehung aller internationalen Vorschriften in eurem Land einem unserer Spitzenbeamten hinterherläuft, den wir verdächtigen, euer Agent zu sein!? Das klang nicht sehr realistisch. Oliver war, das wurde ihm mit einem Male klar, völlig auf sich allein gestellt.

Plötzlich sah er, dass die vor ihm laufende Gruppe verschwunden war. Es schien ihm, als sei der Gang weiter vorn zu Ende, als würde er in eine größere Höhle münden. Vielleicht waren Adam Zeussen und die anderen dort ja in irgendeine Richtung abgebogen. Als er selbst an das Ende des Ganges gelangte, trat er in eine größere Halle ein, die vielleicht fünfzig Meter lang und zwanzig Meter breit war. Ihre Höhe betrug gut und gerne acht Meter. Rundum gab es Türen, vielleicht zehn an der Zahl, schätzte er. Und jetzt? Steinhaus hatte nur die Wahl, sich entweder zurückzuziehen oder zu erforschen, was sich hinter diesen Türen verbarg. Ein Rückzug war seine Sache nicht. Also beschloss er, systematisch vorzugehen und die Türen im Uhrzeigersinn zu überprüfen.

Mit größter Vorsicht öffnete er die unverschlossenen Türen einen Spalt weit, um in das Innere der Räume zu spähen. Die ersten drei Türen führten in ziemlich öde Besprechungszimmer von unterschiedlicher Größe, die alle leer waren. Das Mobiliar machte den Eindruck, als stammte es aus den Achtzigerjahren. Wahrscheinlich alles EU-Gelder, dachte Oliver. Wenn er nur wüsste, wo er sich befand! War das etwa die Zentrale des griechischen Geheimdienstes? Wäre das nicht etwas beschwerlich, eine solche Institution oben auf einem Berg anzusiedeln? Wieso war er bisher trotz so vieler Gänge, von denen unendlich viele Türen abgingen, keiner Menschenseele begegnet? Es war doch Dienstag, und von einem Feiertag hatte er draußen nichts bemerkt. Oder stimmte etwa, was die deutschen Zeitungen über die Arbeitsmoral der griechischen Beamten schrieben? Da fiel ihm ein, dass während des Kalten Krieges sowohl die Bundesregierung als auch die Regierung der DDR große Bunkeranlagen unterhielten, die im Falle einer Krise als Regierungssitz dienen sollten. Das war es! Um eine solche Anlage musste es sich hier handeln! Das war die einzige plausible Erklärung. Er befand sich ganz offensichtlich im Ausweichquartier der griechischen Regierung.

Solche Gedanken beschäftigten Oliver, als er die vierte Tür öffnete. Er wollte sie gleich wieder schließen, denn in diesem Saal, der deutlich größer zu sein schien als die bisher gesehenen, fand offenbar eine Sitzung statt. Doch man hatte ihn schon bemerkt. Während er sich heimlich entfernen wollte, bauten sich plötzlich zwei kräftige Männer in Security-Uniformen vor ihm auf und packten ihn an den Armen. Als Vizemeister des BKA im Krav Maga würde er mit den beiden vielleicht fertig werden, dachte er. Doch hielt er es nicht für angebracht, Widerstand zu leisten. Wie sollte er aus der Anlage herauskommen? Sicher gab es hier noch mehr Security-Leute.

Aus dem großen Sitzungssaal war eine laute Männerstimme zu hören, die etwas rief, was Steinhaus nicht verstand. Die Security-Leute durchsuchten ihn nach Waffen und nahmen ihm sein Handy ab. Danach schlossen sie ihn in einen der Besprechungsräume ein.

Jetzt haben wir den Salat.« Apollon war außer sich.
»Ares nicht weniger. »Klarer Fall, Rübe ab. Der Mann ist ein Sicherheitsrisiko. Steht auch so im QM-Handbuch.«

Demeter war anderer Meinung. »Ich bin klar gegen die Todesstrafe. Außerdem hat er nichts Todeswürdiges verbrochen. Ist ja auch nicht das erste Mal, dass hier einer reinplatzt. Damals, als wir über diesen Columbus und seine sogenannten Entdeckungen diskutiert haben, da ist doch dieser Mönch aus dem Dionysios-Kloster hier reingeschneit. Wisst ihr noch? Er hatte in der ersten Zehntelsekunde erkannt, wer wir sind. Wir mussten ihn töten, um seine eigene Religion zu schützen. Welch eine Ironie!«

»Und dann war da noch dieses nette Mädchen, das vor hundert Jahren beim Brennholzsammeln aus Neugier hier reinkletterte. Damals hattest du, Hera, Angst, sie könnte Zeus zu gut gefallen. Schreiben konnte sie nicht, und deshalb hat es gereicht, ihr die Stimme zu nehmen und sie stumm zurückzuschicken. Bei dem hier wird das aber wohl nicht helfen, denn Analphabeten gibt's ja kaum noch.«

Artemis machte einen Vorschlag: »Nun lasst uns doch erst mal sehen, was das für ein Typ ist. Ob er uns überhaupt erkannt hat. Töten können wir ihn ja immer noch.«

Zeus war erleichtert. »Gute Idee.« Zur Tür gewandt rief er mit lauter Stimme: »Titanen!«

Im Türrahmen erschienen noch in derselben Sekunde die beiden Security-Männer, die Oliver Steinhaus kurz zuvor verhaftet hatten. »Sie haben gerufen?«, sagten beide gleichzeitig in einem betont gelangweilten Tonfall.

»Bringt den Gefangenen her!«

Die Titanen wandten sich so rasch um, als ob sie den Saal gar nicht schnell genug verlassen konnten.

Zeus wandte sich wieder den Göttern zu: »Wir werden ihm jetzt mal auf den Zahn fühlen. Apoll, du fängst am besten an. Es kommt in erster Linie darauf an herauszufinden, ob er begriffen hat, wer wir sind.«

In demselben Moment führten die Titanen Oliver Steinhaus in den Sitzungssaal. Sie blieben auf einen Wink von Zeus hin im Hintergrund stehen und ließen Steinhaus nicht aus den Augen.

Zeus fragte: »Kann jemand dem Herrn einen Stuhl bringen?«
Neben Hades war ein Platz frei geblieben. Er stand auf, nahm den Stuhl und stellte ihn Oliver hin. »Please, take a seat!«

Oliver setzte sich. Er saß jetzt am offenen Ende eines großen U-förmigen Tisches, an dessen Außenseite etwa zwanzig Personen beiderlei Geschlechts Platz genommen hatten – die zwölf olympischen Götter und einige ihrer nächsten Verwandten, aber das wusste der Oberkommissar natürlich nicht. Er fragte auf Englisch: »Wo bin ich? Wer sind Sie?« Gleich darauf merkte er, dass das wohl nicht der richtige Einstieg war.

Ein sehr gut aussehender, circa vierzigjähriger Herr, der neben dem Vorsitzenden saß, sagte in gutem, aber nicht akzentfreiem Englisch: »Sie müssen schon entschuldigen, aber Sie sind hier eingedrungen. Da ist es doch wohl angebracht, dass wir die Fragen stellen.«

Das entbehrte in der Tat nicht der Logik.

»Ja natürlich, Sie haben vollkommen recht, bitte entschuldigen Sie.«

Der Mann, der offenbar das Verhör übernommen hatte, fragte ihn nach seinem Namen. Er hielt es nicht für sinnvoll zu lügen. Wenn unter diesen Personen auch Geheimdienstleute waren, und davon ging er aus, würden sie die Wahrheit über kurz oder lang ohnehin herausfinden.

»Woher kommen Sie?«

»Aus Deutschland.«

Eine überaus elegante, gut aussehende, aber streng dreinblickende Dame, die auf der linken Seite vom Vorsitzenden, zwei Plätze von diesem entfernt saß, ergriff das Wort:

»Andra moi ennepe Mousa, polytropon, hos mala polla planchthe, epei Troies hieron ptoliethron eperse ... Haben Sie das verstanden?«

»Nein, überhaupt nicht.«

»Haben Sie den Text wenigstens erkannt?«

»Nein, nie gehört«, erwiderte Oliver wahrheitsgemäß. Was sollte das? Worauf wollten diese Leute hinaus? Was war das für eine ungewöhnliche Verhörtaktik? Oliver war vollkommen verwirrt.

Doch die gestrenge Dame fuhr fort: »Gallia divisa est omnis in partes tres, quarum unam incolunt Belgae, aliam Aquitani, tertiam, qui ipsorum lingua Celtae, nostra Galli appellantur ... Haben Sie das wenigstens verstanden?«

Oliver hatte eine blasse Ahnung: »Das war wohl Latein.«

»Bravo, der Kandidat hat hundert Punkte!«, sagte mit einem ironischen Unterton ein etwas älterer Herr mit grau meliertem Bart und Admiralsuniform, der in diesem Kreis offenbar die Marine vertrat.

»Aber was war es, Herr Steinhaus, was meine Kollegin da zitiert hat?« Das Wort übernahm wieder der Mann, der das Verhör begonnen hatte.

»Wirklich keine Ahnung. Ich komme vom zweiten Bildungsweg.« Steinhaus hoffte, dass die Runde mit dem deutschen Bildungssystem so weit vertraut war, dass sie mit dieser Auskunft etwas anfangen konnte.

»Mit der klassischen Bildung scheint es bei den Deutschen nicht mehr weit her zu sein«, bemerkte spitz die Dame, welche zuletzt den lateinischen Text rezitiert hatte.

»Du hast recht«, antwortete ihr der Admiral, »zumindest nicht bei diesem Exemplar. Schade. Die waren mal die besten.«

»Dann lassen wir ihn doch laufen!«, warf eine andere, wesentlich gütiger wirkende Dame ein.

»Keine Diskussionen hier vor dem Angeklagten!«, schritt der Vorsitzende ein. »Wir beraten uns später.«

Oliver gefiel das Wort ›Angeklagter‹ überhaupt nicht. Er dachte schon an die diplomatischen Verwicklungen, die es geben würde. Er saß buchstäblich zwischen den Mühlsteinen! Der Mann, der das Verhör führte, schien seinen Schrecken bemerkt zu haben.

»Haben Sie keine Angst, es wird Ihnen nichts geschehen.«

»Das wollen wir erst mal sehen!«, warf ein anderer etwas jüngerer Mann ein, der neben dem Marineoffizier saß und eine weiße Uniform trug, die Oliver an den seligen Marschall Tito erinnerte.

»Shut up!« Der Marineoffizier machte eine heftige Handbewegung gegen seinen Nachbarn.

»Herr Steinhaus, was haben Sie hier überhaupt zu suchen?«, fragte der Leiter der Vernehmung.

Jetzt meinte Oliver, vom Pfad der Wahrheit abweichen zu müssen.

»Ich bin leidenschaftlicher Bergwanderer. Und da wollte ich immer schon mal auf den Olymp, ist schließlich der Berg der Götter ...« Er hatte den Satz noch nicht beendet, als er seine Strategie schon zu bereuen begann.

»So, der Berg der Götter ...«, sagte die gestrenge Dame in scharfem Ton. »Woher wissen Sie das denn?«

»Woher ich das weiß ... das weiß ich auch nicht so genau. Kreuzworträtsel ... oder Günter Jauch ...«

»Günter Jauch? Wer ist das?«, griff der Mann in der Marschallsuniform erneut in die Diskussion ein. »Ist das vielleicht Ihr Komplize?«

»Man merkt wirklich, dass du nur noch selten nach Deutschland kommst.« Die gestrenge Dame gab dem Offizier einen Verweis. »Du drückst dich ja letztens nur noch in Amerika herum!«

Interessant, dachte Oliver, offenbar vertritt der Offizier Griechenland auf internationaler Ebene.

»Gut, Herr Steinhaus, was machen Sie denn beruflich?« Der Tonfall des Vernehmungsleiters klang betont geschäftsmäßig.

Oliver überlegte blitzschnell, entschied sich dann aber für die Wahrheit.

»Ich arbeite beim Bundeskriminalamt, Außenstelle Berlin.«

»Berlin?« Eine Dame mittleren Alters mit einem eher biederen Äußeren unterbrach ihn. »Ist das nicht die Stadt mit den zerkratzten U-Bahn-Scheiben?«

Oliver war ganz froh über diese Unterbrechung. Es gab ihm Zeit zum Nachdenken. »Ja, das muss ich zugeben«, sagte er.

»Sie geben also zu, dass Sie U-Bahn-Schreiben zerkratzen?« Der Ton des Offiziers wurde jetzt besonders streng.

»Ich? Nein, um Himmels willen, niemals. Ich ärgere mich jeden Morgen schwarz über die zerkratzten Scheiben.«

»Was tun Sie denn dagegen?«

»Ich? Was soll ich denn schon dagegen tun können?«

Der Vernehmungsleiter hatte erst sein Gesicht verzogen, als die Dame, die nach einer Hausfrau aussah, mit den U-Bahn-Scheiben begonnen hatte. Doch jetzt nahm er genau diesen Faden auf: »Nehmen wir mal an, Sie erwischen einen dieser Scheibenkratzer auf frischer Tat, was machen Sie mit dem? Wenn ich Sie richtig verstanden habe, sind Sie doch Polizist, oder?«

»Um ehrlich zu sein, ich fürchte, ich würde gar nichts machen. Das ist ja eine Sache der Berliner Landespolizei. Außerdem könnte der Täter bewaffnet sein.«

»Und Sie, sind Sie nicht bewaffnet?«

»Nein, Gott bewahre, ich habe einen Schreibtischjob«, log Oliver vorsichtshalber.

»Sie sagten gerade ›Gott bewahre‹. Glauben Sie an Götter?« Jetzt griff der Vorsitzende höchstpersönlich ein. Es war ein Mann zwischen fünfzig und sechzig, aber sehr sportlich. Er hatte die gleichen markanten Gesichtszüge wie viele in dieser Runde. Tatsächlich, Oliver fiel erst jetzt auf, dass sich die meisten Menschen in diesem Raum ziemlich ähnlich sahen. Er erinnerte sich daran, dass er in der deutschen Presse gelesen hatte, in Griechenland würden die Politiker, ähnlich wie in Bayern, gerne ihren Verwandten Posten beim Staat verschaffen.

»Wenn ich ehrlich bin, eher nein. Ich bin aber nicht aus der Kirche ausgetreten, wenn Sie das meinen. Und ich zahle auch brav meine Kirchensteuer. Sie wissen ja, wegen der Beerdigung ...«

»Nun ja«, der Vorsitzende unterbrach ihn in einem freundlichen Ton, »lassen wir's damit mal bewenden. Noch Fragen?« Er schaute in die Runde. »Das scheint nicht der Fall zu sein. Herr Steinhaus, nehmen Sie bitte draußen Platz. Wir entscheiden dann, ob wir Sie leben lassen können.«

Oliver hatte ein Gefühl, als würde der Boden unter seinen Füßen wegbrechen.

»Was?«, schrie er, »ob Sie mich leben lassen können? Ich denke, Griechenland ist ein Rechtsstaat, EU-Mitglied, Nato-Mitglied. Ich bin Beamter des deutschen Staates ... Das wird Sie teuer zu stehen kommen!«

Die Titanen packten Oliver brutal unter den Armen und führten ihn unsanft hinaus. Oliver wollte noch etwas sagen, aber schon hatte sich die große Tür des Sitzungssaals hinter ihm geschlossen.

Dionysos ergriff als Erster das Wort. »Schrecklich unwürdig, diese Sterblichen. Sie wissen von klein auf, dass sie sterben müssen, aber wenn's dann wirklich so weit ist, machen sie so ein Theater.«

»Das kommt von der Ungewissheit.« Hades, der Fachmann, erklärte es seinem Neffen: »Sie wissen ja nicht, was nachher kommt.«

»Wenn die wüssten, wie es in deinem Laden da unten aussieht, hätten die alle noch mehr Angst vorm Sterben.« Poseidon hielt es für angebracht, seinen Bruder ein wenig aufzuziehen. »Du müsstest dringend mal renovieren!«

Zeus klopfte mit einem kleinen Holzhammer auf den Tisch. »Und was nun? Was machen wir jetzt mit unserem Berliner Polizisten?«

Ares meldete sich zu Wort: »Ich muss zugeben, der Kerl scheint abgrundtief harmlos zu sein. Ärgert sich jeden Morgen schwarz über die zerkratzten Scheiben, aber wenn er mal einen von den Kratzern erwischen könnte, würde er gar nix machen, der Waschlappen!«

»Ich kenne tausend Gründe, den eigenen Ehemann zu vergiften«, fügte Hera, die neben Zeus saß, hinzu, »aber ich kenne keinen einzigen Grund, U-Bahn-Scheiben zu zerkratzen.«

Zeus überging den Seitenhieb. Er war dergleichen von seiner Frau seit Jahrtausenden gewohnt.

»Ja, so ist das heute in Deutschland«, bemerkte Athene. »Ich bin ja öfter dort. Das hat mit dem Deutschland, das du, Ares, kanntest, überhaupt nichts mehr zu tun.«

»Ist das nicht merkwürdig«, fand Hephaistos, »mutwillige Scheibenkratzer lassen Sie in Ruhe, aber unsere Griechen quälen sie mit ihrem Spardiktat.«

»Ja, sie sind schon ein komisches Völkchen, die Deutschen. Sie machen ihren Mitmenschen manchmal das Leben ganz schön schwer. Wollen immer die ganze Welt aufräumen und merken nicht, dass die Welt gar nicht aufgeräumt werden will, schon gar nicht von ihnen ...« Der Weingott Dionysos geriet ins Philosophieren.

»Das hängt mit ihrer Herkunft zusammen«, unterbrach ihn Ares.

Alle schauten auf den Verteidigungsgott. Schließlich sprach Hermes aus, was alle dachten: »Wieso das denn? Kannst du uns das mal erklären?«

»Natürlich kann ich das«, sagte Ares. »Erinnert ihr euch noch an den alten Prokrustes?«

»Hatte der nicht einen Beherbergungsbetrieb irgendwo zwischen Athen und Korinth?«, versuchte sich Artemis zu erinnern.

»Genau. Und jedem Gast, der zu lang war für sein Bett, dem hackte er nachts die Beine ab, und wer zu kurz war, den legte er auf die Streckbank.«

»Hatte Theseus diesen miesen Typ nicht umgebracht?«

»Ja, Artemis«, antwortete Ares. »So sah es aus, und so steht es auch bei Gustav Schwab. In Wirklichkeit war ich gerade in der Nähe. Der Mann tat mir leid wegen seines entwickelten Ordnungssinnes. Wir Militärs mögen solche Leute einfach. Und so entrückte ich ihn gerade noch rechtzeitig, bevor Theseus zuschlagen konnte. Prokrustes ging dann in den Norden und wurde Stammvater aller Deutschen. Manchmal scheint das noch durch. So sagen die Deutschen bis heute, dass sie ihre Kinder ›großziehen‹«. Er machte eine entsprechende Bewegung mit den Händen. »Woanders lässt man sie einfach wachsen.«

»Ja, das stimmt«, ergänzte Athene. »Und wenn die Deutschen jemanden als Vorbild empfehlen möchten, dann sagen Sie, ›man könne sich eine Scheibe von ihm abschneiden‹. Das ist sicher auch noch von Prokrustes übergeblieben.«

Ares stimmte ihr zu. »Du hast es erfasst, Athene.«

»Also für mich sind die Deutschen von allen Völkern sowieso das allerdümmste«, merkte Poseidon an.

»Du vergisst, dass die Summe der Dummheit bei allen Völkern konstant ist«, protestierte Athene. »Nur die Erscheinungsformen variieren.

Darauf haben Prometheus und ich damals genau geachtet, als wir die Menschen erschufen.«

»Interessant, was ihr da über Deutschland erzählt«, sprach Aphrodite, die bislang geschwiegen hatte. »Macht mich richtig neugierig. Ich war da noch nie.«

Das war das Stichwort für Dionysos: »Solltest mal hinfahren. Ich bin gerne in Deutschland, nicht immer, aber immer öfter ... Wenn man mit den Pennern auf der Straße lebt, dann lernt man das Land erst richtig kennen, das könnt ihr mir glauben! Vor allen Dingen im Winter. Vor zwei Jahren wurde es so kalt, da war mir alles egal. Am Ende bin ich in meiner Verzweiflung in eine Kirche gegangen, aber da durfte ich auch nicht übernachten. Die lassen die Kirchen lieber leer stehen und schließen sie ab. Da habe ich einfach ihren Gottesdienst, oder was die dafür halten, unterbrochen und gerufen, dass das alles Käse ist, was sie da erzählen. Ich müsse das schließlich wissen, denn ich sei der Gott Dionysos.«

Die Götter zuckten zusammen. Hatte Dionysos wirklich seine Identität unter den Sterblichen öffentlich kundgetan? Alle blickten auf Zeus. Wie würde der Göttervater auf dieses Geständnis reagieren? Doch der ließ sich nichts anmerken. Dionysos wurde sich offenbar erst jetzt der Bedeutung seines Geständnisses bewusst und beeilte sich zu erklären: »Ja, ja, ich weiß, dass das verboten ist, aber ich war einfach zu besoffen. Außerdem haben sie mir sowieso nicht geglaubt. Sie haben mich gepackt und in die Psychiatrie verfrachtet. Da war's wenigstens warm. Auf die Dauer war das aber auch blöd, und ich bin dann verschwunden, durchs Schlüsselloch, der alte Trick, ihr wisst schon. Ich glaube, die suchen mich immer noch.«

»Danke Dionysos für deine spannende Erzählung«, meinte Zeus. »Ich muss aber jetzt ein bisschen auf die Tube drücken. Wir wollten heute über die Krise reden, und jetzt reden wir schon wieder über Deutschland, genau wie letzte Woche, als uns dieser elende Freizeitpark dazwischenkam.«

»Entschuldige«, unterbrach Hermes seinen Vater. »Gut dass du den Freizeitpark erwähnst. Heute kommen die drei Halbgötter, vielleicht sind sie sogar schon da.«

»Welche Halbgötter?«

»Na, die, die uns dabei helfen sollen, das Projekt zu kippen. Der deutsche Staatssekretär, die Nutte und die griechische Linksnationale.«

»Mir gefällt das nicht, dass du meine Tochter immer als Nutte bezeichnest«, fuhr Prometheus wütend dazwischen. »Cindy ist eine Prostituierte, und zwar eine von der allerfeinsten Sorte. Sie hat sich diesen Beruf bewusst ausgesucht, weil er am ehesten ihrer göttlichen Natur entspricht. Sie geht nur mit den reichsten und mächtigsten Sterblichen und Halbgöttern ins Bett, um sie positiv zu beeinflussen. Deshalb hat sie auch Psychologie studiert. Weißt du überhaupt, wie viele Kriege, Firmenpleiten, Ehescheidungen und andere Katastrophen Cindy schon verhindert hat? Nein? Dann rede bitte nicht so dumm daher!« Wie um seine Worte zu unterstreichen, schlug der Titan mit der Faust auf den Tisch.

Anstelle des betreten dreinblickenden Hermes antwortete Zeus: »Du hast ja recht, Prometheus, deshalb haben wir deine Tochter auch für diese wichtige Mission ausgesucht. Hermes, bitte mäßige dich in deiner Ausdrucksweise.«

»Gerne, Vater.« Hermes erinnerte sich zwar gut daran, dass Zeus Cindy noch in der letzten Woche selbst als Nutte bezeichnet hatte, zog es aber vor zu schweigen. Doch es sollte noch schlimmer für ihn kommen. Zeus wandte sich ihm zu und sah direkt in seine Augen.

»Und du, mein lieber Sohn hast diese Halbgötter auf den Olymp eingeladen, ohne mich zu fragen? Du weißt, dass das verboten ist. Zum hundertsten, zum tausendsten, zum zehntausendsten Mal sage ich euch: Die Halbgötter mögen unsere Kinder sein, und wir sehen sie mit Wohlgefallen, manchmal haben wir sie sogar richtig lieb, doch sie sind und bleiben sterblich! Zumindest solange wir nichts anderes beschließen. Wie bei dir, Herakles.«

Alle schauten auf den ehemaligen Halbgott, den Zeus in grauer Vorzeit zum Gott befördert hatte. Hermes hoffte, dass die Schimpftirade seines Vaters zu Ende war, doch der begann von Neuem.

»Ihr könnt die Halbgötter nicht einfach hierherbringen, schon gar nicht die, die über ihre Herkunft Bescheid wissen. Die sind viel gefährlicher als die Sterblichen, denn sie kommen mit dem Wissen, dass es uns wirklich gibt. Dieser blöde Polizist aus Berlin, der ist keine große Gefahr.

Ihr habt ja gesehen, was der im Kopf hat, rein gar nichts. Das Signal seiner Gedanken ist jedenfalls sehr schwach. Ich konnte nichts davon lesen. Hat jemand von euch etwas davon mitbekommen?«

Zeus blickte fragend in die Runde, und alle schüttelten die Köpfe.

»Seht ihr? Bei dem steht fest, der kapiert gar nichts. Schade eigentlich, dass die Gedanken der dummen Menschen so schwache Signale aussenden. Es wäre mal interessant, in ihre Seelen einzutauchen. Aber drei gebildete, selbstbewusste Halbgötter, die können mit dem, was sie hier sehen, den ganzen Religionsmarkt auf den Kopf stellen, wenn sie wollen. Die können den Monotheismus ins Wanken bringen, sie können uns sogar zwingen, wieder in Erscheinung zu treten. Sich selbst erklären sie dann zu Oberpriestern und schicken den Papst in die Wüste, allen voran wahrscheinlich der Staatssekretär.«

»Um so besser«, unterbrach ihn Poseidon, der sich als Bruder und Juniorpartner des Zeus deutlich mehr herausnehmen konnte als die Götter der nächsten Generation.

»Ja, das sagst du so einfach.« Man sah Zeus seine Erregung deutlich an. »Auf eine solche Wende in der Religionspolitik sind wir in keinster Weise vorbereitet. Das ist wie bei der Energiepolitik in Deutschland!«

»Womit wir schon wieder beim Thema Deutschland wären«, bemerkte Prometheus trocken.

»Ich habe die Halbgötter nicht wirklich eingeladen ...«, meldete sich Hermes zaghaft zu Wort.

»Sondern?«

»Dein Sohn, der Staatssekretär, hat selbst die Initiative ergriffen.«

»Und wie wollen sie uns finden? Alleine schaffen sie das ja wohl nicht.«

»Ich hatte dem Adam irgendwann mal erzählt, dass wir hier einen sterblichen Netzwerktechniker aus Katerini beschäftigen. Jetzt hat er Papadopoulos ausfindig gemacht und ihn bequatscht. Dass er seinen Job hier verlieren würde, wenn wir wegzögen und so'n Zeug.«

»Nun, da ist was dran.« Zeus war sichtlich beeindruckt. »Schlaues Kerlchen, mein kleiner Adam. Ist ja auch bei den Jesuiten zur Schule gegangen, meiner besten Truppe. Nun ...«, sprach Zeus nach einer kurzen

Pause, »wir müssen uns noch um den Polizisten kümmern. Will noch jemand was dazu sagen?«

Demeter meldete sich: »Was er beim Rausgehen noch geschrien hat, das sollten wir in unsere Überlegungen einbeziehen. Wir sind zwar nicht der griechische Staat, Zeus bewahre, aber irgendwie wird das schon auf Griechenland zurückfallen, wenn der Mann hier spurlos verschwindet. Und da er uns nicht erkannt hat, plädiere ich fürs Laufenlassen.«

»Ich bin auch klar gegen die Hinrichtung. Das steht fest. Halte ohnehin nichts von der Todesstrafe, wie ihr alle wisst.« Athene sprach wie immer in einem ruhigen, sachlichen Ton. »Doch es gibt ein großes Aber. Es mag ja sein, dass er uns nicht erkannt hat, aber für irgendetwas muss er uns doch halten, oder? Was käme da wohl infrage? Entweder hält er uns für eine Art Mafia, dann schickt er uns Interpol auf den Hals. Oder er hält uns für irgendein griechisches Regierungsorgan, dann haben wir es bald mit dieser Troika zu tun. Von wegen Stellenabbau und so weiter.«

»Das ist ein sehr wichtiger Aspekt, Athene«, erwiderte Zeus. »Gibt es sonst noch Wortmeldungen? Ja, Hades?«

»Ich könnte ihn in Verwahrung nehmen. Er sieht ja ganz kräftig aus. Ich meine, er könnte Sisyphos beim Steinerollen helfen. Der Ärmste ist schon ganz müde nach so langer Zeit.«

»Sisyphos ...« Hestia, die Göttin, die Oliver Steinhaus an eine biedere Hausfrau erinnert hatte, konnte sich nicht mehr genau erinnern, »kommt mir irgendwie bekannt vor, was war noch mit dem, Hades? Warum wird der bei dir bestraft, und was ist seine Strafe?«

»Der rollt seit dreieinhalbtausend Jahren einen großen Stein einen Berg rauf, und immer wenn er kurz vor dem Gipfel ist, rollt der Stein wieder runter, und Sisyphos muss von vorne anfangen.«

»Und warum das? Was hat er verbrochen?«

»Eigentlich gar nichts Besonderes.« Artemis übernahm es, ihrer Tante zu antworten. »Ich erinnere mich noch genau an den Fall. Er war der Erste, den wir nicht wegen einer bestimmten Tat, sondern wegen seiner gesamten Performance auf der Erde verurteilt haben. Er war ein ziemlich harter Herrscher, damals in Korinth. Vor allem hat er die Mautgebühren erfunden, an der Landenge, wo's zur Peloponnes rübergeht. Daraufhin haben ihn so viele Menschen verflucht, dass wir gar nicht anders konnten, als ihn zu verurteilen.«

»Heute haben wir 'ne ganze Menge solcher Fälle, vor allem in der politischen Abteilung«, meldete sich Hades zurück.

»Ja, ja, der Volkszorn. Dem können sich auch die Götter nicht verschließen«, warf Poseidon ein.

»Das gilt übrigens auch für deine Tochter Olymbía, von der ihr eben gesprochen habt«, gab Hestia direkt zurück. »Die wäre gestern in Katerini beinahe erschlagen worden, weil sie gegen den Freizeitpark gesprochen hat. Das habe ich im Fernsehen gesehen.«

»Und den Sisyphos soll dieser Polizist jetzt ablösen?« Demeter brachte das Gespräch wieder auf Oliver Steinhaus.

Poseidon war damit nicht einverstanden. »Das bringt doch nichts! Ihr kennt doch diese Deutschen. Der rollt den Stein ein paar Jahre lang, und dann kommt er stolz wie Oskar an und gibt bekannt, dass es ihm gelungen ist, die Geschwindigkeit beim Steinerollen um zwanzig Prozent zu erhöhen!«

»Da hast du allerdings recht«, pflichtete Athene bei, die sonst selten mit ihrem Onkel übereinstimmte.

»Gut, Athene.« Zeus übernahm wieder die Leitung der Diskussion. »Will noch jemand etwas dazu sagen? Nein? Dann schreiten wir zur Abstimmung. Wer für die Hinrichtung ist, bitte die Hand heben!«

Niemand hob die Hand.

»Wer ist für eine sinnvolle Verwendung in der Unterwelt?«

Hades zeigte als Einziger auf.

»Eine Stimme. Gut, im Prinzip ist er frei. Aber ich habe ein ungutes Gefühl dabei, ihn gerade jetzt laufen zu lassen. Irgendwie wird er uns in die Quere kommen. Behalten wir ihn lieber hier, gewissermaßen in Sicherungsverwahrung, bis die griechische Schuldenkrise gelöst ist.«

»Halt, Lebenslänglich stand überhaupt nicht zur Abstimmung«, protestierte Poseidon, doch es half nichts.

»Titanen, bringt Herrn Steinhaus rein!«, rief Zeus.

Die Titanen führten Oliver wieder in den Raum. Er zitterte am ganzen Leibe. Diesmal blieb er neben dem Stuhl stehen, auf dem er vorher gessen hatte.

»Herr Steinhaus«, sprach ihn Zeus an, »ich habe eine gute und zwei schlechte Nachrichten für Sie. Die gute ist, dass wir Sie am Leben lassen. Die erste schlechte Nachricht besagt, dass wir Sie nicht laufen lassen können, vorläufig jedenfalls nicht, sagen wir aus politischen Gründen. Das muss Ihnen als Information erst einmal ausreichen. Die zweite schlechte Nachricht ist, dass wir hier für Sie nichts zu essen haben. Warum, kann ich Ihnen nicht erklären. Sie werden also nach menschlichem Ermessen verhungern. Abführen!«

Im politischen Berlin war Land unter. Beim BKA versuchte man verzweifelt, mit Oberkommissar Oliver Steinhaus Kontakt aufzunehmen. Man wollte das deutsche Generalkonsulat in Thessaloniki einschalten, doch das Auswärtige Amt reagierte zurückhaltend. Man sei weder vom Finanzministerium über die Reise des Staatssekretärs noch vom BKA über den Einsatz des Oberkommissars informiert worden. Daher würde es jetzt auch nicht leicht sein, etwas über den Aufenthaltsort der beiden herauszubekommen, insbesondere wenn man, wie von Berlin gewünscht, die griechischen Behörden aus der Sache raushalten solle. Was glauben die eigentlich, was wir sind, dachte Generalkonsul Lönninger, Scotland Yard?

Nichtsdestoweniger veranlasste das Bundeskanzleramt, dass der Krisenstab, wie in solchen Fällen üblich, im Auswärtigen Amt angesiedelt wurde. Steinhaus hatte sich am Vorabend zum letzten Mal aus Katerini gemeldet und gesagt, er fahre hinter einem Auto her, in dem fünf Schlägertypen sitzen, die wiederum ein Auto verfolgen, an dessen Steuer der Staatssekretär sitzt. Und neben ihm die zweite Zielperson, Angelika Baum. Außerdem sei eine Dame in das Auto gestiegen, welche zuvor in einer öffentlichen Veranstaltung gesprochen habe. Dort habe sie durch ihre Rede aber sehr negative Reaktionen seitens des Publikums hervorgerufen, sodass sie ihren Vortrag abbrechen musste. Sie sei dann Hals über Kopf aus der Veranstaltung geflohen. Dort sei im Übrigen auch ein Deutscher aufgetreten, der ein Projekt zur Errichtung eines Freizeitparks auf dem Olymp vorgestellt habe, welches vom größten Teil des Publikums sehr positiv aufgenommen wurde.

Mithilfe der Botschaft und des Konsulats gelang es schließlich, wenigstens die Ereignisse des Vortages zu verifizieren. In der Tat war es während einer Informationsveranstaltung in Katerini zu Tumulten gekommen, welche die Abgeordnete Olymbía Theodorou von der Nationalen Linken gezwungen hatten, den Ort des Geschehens fluchtartig zu verlassen. Eine Verbindung zu Staatssekretär Zeussen war bis zu diesem Punkt nicht ersichtlich. Dennoch erschienen auch solche Berichte durchaus glaubwürdig, nach denen der Staatssekretär die Flucht der griechischen Oppositionsabgeordneten organisiert haben sollte. Völlig unklar sei allerdings das Motiv. Weder der Staatssekretär noch der BKA-Mitarbeiter seien über ihre Mobiltelefone zu erreichen. Die Situation gebe Anlass zu allergrößter Besorgnis.

Die Presse erfuhr von alledem zunächst noch nichts. Doch waren sich die erfahrenen Krisenmanager aus AA, BKA und BND einig, dass es eine Frage der Zeit war, bis das Thema in den Medien auftauchen würde. Die Tatsache, dass es um Griechenland ging, kam erschwerend hinzu. Seit bald drei Jahren kochten die Emotionen in Bezug auf dieses Land hoch. Der Finanzminister, der sich bei seiner Politik in Sachen Eurokrise fast ausschließlich auf Staatsekretär Zeussen stützte, sei verzweifelt, hieß es in gut informierten Berliner Kreisen.

Die drei Halbgötter und Papadopoulos warteten unterdessen in dem Besprechungsraum, in den man sie geführt hatte, auf das Ende der Ratssitzung. Papadopoulos wurde das Warten irgendwann zu lang, und er bat die Titanen um Erlaubnis, sich um seine eigentliche Arbeit zu kümmern, was ihm auch gestattet wurde. Jetzt waren die Halbgötter unter sich. Hermes würde sie empfangen, das war klar. Doch wonach sollten sie ihn fragen? Worum sollten sie ihn bitten? Sicher, dachte Adam, es geht um Recklinghausen. In drei Tagen wäre es um die Stadt geschehen, wenn es ihnen nicht gelänge, Poseidon umzustimmen oder das Freizeitpark-Projekt zu kippen. Aber würde Hermes wirklich dabei helfen können beziehungsweise wollen? War Poseidon überhaupt auf dem Olymp? War es überhaupt der richtige Ansatz gewesen, hierherzukommen? Verschwendete Adam hier nicht seine ohnehin viel zu knappe Zeit? Sollte er nicht lieber diesem Klaus Müller die Steuerfahndung auf den Hals schicken? Irgendetwas finden die Jungs immer, dachte Adam. Aber hier funktionierte ja nicht einmal sein Mobiltelefon. Also schied diese Option aus.

Irgendwann erschien Hermes auf der Bildfläche.

»Sorry, Kinder, dass es so spät geworden ist. Wartet ihr schon lange?«

Olymbía und Hermes begrüßten sich aufgrund der noch frischen Erinnerung an den vergangenen Freitag mit einem langen Kuss auf den Mund. Dann erblickte Hermes Cindy.

»Du musst Cindy sein, die Tochter des Prometheus, stimmt's?« Er gab ihr brav die Hand. »Dein Papa hat vorhin ein Loblied auf dich gesungen, vor allem über deine Rolle in Politik und Wirtschaft! Ich glaube, die Götter waren alle zutiefst beeindruckt. Aphrodite hat mir gesagt, sie möchte dich mal auf ein Glas Nektar treffen. Prometheus will dich natürlich auch sehen.«

Adam konnte sich keinen Reim darauf machen. Cindy mochte eine begnadete Unternehmensberaterin sein, aber im politischen und wirtschaftlichen Leben Deutschlands war sie ihm noch nie aufgefallen.

»Hallo Adam«, Hermes begrüßte ihn eher beiläufig, »was macht die Kunst?« Und ohne auf eine Antwort zu warten, setzte er eine ernste Miene auf. »Leute, ihr glaubt nicht, was ich mir eben anhören musste, und zwar euretwegen. Wie seid ihr in Dreihadesnamen bloß auf die Idee gekommen, hier aufzuschlagen? Zeus hat mich beschuldigt, ich hätte euch eingeladen. Und dann hat er eine Riesensache daraus gemacht. Selbst die religionspolitische Wende hat er heraufbeschworen, aber das könnt ihr nicht verstehen, lassen wir das. Jedenfalls war er auf hundert. Als Wirtschaftsgott bin ich in letzter Zeit ohnehin der Watschenmann des Olymp. Da geht es mir wie den menschlichen Wirtschaftsministern. Null Einfluss auf das, was passiert, aber die ganze Verantwortung, wenn's schiefgeht ... Wie dem auch sei, jetzt seid ihr hier. Wo drückt denn der Schuh?«

»Wir sind hier, um Recklinghausen zu retten, und uns bleiben nur noch knapp drei Tage Zeit.«

»Recklinghausen? Wieso Recklinghausen?«

»In Recklinghausen sitzt doch die Firma, die hier den Freizeitpark aufziehen will. Und da hat mir Poseidon gesagt, wenn wir es nicht hinkriegen, Cindy und ich, das Projekt in einer Woche zu Fall zu bringen, dann zerstört er Recklinghausen durch ein Erdbeben der Stärke neun!«

»So?«, fragte Hermes verwundert. »Das hat er gesagt? Das wundert mich. Sicher, er hat diesen Vorschlag auch im Rat gemacht, aber wir haben das dann nicht weiter verfolgt. Jemand hatte gesagt, dass das nichts bringt, weil die Leute in Recklinghausen das Erdbeben ja überhaupt nicht mit dem Freizeitpark in Verbindung bringen würden. Und das stimmt ja auch. Steht in jedem Handbuch zur Hundeerziehung, dass Strafen nichts bringen, wenn der Gestrafte nicht weiß, warum er bestraft wird. Aber ich fürchte, Poseidon sieht hier gar nicht den Aspekt der Strafe im Mittelpunkt, sondern eher den der Prophylaxe. Er meint, das Projekt verhindern zu können, wenn er das Gebäude plattmacht, in dem die Firma sitzt. Ist für meine Begriffe etwas zu simpel, aber so denkt er nun mal, unser Onkel. Verzeihung, Olymbía, ich will deinem Papa natürlich nicht zu nahe treten.«

Adam fragte Hermes nach den rechtlichen Aspekten. Wenn der Rat die Zerstörung Recklinghausens gar nicht beschlossen hätte, und er habe schon so etwas geahnt, dann wäre die Sache doch hinfällig. Oder?

»Leider nein«, antwortete Hermes. »Normalerweise beschließen wir zwar im Rat, wenn irgendwo die Erde wackeln soll, doch steht es Poseidon natürlich frei, zusätzliche Beben zu organisieren. Bei euch Menschen darf doch auch jeder mehr arbeiten, wenn er will, oder?«

Ob man nicht wenigstens einmal mit ihm sprechen könne, wollte Olymbía wissen.

»Leider ist Poseidon gerade eben abgereist«, musste Hermes sie enttäuschen. »Gleich nach der Sitzung. Er wollte ein Erdbeben vorbereiten.«

»Recklinghausen!«, riefen alle drei Halbgötter wie aus einem Mund.

»Vermutlich«, antwortete Hermes.

»Aber es bringt doch nichts, auch nicht zur Prophylaxe, wie du es nennst«, sagte Olymbía.

»Der Firmenchef ist doch gar nicht in Recklinghausen. Der läuft hier herum und macht PR für sein Projekt. Im Moment ist er mit dem Bürgermeister und einem Abgeordneten auf dem Mytikas. Zeus scheint das auch zu wissen, denn heute Vormittag gab es genau da ein Gewitter. Papadopoulos hat das jedenfalls so gedeutet.«

Hermes verfolgte Olymbías Ausführungen mit wachsendem Interesse.

»Was? Der Freizeitparkfritze ist hier auf dem Olymp? Adam, ich bin enttäuscht von dir. Das Projektmanagement ist miserabel. Erst lässt du das ganze Wochenende ungenutzt verstreichen, und jetzt verschwendest du auch noch die Ressourcen!«

»Wie bitte?« Was das Wochenende anging, war es Cindy gewesen, deren Kalender vollgepackt war, aber wo sah Hermes die Ressourcenverschwendung? Gleich darauf erinnerte sich Adam an ihre erste Begegnung, als er begriffen hatte, dass Hermes seine Gedanken lesen konnte.

»Du verstehst nicht, was ich meine?«, antwortete Hermes auf seine unausgesprochene Frage. »Dann sag mir mal, was Cindy hier zu suchen hat, wenn dieser Kerl da draußen rumläuft?«

Adam verstand nun gar nichts mehr, dafür war es jetzt Cindy, die begriffen hatte, was man von ihr wollte.

»Cindy, du musst das jetzt übernehmen«, sagte Hermes.

»Jawohl, Sir. Zu Befehl, Sir!« Sie zeigte das leicht triumphierende Lächeln eines Menschen, der schon lange auf seinen Einsatz gewartet hat und der jetzt endlich zum Zuge kommt.

Während Hermes einen detaillierten Plan zum Einsatz Cindys darlegte, den sein göttliches Hirn innerhalb von Sekunden ausgearbeitet haben musste, fiel es Adam wie Schuppen von den Augen. Cindy war gar keine Unternehmensberaterin, sondern eine Prostituierte! Und er hatte sie vor allen Leuten im Ministerium empfangen, und zu allem Überfluss hatte er auch noch Mittel für sie beantragt! Ein gefundenes Fressen für seine Gegner. Er hatte das Grinsen dieses schmierigen Meier-Weidenthal schon vor Augen. Er sah sich auch schon auf den Titelseiten der Boulevardzeitungen: ›Staatsekretär zahlt Griechenland-Trip mit Luxushure aus unseren Steuergeldern‹. Das würden sie sicher schreiben, denn das Wort Prostituierte war zu kompliziert für diese Blätter. Doch sei's drum. Er war nicht auf den Job im Finanzministerium angewiesen. Das Geld aus seiner Londoner Zeit hatte er gut angelegt, sodass es noch viel mehr geworden war. Jetzt ging es um wichtigere Dinge. Es ging um Recklinghausen.

Hermes Plan sah vor, dass Cindy die Herrengruppe aufspüren sollte. Unsichtbare Titanen würden ihr dabei behilflich sein. Cindy würde so tun, als hätte sie sich verirrt. Die Herren würden sie dann sicher gerne in ihre Gruppe aufnehmen. Anschließend würde sie alle drei verführen, und zwar gemeinsam. Natürlich würde alles dokumentiert. Gruppensex rege die

Fantasie der Zeitungsleser viel mehr an als normaler Sex zu zweit.
Olymbía fragte an dieser Stelle, ob sie nicht besser mitgehen solle. Es
wäre doch sicher gefährlich für Cindy, wenn sie das allein machte. Hermes erklärte ihr, dass es darauf ankomme, die Befürworter des Projektes
zu kompromittieren. Da brächte es ja wohl wenig, wenn im Internet Aufnahmen kursierten, die eine der Hauptgegnerinnen des Projekts beim Sex
mit dessen Betreibern und Befürwortern zeigten. Das musste Olymbía
zugeben. Insgeheim tat ihr Dimitris Galanopoulos ein wenig leid. Das
wäre wohl das Ende seiner politischen Karriere. Dabei war er eigentlich
ein tüchtiger Junge, wenn auch nicht auf allen Gebieten.

Ein junger Gott, der sich mit Fotografie und Video auskannte, würde
alles aufnehmen. Der Gott wäre dabei unsichtbar, nur die Kamera wäre es
nicht, aber da müsste er eben aufpassen.

»Könnt ihr keine Dinge unsichtbar machen?«, fragte Cindy.

»Normale Sachen schon«, sagte Hermes, unsere Kleidung beispielsweise. Bei moderner Elektronik klappt das aber nicht. Ich weiß auch
nicht, warum. Es fällt uns ja auch ausgesprochen schwer, damit umzugehen. Prometheus sagt, das liegt daran, dass die Elektronik das Erste ist,
was die Menschen aus eigener Kraft geschaffen haben, ohne unseren Beistand. Deshalb entziehen sich diese Dinge der traditionellen göttlichen
Sphäre. Sie sind gewissermaßen der Beginn einer neuen Ära, die ohne uns
funktionieren würde. Er nennt das die ›Ära der menschlichen Emanzipation‹, die Elektronik bezeichnet er als ›die Antwort der Menschheit auf
unsere Zauberkräfte‹. Ich glaube das aber nicht so ganz. Ich weiß genau,
dass er auch bei der Elektronik sehr wohl seine Finger im Spiel hat ...«
Hermes' Blick fiel auf Cindy, und er brach an dieser Stelle ab. Offenbar
erinnerte sich daran, dass Prometheus' Tochter vor ihm stand. »Egal«,
meinte er, »es gibt jetzt Wichtigeres zu tun. Es geht darum, den Freizeitpark zu verhindern.«

»Und Recklinghausen zu retten«, ergänzte Adam.

»Natürlich, das auch«, sagte Hermes.

Hermes ging, um die Titanen zu instruieren, die Cindy zu der Gruppe um Klaus Müller bringen sollten. Somit blieb noch Zeit für ein kurzes Treffen zwischen Cindy und ihrem Vater. Ein Titan führte sie in Prometheus' Arbeitszimmer, das in einer ziemlich weit entfernten Ecke des Tunnelsystems lag.

»Du weißt, liebe Tochter, wir sind hier gerade mal geduldet. Die jahrtausendealte Rivalität zwischen Zeus und mir ist dir ja sicher bekannt.«

»Natürlich, die alten Geschichten habe ich alle gelesen, nicht einmal, hundertmal mindestens, seit Mama mir gesagt hat, dass du mein Vater bist.«

»Das hätte sie eigentlich nicht tun dürfen. Ich hatte ihr gesagt, dass es das Privileg der Götter ist, den Halbgöttern zu eröffnen, wer sie sind. Und mit diesem Privileg gehen wir sparsam um, sonst kommt zu viel Hochmut in die Welt. Doch können viele Muttis einfach den Rand nicht halten und eröffnen ihren Sprösslingen schon mit zwei Jahren, dass sie Halbgötter sind. Wie soll ein solches Kind normal groß werden, ohne dass seine Psyche Schaden nimmt? Kann mir das jemand erklären?«

»Ich war fünf, als meine Mama es mir gesagt hat.«

»Auch nicht viel besser. Aber wenigstens bist du vernünftig geblieben. Das zeigt schon deine Berufswahl und dein gesellschaftliches Engagement. Ich bin sehr stolz auf dich! Das habe ich den Göttern vorhin auch gesagt. Dieser Schnösel Hermes hatte dich nämlich eine ›Nutte‹ genannt.«

»Macht doch nichts, Vater. Ich bin nun mal eine Nutte, und das ist auch gut so.« Cindy trieb eine andere Frage um. »Hermes hat etwas erzählt von einer ›neuen Ära der menschlichen Emanzipation‹, die du verkündet hättest. Was hat es damit auf sich?«

»Weißt du, Kind, ich beschäftige mich hauptsächlich mit der Förderung von Wissenschaft und Technik. Rein hobbymäßig, versteht sich, denn ich gehöre ja nicht zum engen Kreis der olympischen Götter. Dort ist Apollon für die Wissenschaft zuständig, was noch erträglich ist, und Hephaistos für die Technologie, was so nicht akzeptabel ist, denn der sieht sich eher als Gewerkschaftler, und zum andern hängt er mindestens zwanzig Jahre hinter der technologischen Entwicklung der Menschheit zurück, aber das ist eine andere Geschichte.«

»Wie förderst du denn Wissenschaft und Technik?«

»Nun, das ist ganz einfach. Ich nehme die Gestalt irgendeines Professors an und verkünde seine angeblichen Forschungsergebnisse auf irgendwelchen Kongressen. Immer nur wirklich richtungsweisende Sachen. Den Ruhm heimsen dann später die Herren Professoren ein. Es ist schon putzig, aber es hat sich bisher noch keiner von ihnen beschwert. In Wirklichkeit hätten drei Viertel der Nobelpreise an mich gehen müssen. Aber das wäre ja unfair. Wie sollten Sterbliche mit einem Gott konkurrieren?«

»Und was machen die Professoren, während du an ihrer Stelle auf den Kongressen redest?«

»Das, was die Politiker auch machen, wenn zum Beispiel Zeus an ihrer Stelle auftritt. Sie schlafen tief und fest.«

»Hast du gerade was Neues auf der Pfanne?« Cindys Neugier war geweckt.

»Etliches. Aus vielen Bereichen. Was interessiert dich besonders?«

»Irgendwas speziell für uns Frauen?«

»Oh ja, da habe ich was, das ist der absolute Knüller. Etwas aus dem Bereich der Gentechnik. Es wird künftigen Frauengenerationen das Leben ungeheuer erleichtern. Es trägt auch zur Emanzipation bei wie bisher noch nichts in der Geschichte.«

Cindy sah ihren Vater fragend an.

»Du weißt doch, dass die moderne Frau die Menstruation, vor allem aber Schwangerschaft und Geburt im Grunde ihres Herzens für ein Relikt aus einer primitiven Urzeit hält. Mit all den Schmerzen und dem Blut und so. Da hab ich mir gesagt, das lässt sich doch abstellen, jetzt mit der Gentechnik. Wir nehmen also die Gene vom Strauß ...«

»Franz Josef Strauß?«, fragte Cindy ungläubig.

Prometheus musste lachen. »Nein, Cindy, weder Franz Josef noch Richard. Ich meine den Vogel Strauß, der so schöne große Eier legt.«

»Ach«, sagte Cindy, »und jetzt sollen die Frauen auch Eier legen?«

»Du hast es erfasst!«

»Und der Sex, meine Profession?«

»Bleibt wie bisher, kommt vor dem Eierlegen.«

Cindy überlegte kurz, ob ihr die Idee wirklich gefiel. »Die Männer müssen dann mit brüten, oder?«

»Quatsch, brüten ... Wer hat denn heute Lust, neun Monate lang auf irgendwelchen Eiern zu sitzen? Natürlich soll da keiner mehr brüten! Da wird der Name der Eltern mit einem dicken Filzstift auf die Schale geschrieben, und ab in die Brutanstalt. Alles vollautomatisch. Und zum Schlupftermin versammelt sich dann die ganze Sippe.«

Prometheus schaute seine Tochter fragend an. Cindy schien nicht gerade begeistert. Vielleicht musste sie sich auch nur erst an den Gedanken gewöhnen. So war das nun mal mit den Innovationen. Darüber hinaus musste man dem Schöpfer des Menschengeschlechts auch zugestehen, dass er ein anderes Menschenbild hatte als die Menschen selbst. Was diesen als Hybris erschien, war für ihn sicher nichts weiter als eine sinnvolle Nachbesserung an seinem eigenen Geschöpf.

Schließlich sagte Cindy: »Die Sache hat was, Vater.«

Er schien etwas enttäuscht über die verhaltene Reaktion seiner Tochter. In diesem Moment klopfte es an der Tür.

»Herein!«, rief Prometheus, und ein Titan trat ein. Er mahnte zum Aufbruch. Draußen werde es bald dunkel, und da sei es an der Zeit, die Gruppe um den deutschen Investor zu treffen. Cindy erklärte ihrem Vater ihre Mission.

»Lass dich noch mal anschauen, liebe Tochter. Ja, du bist wirklich ein Prachtexemplar. Du weißt ja, ich war es, der die Menschen seinerzeit entworfen hat, zusammen mit Athene, dem einzigen wirklich vernunftbegabten Wesen da drüben ... Ich bin sicher, du wirst mir alle Ehre machen. Zeig diesen Barbaren, was eine echte Halbtitanin alles draufhat!« Mit diesen Worten entließ er sie.

Eier legen, dachte Cindy beim Verlassen des Raumes, ist das jetzt wirklich nötig?

Hermes war mit Olymbía und Adam im Besprechungsraum zurückgeblieben. Papadopoulos hatte sich kurz gemeldet und gesagt, er sei fertig mit seiner Arbeit und kehre jetzt nach Katerini zurück. Ob die Halbgötter wieder mitkommen wollten? Es wurde beschlossen, dass die beiden besser in der Zentrale bleiben sollten. Hier waren sie sicher vor allen, die wahrscheinlich längst nach ihnen suchen dürften, und das waren nicht wenige: Die Schlägertruppe aus Katerini, Olymbías Parteigenossen, griechische Journalisten und mit großer Wahrscheinlichkeit auch die deutschen Behörden, zumal sich Adam sicher war, dass zumindest Meier-Weidenthal Lunte gerochen hatte. Und dass der so etwas für sich behalten würde, das war wirklich nicht zu erwarten.

Außerdem wollte Hermes mit Adam und Olymbía noch ein wichtiges Thema besprechen. Als den beiden bewusst wurde, dass sie allmählich Hunger bekamen, sagte Hermes, der wieder einmal ihre Gedanken gelesen hatte: »Genau darüber wollte ich mit euch reden. Für euch haben wir leider nur Nektar und Ambrosia. Ich weiß, dass es euch nicht schmecken wird, wie übrigens allen Halbgöttern. Herakles hat zweihundert Jahre gebraucht, um sich daran zu gewöhnen. Aber ihr werdet jedenfalls satt. Als Halbgötter produziert ihr nämlich die notwendigen Enzyme. Doch wir haben hier seit heute Nachmittag einen sterblichen Gefangenen, den wir nicht ernähren können, schlicht und einfach, weil es hier für ihn nichts zu essen gibt.«

»Warum schickt ihr keinen Titanen los, um etwas von der Hütte zu holen?«

»Das würden die nie tun, Nahrung für einen Sterblichen schleppen. Für uns arbeiten sie, weil sie nicht anders können, nachdem sie die Titanomachie verloren haben. Aber für einen Sterblichen – niemals. Die anderen Götter und Gottheiten übrigens auch nicht. Rein theoretisch könnte ich sogar selber gehen, es würde mir persönlich auch nichts ausmachen, aber ich würde meine ganze Autorität hier verspielen, was immer noch davon übrig ist, in dieser Wirtschaftskrise.«

»Was ist das überhaupt für ein Gefangener?«, fragte Adam.

»Ein deutscher Polizist aus Berlin. Ist heute Mittag hier einfach reingeschneit, direkt in unsere Sitzung. Was er hier wollte, hat er nicht gesagt. Wir lassen ihn jetzt bewachen. Nur eben zu essen haben wir nichts für ihn. Wasser gibt es hier schon, wir haben unsere eigene Quelle und brauchen es auch zum Waschen und Putzen. Glücklicherweise haben wir auch eine Toilette. Die haben wir extra einbauen lassen wegen Papadopoulos. Wir selbst brauchen ja keine, weil Nektar und Ambrosia keine Stoffwechselrückstände hinterlassen.«

»Das heißt, ihr geht nie aufs Klo?«, fragte Olymbía in der ihr eigenen, direkten Art. Aber sie konnte sich das erlauben, zumindest bei Hermes, nach dem letzten Freitag.

»Natürlich nicht! Oder könnte sich jemals jemand, egal in welcher Religion, einen Gott vorstellen, der auf dem Klo sitzt? Das ergäbe ja wohl ziemlich unappetitliche Reliquien! Die meisten Menschen können sich ja nicht einmal ihre Politiker, Fußballer oder Schauspielerinnen dort ausmalen, dabei brauchen die das Klo genau so oft wie Otto Normalverbraucher selber«, klärte Hermes seine Cousine auf.

Adam ließ das Thema der göttlichen Essgewohnheiten keine Ruhe. »Aber hatte nicht Tantalos, der König von Phrygien, seinen Sohn Pelops gebraten und euch Götter alle zum Essen eingeladen? Damals müsst ihr also noch Fleisch gegessen haben, oder?«

»Mitnichten! Allerdings – Tantalos wusste das nicht. Er wollte uns auf die Probe stellen, um zu sehen, ob wir merken, was gespielt wird. Schon die Einladung kam uns komisch vor. Doch als wir bei ihm ankamen, haben wir sofort den Braten gerochen, was in diesem Falle durchaus wörtlich zu verstehen ist. Zudem konnten wir Tantalos' Gedanken lesen, was er auch nicht wusste, und so haben wir ihn sofort durchschaut. Wir haben ihn verhaftet und entsprechend bestraft.«

»Wie denn?«, fragte Olymbía interessiert.

»In der Mythologie bist du wirklich ein Totalausfall, meine Liebste! Noch nie was von Tantalusqualen gehört? Der Typ steht seither im Tartaros auf einer winzigen Insel mitten in einem See, so einem Inselchen, wie sie manchmal auf Witzzeichnungen zu sehen sind, meistens mit ’nem Schiffbrüchigen drauf, ihr wisst schon. Ihn quält dabei seit Jahrtausenden ein fürchterlicher Durst. Doch sobald er sich bückt, um etwas zu trinken, weicht das Wasser zurück. Hunger hat er auch, und auf seiner Insel gibt es ein paar Bäume mit allerlei Früchten der höchsten Handelsklasse. Nur, sobald er seinen Arm danach ausstreckt, bewegen sich die Äste der Bäume plötzlich um ein ganzes Stück nach oben, und er kommt nicht mehr dran. Das sind die Tantalusqualen.«

»Also so ähnlich wie bei einem Hartz-Vier-Empfänger im KADEWE«, sagte Adam, der, wie Olymbía bemerkte, für einen deutschen Finanz-Staatssekretär manchmal erstaunlich mitfühlend sein konnte.

»Wir sind vom Thema abgekommen«, sagte Hermes. »Wo waren wir noch stehen geblieben?«

»Bei dem deutschen Polizisten, der verhungern muss«, sagte Adam. »Weißt du, Hermes, wann der hier genau ankam?«

»Das muss so gegen Viertel nach eins gewesen sein.«

»Viertel nach eins? Dann ist er uns gefolgt! Kann ich ihn sehen?«

»Ich weiß nicht, das wäre gegen die Vorschriften.«

»Bitte, Hermes! Ich muss wissen, was er von uns will. Ich gehe auch morgen früh für ihn einkaufen.«

Das letzte Argument überzeugte Hermes, denn er war im Grunde dagegen, Oliver Steinhaus einfach verhungern zu lassen, wie Zeus es angekündigt hatte. Hermes rechtfertigte seine Haltung damit, dass Zeus nicht gesagt hatte, Steinhaus unbedingt verhungern lassen zu wollen, sondern er hatte dessen Hungertod lediglich als einen unvermeidbaren Begleitumstand seiner Inhaftierung dargestellt. Daraus schloss Hermes messerscharf, dass der Göttervater nicht ausdrücklich verboten hatte, dem Gefangenen etwas zu essen zu besorgen. Adam wiederum hatte sich angeboten, für den Polizisten einkaufen zu gehen, um Hermes dazu zu bewegen, ihm ein Treffen mit dem Gefangenen zu ermöglichen. Auch dachte er daran, die Gelegenheit zu nutzen, um für Olymbía und sich selbst ein paar wirklich essbare Speisen zu besorgen.

»Gut«, sagte Hermes, »dann gehst du morgen früh einkaufen, und anschließend darfst du dem Polizisten das Essen in seine Zelle bringen. Das ist völlig unverdächtig, denn das würde hier sonst keiner machen wollen. Dann könnt ihr euch mal unterhalten. Letztendlich interessiert es auch uns, warum er hier ist. Aus seinen Gedanken konnten wir das heute nicht herauslesen, das Signal, das sein Kopf aussendet, ist einfach zu schwach.« Hermes machte eine kurze Pause. »Jetzt ist es aber spät, und ihr wollt sicher schlafen. Wir schlafen zwar auch gerne, doch brauchen wir es nicht wirklich. Deshalb vergesse ich immer wieder, wenn ich mit Sterblichen und Halbgöttern zu tun habe, wie wichtig das für euch ist. Sag mal, Adam, wie lange schläfst du eigentlich in der Nacht?«

»So drei bis vier Stunden.«

»Und du, Olymbía?«

»Ungefähr genauso lange«, antwortete sie.

»Na, seht ihr, als Halbgötter schlaft ihr genau halb so lange wie die normalen Sterblichen, eigenartig, was? Wollt ihr für heute Abend ein Zimmer oder zwei?«

»Eins reicht«, sagten Adam und Olymbía wie aus einem Mund.

Hermes musste lächeln. »Ja, dann mal angenehme Nachtruhe. Ich habe heute noch was vor.«

κβ´

»*D*EUTSCHER STAATSSEKRETÄR ENTFÜHRT LINKE POLITIKERIN«
So oder ähnlich titelten die griechischen Boulevardzeitungen am
Mittwoch früh, und es gibt in Griechenland fast nur Boulevardzeitungen.
Den ganzen Dienstag über waren die Ermittler in Katerini ausge-
schwärmt. Sehr schnell hatte man sich ein Bild von der Sachlage gemacht,
an dem es wenig zu deuteln gab. Der Staatssekretär war inkognito nach
Katerini gekommen, zusammen mit einer angeblichen Prostituierten, die
aber aller Wahrscheinlichkeit nach eine Agentin war, denn man wohnte
in getrennten Zimmern. Adam Zeussen traf genau an dem Tag in Katerini
ein, an dem dort die öffentliche Diskussionsveranstaltung über den Freizeitpark Olymp stattfinden sollte. Die Abgeordnete der Nationalen Linken, Olymbía Theodorou, hatte sich gegen das Projekt ausgesprochen und
war daraufhin von Schlägern angegriffen worden. Das Letzte, was man
von ihr sah, war, dass sie in einem von dem Staatssekretär angemieteten
und von ihm selbst gelenkten Geländewagen weggebracht wurde. Der
Geländewagen fand sich am späten Nachmittag auf dem Parkplatz
›Prionia‹ auf dem Olymp. Am Mittwoch sollten bei Tagesanbruch große
Polizeieinheiten in Marsch gesetzt werden, welche den Olymp systematisch durchkämmen würden. So weit die Fakten.

Die Zeitungen schmückten diese Tatsachen entsprechend ihrer partei-
politischen Orientierung aus. Für die linken Blätter war Olymbía eine
mutige Patriotin und klassenbewusste Politikerin, die dem deutschen
Wirtschaftsimperialismus zum Opfer gefallen war. Die Schläger, die
Olymbía angegriffen hatten, waren selbstverständlich griechische Rechte,
die von den Deutschen bezahlt wurden, um Olymbía in die Fänge des
Staatssekretärs zu treiben. Hinter all dem steckte die Bundeskanzlerin,
die durch das Projekt deutschen Kapitalisten neue Möglichkeiten zur
Ausbeutung des griechischen Volkes und seiner Kultur eröffnen wollte.

Die extremen nationalistischen Blätter schrieben im Prinzip dasselbe. Nur spielten sie Olymbías patriotische Rolle herunter und wiesen entschieden zurück, dass die Schläger, die Olymbía angegriffen hatten, aus den Reihen der griechischen Rechten kamen. Es handele sich bei ihnen mit Sicherheit um von den Deutschen angeheuerte Albaner. Es sei ja wohl ausgeschlossen, dass ein nationalbewusster Hellene jemals ein so schändliches Projekt wie den Freizeitpark auf dem Olymp unterstützen könnte. Auch für diese Zeitungen steckte die Kanzlerin hinter dem Ganzen, nur war ihr Motiv kein wirtschaftliches. Es ging ihr vielmehr darum, ihren Triumph über das Hellenentum vor aller Welt zu dokumentieren. Schließlich beneideten die Deutschen die Griechen um vieles, vor allem aber um ihre Vergangenheit.

Adam und Olymbía ahnten von alledem nichts. Olymbía wachte als Erste auf. Sie sah Adam neben sich liegen, wie die Götter ihn geschaffen hatten, und begann, seinen Körper von oben bis unten mit flüchtigen Küsschen zu bedecken. Der von ihr angestrebte Effekt trat ein. Adam wachte auf.

»Nicht jetzt, Olymbía, ich möchte los, ehe es zu warm wird. Ich will doch zur Hütte und uns was zu essen kaufen. Natürlich auch für den Gefangenen. Diese Ambrosia ist ja widerlich! Die armen Götter!«

»Bitte, Adam, nur einmal!«

Er sah sie an. Sein Körper reagierte sofort.

»Siehst du?«, lachte sie und schloss ihn fest in ihre Arme, wobei sie seinen Kopf an ihre Brust drückte. Aus dem einen Mal wurden drei, und so verließ Adam erst gegen neun die Götterzentrale. Kaum stand er vor dem Ladentisch der Berghütte, tippte ihm jemand von hinten auf die Schulter. Er drehte sich um und erblickte zwei Uniformierte.

»Mr. Secretary of State?«, sprach ihn der Ältere der beiden an.

Inzwischen hatte Hestia aus dem Morgenmagazin von GIGAS TV erfahren, dass große Polizeieinheiten den Olymp durchkämmen würden. Das bedeutete Alarmstufe Rot für die Götterzentrale. Unsichtbare Titanen rollten einen Felsbrocken vor den Eingang. Olymbía konnte Hermes nirgends finden. So protestierte sie bei einem der Titanen, der ihr zufällig über den Weg lief, gegen diese Maßnahme, denn wie sollte sich Adam in Sicherheit bringen, wenn der Eingang verschlossen sei? Doch erreichte sie nichts. Die Sicherheit der Zentrale ging selbstverständlich vor. Gegen elf Uhr berichtete das Fernsehen ohnehin von der Festnahme des deutschen Staatssekretärs auf dem Olymp. Dieser werde zumindest wegen Menschenraubes angeklagt, wenn nicht noch mehr hinzukäme. Nach der verschwundenen Politikerin werde weitergesucht.

Olymbía kam auf dem Gang eine Dame entgegen, deren aufrechter Gang sie schon von Weitem beeindruckte. Beim Näherkommen sah sie einen ebenso strengen wie stolzen Ausdruck in den Augen der stattlichen Frau, die sie mit Interesse zu mustern schienen. Wer mochte diese Göttin sein? War es Hera, die Frau des Zeus, oder vielleicht Demeter, die über die Welt der Pflanzen herrscht? Die Göttin sprach sie unvermittelt an:

»Du musst eine von den beiden Halbgöttinnen sein, die dieser Papadopoulos gestern hier raufgeschleppt hat, richtig?«

Olymbía nickte verlegen.

»Bist du jetzt Prometheus' Tochter oder die von Poseidon?«

»Von Poseidon, hat Hermes mir gesagt.«

»Ich verstehe, dann sind wir also Cousinen. Ich bin Athene.« Die Göttin hatte offenbar bemerkt, dass sie sich gar nicht vorgestellt hatte.

»So, du bist also Poseidons Tochter. Trotzdem eiferst du, nach allem, was man so hört, mehr unserer lieben Aphrodite nach, stimmt's?«

Das saß. Mit Athene war offensichtlich nicht zu spaßen. Außerdem wurde hier oben ganz offensichtlich viel getratscht. Wahrscheinlich hatte Hermes vor den Göttern gewaltig mit seiner Athener Eroberung angegeben.

Olymbía bedauerte, dass sich ihr erstes Gespräch mit einer so bedeutenden Göttin eine solche Wendung nahm. Sie hatte nämlich ein Problem. Sie musste dringend ein E-Mail an ihre Parteizentrale schicken, um dem Vorsitzenden mitzuteilen, dass es ihr gut gehe. Außerdem wollte sie ihn fragen, wann und auf welche Weise sie sich der Öffentlichkeit stellen solle. Schließlich fasste sie sich ein Herz.

»Sorry Athene, dass ich dich so direkt um einen Gefallen bitte«, sagte sie und schilderte der Göttin in wenigen Worten ihre missliche Lage. »Habt ihr hier«, schloss sie, »irgendwo einen Computer, von dem aus ich ein Mail nach Athen schicken könnte?«

»Viel zu gefährlich«, antwortete Athene. »Papadopoulos hat uns verboten, Mails zu verschicken. Er sagt, sie könnten zurückverfolgt werden. Außerdem wird dein Vorsitzender es niemals zulassen, dass du wiederauftauchst. Als Märtyrerin bist du für diese Leute tausendmal nützlicher. Sie lassen bereits unter der Hand verbreiten, du seist mit 99-prozentiger Wahrscheinlichkeit tot. Würdest du auftauchen, brächtest du alles nur durcheinander. Ja, meine liebe Cousine, du wirst dich wohl an den Gedanken gewöhnen müssen, deine Tage hier auf dem Olymp zu beschließen. Gelegenheit zum Sex gibt es hier jedenfalls mehr als genug, zumindest solange du noch so jung und schön bist. Wenn sich Zeus im Laufe der Jahre an deine Präsenz gewöhnen sollte, macht er dich vielleicht sogar unsterblich. Da ist er manchmal richtig sentimental. Er mag keine Sterblichen neben sich altern sehen. Das gilt übrigens für uns alle, mehr oder weniger.«

Olymbía überraschte das Mitteilungsbedürfnis ihrer göttlichen Cousine, das so gar nicht zu ihrem sonstigen Auftreten zu passen schien.

»Weißt du, wie viele Generationen Sterblicher ich schon kommen und gehen sah? Früher, als wir noch unter Menschen kamen. Man gewöhnte sich immer wieder an neue Leute, gewann sie lieb, und dann wurden sie alt und starben. Selbst meinen lieben Odysseus hat es erwischt. Das war schon hart. In den letzten zweitausend Jahren ist es um uns herum natürlich viel ruhiger geworden, wie du weißt.«

»Kann man denn gar nichts machen?«, fragte Olymbía.

»An der Sterblichkeit des Menschen? Leider nein. Wie auch? Stell dir mal vor, alle Menschen, die irgendwann einmal geboren wurden, würden noch leben! Was wäre das für eine drangvolle Enge auf der Erde! Wer sollte die alle ernähren? Milliarden uralter Leute. Und selbst, wenn sie alle ewig jung blieben wie wir, wäre das auch ziemlich komisch. Dann würde einer zum anderen sagen: Darf ich dir mal meine Ururururururururururgroßmutter vorstellen, und das wäre dann ein ganz junges Mädchen! Es macht also wenig Sinn, wenn die Menschen unsterblich werden. Allerdings arbeitet Prometheus derzeit an der virtuellen Unsterblichkeit.«

»Virtuelle Unsterblichkeit? Was ist das denn?«

»Na ja, das ist eigentlich ganz einfach. Der gesamte Inhalt eines menschlichen Gehirns wird auf eine Speicherkarte überspielt, bevor er stirbt. Mit einem interaktiven Programm kann man dann später mit seinem Opa kommunizieren, auch wenn der selbst längst in seinem Grab verfault ist. Ich finde das ganz charmant. Gewissermaßen ein Kompromiss zwischen dem endgültigen Tod, wie wir ihn heute haben, und einer echten Unsterblichkeit.«

»Und was passiert, wenn einer mehrere Enkel hat?«

»Dann kriegt jeder eine Kopie. Selbst gute Freunde können eine bekommen, wenn der Verstorbene das in seinem Testament so festgelegt hat.«

»Aber wenn, wie du sagst, das Programm interaktiv ist, dann macht der Opa doch im Dialog mit dem Enkel oder dem Freund neue Erfahrungen, nach seinem Tod, oder?«

»Ja, so ist es.«

»Also«, schloss Olymbía, »entstehen dann, wenn es mehrere Kopien von Opas Geist gibt, mit der Zeit aus einem Opa mehrere mit ganz unterschiedlichen Kenntnissen und Erinnerungen.«

»Na und? Wen stört das? Großvaters verschiedene Versionen wissen doch gar nichts voneinander. Jeder formt sich seine Verwandten nach seinem Geschmack, vorausgesetzt sie sind tot.« Athene schien Prometheus' Ideen immer noch sehr zugeneigt zu sein. »Und, was das Beste ist: Selbst nach vielen Generationen, wenn jeder eine ganze Menge elektronische Verwandte in der Schublade hat und jeden einzelnen nur noch ganz selten aktiviert, wird ihnen die Zeit nicht lang, denn zwischendurch sind sie ja abgeschaltet und spüren keine Langeweile, ganz anders als seinerzeit diese Tamagotchis, die man ständig pflegen musste.«

Opa als Tamagotchi. Olymbía war etwas unwohl bei dem Gedanken.

»Nein, Athene, um auf den Ausgangspunkt unserer Unterhaltung zurückzukommen, mich interessiert gar nicht so sehr das Thema der Unsterblichkeit für die Menschen. Ich meinte etwas ganz anderes. Könnt ihr nicht irgendwie eingreifen, sodass wir aus dieser verfahrenen Situation herauskommen, mit dem Freizeitpark, mit Adam, mit den Deutschen und mit mir? Hermes hat mir von den Metamorphosen erzählt. Könnte nicht einer von euch die Gestalt eines Politikers annehmen und die Sachen geraderücken?«

»Da überschätzt du die Wirksamkeit dieser Methode. Wir können die politischen Gewichtungen damit auch immer nur ein ganz klein wenig verschieben. Niemand ist glaubwürdig, wenn er plötzlich das Gegenteil von dem erzählt, was er gestern noch vertreten hat. Und gegen Massenbewegungen kommt man mit den Metamorphosen schon gar nicht an. Wenn die erst einmal losgetreten sind, kann sie niemand mehr aufhalten. Das hast du doch selbst erlebt. Nehmen wir mal an, ich wäre vorgestern an deiner Stelle in Katerini aufgetreten. Glaubst du etwa, mir wäre es anders ergangen? Ich wäre genauso gerannt wie du, denn sich einfach auflösen, das geht natürlich nicht vor Publikum.«

Olymbía war entsetzt. Ja, sie würde wohl den Rest ihres Lebens in dieser fensterlosen Höhle verbringen und von Nektar und Ambrosia leben müssen. Aber was war mit Adam? Würde er nicht aller Wahrscheinlichkeit nach in den griechischen Gefängnissen verrotten? Nun, es gab ja den Prominentenflügel im Gefängnis von Korydallos bei Athen, der größten und wichtigsten Haftanstalt des Landes, da war alles nicht so schlimm. Inoffiziell waren da selbst Handys zugelassen, wenn auch nur für Mafiosi und Terroristen, und Adam war sicher weder das eine noch das andere. Und, würde man Adam überhaupt dorthin bringen? Vermutlich würde sich die Bundesregierung nicht mal für ihn einsetzen, denn er hatte sich ja wegen der Sache mit Cindy völlig in Misskredit gebracht.

Und erst einmal der arme Polizist! Der ist in spätestens einer Woche verhungert, dachte Olymbía, wenn sich nicht doch noch irgendein Titan unsichtbar macht und zur Hütte geht. Allerdings schienen das alles ziemliche Sturköpfe zu sein. Ihr eigenes Schicksal, Adam, der Gefangene, das war alles schlimm genug. Aber vollends verzweifelte Olymbía, wenn sie an Recklinghausen dachte.

Cindy war am späten Nachmittag des Vortages von den Titanen zu einem Platz gebracht worden, an dem die Wandergruppe um Klaus Müller auf jeden Fall vorbeikommen musste. Der junge Gott mit der Kamera blieb in ihrer Nähe. Er war unsichtbar, aber seine Kamera war es nicht, genau wie Hermes vorausgesagt hatte. So suchten Cindys Augen stets nach der Kamera, wenn sie wissen wollte, wo sich der Gott gerade aufhielt. Meistens schwebte sie in der Höhe von etwa einem Meter um sie herum. Wahrscheinlich schaut er mich von allen Seiten an, dachte sie. Sie wusste, dass sie in ihrem Aufzug sehr attraktiv wirken musste. Ihr teures braunes Freizeithemd im Military Style hatte sie so geschickt zerrissen, dass es viel, aber nicht alles preisgab. Ihre Haare hatte sie durcheinandergebracht, ihre Wimperntusche hatte sie ein wenig verschmiert, die Unterschenkel, welche ihre knielange beigefarbene Hose nicht bedeckte, hatte sie mit ein paar am Wegesrand gepflückten Dornen leicht zerkratzt. Sie sah wirklich so aus, als wäre sie den ganzen Tag durch die Landschaft geirrt.

Cindy sah, wie die Kamera jetzt in einer Höhe von einem Meter fünfzig schwebte und mit ausgeklapptem Display auf sie gerichtet war. Die Kamera fing leise an zu surren. Offenbar wollte der junge Gott ein paar Aufnahmen für sein Archiv machen. Kokett blickte sie in seine Richtung und winkte ihm zu. Wie er wohl aussah? Plötzlich vernahm sie Schritte. Sie machte dem Gott ein Zeichen, dass er verschwinden sollte. In weniger als einer Sekunde war die Kamera nicht mehr zu sehen. Vermutlich hatte er sich hinter einem Baumstamm versteckt. Gut, dass wir hier unterhalb der Baumgrenze sind, dachte Cindy. Sie hatte um einen Treffpunkt gebeten, der nicht allzu weit vom Parkplatz entfernt lag. Die letzten Tage waren anstrengend gewesen, und obwohl Halbgötter nicht so schnell ermüden wie normale Sterbliche, wollte sie ihre Kräfte schonen. Sie hatte ja an diesem Abend noch einiges vor sich. Gruppensex mit drei Männern, das machte sie in ihrem normalen Berufsleben auch nur in Ausnahmefällen und natürlich nur gegen ein entsprechendes Honorar. Jetzt ging es nicht um ein Honorar, jetzt ging es um etwas Größeres. Es ging um Recklinghausen.

Zu Cindys nicht unbeträchtlicher Verwunderung kam Klaus Müller ganz allein um die Ecke. Was soll's, dachte sie, um den geht es ja letztlich. Cindy begrüßte Müller überschwänglich, gewissermaßen als ihren Lebensretter. Mit hastiger, stockender Stimme erzählte sie von den Abenteuern, die sie seit heute Morgen erlebt hatte, als sie an einer Biegung stehen geblieben war, um sich ein paar besonders schöne Blüten anzuschauen. Offenbar waren die anderen irgendwo abgebogen, ohne ihr Zurückbleiben zu bemerken, und so habe sie den Kontakt zu ihnen verloren.

Cindy erzählte ihm die Fortsetzung ihrer Geschichte, während sie gemeinsam in Richtung Prionia abstiegen. An einer Stelle kam auch ein Bär zum Einsatz, der Cindy um ein Haar gefressen hätte, was wiederum Klaus Müller schockierte. Gab es hier auch nur einen Bären, war sein Projekt gestorben. Deutsche Tierschützer würden Himmel und Hölle in Bewegung setzen, um den Freizeitpark zu verhindern. Müller fand das schon merkwürdig. Deutsche Naturapostel setzten sich auf der ganzen Welt für die Bären ein. Es gab sogar Bärenprojekte, wo diese Leute den Einheimischen in den entsprechenden Regionen beibrachten, wie man friedlich mit der Gattung Ursus zusammenleben konnte. Doch als ein einziger Bär es wagte, deutschen Boden zu betreten, wurde er sofort erschossen. So sind wir halt, wir Deutschen, dachte Müller.

Auf jeden Fall musste dieser Bär hier weg, ehe die Öffentlichkeit von ihm erfuhr. Er nahm sich vor, seinen Freund Karsten aus Wanne-Eickel darauf anzusprechen. Der war Großwildjäger und würde sich über eine solche Gelegenheit freuen. Dass die Bärenjagd auf dem Olymp mit Sicherheit illegal war, würde Karsten nicht schrecken. Im Gegenteil, so etwas spornte seinen sportlichen Ehrgeiz nur noch mehr an. Insofern hatte dieser olympische Bär schlechte Karten.

Müller erzählte, dass seine Gefährten bereits früher vom Olymp abgestiegen seien. Gleich nach dem Gewitter, das wie die meisten Unwetter im

Gebirge sehr eindrucksvoll gewesen sei, habe der Bürgermeister einen mysteriösen Anruf erhalten. Er solle dringend in sein Rathaus kommen, denn auf dem Olymp seien merkwürdige Dinge im Gange, doch mehr könne man ihm am Telefon nicht sagen. Galanopoulos hatte sich dem Bürgermeister angeschlossen, denn als talentierter Nachwuchspolitiker hatte er ein Gespür dafür, wenn sich irgendwo bedeutende Entwicklungen anbahnten. Da galt es, dabei zu sein.

Müller hingegen hielt es für unklug, sich allzu sehr in die inneren Angelegenheiten der Griechen einzumischen. Außerdem ahnte er nach dem, was während der Veranstaltung am Montag geschehen war, dass auch die heutigen Ereignisse hier auf dem Berg in irgendeiner Weise mit seinem Projekt zusammenhingen. Daher hielt er es für klüger, seine Wanderung fortzusetzen. Die anderen beiden wollten das nicht zulassen. Sie hatten Angst, ihm würde etwas zustoßen.

»Und«, lachte Müller, »was ist mir zugestoßen? Eine der schönsten Frauen, die ich je gesehen habe!«

Cindy wertete das etwas dick aufgetragene Kompliment als ein Zeichen dafür, dass ihr dieser Auftrag keine allzu großen Schwierigkeiten bereiten würde.

In der Tat ging zunächst alles glatt. Dimitris Galanopoulos und der Bürgermeister waren mit dessen Auto ins Tal gefahren, sodass der von Klaus Müller angemietete Geländewagen noch auf dem Parkplatz stand. Als Cindy hinter Müller die Kamera heranschweben sah, öffnete sie schnell die linke Hintertür des Wagens, damit die Kamera hineinschlüpfen konnte. Müller sah aber nur, wie Cindy die Tür geöffnet hatte.

»Ich nehme an, Sie haben daheim einen Chauffeur?«

»Wieso?«, fragte Cindy verdutzt.

»Weil sie ganz instinktiv hinten einsteigen wollten. Das tun nur echte Aristokraten. Dürfte ich Sie trotzdem bitten, vorne bei mir Platz zu nehmen, damit ich mich nicht ganz so alleine fühle?«

Cindy verstand, dass Müller den Eingeschnappten nur spielte. Es war wohl Teil seiner Taktik. Wenn der wüsste, dachte Cindy.

Müller wohnte natürlich nicht auf einem Campingplatz, sondern im feinsten Hotel von Platamónas. Cindy fragte ihn, ob sie in seinem Zimmer kurz duschen könnte. Müller gestattete ihr das gerne, machte aber keine Anstalten, von seinem Recht Gebrauch zu machen, sich währenddessen in seinem Zimmer aufzuhalten, wie es achtundneunzig Prozent der nicht schwulen männlichen Bevölkerung getan hätten, dachte Cindy. Der Kerl hat Stil, fand sie. Er würde ihr aber trotzdem nicht entkommen, dessen war sie sich sicher.

Als sie wieder in die Hotelhalle kam, hatte Müller eine Überraschung für sie parat. Er lud sie ein, mit ihm in ein nahe gelegenes Textilgeschäft zu gehen, um sich neu einzukleiden. Schließlich habe sie ihr Gepäck nicht dabei. Es handelte sich bei diesem Geschäft um einen völlig kahlen, weiß getünchten, etwa fünfzig Quadratmeter großen und vier Meter hohen Raum mit einer Glaswand auf der Straßenseite. Drinnen standen dicht an dicht Kleiderständer. An diesen hingen billige chinesische Sommerkleidchen, alle Größen wahllos durcheinander. Die beiden hinteren Ecken des Ladens waren durch schräg angebrachte Vorhänge abgeteilt und dienten als dreieckige Umkleidekabinen.

Cindy inszenierte die Anprobe wie eine Show. Sie suchte sich von vornherein nur die aufregendsten Teile aus. Ihren Begleiter platzierte sie vor dem Vorhang. Sie selbst zog sich so dicht hinter dem Vorhang um, dass sich immer wieder irgendein Teil ihres Körpers für einen flüchtigen Moment durch den Vorhang abzeichnete. Auf diese Weise machte sie den Vorhang in gewisser Weise durchsichtig. Zwischendurch trat sie immer wieder vor den Vorhang, barfuß und jedes Mal in einem noch etwas kürzeren Kleid. Die Auswahl überließ sie Müller. Er kaufte ihr am Ende fünf Kleider für insgesamt 68 Euro, die sich der chinesische Inhaber des Geschäftes mit einem freundlichen Lächeln in die Hosentasche steckte. Eines der Kleider behielt Cindy gleich an. Klaus Müller fand, dass die Kombination aus diesem ultrakurzen Sommerkleidchen und Cindys dicken Wanderschuhen ihn irgendwie an Lurchi Salamander erinnerte und mehr als witzig aussah. So kaufte er ihr noch ein Paar preiswerte, hochhackige Riemchenschuhe. Einwegschuhe, dachte Cindy, aber ihren Zweck würden sie heute Abend erfüllen.

Das Abendessen nahmen sie gemeinsam im Restaurant des Hotels ein. Letzteres war früher eine Nullachtfünfzehn-Touristenherberge gewesen, doch ein neuer Besitzer hatte das Gebäude aufwendig saniert und ein Fünfsternehotel daraus gemacht. In dieser Umgebung war Cindy endlich wieder in ihrem Element. Nach dem Essen bestand Müller darauf, ihr ein Zimmer im Hotel zu mieten, was Cindy weniger gefiel. Hatte er etwa Lunte gerochen? War er vielleicht früher schon einmal in eine ähnliche Falle getappt und daher vorsichtig geworden? Jetzt galt es, keine Zeit zu verlieren. Nachdem Müller an der Rezeption wirklich einen eigenen Raum für sie angemietet hatte, ging Cindy mit ihm in sein Zimmer, um die dort noch lagernden Einkäufe abzuholen. Auf dem Gang schaute sie sich kurz nach der Kamera um. In der Tat schwebte sie in einem Abstand von etwa fünf Metern hinter ihnen her. Cindy trat nach Müller ins Zimmer und ließ dabei die Tür für eine Sekunde länger offen, gerade mal so lange, dass die Kamera noch mit hineinschlüpfen konnte.

»Ich gehe kurz ins Bad«, sagte sie.

Nach etwa einer Minute kam sie wieder heraus, völlig nackt.

»Oh, sorry, ich wollte nur das blaue Kleid anziehen.«

Müller schaute sie an, machte aber keine Anstalten, sich ihr zu nähern.

»Bitte, tun Sie sich keinen Zwang an«, sagte er nur.

Cindy musste ihre Taktik ändern. Sie ging zum Angriff über. Müller stand neben dem Bett, auf der Seite der Balkontür. Mit schnellen Schritten lief sie zu ihm hinüber, umarmte ihn mit der Kraft einer Halbgöttin, die weit über die einer normal sterblicher Frauen hinausging. Ehe sich Müller versah, ließ sie sich rücklings auf das Bett fallen. Müller verlor das Gleichgewicht und fiel auf die nackte Cindy. Hinter sich hörte sie die Kamera surren.

»Was machen Sie da?«, rief Müller.

Cindy lockerte die Umarmung und setzte ein enttäuschtes Gesicht auf. Müller stand auf, Cindy tat es ihm nach.

»Dann eben nicht«, sagte sie sichtlich enttäuscht. »Es tut mir leid. Die Leidenschaft ist mit mir durchgegangen. Ich mag Sie eben. Bitte vergessen Sie, was eben passiert ist. Der Abend mit Ihnen war wirklich schön. Vielen Dank auch für die Kleider.«

Sie streifte sich das blaue Kleid über, wünschte Müller eine gute Nacht und verließ den Raum.

Hermes hatte mit Papadopoulos eine Vereinbarung getroffen. Das Material würde sofort nach Katerini geschickt werden. Tatsächlich schlich sich der Gott, gleich nachdem er Müllers Zimmer gemeinsam mit Cindy verlassen hatte, in ein leerstehendes Büro der Hoteldirektion. Von einem ungesicherten Computer schickte er ein Mail an den gerade erst vom Olymp zurückgekehrten Computerspezialisten. Dabei verfluchte er die ganze Elektronik. Früher hätte er sich kurzerhand nach Katerini hinübergewünscht, doch die Speicherkarte aus der Kamera konnte er bei einer solchen Reise nicht mitnehmen, weil sie sich nicht entmaterialisieren ließ. Deshalb musste er sich mit der Erstellung eines Mailattachments herumschlagen, was ihm schließlich gelang.

Papadopoulos sichtete das Material. Aus den Karrees suchte er eines aus, das als Standbild geeignet war. Es zeigte Müller, wie er voll bekleidet auf der nackten Cindy lag. Sein Gesicht war klar und deutlich zu erkennen. Cindys Gesicht verpixelte Papadopoulos kurzerhand. Anschließend stellte er das Bild ins Internet, und zwar so, dass es auch gefunden wurde. Er kannte sich damit aus. Die volle Sequenz der Bilder speicherte er ab. Für den Fall, dass er nachlegen müsste ... Von wegen Freizeitpark, dachte er. Der feine Herr aus Deutschland wird schon sehen, was er davon hat, wenn er Kostas Papadopoulos' Geschäft ruinieren will!

Keine zwanzig Minuten, nachdem sich der Gott von Cindy getrennt hatte, war er wieder da. Cindy bemerkte plötzlich, wie die Kamera durch ihr Zimmer schwebte. Sie musste lachen.

»Jetzt kannst du dich ja zeigen«, sagte sie.

Das tat er auch. Cindy fiel aus allen Wolken. Es war Hermes!

»Von wegen junger Gott und Fotofreak«, lachte sie, als sie sich von dem Schreck erholt hatte.

»Du glaubst doch nicht im Ernst, dass ich so eine Gelegenheit einem anderen überlassen würde, o Tochter des Prometheus?«

Gott und Halbgöttin verbrachten daraufhin eine wilde Nacht in einem Hotelzimmer in Platamónas. Die Rechnung dafür zahlte Klaus Müller. Doch das war bei Weitem nicht das Schlimmste, was ihm in diesen Tagen widerfahren sollte.

Für die Tagespresse war die Sensation zu spät gekommen, aber schon früh am Morgen sah man das Bild von Müller und Cindy in allen möglichen Internetforen. Unter dem Bild stand: »Unglaublich! Deutscher Investor vergewaltigt griechisches Mädchen.«

Die Sorge um Recklinghausen beschäftigte Adam am meisten. Vor der Zentrale der Sicherheitspolizei von Thessaloniki hatten mindestens zwanzig Kamerateams, darunter auch einige deutsche, ihre Gerätschaften aufgebaut. Hunderte von Journalisten standen in der Sonne und schwitzten. Ambulante Wasserverkäufer machten gute Geschäfte. Für Adam war es ein reines Spießrutenlaufen gewesen, als die Polizisten ihn in das Gebäude führten. Jetzt, in der Zelle, konnte er wenigstens in Ruhe nachdenken. Im Vorbeifahren hatte er die Schlagzeilen der an den Kiosken aushängenden Zeitungen gesehen. Da war ihm die Ironie der Geschichte erst richtig aufgegangen. Im Grunde entwickelte sich seine Mission nicht schlecht. Das Projekt Freizeitpark war durch die scheinbare Entführung der Politikerin in den Augen der Bevölkerung diskreditiert. Das war schon mal was. Doch was half das alles, wenn Poseidon schon unterwegs war, um die Zerstörung Recklinghausens vorzubereiten? Offenbar konnte ihn niemand aufhalten. Es war Mittwochmittag. Ganze zwei Tage blieben der westfälischen Stadt und ihrem Umland noch. Und Adam saß in Thessaloniki im Polizeigewahrsam!

Die Griechen hielten ihn für einen Entführer, der sein Opfer vielleicht sogar ermordet hatte. Ausgerechnet Olymbía sollte er umgebracht haben, wohl die allerletzte Frau der Welt, die solches von ihm zu befürchten hatte. Ganze Hundertschaften der Polizei suchten den Olymp nach ihrer Leiche ab. Was würde geschehen, wenn sie die Zentrale der Götter entdeckten? Die Welt würde die größte Krise aller Zeiten erleben. Alle Religionen gerieten ins Wanken und mit ihnen die Staaten, von den Finanzmärkten ganz zu schweigen!

In Deutschland wiederum hatte er sich durch die Geschichte mit Cindy ein für alle Mal blamiert. Manche hielte ihn sogar für einen griechischen Agenten! Das hatte er von einer Mitarbeiterin des Generalkonsulats erfahren, die ihn vor ein paar Minuten pflichtgemäß besucht hatte. Ein riesiges Bild von ihm sei heute auf der Titelseite des wichtigsten deutschen Boulevardblatts erschienen. Darunter stand: *»ÜBERWEIST DIESER MANN UNSERE STEUERGELDER NACH ATHEN?«* Der Untertitel lautete: *»Verdacht: Ein griechischer Agent an der Spitze des Finanzministeriums.«* Die Dame vom Konsulat hatte ihn darüber aufgeklärt, dass ihm als deutschem Staatsbürger, der im Ausland inhaftiert worden sei, konsularische Betreuung zustehe. Doch das wusste er schon.

Adam hätte die Konsulatsdame gern auf das Schicksal des deutschen Polizisten aufmerksam gemacht, der auf dem Olymp langsam verhungerte, aber wie? Sagte er die Wahrheit in Bezug auf die unterirdische Machtzentrale der olympischen Götter, würde man ihn unverzüglich für unzurechnungsfähig erklären und ins Irrenhaus verfrachten. Auch war es ihm unmöglich zu beweisen, dass es Olymbía gut ging und dass er sie mitnichten entführt, sondern ganz im Gegenteil vor dem sicheren Ende errettet hatte. Man hatte ihn bereits ein erstes Mal befragt und ihm gesagt, man sei bereit, seine Geschichte von der Rettung Olymbías zu glauben, aber er, Adam, müsste dann ja wohl angeben können, wo er sie hingebracht habe. An dieser Stelle hatte Adam jede weitere Aussage verweigert. Ihm war klar, dass das nicht unbedingt für seine Unschuld sprach. Aber was sollte er machen?

Seine letzte Hoffnung war, dass sich sein Halbbruder Hermes herabließe, ihn im Gefängnis zu besuchen. Er wusste ja nicht, dass sich Hermes die ganze Nacht mit Cindy in einem Hotel am Strand von Platamónas vergnügt hatte. Das von Klaus Müller bezahlte Hotelzimmer stand den beiden bis zwölf Uhr zur Verfügung, und sie waren fest entschlossen, bis dahin jede Sekunde voll auszukosten.

Olymbía machte sich unterdessen große Sorgen um Adam, von dessen Verhaftung die Olympier durch das Fernsehen erfahren hatten, aber auch um den gefangenen Polizisten. Adam war nun als Essensbeschaffer ausgefallen, und sie selbst konnte aus dieser Festung nicht heraus. Sie nahm die Kanne Nektar, die man ihnen am Abend hingestellt hatte, ging zu Papadopoulos' Toilette, schüttete den Inhalt kurzentschlossen hinein und füllte das Behältnis mit frischem Quellwasser aus dem Wasserhahn des Waschbeckens. Anschließend zog sie sich in das sparsam ausgestattete Gästezimmer zurück, das die Titanen Adam und ihr am Vorabend zugewiesen hatten. Sie wollte allein sein, um gründlich über die Situation nachdenken zu können. Waren die Götter, fragte sie sich, wirklich alle so herzlos, wie Hermes sie dargestellt hatte? Sie ärgerte sich darüber, dass sie sich in ihrem Leben nie richtig mit der klassischen Mythologie beschäftigt hatte. Für sie war das immer nur Kinderkram gewesen, und nun entpuppte sich alles als todernste Realität.

Bei Zeus und seiner Truppe anzusetzen, wagte sie nicht. Als Hermes Adam erlaubt hatte, zur Berghütte zu gehen, war er ganz offensichtlich bis an den Rand seiner Kompetenzen gegangen, vielleicht sogar einen Schritt darüber hinaus. Vermutlich war es auch nicht sinnvoll, diese Erlaubnis wieder aufs Spiel zu setzen, indem sie die olympischen Götter um Hilfe für einen Sterblichen bat, der für sie nichts anderes war als ein gefährlicher Eindringling.

Doch als Politikerin wusste sie eines: Wo immer es Machthaber gibt, ist auch die Opposition nicht weit. Es musste doch auch hier auf dem Olymp Kräfte geben, die mit den herrschenden Verhältnissen nicht zufrieden waren. Ihr kam eine Idee. Die Titanen! Hatte Hermes nicht gesagt, dass Zeus sie dazu gezwungen hatte, all die niedrigen Dienste auf dem Olymp zu erledigen? Vielleicht war das ja ein Ansatzpunkt.

Der Titan, der sie gestern in das Zimmer gebracht hatte, hatte auf einen Knopf neben der Tür gewiesen und gesagt, dass sie nur zu läuten brauchten, wenn sie irgendetwas benötigten. Jetzt brauchte sie Hilfe. Voller Entschlossenheit drückte sie auf den Knopf. Sie ließ ihren Finger mit Absicht ein paar Sekunden lang auf dem Knopf ruhen. Es sollte ruhig etwas herrisch klingen. Anschließend setzte sie sich an einen kleinen Schreibtisch, der in der Ecke des Zimmers stand.

Keine zwei Minuten später hörte Olymbía ein zaghaftes Klopfen an der Tür. »Herein!«, rief sie. Die Tür öffnete sich langsam, und es erschien die Gestalt einen stattlichen Titanen in der bekannten dunkelblauen Security-Uniform.

»Sie haben geläutet?«, sagte der Titan mit ausdruckslosem Gesicht.

»Komm rein und mach die Tür hinter dir zu!«

Der junge Mann tat wie befohlen.

»Bitte setz dich.« Olymbía wies auf einen Stuhl, den sie mitten ins Zimmer gestellt hatte. Doch der Security-Mann zögerte.

»Es ist uns nicht gestattet, uns zu den Göttern zu setzen.«

»Aber ich bin doch keine Göttin, sondern nur eine Halbgöttin, noch dazu sterblich. Und du bist ein ganzer Gott und unsterblich, oder?«, fragte Olymbía mit betont unschuldiger Miene.

»Das mag, mit Verlaub, der Fall sein. Aber Sie sind immerhin Poseidons Tochter, und wer bin ich? Ich bin der Urenkel des Koios.«

»Koios? Wer ist denn das?«, entfuhr es Olymbía unabsichtlich.

»Sehen Sie, Sie kennen meinen Urgroßvater nicht einmal. Dabei ist er eigentlich einer der wichtigsten Götter, oder war es zumindest, denn seit der Titanomachie sitzt er im Hochsicherheitstrakt des Tartarus, seit bald viertausend Jahren!«

»Aber ich dachte, Zeus hätte euch begnadigt.«

»Ja schon, uns Nachgeborene vielleicht, aber doch nicht meinen Urgroßvater! Das wäre wohl der Letzte, den Zeus freilassen würde. Da würde er schon eher seinen eigenen Vater Kronos begnadigen, mit dem sich mein Urgroßvater die Zelle teilt.«

»Das ist ja interessant. Nun setz dich endlich.« Olymbía merkte, dass sie auf dem richtigen Weg war. Der junge Titan setzte sich zögerlich auf den Stuhl und blickte sie an. Seine dunklen Augen gefielen ihr.

»Nun sag schon, was hat dein Urgroßvater denn angestellt, dass Zeus ihn so hart bestraft?«

»Angestellt? Eigentlich gar nichts. Er wurde nicht aus dem Verkehr gezogen für etwas, was er getan hat, sondern dafür, was er ist.«

»Und, was ist er denn? Du musst entschuldigen, aber ich kenne mich bei diesen Dingen nicht so aus. Ich wusste ja bis vor ein paar Tagen gar nicht, dass ich zu dieser Familie gehöre.«

»Schon gut, Sie sind da nicht die Einzige. Kaum ein Mensch kennt mehr Koios, den Gott der Intelligenz und des Zweifels. Zeus ist der Meinung, dass es eine Katastrophe wäre, wenn Koios wieder zu arbeiten anfinge.«

»Aha.« Der Halbgöttin wurde allmählich klar, was hier gespielt wurde. »Und, tut ihr nichts dagegen?«

Der Titan war ob ihrer Frage sichtlich erschrocken, und Olymbía tat es sofort leid, dass sie dieses heikle Thema so unvermittelt angeschnitten hatte. Wie viele Menschen, die in einer Demokratie groß geworden sind, zeigte sie nicht das notwendige Feingefühl im Umgang mit Leuten, die unter einem diktatorischen Regime leben.

»Was kann man da schon tun?«, sagte der Titan und machte Anstalten, sich von seinem Stuhl zu erheben.

»Halt, halt, bleib sitzen. Wie heiß du eigentlich?«

»Eleutherios.«

»Eleutherios, der Freiheitsliebende. Auch bei uns heißen viele Leute so. Den Namen haben dir deine Eltern sicher nicht von ungefähr gegeben, oder?«

»Nein sicher nicht, aber was soll's?« Eleutherios machte erneut eine Bewegung, die darauf schließen ließ, dass er aufstehen und gehen wollte.

Olymbía war klar, dass sie jetzt ihre weiblichen Reize ausspielen musste. Sie streckte ihre Hand aus und legte sie auf Eleutherios' Knie. »Aber, aber, wer wird denn schon gehen? Erzähl mir mehr von deiner Familie!« Der Ton ihrer Stimme und ihr Augenaufschlag ließen an Deutlichkeit nichts zu wünschen übrig. Der Titan gab den Widerstand auf.

»Was gibt es schon groß über meine Familie zu erzählen? Im Grunde gehören wir alle zu derselben Sippe, Ihre Leute und meine. Aber irgendwann gab es Krach, wie das ja in den besten Familien vorkommt. Elf Jahre dauerte der Kampf, weil sich Kriege unter Unsterblichen besonders lange hinziehen. Es gibt schließlich keine Toten wie bei den Menschen. Seitdem sind wir zwei Parteien. Ihre hat gesiegt, unsere hat verloren. Das ist eigentlich schon alles.«

Olymbía beschloss, alles auf eine Karte zu setzen. Sie erzählte Eleutherios von Zeus' Verhalten gegenüber dem deutschen Polizisten.

»Das ist typisch für ihn und seine Familie«, bemerkte er. »Zeus, Poseidon, Ares, Hades sowieso, die meisten von ihnen haben einfach kein Mitleid mit ihren Kreaturen. Wir Titanen sind da ganz anders.«

»Wirklich?« Olymbía entschloss sich, die Gelegenheit zu nutzen. »Das heißt, du wärst bereit, für den Gefangenen etwas zu essen zu holen, von der Berghütte?«

»Um dann bis in alle Ewigkeit im Tartarus zu schmachten wie mein Urgroßvater? Nein, das können Sie wirklich nicht von mir verlangen, bei aller Sympathie.«

Olymbía legte erneut die rechte Hand auf Eleutherios' Knie. Doch diesmal legte er seine linke darauf. Dabei umschloss er ihre Hand mit seinen kräftigen Fingern, sodass die Halbgöttin verstand, was gemeint war. Offenbar war es auf dem Olymp nicht leicht, die Männer mit wagen Versprechungen zu dirigieren, eine Disziplin, in der sie es in Athen zur Meisterschaft gebracht hatte. Hier scheint das Alles-oder-nichts-Prinzip zu herrschen. Nun gut, es gab Schlimmeres als mit diesem sympathischen, gut gebauten jungen Gott zu schlafen. Sie war gespannt darauf, was er ihr vorschlagen würde.

»Tante Hekate, die weiß sicher einen Rat. Sie ist auch sehr menschenfreundlich.«

»Tante Hekate?« Olymbía hatte den Namen schon einmal gehört, aber sie konnte nichts Konkretes damit verbinden.

»Du wirst sie kennenlernen. Am besten, wir gehen gleich zu ihr. Ich habe ohnehin bald Mittagspause.« Der junge Titan war sichtlich begeistert von seiner Idee und drängte zum Aufbruch.

Sie gingen, meistenteils schweigend, über eine halbe Stunde lang durch das Labyrinth der ewig gleich aussehenden Gänge mit den unzähligen Türen rechts und links. Olymbía fragte sich, woran sich ihr Begleiter wohl orientierte. Zugleich spürte sie seine begehrlichen Seitenblicke. Hermes hatte ihr beiläufig erzählt, dass die jungen Titanen sexuell ziemlich ausgehungert seien. Den niederen weiblichen Gottheiten hatte Zeus verboten, sich mit ihnen einzulassen, und die meisten hielten sich auch an dieses Verbot. Die jüngeren Titaninnen hatte Zeus gleich im Tartarus gelassen. Er wollte verhindern, dass sich dieser ungeliebte Zweig der Götterfamilie weiter vermehrte und am Ende vielleicht doch noch die Oberhand gewänne. Böse Zungen behaupteten sogar, er habe die männlichen Titanen nur deshalb begnadigt, um sie von den weiblichen fernzuhalten.

Schließlich öffnete Eleutherios eine der Türen, die ebenso unscheinbar war wie Tausende andere im Netz der unterirdischen Gänge. Dahinter führte eine nur spärlich beleuchtete Treppe geradewegs in die Tiefe. Ein Ende der Treppe war von oben nicht abzusehen. Die Stufen verloren sich scheinbar im Dunklen.

»Da müssen wir jetzt runter?«, fragte Olymbía mit verzagtem Tonfall.

»Jawohl, diese Treppe führt in das Reich von Tante Hekate.«

»Nun denn ...« Olymbía nahm ihren ganzen Mut zusammen und begann mit dem Abstieg, dicht gefolgt von Eleutherios. Sie bemerkte, dass die Treppe offenbar keine Treppenabsätze kannte, sondern in einem Winkel von fast fünfundvierzig Grad scheinbar ohne Ende ins Erdinnere hinab führte. Sie waren schon fast zwanzig Minuten lang hinabgestiegen, ohne dass sich irgendetwas verändert hätte. Lediglich die Beleuchtung wurde immer schummriger. Es gab zwar alle zehn Meter eine dieser klassischen halbrunden Kellerleuchten, doch während zu Beginn alle erleuchtet waren, leuchtete bald danach nur noch jede zweite, dann jede dritte, schließlich jede vierte. Eleutherios konnte Olymbías Gedanken lesen. »Wir haben ein großes Problem mit der europäischen Glühbirnen-Verordnung. Wir finden keine passenden Birnen mehr für diese Leuchten. Die Energiesparbirnen passen nicht hinein, und neue Leuchten wären zu teuer, sagt Zeus.«

Olymbía wandte sich zu Eleutherios um und sah ihn fragend an. »Müssen wir hier nachher auch wieder hochklettern?«

»Du ja, ich nicht. Ich kann mich einfach hochwünschen und schon bin ich da.« Olymbía fand das unfair. Auf einmal huschte etwas Schwarzes an ihrem Kopf vorbei. Sie erschrak.

»Ach, das war nur eine Fledermaus, die wir aufgeschreckt haben. Gleich kommen sicher noch mehr Tiere, das bedeutet, wir nähern uns unserem Ziel. Tantchen ist sehr tierlieb. Von artgerechter Haltung kann da allerdings keine Rede sein.« Wie zum Beweis dessen kam ihnen eine riesige Pythonschlange entgegen. So, wie sie die Treppe hinaufkroch, zeichneten sich die einzelnen Stufen auf ihrem Rücken ab. Olymbía hatte eine panische Angst vor Schlangen. Eleutherios nahm sie in den Arm, als er merkte, dass sie am ganzen Leibe zitterte.

»Nicht doch, sie ist völlig ungefährlich, solange sie satt ist.«

»Und, ist sie das?« Olymbías stets zur Schau getragene Selbstsicherheit war vollkommen von ihr gewichen. Eleutherios musste kurz lachen.

»Ja, sie ist satt. Aber ich bin hungrig!« Ehe Olymbía etwas erwidern konnte, verschloss er ihren Mund mit einem langen, leidenschaftlichen Kuss.

»Doch nicht hier auf der Treppe …«, konnte Olymbía gerade noch sagen, als er ihren Mund freigab, damit sie Luft holen konnte. Er selbst musste ja nicht unbedingt atmen.

»Doch, genau hier und jetzt.« Eleutherios' Entschlossenheit ließ keinen Widerstand zu. Olymbía dachte an die blauen Flecken, die sie lange an dieses Abenteuer erinnern würden. Aber was tat man nicht alles, um eine Menschenseele zu retten und um Recklinghausen vor dem Untergang zu bewahren?

Olymbía wollte gerade ihre Kleider von den Stufen sammeln, da wurde es auf einmal taghell. Sie musste blinzeln. Kaum hatte sie sich an das grelle Licht gewöhnt, sah sie eine wunderschöne Frau, in einem langen blauen Kleid ein paar Stufen unter ihr stehen. Die Frau schien etwa im gleichen Alter zu sein wie sie selbst. Olymbía schämte sich wegen ihrer Nacktheit. Eleutherios war ebenso nackt, doch schien ihm das nichts auszumachen.

»Was ist denn hier los?« Die Stimme der Frau hallte durch den Gang, sodass Olymbía fast die Ohren schmerzten.

»Das ist Olymbía, die Tochter Poseidons und einer Sterblichen. Olymbía, das ist meine Tante Hekate, die Göttin der Magie.«

»So, dann kommt ihr beiden mal mit!« Die Göttin machte eine entschlossene Handbewegung, und dem Paar war klar, dass keine Zeit blieb, um die Kleider aufzusammeln. Olymbía hoffte, sie auf dem Rückweg wieder hier vorzufinden. Nackt, wie sie waren, stiegen sie hinter der schweigenden Göttin weitere fünf Minuten in die Tiefe. Olymbía fühlte sich erbärmlich. So ähnlich hatte sie sich als Kind die Einlieferung der schlechten Menschen in die Hölle vorgestellt.

Unterwegs begegneten ihnen immer wieder schwarze Katzen, Fledermäuse und Raben. Ein junger Schimpanse hüpfte aufgeregt um sie herum. Schließlich war die Treppe zu Ende. Der Gang weitete sich zu einem spärlich beleuchteten Raum mit den Ausmaßen einer mittleren Turnhalle. Überall auf dem Boden lagerten Tiere, die nach Brehms Tierleben eigentlich nicht zueinander passten. Dennoch schien hier absoluter Friede zu herrschen zwischen Reptilien, Vögeln und Säugetieren, zwischen Fleisch- und Pflanzenfressern. Rein zahlenmäßig schienen die Hunde zu dominieren. Riesige schwarze Hunde, fast doppelt so groß wie Dänische Doggen. Der einzige hell beleuchtete Gegenstand war ein gewaltiger Schreibtisch in der Mitte des Saals. Auf ihm standen ein ultradünner Laptop und ein Glas, das allem Anschein nach den obligatorischen Nektar enthielt.

»Im alten Kleinasien glaubten die Menschen, Tante Hekate sei die Herrin der Welt. Das stimmte zwar nicht, aber das Büro ist noch aus dieser Zeit übrig geblieben.« Eleutherios sprach im Flüsterton zu Olymbía. Dieser vermochte die Logik der Aussage nicht recht einzuleuchten. Wenn es nicht stimmte, dass Hekate die Welt beherrschte, wozu dann das Büro?

»So läuft das nun mal bei den Religionen«, erklärte Eleutherios, der ihren Gedanken gelesen hatte. »Der Schein schafft das Sein und nicht umgekehrt, wie in eurer Welt.«

»Sehr richtig, lieber Neffe.« Hekate hatte inzwischen hinter ihrem Schreibtisch Platz genommen und sah belustigt auf das unbekleidete Paar, das vor ihr an der Grenze zwischen dem beleuchteten und dem dunklen Teil der Halle stand. »Du brauchst dich nicht zu schämen, Olymbía. Uns hier sagt die Kleidung überhaupt nichts. Wir brauchen sie ebenso wenig, wie wir die menschlichen Körper benötigen, in denen wir rumlaufen. Sie dienen in erster Linie der Fortpflanzung. Außerdem sind sie dazu da, dass wir uns gegenseitig erkennen. Wenn wir unsichtbar sind, laufen wir aneinander vorbei, ohne uns zu grüßen, und das wäre doch unhöflich, oder? Aber ich sehe, du fühlst dich immer noch unwohl, obwohl du eigentlich schön genug bist, um mit uns auf dem Olymp mitzuhalten. Nun, ich will es dir leichter machen.« Sie stand auf, und mit einem

Handgriff öffnete sie ihr langes blaues Kleid, das sogleich zu Boden sank. Nun war sie ebenso nackt wie das Pärchen. »Nun, ist es besser so?«

Olympía sagte nichts, doch sie fühlte sich in der Tat erleichtert. Hekate sah hinreißend aus, auch wenn ihre makellose Schönheit diejenige einer nicht mehr ganz jungen Frau war.

»Wir Göttinnen haben uns darauf geeinigt, von unserer ewigen Jugend keinen uneingeschränkten Gebrauch zu machen. Das heißt, wir lassen den Generationenunterschied durchaus sichtbar werden. Die ältesten Göttinnen sehen aus wie sehr schöne fünfzigjährige Frauen. Die mittlere Generationen sieht aus wie vierzig respektive dreißig, während das junge Gemüse herumläuft wie die Teenager. Wie du siehst, gehöre ich zu den Vierzigjährigen. Das haben wir so geregelt, nachdem der Trojanische Krieg ausgebrochen war, weil sich drei Göttinnen nicht einigen konnten, welche von ihnen denn die schönste war. Jetzt konkurrieren wir nur noch innerhalb unserer jeweiligen Kategorie. Übrigens haben wir gegenüber den Menschen ein Privileg, das wir mit euch Halbgöttern teilen. Bei uns liegt die Schönheit wirklich im Auge des Betrachters. Hast du dir jemals überlegt, warum dich wirklich alle Menschen, ohne jede Ausnahme, so wunderschön finden? Das Geheimnis dahinter ist, dass uns die Menschen nicht alle auf die gleiche Weise sehen, sondern jeder sieht in uns das, was seinem persönlichen Ideal entspricht. Anders würde es auch gar nicht funktionieren. Als Göttin kannst du kaum riskieren, dass dich ein Teil der Menschheit hässlich findet, oder?«

Jetzt wurde Olympía manches klar. Schon in der Schule wurde sie von sämtlichen Mädchen beneidet, während alle Jungen sie anhimmelten, was ihr oft genauso lästig war. Doch die Göttin riss sie sogleich wieder aus Ihren Gedanken:

»Aber lasst uns zum Anlass eures Besuches kommen.«

Eleutherios ergriff das Wort und erklärte seiner Tante mit wenigen Worten ihr Anliegen. Er betonte besonders die Leiden des jungen Polizisten aus Berlin. Als er geendet hatte, saß Hekate noch einige Augenblicke lang mit geschlossenen Augen da. Offensichtlich dachte sie angestrengt nach.

»Als Göttin der Magie hätte ich da natürlich einige Möglichkeiten. Auch spiele ich Zeus gerne mal einen Streich. Dabei darf ich es allerdings nicht zu weit treiben. Zeus lässt mich meinen Job machen, obwohl ich eine Titanin bin. Angeblich tut er das, weil er in mich verliebt ist, der alte Schwindler. In Wirklichkeit bin ich für die Esoteriker unter den Menschen eine Art Identifikationsfigur. Zeus ist der Meinung, dass es immer Leute geben wird, die mit der regulären Religion nichts anfangen können, weil sie das mystische Element in einer stärkeren Dosierung brauchen. Diesen Teil der Kundschaft decke ich ab. In der Tat bin ich eine der wenigen Gottheiten, die nie ganz aus der Glaubenswelt der Menschen verschwunden sind. Im Mittelalter nannten sie mich Königin der Hexen, was, unter uns gesagt, auch stimmte. Heute bekennen sich wieder viele Menschen ganz offen zu mir, vor allem in Großbritannien und in dem deutschen Bundesland Niedersachsen.«

Olymbía wusste nicht, wo Niedersachsen lag und was das Ganze mit Oliver Steinhaus zu tun hatte, der zu verhungern drohte. Doch die Göttin kam sogleich darauf zu sprechen.

»Was diesen Polizisten angeht, will ich sehen, was ich tun kann. Ich kann aber nur für Nahrung sorgen. Befreien musst du ihn selber. Da kann dir kein Titan helfen. Wir würden riskieren, dass der Krieg wieder aufflammt, und darauf sind wir nicht vorbereitet. Unsere wichtigsten Leute sitzen im Tartarus.«

Am Fuße der Treppe verabschiedete sich Eleutherios von Olymbía. »Ich warte dann oben an der Tür auf dich«, sagte er und verschwand.

»Du Schuft!«, rief Olymbía hinter ihm her. Sofort war er wieder da.

»War doch nur Spaß. Natürlich klettere ich mit dir rauf!«

Als sie an die Stelle kamen, wo ihre Kleidung über viele Stufen hinweg verteilt lag, wollte sich Olymbía wieder anziehen, doch Eleutherios drückte sie an sich. »Bitte, lass uns so nach oben gehen. Du siehst hinreißend aus, wenn du so die Treppe hochsteigst.« In der Tat war er gleich zu Beginn fünf Stufen vorausgelaufen und hatte sich umgedreht. Seither stieg er die Treppe im Rückwärtsgang hoch, wobei seine Augen unablässig auf seiner keuchenden und schnaufenden Begleiterin ruhten. Ehe sie antworten konnte, hatte er ihre und seine eigenen Kleider aufgesammelt und zu einem Bündel verschnürt. »Ich trag auch deine Sachen!«

»Nun gib mir wenigstens meine Schuhe! Ich kann doch nicht barfuß die ganze Treppe hochklettern. Meine Füße tun mir jetzt schon weh!«

Eleftherios hatte ein Einsehen und gab ihr die Schuhe zurück. »Wenn du wüsstest, wie komisch du jetzt aussiehst!«, zog der Titan die Halbgöttin auf, als diese einzig mit einem Paar dicker Wanderschuhe bekleidet vor ihm stand.

Auf der Treppe musste Olymbía immer öfter Verschnaufpausen einlegen. Doch ein Kuss des Gottes auf ihren Mund schien ihr jedes Mal neue Kraft zu verleihen – zumindest für die nächsten zwanzig Meter. Dann wiederholte sich das Spiel, und in Olymbía keimte der Verdacht auf, dass Eleutherios die Übertragung der göttlichen Kräfte, die hier ohne Zweifel stattfand, bewusst sparsam dosierte. Als die Tür schon in Sichtweite war, nutzte der Titan eine letzte Verschnaufpause, um Olymbía nach dem stärkenden Kuss nicht mehr aus seinen Armen zu lassen. Doch hatte er ihr diesmal offenbar etwas mehr Kraft eingeflößt, und so ließ sie es gerne noch einmal geschehen.

»Ach Olymbía, Liebste, ich danke dir«, sagte Eleutherios, als sie sich trennten. »Ich war seit 972 Jahren, vier Monaten und achtzehn Tagen mit keiner Göttin mehr zusammen. Das ist auch für unsere Verhältnisse eine verdammt lange Zeit, besonders wenn man so jung ist wie ich!«

Am nächsten Tag stand in vielen Zeitungen unter ›Vermischtes‹ folgende Meldung.

»Riesiger Hund klaut Wanderern Rucksack.

Athen. Mit dem Schrecken davon kam eine deutsch-österreichische Wandergruppe, die sich während einer Bergtour am Olymp zu einer Rast niedergelassen hatte. Auf einmal tauchte wie aus dem Nichts ein riesengroßer schwarzer Hund auf und stahl der Gruppe einen ihrer Proviant-Rucksäcke. Der Hund verschwand ebenso plötzlich, wie er gekommen war. ›So einen großen Hund habe ich mein Lebtag nicht gesehen. Er war so groß wie ein Pony. Es war fast wie eine Geistererscheinung‹, erklärte der Leiter der Wandergruppe.«

Das Problem der Versorgung mit Lebensmitteln war also gelöst, fürs Erste zumindest, dachte Olymbía, als Eleutherios ihr den Rucksack der Wanderer brachte. Ausgerechnet deutsches Vollkornbrot mit Wurst und Käse, dachte sie, aber es war immer noch besser als der Götterfraß. Sie verspeiste sofort fünf der Sandwiches. Da fiel ihr der deutsche Polizist wieder ein, für den sie die Aktion in erster Linie gestartet hatte. Doch bevor sie ihm etwas zu essen bringen konnte, musste sie abwarten, bis Eleutherios an der Reihe war, Steinhaus zu bewachen.

Sie fand den Polizisten in einem beklagenswerten Zustand vor. Niemand hatte sich seit vierundzwanzig Stunden um ihn gekümmert, außer dass man ihn zweimal Papadopoulos' Toilette hatte benutzen lassen. Dort gab es auch ein Waschbecken, wo er ein paar Schlucke Wasser trinken konnte. Umso mehr freute sich Oliver, als die schöne Rednerin von der Veranstaltung in Katerini plötzlich vor ihm stand, mit einem Tablett voller Speisen. Zu seiner großen Freude stellte er fest, dass es sich um urdeutsche Butterbrote handelte. Offenbar hatte diese wundervolle Frau an alles gedacht! Er verputzte sämtliche Brote mit einem nie gekannten Heißhunger. Dazu gab es sogar eine Dose lauwarmes Bier, denn ein anderes Getränk war in dem Rucksack nicht zu finden gewesen.

Olymbía fragte Steinhaus nach dem Grund seines Hierseins. Er sah überhaupt keine Veranlassung, seiner Wohltäterin gegenüber irgendetwas zu verschweigen. Aus seiner Erzählung schloss Olymbía, dass Oliver glaubte, diese Anlage sei so etwas wie ein alternativer Sitz der griechischen Regierung für Krisenfälle. Entsprechend hielt er den Rat der Götter für eine Art Krisenstab. Er beschwerte sich bitter über seine Inhaftierung und kündigte an, das werde ein diplomatisches Nachspiel haben, sollte er hier jemals wieder herauskommen. Vor allem die Tatsache, dass man ihn vierundzwanzig Stunden lang hatte hungern lassen, widersprach nach seiner Auffassung den Regeln der Menschenrechtskonvention.

Olymbía gedachte, Oliver in seinem Irrlauben zu belassen. Ironischerweise war seine auf mangelnder klassischer Bildung beruhende Unkenntnis für ihn jetzt so etwas wie eine Lebensversicherung. Nur solange er fest von dieser Geschichte überzeugt war, gab es überhaupt noch eine Chance, dass ihn die Götter irgendwann freiließen. Er war eben ein

anderer Fall als Papadopoulos, der aufgrund eigener wirtschaftlicher Interessen den Schnabel hielt. Olymbía revanchierte sich bei Oliver für seine
Offenheit, indem sie ihre Erlebnisse schilderte, wobei sie natürlich jeden
Hinweis auf die Götter und ihre Rolle vermied. Sie erfand blitzschnell eine
rein menschliche Variante der Geschichte, der zufolge der Kommandant
dieser streng geheimen Bunkeranlage Adam und sie zu einem Gespräch
über das Freizeitpark-Projekt eingeladen hätte. Dieses Projekt habe, würde es verwirklicht, große Auswirkungen auf den Betrieb der Anlage. Der
Kommandant habe vor allem wegen der vielen zu erwartenden Touristen
große Bedenken. Adam habe bei dem Gespräch die offizielle deutsche
Seite vertreten, und zwar im Auftrage der Bundeskanzlerin höchstpersönlich. Wegen der hohen Geheimhaltungsstufe sei er inkognito gereist.
Cindy sei gewissermaßen eine ultimative Form der Tarnung. Würde
Adams Reise jemals auffliegen, würden sich alle mit der Prostituierten an
seiner Seite beschäftigen, und niemand würde nach dem tieferen Sinn des
Ausflugs fragen. Sicher würde der Staatssekretär dann seinen Job verlieren, aber genau deshalb habe man Adam für diese Mission ausgesucht,
der als ehemaliger Investmentbanker wirtschaftlich unabhängig sei. Hinzu kämen natürlich auch seine griechischen Sprachkenntnisse. Olymbía
selbst habe bei dem Gespräch die griechische Opposition vertreten. Sie
war froh, dass sie mit Adam und Cindy am Montag beim Abendessen auf
dem Campingplatz so viele Details ausgetauscht hatten.

Olymbía hatte wahre Elemente geschickt mit Teilen von Olivers eigenen Mutmaßungen verwoben, sodass ihm durch ihre Erzählung manches
von dem klar wurde, worauf er sich bislang keinen Reim hatte machen
können. Er machte sich bittere Vorwürfe, weil er Adam vorschnell als
griechischen Agenten verdächtigt hatte. Als er von Adams Inhaftierung
wegen der angeblichen Entführung Olymbías hörte, gab es für ihn kein
Halten mehr. Man müsse doch etwas für die Freilassung des Herrn Staatssekretärs unternehmen! Olymbía müsse sich so schnell wie möglich der
Öffentlichkeit zeigen.

Olymbía selbst hatte lange darüber nachgedacht, ob sie überhaupt
versuchen sollte, wieder an die Erdoberfläche zurückzukehren. Athene
hatte vielleicht sogar recht, wenn sie davon ausging, dass ihre Partei kei-

nerlei Interesse an einer lebendigen Olymbía Theodorou mehr hatte. Nichtsdestoweniger erschien ihr die Aussicht, den Rest ihres Lebens hier bei Nektar und Ambrosia zu verbringen, alles andere als verlockend. Selbst die Perspektive, irgendwann einmal von Zeus die Unsterblichkeit verliehen zu bekommen, reizte sie in Anbetracht dieser Kost nicht wirklich. Natürlich tat ihr auch Adam leid, ganz abgesehen von Recklinghausen.

Pünktlich um zwölf verließen Hermes und Cindy das Hotel, ohne auszuchecken, denn Müller hatte das Zimmer am Vorabend auf seine Rechnung gebucht. Beim Hinausgehen fiel Hermes' Blick auf die Zeitungen, welche am hoteleigenen Kramladen auslagen. Er las die Schlagzeilen von der Entführung der griechischen Politikerin durch den deutschen Staatssekretär.

»Ich muss dringend zurück auf den Olymp«, sagte er, »mach's gut, meine Süße, man sieht sich. Vielleicht können wir das mal wiederholen. Schade, dass ich dich nicht mitnehmen kann. Pass auf dich auf, wahrscheinlich fahnden sie auch nach dir. Du warst ja vorgestern Abend mit Adam zusammen unterwegs.« Weg war er.

Cindy stand an der Hoteltür wie bestellt und nicht abgeholt.

In einer Ecke der Halle lief ein Fernseher. Der Ton war extrem leise, doch wenn man sich unmittelbar vor das Gerät stellte, konnte man ihn hören. Der Sprecher verkündete, dass der auf dem Olymp verhaftete deutsche Staatssekretär mittlerweile bei der Sicherheitspolizei in Thessaloniki auf die Entscheidung des Haftrichters warte. Nach seiner mysteriösen Begleiterin Angelika Baum werde weiterhin gefahndet. Als Nächstes kam die Nachricht von der Vergewaltigung des griechischen Mädchens durch den deutschen Investor, allerdings ohne Bild. Wenn die wüssten, dachte Cindy, dass die mysteriöse Begleiterin des Staatssekretärs und das vergewaltigte griechische Mädchen ein und dieselbe Person sind!

Hermes hatte also recht gehabt. Man suchte nach ihr. Was sollte sie jetzt nur machen? Sie besaß gerade mal ihre Papiere, ein wenig Geld, ihr lädiertes Wanderoutfit, fünf chinesische Sommerkleidchen und ein Paar Einwegschuhe. Cindy musterte alle Männer in der Halle. Sie schloss zunächst diejenigen aus, die vom Aussehen her Griechen sein konnten. Dann alle, die sich in Damenbegleitung befanden, ebenso diejenigen, die vermutlich schwul waren. Am Ende blieb ein großer blonder Mann übrig, der in der gegenüberliegenden Ecke saß und eine englischsprachige Zeitung las. Cindy setzte sich in seine unmittelbare Nähe.

Der Zufall wollte es, dass am späten Mittwochnachmittag drei Krisenstäbe gleichzeitig tagten, einer in Berlin, einer in Athen und einer auf dem Olymp. Lediglich Recklinghausen, die Stadt, die zu diesem Zeitpunkt einen solchen Krisenstab am nötigsten gehabt hätte, wiegte sich weiterhin in trügerischer Sicherheit.

Das deutsche Generalkonsulat in Thessaloniki hatte nach Berlin gemeldet, dass der inhaftierte Staatssekretär Adam Zeussen die Darstellung der griechischen Presse auf das Heftigste bestritt, der zufolge er die Abgeordnete der Nationalen Linken Olymbía Theodorou entführt oder sogar ermordet haben sollte. Verwunderung rief in Berlin die Tatsache hervor, dass sich der Staatssekretär beharrlich weigerte, Angaben zum derzeitigen Aufenthaltsort von Frau Theodorou zu machen. Fakten, die noch am Vortag für Aufregung gesorgt hatten – wie etwa die Teilnahme der Prostituierten Angelika Baum an der Dienstreise des Staatssekretärs –, traten vor dem Hintergrund der neuen Nachrichtenlage in den Hintergrund.

Für eine gewisse Erheiterung sorgte im Berliner Krisenstab ein Bericht der deutschen Botschaft in Athen, dem zufolge etliche griechische Zeitungen davon ausgingen, dass Zeussen zum Olymp gereist war, um das Projekt der Firma GMM mit allen Mitteln, notfalls auch mit Gewalt, durchzusetzen.

Etwa eine halbe Stunde nach Beginn der Sitzung platzte die Nachricht in die Runde, dass die griechische Polizei nun auch nach dem Recklinghäuser Unternehmer Klaus Müller fahnde, dem Chef der Firma GMM, die den Olymp in einen Freizeitpark verwandeln wolle. Dieser werde der Vergewaltigung einer unbekannten Frau beschuldigt. Zu der Nachricht gehörte ein Foto, welches im Internet kursierte. Obwohl das Gesicht des unbekleideten Opfers unkenntlich gemacht worden war, glaubten einige hochrangige Mitglieder des Berliner Krisenstabs, Angelika Baum alias Cindy zu erkennen, behielten diese Erkenntnis aber für sich. Von dem als vermisst geltenden BKA-Beamten Oliver Steinhaus fehlte nach wie vor jede Spur.

Die Mitglieder des Athener Krisenstabs versuchten, die Fakten möglichst unvoreingenommen zu beleuchten und sich nicht von den Spekulationen der Presse mitreißen zu lassen. Was sie mit einiger Sicherheit ausschließen konnten, war die von der Boulevardpresse favorisierte Variante, der zufolge Zeussen ein griechischer Agent war. In Athen hätte niemand auch nur im Traum daran gedacht, einen Agenten im deutschen Finanzministerium platzieren zu können, und dazu noch an derart prominenter Stelle.

Einen Reim auf das Verhalten des deutschen Staatssekretärs konnten sich die Athener Krisenstäbler jedoch genauso wenig machen wie ihre Berliner Kollegen. Sicher glaubte man auch im griechischen Außenministerium nicht an die simple Version der Zeitungen, wonach der Bundeskanzlerin so viel an dem Freizeitpark-Projekt gelegen war, dass sie einen ihrer Vertrauten mit dem Auftrag nach Griechenland geschickt hatte, die Gegner des Projekts einzuschüchtern. Dennoch blieb die entscheidende Frage unbeantwortet. Warum verriet Zeussen nicht, was er über den Verbleib von Olymbía Theodorou wusste? Irgendetwas musste er doch wissen!

Der Krisenstab auf dem Olymp wusste ganz genau, warum Adam in Thessaloniki nicht mit der Sprache herausrückte: Er wollte schlicht und einfach nicht im Irrenhaus landen. Dieser Krisenstab war im Grunde identisch mit dem Rat der Olympischen Götter, erweitert um einige wichtige Götter wie Hades und Dionysos, die im Laufe der Jahrhunderte zu ständigen Gästen des Zwölferrates geworden waren. Doch auch der Titan Prometheus saß wieder mit am Tisch, den Zeus sonst so gut wie nie einlud. Nur Poseidon fehlte. Obwohl er nicht gesagt hatte, wo er hinwollte, war allen klar, dass er sich nach Recklinghausen begeben hatte, um dort seine Lieblingsidee zu verwirklichen. Die Götter waren zwar nicht wirklich damit einverstanden, aber es schockierte sie auch nicht besonders. Sie hatten im Laufe der Jahrtausende schon viele Erdbeben und andere Katastrophen beschlossen und waren daher gegenüber dem Unglück der betroffenen Menschen abgestumpft. Auch erschien das menschliche Leben aus der Sicht der Unsterblichen ohnehin dermaßen kurz, dass es auf ein paar Jahre oder Jahrzehnte mehr oder weniger nicht ankam, wie sie fanden. Wenn sie entsprechende Beschlüsse fassten, fühlten sie etwa das, was ein Mensch empfindet, wenn er das Leben einer Eintagsfliege auf zwölf Stunden verkürzt.

Olymbía war gleichfalls mit von der Partie, weil sie die handelnden Personen persönlich kannte. Sie wollte sich eigentlich ein wenig ausruhen, denn der Abstieg in das finstere Reich der Hekate hatte sie ziemlich mitgenommen, doch als sie hörte, dass seit Jahrtausenden kein Halbgott mehr an einer so erlesenen Runde teilgenommen hatte, konnte sie einfach nicht Nein sagen. Sie saß neben Hermes.

Es dauerte keine fünf Minuten bis Zeus bereute, Prometheus eingeladen zu haben. Der ewige Streit zwischen ihm und seinem Vetter ging sofort in seine nächste Runde. Prometheus beschuldigte Hermes, Cindy unnötig in Gefahr gebracht zu haben, indem er sie beauftragte, drei Sterbliche gleichzeitig zu verführen. Hermes habe außer Acht gelassen, dass auch Cindy sterblich sei. Man höre doch in letzter Zeit so viel von sexuellen Perversionen unter den Menschen. Zwar lehne er genau wie jeder hier auf dem Olymp das Freizeitpark-Projekt von ganzem Herzen ab, doch fände er es betrüblich, wenn die Olympischen Götter keine bessere Idee hätten, als sich auf drei Halbgötter zu verlassen, wenn es darum ging, ein paar Sterbliche daran zu hindern, auf dem Olymp irgendwelchen Unfug zu treiben.

Hermes wollte etwas erwidern, aber Hestia, die den Vorschlag zum Einsatz der Halbgötter gemacht hatte, kam ihm zuvor. Prometheus sei bei der entscheidenden Sitzung dabei gewesen. Sie erinnere sich auch ganz genau, dass gerade er sich für den Einsatz seiner Tochter ausgesprochen habe. Außerdem habe ihn damals niemand daran gehindert, eigene Vorschläge zu unterbreiten. Die Verantwortlichen im Nachhinein zu kritisieren, sei einfach zu billig. Zeus schließlich stellte sich hinter seine Familienangehörigen und nannte Prometheus einen ewigen Querulanten.

Um die Gemüter wieder etwas zu beruhigen, schickte Zeus die Götter in eine Nektarpause, obwohl die Sitzung noch keine halbe Stunde gedauert hatte.

In der Pause standen Olymbía und Athene zusammen an einem der Stehtische, welche die Titanen kurz zuvor vor der Tür des Seminarraums aufgestellt hatten. Olymbía hatte Athenes Bemerkung über ihr Sexualverhalten tief getroffen. Zwar leugnete sie ihre Affinität zu Aphrodite keinesfalls, doch fühlte sie sich mindestens ebenso stark zu der streng wissenschaftlichen Logik einer Athene hingezogen. Sie freute sich über die Gelegenheit, Athene zu zeigen, dass sie auch noch an anderen Dingen interessiert war und nicht nur daran, mit möglichst vielen Göttern und Halbgöttern ins Bett zu gehen. So fragte sie Athene nach der Vorgeschichte des Streits zwischen Zeus und Prometheus.

»Oh, das ist eine lange Geschichte, fast zu lang für eine Nektarpause. Doch ich will versuchen, mich auf das Wesentliche zu konzentrieren. Pass auf. Ich glaube, das Hauptproblem liegt in der unterschiedlichen Auffassung der beiden von der Bestimmung der Menschheit. Ich frage mich manchmal, welcher Teufel uns damals geritten hat, als wir beschlossen haben, den Menschen zu erschaffen.«

Die Erwähnung des Teufels an diesem Ort verwunderte Olymbía ein wenig, doch sagte sie nichts.

»Du weißt sicher aus dem Schulunterricht, dass der Mensch ursprünglich ein gemeinsames Projekt von Prometheus und mir war.«

»Ja«, sagte Olymbía etwas zögerlich. Ihr schwante tatsächlich so etwas.

»Du musst wissen«, fuhr Athene fort, »die anderen Götter waren damals alles andere als überzeugt von unserem Plan. Jemand hatte sogar ein Spottliedchen gedichtet. Das ging so:

Was kann 'nen Gott dazu bewegen,
sich 'ne Menschheit zuzulegen?
Wahrscheinlich ist's 'ne Lösung, 'ne bequeme,
für psy-cho-lo-gi-sche Probleme!«

Athene sang das Lied ganz leise. Offenbar wollte sie nicht, dass die umstehenden Götter sie hörten.

»Mit anderen Worten, unsere Mitgötter hielten uns für plemplem. Vermutlich war da auch was dran. Wahrscheinlich wollten wir einfach nur bewundert werden. Wollten, dass irgendwer an uns glaubt! Unsere Vorfahren hatten einen wunderschönen Planeten geschaffen, mit herrlichen Landschaften, Meeren, einer wohltemperierten Atmosphäre und allem Drum und Dran. Und jede Menge Tiere, die da so vor sich hin lebten. Manchmal fraßen sie sich gegenseitig auf, aber das war auch schon das Spannendste, was es zu sehen gab. Prometheus und ich, wir waren damals sehr befreundet. Nein, nicht, was du gleich wieder denkst! Einfach nur Freunde! Wir beide haben uns damals gesagt: Da fehlt doch noch was! Das ist doch total langweilig. Ein ganzer Planet, und nur eine Handvoll Götter, die ihn genießen kann!«

Hebe, die göttliche Kellnerin, unterbrach das Gespräch der beiden, indem sie mit einem missmutigen Gesichtsausdruck zwei Gläser Nektar auf den Tisch zwischen ihnen knallte.

Noch ehe Olympía etwas sagen konnte, setzte Athene ihren Bericht fort. Offenbar genoss sie es, einmal jemanden zu treffen, der diese Geschichte noch nicht kannte. »Wir glaubten damals, wenigstens eine Tierart sollte in der Lage sein, das Gesamtkunstwerk Erde bewusst zu erleben. Und dann haben wir gemeinsam diesen Primaten geschaffen. Die ersten Versuche gingen noch voll daneben. Die kann man heute im Zoo bewundern. Aber der Letzte, der war ganz ansehnlich. Ich mag ihn jedenfalls bis heute. Zeus sagt immer, mit unserer unkritischen Liebe zu den Menschen hätten wir alles in den Sand gesetzt, vor allem Prometheus! Vielleicht hat er ja irgendwie recht. Prometheus und ich hatten uns damals gesagt, dieser ultimative Affe sollte eine klare Vorstellung vom eigenen Ich bekommen. Zeus hingegen wollte das neue Geschöpf vorsichtshalber in einem Zustand belassen, der sich nur graduell von dem der anderen Tiere unterschied. Damals haben sich die beiden zum ersten Mal wirklich heftig gestritten. Anlass war der Name für das neue Wesen, auch so eine Geschichte. Wir hatten gerade die weiße Variante fertig, und Zeus wollte ihn ›europäischer Nacktaffe‹ nennen! Prometheus hatte einen ganz anderen Vorschlag: ›Anthropos‹, ›der nach oben Gewandte‹. Zeus meinte, das gehe nicht, das würde dem Affen über kurz oder lang zu Kopfe steigen. Ich glaube das übrigens bis heute nicht. Im Grunde ihres Herzens wissen die Menschen trotz allem ganz genau, dass sie Affen sind.« Olympía sah Athene fragend an. »Doch, ganz genau so ist es«, fuhr die Göttin fort. »Hast du mal zugehört, wenn sie sich gegenseitig Ratschläge geben, wie man gesund lebt? Da ist immer nur von viel Bewegung und jede Menge Obst und Gemüse die Rede. Das heißt, das gesunde Leben ist für sie nach wie vor das natürliche Affenleben. Das zeigt ganz eindeutig, dass sie letztlich doch irgendwie über ihre wahre Natur Bescheid wissen.«

All diese Fakten verwirrten Olympía und faszinierten sie zugleich. Sie hätte gerne erwidert, dass sie sich keinesfalls als Affe fühlte, beziehungsweise als Halbaffe, denn zur Hälfte war sie ja Göttin. Doch aus Athenes angespanntem Gesichtsausdruck schloss sie, dass es nicht ratsam war, die Zeustochter in ihrem Redefluss zu unterbrechen.

»Prometheus gibt übrigens Zeus die Schuld dafür, dass sich die Menschheit nicht richtig fortentwickelt. Er sei es, der dauernd dazwischenfunke und den Menschen immer wieder zum Tierischen hinabziehe. Zeus wiederum fragt sich, was er denn sonst machen soll. Er meint, dass der Mensch überfordert ist mit all dem Spielzeug, das Prometheus ihm gibt. Das habe schon damals angefangen, als Prometheus den Göttern das Feuer stahl und es den Menschen gab. Die Geschichte kennst du doch?«

Olymbía nickte stumm, während Athene fortfuhr: »Zeus hatte Prometheus damals in seinem Zorn an den Kaukasus genagelt. Das war vielleicht eine Tortur, vor allem mit so einem widerlichen Adler, der ihm jeden Tag die Leber rausgepickt hat! In der Nacht wuchs sie dann wieder nach. Prometheus sagt, am liebsten wäre er gestorben, was natürlich nicht ging. Gut, dass wenigstens Herakles Mitleid mit ihm hatte. Er hat ihn damals befreit, und Zeus hat nichts gesagt! Mit seinen Kindern ist er manchmal wirklich närrisch.«

Hoffentlich trifft das auch auf Adam zu, dachte Olympía. Dann wird Zeus ihn retten. Doch fand sie es nicht ratsam, Athene zu unterbrechen, um sie auf Adams Schicksal hinzuweisen. So eifrig war die Göttin bei der Sache.

»Aber zurück zu der Sache mit dem Feuer! Zeus hatte das ganz richtig vorausgesehen, muss ich heute sagen. Was haben die Menschen denn mit dem Feuer angestellt? Nur Essen gekocht? Wäre ja in Ordnung gewesen. Sie haben sich aber sofort Waffen geschmiedet und sich gegenseitig die Dörfer angezündet. Prometheus wiederum sagt, dass sie das nur deshalb tun, weil Ares, unser schlauer Kriegsgott, sie dazu anstiftet. Was ja auch nicht ganz falsch ist. Auf jeden Fall hat Prometheus immer wieder versucht, den Menschen die Augen zu öffnen, das muss man ihm lassen. Das erste Mal mit den großen Philosophen, Sokrates, Platon, Aristoteles. Was hatten die Leute in der Antike nicht alles begriffen! Dass die Erde eine Kugel ist, das war doch damals schon geistiges Allgemeingut! Doch dann kam Zeus mit seinem Monotheismus.«

»Zeus mit seinem Monotheismus?«, unterbrach Olymbía Athene. »Das musst du mir erklären.«

»Ja, da hast du wohl recht. Wenige wissen, was damals wirklich passiert ist. Ein paar Götter, darunter auch ich selbst, das muss ich zu meiner Schande gestehen, hatten sich seinerzeit in die Dichtkunst dieses Homer verliebt. Wir haben damals Zeus bekniet, ihn einladen zu dürfen, zu einem Gastspiel gewissermaßen. Es gäbe, hatten wir argumentiert, kein Sicherheitsrisiko, denn der Dichter sei ja blind. Doch das stimmte überhaupt nicht! Man hatte uns falsch informiert. Seine Sehkraft war ausgezeichnet. Um ihm zu gefallen, sind wir dann auch noch die ganzen vierzehn Tage, die er bei uns verbrachte, in Menschengestalt herumgelaufen, was wir bis dahin nur ganz selten machten, eben nur, wenn es wirklich notwendig war, zum Beispiel wenn es um unsere Vermehrung ging. Anfangs ging in dieser Hinsicht bei uns noch manches durcheinander. Ich zum Beispiel bin so, wie ich hier vor dir stehe, aus Zeus' Kopf gesprungen, eine echte Kopfgeburt, wenn du so willst. Aphrodite ist auf eine noch ungewöhnlichere Art entstanden. Doch sehr bald haben die meisten Götter entdeckt, dass die menschliche Art der Fortpflanzung viel mehr Spaß macht, aber wem sage ich das?« Wie es schien, konnte sich Athene ihre Seitenhiebe auf Olymbías Sexualleben immer noch nicht verkneifen, worüber Olymbía sich ärgerte. Athene las offenbar ihren Gedanken, denn sie beeilte sich hinzuzufügen: »Ich selbst bin natürlich die Allerletzte, die das alles beurteilen kann, denn ich kann dem Sex nichts abgewinnen. Warum, weiß ich selber nicht. Ihr Menschen würdet vermutlich von einer hormonalen Störung sprechen, aber ich weiß nicht, ob das auf uns Götter auch zutrifft. Jedenfalls halten Hestia, Artemis und ich hier die Flagge der Keuschheit hoch.«

Olymbía musste unwillkürlich an ihren Abend mit Hermes und an ihr Abenteuer mit Eleutherios denken. Offenbar wussten diese drei Göttinnen nicht, was sie seit Jahrtausenden verpassten. Sofort schaute Athene ihre Cousine streng an. Diese fand es unfair, dass die Götter die Gedanken der Menschen lesen können, die Menschen die der Götter aber nicht. Athene nahm einen Schluck aus dem Nektarglas, während Olymbía ihres nicht anrührte.

Sofort nahm Athene den Faden wieder auf. »Als wir damals festgestellt hatten, dass Homer sehen konnte, da hat sich jeder von uns extra für ihn einen eigenen Stil zugelegt, einen quasi-menschlichen Charakter, wenn man so will. Schließlich konnte er wohl kaum zwei Wochen lang mit unsichtbaren Geistern kommunizieren! Das wäre wirklich unhöflich gewesen, meinst du nicht? Außerdem hat uns das damals richtig Spaß gemacht. Doch das böse Erwachen kam bald danach. Homer hat unseren kleinen Mummenschanz für bare Münze genommen und dann alles bis ins kleinste Detail veröffentlicht! Jedenfalls war unser Mythos nach seinen Büchern stark angeschlagen. Nicht sofort, nein, aber Generation für Generation ist der Glaube der Menschen an uns immer schwächer geworden. Und dann kam zu allem Überfluss auch noch Hesiod.«

»Habt ihr den auch eingeladen?«, fragte Olymbía.

»Nein, Homer war für eine ganze Weile der letzte normale Sterbliche, den wir eingeladen haben. Der nächste war dann Papadopoulos. Hesiod hatte einen, wie sagt ihr heute so schön, Whistleblower. Ein junger Satyr hat ihm alles erzählt, was er über uns wusste.«

Olymbía hatte zwar nie etwas von Hesiod gelesen, doch sie wusste natürlich, dass er als einer der großen altgriechischen Dichter galt. Allerdings war ihr vollkommen neu, dass er gewissermaßen das Wikileaks der Antike war.

»Von da an gab es kein Halten mehr«, fuhr Athene fort. »Gerade mal zweihundert Jahre nach Hesiod fühlte sich jeder Dichter frei, an unseren Persönlichkeiten herumzubasteln, wie es ihm beliebte. Und, was vielleicht das Schlimmste an der Sache ist, wir selbst fingen auch an, uns an die Charaktere zu gewöhnen, die wir uns Homer zuliebe zugelegt hatten! Sie wurden irgendwie zu einem Teil unserer selbst. Heute werden wir sie definitiv nicht mehr los.«

»Und die Menschen? Wie haben die reagiert?« Olymbía gelang es, Athene zu unterbrechen.

»Wie nicht anders zu erwarten, je menschlicher wir wurden, desto weniger glaubten sie an uns. Und je weniger sie an uns glaubten, desto göttlicher wurden sie. Das war gewissermaßen die Steilvorlage, die wir Prometheus geliefert hatten, wir alle, Zeus inbegriffen. Den Rest kennst du ja schon. Zum Schluss dann kam da noch dieser Frevler Oktavian alias Augustus, der behauptete, er wäre selbst ein Gott, dabei war er bloß ein Halbgott wie du, und das wissen wir auch erst seit letzter Woche. Damals riss Zeus der Geduldsfaden, und er entschloss sich, die religiöse Szene so richtig aufzumischen. Er sagt bis heute, dass wir damals dringend eine neue Religiosität brauchten, sonst wäre die Menschheit verrückt geworden vor lauter unverdauter Erkenntnis, fast wie heute.« Athene nahm einen Schluck Nektar aus ihrem Glas. Olymbía hätte ein Königreich für eine Tasse Kaffee gegeben.

»Für uns Götter ist das natürlich eine schlimme Sache. Seit zweitausend Jahren schuften wir im Dunklen, und es wird immer schlimmer. Wir haben das Schicksal von Abermillionen von Menschen zu formen, und es werden ständig mehr. Wir arbeiten ohne die geringste Anerkennung, ohne das leiseste Gebet, ohne das kleinste Opfer. Wie lange, meinst du eigentlich, kann ein normaler Gott das aushalten? Wovon lebt denn ein Gott, wenn nicht davon, dass die Leute ihn anbeten? Ein Nichts ist er ohne den Glauben der Menschen!«

Plötzlich klatschten einige der Götter Beifall. Athene und Olymbía erschraken. Die beiden Frauen hatten zunächst beinahe geflüstert, weil Athene offenbar nicht wollte, dass die Anwesenden verstünden, dass sie ihre Cousine in die tiefsten Geheimnisse der Schöpfung einweihte. Bei ihren letzten Worten hatte jedoch eine Leidenschaft die Oberhand gewonnen, wie sie nur ein Jahrhunderte lang unterdrücktes Gefühl erlittenen Unrechts erzeugen kann. So hatte sie nicht mehr auf die Lautstärke ihrer Stimme geachtet.

Zeus, der Athenes Ausbruch ebenfalls mitgehört hatte, reagierte ungehalten.

»Mir kommen gleich die Tränen, so überarbeitet, wie ihr alle seid! Ich weiß genau, dass ihr mit Zufallsgeneratoren arbeitet, wenn ihr die Schicksale der Menschen festlegt. Papadopoulos hat heimlich bei jedem von euch einen installiert, und ihr glaubt, ich merke nichts. Wessen Schicksal wird den heute noch in Handarbeit gemacht, von ein paar Prominenten einmal abgesehen?« Zeus schaute mit strenger Miene in die Runde. »Ihr mault ständig, dass niemand mehr an euch glaubt. Ihr seid gleichsam von eurer göttlichen Eitelkeit zerfressen! Ich aber sage euch: Der beste Gott ist der, der im Stillen wirkt und gar nicht will, dass man an ihn glaubt. Dann legt wenigstens auch niemand eine Bombe in seinem Namen!« Plötzlich begann er, die Götter mit einer Handbewegung in Richtung Seminarraum zu scheuchen. »Jetzt aber los, liebe Leute, die Pause ist vorbei. An die

Arbeit! Athene kann ihre Aufklärungsstunde in der nächsten Pause fortsetzen. Schadet ja nichts, die Kleine bleibt sowieso hier, da kann sie das ruhig alles wissen!«

Olymbía erschrak. So hatte sie sich das nicht vorgestellt, als sie Athene nach diesen Dingen fragte. Sie musste aber zugeben, dass Zeus recht hatte. Mit diesem Wissen konnten sie die Götter wohl kaum wieder auf die Menschheit loslassen.

Im folgenden Teil der Sitzung konnten sich die Götter endlich dem Thema zuwenden, wegen dessen sie zusammengekommen waren. Der Krisenstab auf dem Olymp war im Vergleich zu denen in Berlin und Athen besser über die tatsächliche Lage informiert. Etliche Götter meldeten sich zu Wort. Eine wirklich zündende Idee, wie man der Lage Herr werden konnte, hatte aber niemand. Richtig gefährlich fand Olymbía allerdings die Einlassungen des Ares, der meinte, man müsse eigentlich gar nichts mehr tun. Nach der angeblichen Entführung oder sogar Ermordung Olymbías durch Adam Zeussen und der angeblichen Vergewaltigung Cindys durch Klaus Müller seien die bei den Griechen ohnehin nicht übermäßig beliebten Deutschen vollends in Misskredit geraten, sodass das Projekt Freizeitpark Olymp so gut wie tot sei. Jetzt müsse man nur noch den Polizisten verhungern lassen, dann wäre doch alles gut. Mit einem strengen Blick auf Olymbía fügte er hinzu: »Es würde reichen, wenn einige schlaue Halbgötter damit aufhörten, hier den barmherzigen Samariter zu spielen.« Adams Schicksal schien den Kriegsgott ebenso wenig zu berühren wie das Recklinghausens.

Olymbía fühlte sich nicht ganz wohl in ihrer Haut. Vor diesem Kreis zu sprechen, war seit Göttergedenken keinem Sterblichen mehr zuteilgeworden. Doch sah sie klar, dass sie eine Rede halten musste. Sie meldete sich zu Wort. Zeus schien ein wenig verwundert, aber er forderte sie auf zu sprechen. Olymbía erhob sich.

»Oh edle olympische Götter!
Eine Halbgöttin nur bin ich,
die dies zudem seit fünf Tagen erst weiß.
Politikerin war ich unter den Menschen.
Nun führte mein Schicksal mich auf den Olymp.

Meine Tage, das weiß ich, werd ich beschließen
als eure bescheidene Dienerin.
Ihr edlen Götter könnt euch,
wann immer ihr wollt,
an jeden Punkt des Weltalls begeben.
Für mich ist es fraglich,
ob ich jemals wieder die Strahlen des Helios
verspüren werde auf meiner Haut.
Sei's drum. Es soll dies mein Schicksal wohl sein,
to pepromenon fygein adynaton.

Ich weiß, ihr seid mir nichts schuldig.
Aus eigenem Antrieb erschien ich hier oben,
ich trage die Konsequenzen.
Doch wag ich's, an euch drei große Bitten zu richten.
Es wird, gelob ich, das Letzte sein,
was von euch ich als Mensch erflehe.

Helft Adam,
helft Oliver Steinhaus,
helft Recklinghausen vor allem!

Auch wenn die Gefahr des großen Frevels
am Berge der Götter vorüber sein mag,
gibt es noch vieles zu tun.
Ich weiß, dass den Göttern,
die tausende Geschlechter Sterblicher
kommen sahen und gehen,
das Schicksal des einzelnen Halbgotts,
erst recht des einzelnen Menschen
den Schlaf nicht raubt.
Wer Hunderte Erdbeben beschloss,
den wird das eine nicht quälen.

Doch gibt es die göttliche Dike noch immer,
die vergessene Göttin des Rechts.
Ich traf sie heute in ihrem Gemach,
ganz hinten ist es, auf dem dreizehnten Flur.
Sie weinte bitterlich über ihr Schicksal.
Seit zweitausend Jahren
habe sie diesen Raum nicht betreten.
Niemand von euch hat sie je mehr befragt,
was denn Recht sei unter Göttern und Menschen.
Drum will ich's versuchen und appelliere an euch,
auch das Recht als Richtschnur zu nehmen
bei euren weisen Beschlüssen.
Oh Zeus, was hat dein Sohn Adam verbrochen?
Welche Schuld trägt Oliver Steinhaus,
welche die Bürger von Recklinghausen?

Zurückkehren lasst mich,
für einen Tag nur, an das Licht der Sonne!
Ein Tag, der wird reichen,
um Adam zu erlösen aus dem Gefängnis.
Ich gelobe, dass ich, bis der Hahn kräht am Morgen,
zurück bin, und zwar für immer.
Bin ich es nicht, so sei ich des Todes!

Den Polizisten schickt bitte in seine Heimat,
Poseidon zu suchen,
um ihm die Botschaft zu bringen,
der große Frevel sei gebannt vom Berge der Götter!
Er hat euch, ich schwör es, mitnichten erkannt.
Ich selbst spann die Mär,
die er bereit war zu glauben.«

Die Götter waren zutiefst beeindruckt. Schon lange hatten sie in diesen heiligen Hallen so wohlgesetzte Worte nicht mehr vernommen. Of-

fenbar hatte Olymbía ihren Geschmack getroffen. Die anschließende Beratung und die Abstimmung brachten konkrete Ergebnisse. Der Polizist, so wurde beschlossen, sollte gleich Donnerstag früh mit Olymbía nach Thessaloniki fahren, von wo er sich auf schnellstmöglichem Wege nach Recklinghausen begeben sollte, um Poseidon ausfindig zu machen, denn der Meeresgott war ein ausgewiesener Handymuffel. Olymbía sollte bei der Polizei in Thessaloniki ihre Aussage machen und bis zum nächsten Morgen um sechs für immer zurückkehren. Sonst müsse sie sterben. Sie musste feierlich schwören, mit niemandem, außer natürlich mit Adam, über die Götterzentrale zu sprechen. In der folgenden Pause sprach Athene Olymbía erneut an.

»Bravo, kleine Cousine, ich habe dir unrecht getan, als ich meinte, du hättest nur Sex im Kopf. Deine Rede hat mich richtig nostalgisch gemacht. Aber jetzt willst du bestimmt wissen, wie die Sache mit Zeus und Prometheus weiterging. Nun, Zeus war zunächst sehr zufrieden mit der neuen Religion. Ihre Ideale und ihre Ethik waren ja wirklich in Ordnung. Vor allem glaubte er, dass diese Religion endlich dem menschlichen Verstand angepasst sei. ›Selig sind die Armen im Geiste‹, das war und ist Zeus' Lieblingsspruch. Er behauptete damals wie heute, dass Prometheus den Leuten Ideen in den Kopf setzt, die zwei Nummern zu groß sind für die Kapazität eines menschlichen Hirns. Astronomie, Atomkraft, Relativitätstheorie, Quantenlehre, Nanotechnologie, GPS, UMTS, und, und, und. Zeus meint, das ist alles viel zu schwere Kost für den durchschnittlichen menschlichen Verstand.«

Plötzlich stand Zeus hinter Athene. Er hatte schon wieder aus einiger Entfernung gelauscht. Offenbar war er sehr neugierig darauf, wie seine Tochter ihre Cousine aufklärte.

»Weißt du, Kleine, meine Kinder nerven mich seit fast zwei Jahrtausenden mit der Rückkehr zum Polytheismus. Aber wir konnten doch nicht einfach vor die Leute treten und sagen: ›Ätsch, bätsch, wir sind wieder da!‹ Das hätte zu Religionsverdrossenheit geführt. Wir haben dann eben im Verborgenen weitergearbeitet. Es lief auch ganz gut. Die Menschen vergaßen langsam ihre Erkenntnisse, jede Generation war naiver als die vorige, und so versank alles allmählich in der wohligen Finsternis des

Mittelalters. Selbst offenkundige Tatsachen wie die Kugelform der Erde wurden wieder vergessen. Am Ende wurde sogar jeder bestraft, der einfach nur aussprach, was er sah. Das hätte ich mir selbst nicht träumen lassen. Ich war richtig glücklich, denn der mittelalterliche Mensch befand sich in einem seelischen Gleichgewicht. Dann aber kam mal wieder unser Freund Prometheus daher und machte kaputt, was ich in tausend Jahren mühsam aufgebaut hatte.«

»Wie denn das?«, fragte Olymbía.

»Papa …«, noch ehe Zeus antworten konnte, griff Athene wieder in die Diskussion ein, »das mit dem glücklichen mittelalterlichen Menschen, das ist doch ein Märchen! Der Zustand der Menschheit war einfach jämmerlich! Unhygienische Städte, Seuchen, Aberglaube, Diktatur der Pfaffen, das alles war dein schönes Mittelalter! Prometheus konnte das einfach nicht mehr mit ansehen. Er hat dann die Renaissance auf den Weg gebracht, die Wiedergeburt von antiker Philosophie und Kunst eingeleitet; es war herrlich, eine der schönsten Zeiten in meinem langen Götterleben! Michelangelo, Leonardo, wie hab ich sie geliebt! Ulrich von Hutten schrieb um 1520: ›O Jahrhundert, o Wissenschaft, es ist eine Lust zu leben. Die Studien blühen, die Geister regen sich. Barbarei, nimm dir einen Strick und mach dich auf Verbannung gefasst!‹« Sie wandte sich an Olymbía und zeigte zugleich mit dem Finger auf ihren Vater. »Dafür hat Papa ihm dann die Syphilis geschickt.«

»Jawohl, das habe ich. Das Ganze mündete ja in Luther und die Reformation. Spätestens da musste ich eingreifen, denn es ging an die Substanz der Religion, an den Kern des christlichen Glaubens. Wenn zwei Nachbarn verschiedenen Dogmen anhängen, bewirkt das zwar kurzfristig eine Steigerung des religiösen Eifers, belebt also das Geschäft, doch mittelfristig führt es zu Zweifeln. Man sagt sich: Nur einer von uns beiden kann ja recht haben. Oder hat vielleicht keiner von uns recht? Und schon beginnt der Relativismus, der Spaltpilz für jede Universalreligion. Ich habe deshalb die Notbremse gezogen und die Gegenreformation eingeleitet und die Inquisition, den Dreißigjährigen Krieg, aber leider alles nur mit mäßigem Erfolg …«

»Weil Prometheus dann mit der Aufklärung gekontert hat«, unterbrach Athene ihren Vater erneut. »Aufklärung ist der Ausgang des Menschen aus seiner selbstverschuldeten Unmündigkeit, wie Kant sagte, denn der Ärmste konnte ja nicht ahnen, dass eigentlich unser lieber Vater hinter dieser Unmündigkeit steckte.«

»Natürlich«, fiel ihr Zeus ins Wort, »habe ich dann dafür gesorgt, dass die Aufklärung nicht wirklich zum Tragen kam. Mit der Französischen Revolution hatte Prometheus den Bogen endgültig überspannt. Da ergriff ich die Gelegenheit und schickte Robespierre mit seiner Guillotine ins Feld. Auch der Nationalismus, Napoleon, das war ich übrigens selber, Volksheere, Massenschlachten und Erbfeindschaften, auch das ist alles mein Werk!«, rief er stolz.

»Wogegen Prometheus dann Karl Marx ins Feld schickte«, sagte Athene. »Seine Lehre sollte den Menschen endgültig von seinen geistigen Fesseln befreien! Aber was hat unser Papa im Gegenzug daraus gemacht? Den Stalinismus und Erich Honecker! Er hat einfach Angst davor, dass die Menschen uns Göttern zu ähnlich werden! Darum lässt er sie ständig an neue primitive Ideologien glauben. Im Moment meinen sie, dass der freie Handel der einzige Heiland sei.«

»So ist das also gelaufen.« Olymbía wurde jetzt vieles klar. Jetzt, da Athene geendet hatte, fühlte sie sich frei, eine Frage zu stellen: »Wer von den beiden hat denn das Internet erfunden?«

»Das war Prometheus.«

»Und was war Zeus' Antwort darauf?«

»Das Facebook!«

Nun hatte Olymbía den Schlüssel zum Verständnis der Weltgeschichte gefunden, ohne ihn wirklich gesucht zu haben. Nur um welchen Preis! Morgen würde ihr letzter Tag in Freiheit sein! In dieser Hinsicht hatte sie nichts mehr zu verlieren. Da sie nun Teilhaberin so vieler göttlicher Geheimnisse geworden war, würde es vermutlich nichts ausmachen, wenn sie versuchte, nun auch den allerletzten Dingen auf den Grund zu gehen. So nahm sie, als Zeus sich von ihnen entfernt hatte, ihren ganzen Mut zusammen.

»Liebe Athene, eine Frage hätte ich noch. Als Kind habe ich mich immer gefragt, woran der liebe Gott eigentlich glaubt.«

»Ach so, und jetzt möchtest du wissen, an was wir Götter glauben? Das ist eine gute Frage! Also, wir glauben an sogenannte Meta-Götter. Aber viel kann ich dir nicht darüber erzählen, denn das ist eine klassische Mysterienreligion, mit verschiedenen Weihegraden und so, du verstehst schon. Nur Zeus hat die höchsten Weihen, nur er weiß alles, sagt er zumindest. Das ist übrigens auch die Quelle seiner Macht. Wir anderen werden da ziemlich im Dunklen gelassen.«

Im dritten und letzten Teil der Sitzung wollten sich die Götter endlich mit der Eurokrise befassen, dem Thema, das seit Donnerstag zweimal vertagt worden war, weil die Aktualität die Tagesordnung über den Haufen geworfen hatte.

»So, liebe Mitgötter«, ergriff Zeus als Erster das Wort, »ich glaube, dass wir jetzt bei diesem Freizeitpark-Projekt ein ganzes Stück vorangekommen sind. Wenn alles läuft wie besprochen, ist das Thema in ein paar Tagen vom Tisch und wir können einmal mehr stolz sein auf unser Krisenmanagement. Bei der Eurokrise können wir das leider nicht von uns behaupten. Hier gibt es überhaupt keinen Anlass zur Zufriedenheit mit unserer bisherigen Rolle! Was ich jetzt sage, lieber Hermes, das geht nicht gegen dich. Du genießt mein vollstes Vertrauen, auch und gerade im Hinblick auf die Wirtschaftspolitik.«

Hermes schwante Schlimmes.

»Aber«, fuhr Zeus fort, »die Eurokrise ist viel zu komplex, als dass sie von einem Gott allein gelöst werden kann, und schon gar nicht von einem Gott, der daneben auch noch so viele andere wichtige Aufgaben hat. Ich betone ausdrücklich das Wort ›wichtige‹. Deshalb habe ich beschlossen, dass wir uns in dieser Sache neu aufstellen.«

Jetzt kommt's, dachte Hermes. Er nimmt mir die Wirtschaft weg!

»Ihr wisst, was ich meine.« Zeus' Stimme hatte einen gewollt gütigen Ton angenommen, den Hermes nur zu gut kannte. So sprach sein Vater, wenn er der Götterrunde irgendeinen hinterhältigen Plan schmackhaft machen wollte. »Fast alle sind wir in Sachen Eurokrise unterwegs, mal in der Gestalt des einen Politikers, mal in der eines anderen. Wir bewegen die Dinge mal in die eine Richtung und mal in die andere, jeder, wie er es für richtig hält. Neulich traf ich einen Satyr, der in die Rolle eines bayrischen Politikers geschlüpft war und ohne jede Absprache mit Hermes verkündete, dass man Griechenland aus der Eurozone rauswerfen müsse! Wie ihr seht, mischen da selbst die niedrigsten Wald- und Wiesengötter kräftig mit, ein jeder gerade so, wie es ihm gefällt. Das muss aufhören! Das Krisenmanagement gehört professionalisiert! Das sind wir den Europäern schuldig.«

Die Götter lauschten gespannt den Worten ihres Vorsitzenden.

»Wir werden heute einen Krisenbeauftragten auswählen, und künftig läuft dann alles über ihn. Er wird mir direkt berichten, einmal pro Woche werde ich mich mit ihm zusammensetzen, um zu sehen, was alles passiert ist. Hermes wird natürlich auch dabei sein. In der Zwischenzeit wird der Krisenbeauftragte an euch herantreten, wenn er eure Unterstützung braucht. Er wird auch alle Metamorphosen koordinieren, zeitlich, räumlich und vor allem inhaltlich! Wir brauchen eine Krisenpolitik aus einem Guss, sonst werden wir unserer göttlichen Rolle einfach nicht gerecht! Dann können wir gleich bei diesen Freizeitparkleuten anfangen und uns vor den Touristen selber spielen, wie einige Spötter unter den niederen Gottheiten vorgeschlagen haben, weil sie glauben, ich kriege so was nicht mit.«

Mehrere Götter schauten bei diesen Worten etwas betreten drein. Offensichtlich hatten sich auch Mitglieder des engeren Kreises an den heimlichen Sticheleien beteiligt. Zeus nahm sich vor, künftig genauer aufzupassen. In Momenten wie diesem bedauerte er, dass die Götter nur menschliche Gedanken lesen konnten und nicht die der anderen Götter.

»Allerdings haben wir bei der Lösung der Eurokrise ein ganz besonderes Problem. Wir haben dafür genauso wenig ein schlüssiges Konzept wie die Menschen. Deshalb wollen wir uns heute mal anhören, was ihr euch zu diesem Thema überlegt habt. Anschließend stellen wir die Vorschläge zur Abstimmung, und der, dessen Vorschlag das Rennen macht, der wird unser Krisenbeauftragter.«

Hephaistos meldete sich als Erster zu Wort. Zeus erteilte es ihm gerne.

»Ich sehe das Ganze als Folge von Hermes' verdammter Globalisierung. Ich kann mich aber nicht damit abfinden, dass es mit der europäischen Industrie bald zu Ende sein soll. Ich habe auch nie verstanden, warum alles Übel dieser Menschheit daher rühren soll, dass im Westen ausgerechnet die armen Leute zu reich sein sollen. Für manche sind sogar die Arbeitslosen an allem schuld! Sie werden als faule Schmarotzer dargestellt. Aber keiner denkt an die Millionen von Leuten, die zwar arbeiten, aber in die falsche Richtung ...«

»In die falsche Richtung? Wie meinst du das?«, unterbrach ihn Hermes.

»Nun ja, der Arbeitslose, der kriegt ein paar Kröten, konsumiert ein bisschen was, aber ansonsten ist er weg vom Fenster, volkswirtschaftlich gesehen gewissermaßen neutral. Aber andere, die arbeiten wie verrückt und sind geachtete Mitglieder der Gesellschaft, aber was sie machen, ist alles andere als sinnvoll, bringt einfach nichts für die Wirtschaft, für die Gesellschaft. Ganz im Gegenteil.«

»Wen meinst du damit?«

»Na, nehmen wir mal einen Manager, der sein Unternehmen in die Pleite führt, einen Banker, der mit dubiosen Produkten Wirtschaftskrisen auslöst. Oder einen Unternehmensberater, der eine Firma so berät, dass der Beratungsbedarf immer größer wird. Der verkompliziert alles, treibt die Kosten in die Höhe, bringt ganze Konzerne in Gefahr und wird dafür hofiert bis zum Gehtnichtmehr. Tut so, als wäre er der Erlöser in Person. Oder vergleich doch mal einen dieser armseligen Arbeitslosen mit einem, der in einem hoch subventionierten Stadttheater spielt. Dessen Arbeitsplatz kostet ein Vielfaches von dem Arbeitslosen. Das erhöht die Steuern im Lande und damit die Produktionskosten, was dann wieder die Wettbewerbsfähigkeit der Wirtschaft beeinträchtigt.«

Hermes horchte auf. »Bei dem subventionierten Theaterfritzen sind wir uns ausnahmsweise mal einig.«

Hephaistos ging nicht darauf ein. »In Europa werden Millionen von Leuten mit durchgefüttert, die alle bis zum Umfallen arbeiten, aber wenn man genau hinguckt, was sie eigentlich machen, dann stellt man fest, dass sie bloß von Meeting zu Meeting schleichen und anschließend lange Berichte über ihre Meetings schreiben. Subjektiv gesehen, arbeiten die auch, und wie, oft genug bis zum Herzinfarkt. Aber in Wirklichkeit treiben sie nur die Kosten hoch. Überall Büros und drinnen ganze Völkerschaften, die davon leben wollen, dass sie sich gegenseitig E-Mails zuschicken! Ich fürchte nur, irgendwann kommen diejenigen, die wirklich was gelernt haben und was Greifbares leisten, all die Ingenieure, die Ärzte, die Handwerker und die Arbeiter diesen Leuten auf die Schliche, und dann sieht's aus wie bei der Revolution in Frankreich, als die Aristokraten an den Laternenpfählen hingen, nur werden's diesmal diese Neobürokraten sein, Banker, Manager, Berater, Controller und wie sie alle heißen ...«

»Na ja«, Zeus wurde langsam ungeduldig, »das hört sich ganz plausibel an, aber was schlägst du denn vor?«

»Ganz einfach, wir beschleunigen diese Entwicklung. Die Revolution der Produktiven gegen die Unproduktiven!«

»Das sind ja ganz neue Töne von deiner Seite«, wunderte sich Zeus. »Das klingt ja fast wie bei den Liberalen.«

»Aber nur fast. Denn die Liberalen gehören ja selbst fast alle zu den Unproduktiven. Wenn die dann erst mal im Steinbruch arbeiten, dann werden wir ja sehen, ob sie dann immer noch ihr Loblied auf die Liberalisierung des Arbeitsmarktes singen.«

»Aha, daher weht der Wind. Gut, Hephaistos, wir haben deinen Vorschlag registriert. Aufstand der Produktiven gegen die Unproduktiven. Hat noch jemand eine Idee? Demeter, du hattest dich gemeldet.«

»Ja, Zeus, ich schlage vor, wir beschleunigen den Klimawandel.«

»Und, was soll das bringen?«

»Nun, dann wird das Klima im Norden Europas mediterraner. Die Nordeuropäer passen sich dann in Lebensweise und Mentalität den Südeuropäern an, machen am Ende dieselbe Wirtschaftspolitik, und es herrscht wieder Eintracht auf dem Kontinent. Außerdem werden die Zugvögel entlastet, wenn sie im Winter nicht mehr in den Süden fliegen müssen.« Demeter hatte immer ein gutes Herz für die Tierwelt.

Zeus notierte: *Vorschlag Demeter: ›Beschleunigung des Klimawandels‹.*

Apollon meldete sich zu Wort. »Ich schlage genau das Gegenteil von dem vor, was Hephaistos anregt. Ich will nicht, dass in Europa die Produktiven gegen die Unproduktiven revoltieren. Ich nenne sie übrigens Profi-Konsumenten, das klingt viel besser. Ich schlage vor, wir machen China und die anderen aufstrebenden Wirtschaftsmächte weniger produktiv. Es ist doch viel besser, wenn die Chinesen wie die Europäer leben als umgekehrt.«

»Soll das heißen, dass wir uns in chinesische Bürgerrechtler verwandeln müssen, um dort eine Revolution anzuzetteln? Das ist aber ein hartes Stück Arbeit.« Hestia war alarmiert.

»Darauf liefe es wohl hinaus.«

Olymbía begriff allmählich den Unterschied zwischen dieser Diskussion unter Göttern und den unzähligen menschlichen Debatten zu demselben Thema, an denen sie teilgenommen hatte. Die Menschen haben im Vergleich zu den Göttern einen begrenzten Horizont. Ihre Ideen bewegen sich im Rahmen ihrer konkreten Möglichkeiten. Dabei sind die zeitlichen Dimensionen ihres Denkens abhängig von der jeweiligen Berufsgruppe. Der Journalist denkt bis zum Redaktionsschluss seines Blattes, der Manager bis zum nächsten Jahresabschluss seiner Firma, der Politiker bis zu den folgenden Wahlen, Historiker denken in Jahrzehnten und Jahrhunderten, und allein die Theologen denken in Ewigkeiten.

Den Göttern stehen ungleich mehr Handlungsoptionen zur Verfügung als den Menschen. Da sie unsterblich sind, ist auch ihr zeitlicher Horizont ein ganz anderer. So gilt für sie nichts als von vornherein ausgeschlossen. Jeder Vorschlag, auch der nach menschlichen Maßstäben abstruseste, wird vorurteilsfrei und ergebnisoffen diskutiert. Olymbía war von dem in jeder Hinsicht globalen Blickwinkel der Götter fasziniert.

Nun war Prometheus an der Reihe. »Ich sage nur: Hühner.«

»Hühner?« Die Götter sahen sich gegenseitig verdutzt an.

»Jawohl, ihr habt richtig gehört, Hühner! Ein durchschnittliches Ei hat ein Volumen von 50 Kubikzentimetern. Das spezifische Gewicht von Gold beträgt 19,32 Gramm pro Kubikzentimeter. Das heißt, ein goldenes Ei wiegt im Schnitt 966 Gramm. Bei dem gegenwärtigen Goldpreis von 33 Euro und 75 Cent kostet ein solches Ei 32.602 Euro und 50 Cent. Ein modernes Hochleistungshuhn legt durchschnittlich 290 Eier pro Jahr. Das bedeutet, dass wir mit einer Jahresproduktion von 218.400 Hühnern die deutschen Staatsssschulden in Höhe von 2,065 Billionen begleichen können. Für die griechischen Schulden reicht sogar die Jahresproduktion von 33.850 Hühnern!«

Prometheus schaute triumphierend in die Runde. Für einen Augenblick schien es tatsächlich, als hätte er die Götter mit seinem genialen Vorschlag überzeugt. Doch dann hob Dionysos zögerlich seine Hand. Zeus forderte ihn auf zu sprechen.

»Hat die Sache nicht einen Haken? Es gibt doch gar keine Hühner, die goldene Eier legen.«

»Sicher, aber das lässt sich ändern«, entgegnete Prometheus. »Was wären wir für jämmerliche Götter, wenn wir das nicht hinkriegten?«

Olymbía war die Einzige in der Runde, die Volkswirtschaft studiert hatte. Sie äußerte ihre Zweifel, ob der Goldpreis wirklich stabil bliebe, wenn plötzlich Hunderttausende von Hühnern anfingen, goldene Eier zu legen. Sie befürchtete, dass Prometheus mit seinen Hühnern einzig und allein einen Absturz des Goldpreises bewirken würde. Auch wenn sich die Hennen noch so sehr den Hintern verrenkten, sie kämen gegen den europäischen Schuldenberg nicht an. Denn selbst das Gold sei nur dann etwas wert, wenn die Menschen daran glaubten. Jemand schlug daraufhin vor, man könne dem Verfall des Goldpreises ja dadurch begegnen, dass im Schnitt nur jedes zehnte Ei aus Gold wäre, während die Hühner an den übrigen Tagen normale Frühstückseier legen würden. Hermes fand, dass sich durch eine solche Begrenzung der Goldeier-Produktion die Begleichung der Staatsschulden zu lange hinzöge, was wiederum zur Folge hätte, dass die Zinslast zu hoch bliebe. Es schloss sich eine kontroverse Diskussion darüber an, wem die Goldhühner gehören sollten. Die der liberalen Schule zugeneigten Götter traten vehement für eine private Trägerschaft ein, während Hephaistos und seine Fraktion die Ställe mit den Goldhühnern im Staatsbesitz sehen wollten. Zeus beendete schließlich die Debatte, indem er sagte: »Ich notiere: Vorschlag Prometheus: Hühner, die goldene Eier legen.«

Es wurde noch viel geredet im Rat der Götter, und zum Schluss stimmte man ab. Doch es schien so, als ob sich die Götter am Ende nicht trauten, entweder in Europa oder in China eine Revolution anzuzetteln, den Klimawandel zu beschleunigen oder gar die Hühner dazu zu bewegen, goldene Eier zu legen. So erhielt keiner der Vorschläge die erforderliche Mehrheit und die Ernennung eines Krisenbeauftragten wurde vertagt.

Der Einzige, der mit dem Ergebnis sehr zufrieden war, war Hermes. Hatte es sich doch herausgestellt, dass die anderen Götter auch keine besseren Ideen zur Überwindung der Krise hatten als er selbst.

Während der langwierigen Abstimmungsprozedur hatte Olymbía aus Langeweile den vor Hermes liegenden Ordner zu sich herübergezogen. Auf der ersten Seite las sie das Wort ›Halbgötterverzeichnis‹. Das Werk war alphabetisch aufgebaut. Unter Alpha fand sie das Verzeichnis für Anglia, England. Es gab dort 78 lebende Halbgötter. In der dazugehörigen Excel-Tabelle waren einige bekannte Namen aus dem Showbusiness, dem Fußball und der Politik zu finden. Interessanterweise fehlten die Royals. Unter Gamma war die Tabelle für Gallia, Frankreich abgeheftet. Dort gab es immerhin schon 125 Halbgötter. Gleich hinter Gallia folgte Germania, Deutschland. Zu Olymbías Verwunderung fand sie dort nur 33 Namen. Ihr Blick fiel sofort auf Adams Eintrag. Er war der letzte, zumal sein Familienname mit Z begann: 33. Zeussen, Adam, geboren am 15. November 1963. Vater: Zeus. Mutter: Gertrud Feldmann. Es folgte ein kurzer Lebenslauf in Stichworten. Wie mochte es Adam wohl in seiner Zelle ergehen? Wahrscheinlich fühlte er sich von allen verlassen. Nun, morgen würde sich alles aufklären. Damit würde sein Martyrium ein Ende haben, dessen war sie sich sicher.

Olymbía blätterte weiter. Epsilon wie Ellas, das heißt Griechenland. Sie sah eine volle Seite mit Eintragungen. Sie blätterte um, eine weitere Seite, und noch eine und noch eine und noch eine ... Die letzte laufende Nummer war 2318! Unter TH fand sie ihren eigenen Namen. Die Angaben waren vollkommen korrekt. Alle Achtung, die olympische Verwaltung schien doch sehr leistungsfähig zu sein! Olymbía blätterte vor und zurück. Auf jeder Seite fand sie Studien- und Parteifreunde, Abgeordnetenkollegen, Freunde ihrer Eltern, Journalisten, Professoren und so weiter. Sie hatte den Eindruck, als kenne sie etwa ein Drittel der hier aufgelisteten Personen persönlich und ein weiteres Drittel dem Namen nach.

Interessanterweise gab es in der Spalte ›weiß Bescheid‹ nur bei ganz wenigen Halbgöttern ein ›Ja‹ und in noch weit weniger Fällen ein ›Nein‹. Bei den allermeisten griechischen Halbgöttern stand in dieser Spalte ein Fragezeichen. Bei ihrer eigenen Eintragung hatte jemand handschriftlich das Fragezeichen durchgestrichen und durch ein ›Ja‹ mit drei Ausrufezeichen ersetzt. Olymbía warf Hermes von der Seite einen zärtlichen Blick zu.

Als Zeus festgestellt hatte, dass die Abstimmung kein klares Ergebnis erbracht hatte, wandte er sich an Olymbía: »Vielleicht kann unsere sterbliche Volkswirtin etwas zur Lösung unseres Problems beitragen? Zumindest ganz speziell zum Thema Griechenland, wo sie immerhin als Politikerin gewirkt hat.«

Olymbía schreckte auf. »Ich weiß nicht, ob das wirklich weiterhilft«, sagte sie schließlich, »doch ich glaube, dass ich zumindest die Ursache für das griechische Problem gefunden habe.«

Die Mitglieder des Götterrates sahen sie fragend an.

»Es gibt«, sprach sie, »in Griechenland zu viele Halbgötter.«

Was Olymbía nicht wusste: Es gab in Griechenland nicht nur unverhältnismäßig viele Halbgötter in der gegenwärtigen Generation. Auch in früheren Zeiten war es nicht anders gewesen, und natürlich lebten die Nachkommen dieser Halbgötter noch. Daher gab es im Lande neben den Halbgöttern auch jede Menge Viertel-, Achtel- und Sechzehntelgötter, bei denen das göttliche Element durchaus noch zu spüren war. Erst bei den Zweiunddreißigstelgöttern ist kaum noch etwas davon zu bemerken. Hätte Olymbía Zugang zu Hermes' Computer gehabt, in dem alle bis hin zu den Sechzehntelgöttern erfasst sind, hätte sie unendlich viele Bekannte entdeckt. Auch der für das nächtliche Müllballett unter ihrem Balkon verantwortliche Bürgermeister von Panagou war ein Achtelgott.

Am übernächsten Tag, am Freitagmorgen, erschien die Zeitung der Nationalen Linken mit dem Titel: »*NEUER DEUTSCHER BETRUG*«. Dem darunterstehenden Text konnte der Leser entnehmen, dass die Deutschen in Panik geraten seien, nachdem die Entführung und mutmaßliche Ermordung der Nationalheldin und mutigen Kämpferin gegen das internationale Großkapital Olymbía Theodorou durch den deutschen Staatssekretär Adam Zeussen ruchbar geworden sei, ganz abgesehen von der Vergewaltigung eines armen griechischen Mädchens durch den deutschen Investor Klaus Müller, der sich seiner Verhaftung dadurch entziehe, dass er im deutschen Generalkonsulat in Thessaloniki Zuflucht gesucht und gefunden habe. Seine Nichtauslieferung sei ein weiterer Skandal. In ihrer Verzweiflung griffen die Deutschen nunmehr zu Tricks, die einer Schmierenkomödie entnommen sein könnten. So habe sich in Thessaloniki bei der Zentrale der Sicherheitspolizei eine Frau gemeldet, die eine oberflächige Ähnlichkeit mit Olymbía Theodorou aufwies. Sämtliche Parteifunktionäre der nordgriechischen Hauptstadt, darunter auch die beiden in Thessaloniki beheimateten Abgeordneten der Partei, hätten bei der Polizei ohne den geringsten Zweifel ausgesagt, dass sie diese Frau niemals zuvor gesehen haben. Eine Reihe von Athener Funktionären sei am Abend nach Thessaloniki geflogen, um die Aussagen der Genossen aus Thessaloniki zu bestätigen.

Die Zeitungen, die anderen Parteien nahestanden oder als parteipolitisch ungebunden galten, formulierten vorsichtiger. »*IST SIE'S ODER IST SIE'S NICHT?*« lautete der am meisten auf Objektivität bedachte Titel des Morgens. In Deutschland griff ein bekanntes Massenblatt die griechischen Schlagzeilen des Vortags auf: »*FINANZMINISTERIUM: HAT DER GRIE-CHEN-MAULWURF GEMORDET?*«

Am Morgen des Vortages hatte alles noch sehr vielversprechend angefangen. Olymbía teilte Oliver Steinhaus mit, dass sie gemeinsam nach Thessaloniki fahren würden. Er werde dann nach Düsseldorf fliegen, um einen äußerst geheimen Auftrag zu erfüllen. Der Auftrag sei auf allerhöchster Ebene zwischen Griechenland und Deutschland abgesprochen, log sie. Die Übernahme dieses Auftrages sei jedoch die Voraussetzung für seine Freilassung. Er habe im Raum Recklinghausen innerhalb von vierundzwanzig Stunden einen Herrn zu finden, von dem man nicht wisse, wie er aussieht und in welcher Rolle er gerade auftritt. Er könne durchaus auch eine Frau sein. Auf jeden Fall musste sich er oder sie bereits einige Tage in der Gegend von Recklinghausen aufhalten. Sehr wahrscheinlich sei, dass dieser Mann oder diese Frau ein sehr merkwürdiges Verhalten an den Tag legte. Völlig sicher sei nur eines: Die Person werde auf jeden Fall Deutsch mit einem starken griechischen Akzent sprechen.

Dieser Person habe er einen versiegelten Brief des Kommandanten zu übergeben. Eine Parole habe man nicht vereinbart, höchstwahrscheinlich aber würde der Mann positiv auf das Wort »Triäna« reagieren. Bei seiner Berliner Dienststelle dürfe er sich erst melden, wenn er den Brief abgeliefert habe. Einzelheiten über diesen Auftrag dürfe er niemandem gegenüber preisgeben, was auch und ganz besonders für seine Vorgesetzten gelte. Olymbía gab Oliver noch einen persönlichen Rat mit auf den Weg. Sollte er es bis Freitag um elf Uhr nicht schaffen, den Brief an den Mann zu bringen, sollte er sich besser in den nächsten Zug setzen und sich so schnell wie möglich und so weit wie möglich von Recklinghausen entfernen – egal, in welche Richtung.

Olymbía brauchte dringend etwas zum Anziehen, denn sie hatte nur die Sachen, die Cindy ihr geliehen hatte. Auch Olivers Kleidung war dreckig und verschwitzt. Eleutherios führte sie beide in die Kleiderkammer des Olymp. Kaum hatte der Titan die Tür aufgeschlossen und das Licht angeschaltet, tat sich vor ihren Augen eine riesige Lagerhalle auf. Überall standen Kleiderständer, an denen die merkwürdigsten Kostüme hingen. Alles war fein säuberlich nach Epochen und Regionen geordnet. In der Abteilung ›Altes Ägypten‹ hingen genug Klamotten, um ganze Dynastien von Pharaonen auf das Feinste ausstatten zu können. Hinter dem Schild

›Rom‹ hingen Hunderte von schneeweißen Togen. Ritterrüstungen, aber auch alte chinesische, indische und afrikanische Gewänder waren in Hülle und Fülle vorhanden, ebenso wie Herrenanzüge europäischen Zuschnitts aus dem neunzehnten und zwanzigsten Jahrhundert.

»Feiert ihr hier Karneval oder dreht ihr Kostümfilme?«, fragte Olymbía Eleutherios auf Griechisch, sodass Oliver sie nicht verstehen konnte.

»Weder noch«, antwortete dieser. »Die Kleidung bleibt bei den Metamorphosen übrig. Für einen Gott ist es einfach, sich in einen Sterblichen zu verwandeln. Da formt sich gewissermaßen die höher entwickelte Materie in eine primitiver strukturierte um, dazu braucht man nicht viel Kraft. Viel schwieriger ist es, sich nachher wieder in einen Gott zurückzuverwandeln. Das ist wahnsinnig anstrengend. Deshalb verzichten die meisten Götter darauf, auch die Kleidung zurückzutransformieren. Sie holen sich lieber neue Sachen aus der olympischen Schneiderei. Bei manchen mag das vielleicht auch ein Vorwand sein, um sich neu einzukleiden, aber wie dem auch sei, so geschieht es nun einmal. Die menschliche Kleidung bleibt dann übrig, und wir müssen hier diese Berge von Klamotten einlagern. Ganz schön viel Arbeit, das alles zu pflegen ...«

»Kann ich mir vorstellen«, antwortete Olymbía. »Aber wo ist denn die Damenabteilung?«

Der Titan führte sie durch eine Tür in einen Nebenraum. Oliver durfte sich unterdessen etwas in seiner Größe aussuchen. Der Gott nutzte die Gunst der Stunde, und als sie in den Nebenraum traten, legte er seinen Arm um Olymbía und drückte ihr einen Kuss auf den Mund. Olymbía schob ihn mit einem Lächeln von sich weg.

»Nicht jetzt, wir müssen los. Ein anderes Mal, vielleicht ... Sag mal, warum ist die Damenabteilung so klein?« Olymbía versuchte, den Titanen von seinen Gelüsten abzulenken. Dafür war jetzt wirklich keine Zeit.

In der Tat war dieser Raum sehr viel kleiner als der nebenan.

»Das ist ja wohl leicht zu verstehen. Es gibt doch kaum weibliche Entscheidungsträger. Deshalb brauchen sich die Götter auch nicht so oft in Frauen zu verwandeln.«

Das leuchtete Olymbía ein. Sie ging an den Kleiderständern entlang.

»Ich sehe«, sagte sie, »hier dominiert eindeutig die Renaissance.«

»Nun, damals gab es eine Reihe von sehr dynamischen Frauen. Denk mal an Katerina von Medici, Anne Boleyn, Elisabeth die Erste, Maria Stuart ...«

»Stimmt, aber wo sind denn die modernen Sachen?«

»Ich fürchte«, erwiderte der Titan, »da ist unser Angebot etwas einseitig.«

Sie waren mittlerweile bei den Kleiderständern mit dem Schild ›Zwanzigstes Jahrhundert‹ angekommen. Olymbía erkannte ohne Schwierigkeit die Kleidung Indira Ghandis.

»Aber ich kann doch wohl kaum in indischen Klamotten rumlaufen. Außerdem sind die für mich viel zu groß.« Die Kleidung von Golda Meir behagte ihr ebenso wenig.

»Tja, ich fürchte, dann musst du wohl mit den Sachen da vorliebnehmen«, sagte Eleutherios und wies auf einen langen Kleiderständer voller Hosenanzüge. Hosenanzüge noch und nöcher, in Rot, Rosa, Pink, Braun, Oker und Gelb, in Dunkelblau, Hellblau und in allen Schattierungen von Grün.

»Um Himmels willen!«, entfuhr es Olymbía. »Was ist das denn?«

»Sie ist nun mal wichtig ...«, bemerkte kleinlaut der Titan.

»Ja tritt denn diese Frau überhaupt noch mal selber auf, oder sprechen da ständig irgendwelche Götter aus ihr?«, wunderte sich Olymbía.

Da sie nichts Besseres fand, entschied sich Olymbía für einen pinkfarbenen Hosenanzug. Er war etwas zu weit für sie. Auch waren die Ärmel und Hosenbeine eindeutig zu kurz, aber was sollte sie machen? Oliver erhielt einen schneeweißen Sommeranzug aus Zeus' Beständen. Er war offenbar seit Langem nicht mehr getragen worden und roch stark nach Mottenkugeln.

Sie benutzten Olivers Mietwagen, der immer noch auf dem Parkplatz Prionia stand. Seine Reisetasche mit der Videokamera lag im Kofferraum. Das erinnerte Steinhaus an die Aufnahmen, die er heimlich von Ingrids Balkon aus gemacht hatte. Er schämte sich im Nachhinein dieser Tat. Er würde das Video bei erster Gelegenheit löschen. Papadopoulos hatte im

Auftrag der Götter für ihn einen Flug nach Düsseldorf gebucht. Glücklicherweise hatte er noch seine Kreditkarte.

Am Flughafen gaben sie das Auto ab. Nachdem sie Oliver verabschiedet und ihm viel Glück und vor allem Erfolg bei seiner Mission gewünscht hatte, nahm Olymbía ein Taxi und fuhr zur Sicherheitspolizei in der Monastiríou-Straße. Der Taxifahrer erkannte sie nicht. So ein Hosenanzug hat doch auch etwas Gutes, dachte sie. Sie ging davon aus, dass ihr Auftritt bei der Polizei eine reine Formsache war. Sie hatte zwar ihren Personalausweis im Hotel liegen lassen, als sie am Montag zu der Diskussionsveranstaltung im städtischen Freiluftkino gefahren war, doch als Abgeordnete war sie schließlich fast allen bekannt.

»Natürlich kenne ich Sie, Frau Theodorou«, sagte ihr der zuständige Polizist, »aber aus formalen Gründen benötige ich zwei Zeugen, die bereit sind, unter Eid auszusagen, dass sie wirklich Frau Olymbía Theodorou sind.«

»Nichts einfacher als das«, sagte Olymbía. Sie gab dem Polizisten acht Namen. Das waren alles Parteifreunde aus Thessaloniki. Die Polizei würde die Telefonnummern dieser Leute ausfindig machen und sie anrufen. Sicher würden sich zwei von ihnen bereit erklären, zur Polizei zu kommen, um ihre Identität zu bestätigen.

Als Olymbías Parteifreund Prokópis Voutyrás im Gebäude der Sicherheitspolizei eintraf, begrüßte sie ihn besonders herzlich, hatten sie doch gemeinsam studiert und unzählige Nächte damit zugebracht, über eine gerechtere Gesellschaft zu diskutieren. Um so größer war ihre Überraschung, als Prokópis sie verständnislos ansah und sagte: »Verzeihen Sie, meine Dame, hatten wir schon einmal das Vergnügen?«

Olymbía versuchte, Prokópis an eine Reihe gemeinsamer Erlebnisse zu erinnern, doch zeigte dies keine Wirkung. Schließlich kam sie zu dem Schluss, dass er so etwas wie eine Teilamnesie erlitten haben musste.

Aber auch die zweite Zeugin, Panayota Chekímoglou, vermochte Olymbía nicht wiederzuerkennen, und das, obwohl sie Freundinnen waren seit der Zeit, als sie beide am selben Tag der Jugendorganisation der Partei beigetreten waren. Nachdem nun auch die zweite Zeugin darauf bestanden hatte, dass die Dame, die vor ihr stand, nicht Olymbía

Theodorou sei, kamen auch dem Polizisten Zweifel. Er telefonierte eine halbe Stunde herum, um zwei zusätzliche Zeugen von Olymbías Liste dazu zu bewegen, die Sicherheitspolizei zu besuchen. Doch reagierten beide genau wie Prokópis und Panayota. Nein, diese Dame sei definitiv nicht Frau Theodorou. Egal, wie sehr Olymbía sie beschwor, sich ihrer gemeinsamen Vergangenheit zu erinnern und die Wahrheit zu sagen, beide blieben bei ihrer Aussage. Olymbía gab auf. Es war klar, dass hier ein verborgener Regisseur am Werke war. Athene hatte recht gehabt. Ihre Partei brauchte sie als Märtyrerin, nicht als Lebende.

Wie in vielen griechischen Büros lief auch hier permanent ein Fernseher, den aber niemand beachtete. Während Olymbía auf die nächsten Zeugen wartete, sah sie plötzlich ihr eigenes Bild auf der Mattscheibe, und zwar in doppelter Ausführung. Da war einmal ein klassisches Bild von ihr, das sie im Wahlkampf vor vier Jahren hatte machen lassen, und zum andern ein Bild, das jemand am heutigen Tage geschossen haben musste, denn es zeigte sie in dem von den Göttern gestifteten Hosenanzug. Dazu wurde eine Erklärung ihres Parteivorsitzenden eingespielt: »Ist es denn die Möglichkeit, dass unsere Olymbía solche Hosenanzüge trägt?« Gleich danach wurde sie verhaftet – wegen Irreführung der Behörden. Es war gerade achtzehn Uhr. In zwölf Stunden musste sie zurück auf dem Olymp sein, sonst hatte sie ihr Leben verwirkt.

Oliver Steinhaus traf am Donnerstag um 13:17 Uhr am Hauptbahnhof Recklinghausen ein. In einer Bratwurstbude dachte er über seine Mission nach. Olymbías Empfehlung, sich im Falle eines Misserfolgs schleunigst von Recklinghausen zu entfernen, ließ darauf schließen, dass er es mit einem besonders gefährlichen Terroristen zu tun hatte. Was hatte dieser Mann oder diese Frau vor? Oliver zweifelte, ob er wirklich gut daran tat, seine Kollegen von der örtlichen Polizei nicht zu informieren. Auf der anderen Seite: Was sollte er ihnen sagen?

Die Informationen, die er hatte, waren mehr als dünn. Die Zielperson war entweder ein Mann oder eine Frau. Name, Alter, Nationalität, Aussehen, alles Fehlanzeige. Er oder sie sollte sich seit einigen Tagen in Recklinghausen und Umgebung aufhalten, unter Umständen ein auffälliges Verhalten zeigen und Deutsch mit einem starken griechischen Akzent sprechen. Oliver Steinhaus malte sich aus, was er selbst von jemandem halten würde, der ihm solch eine Geschichte erzählte. Hinzu kam, dass er das alles nur von einer wunderschönen, aber etwas undurchsichtigen griechischen Abgeordneten wusste, die er in einer streng geheimen Bunkeranlage getroffen hatte, die ihrerseits von einem ganz offensichtlich paranoiden Kommandanten beherrscht wurde, der Eindringlinge verhaften ließ, um ihnen dann fast beiläufig mitzuteilen, dass man sie leider verhungern lassen müsse. Wer in aller Welt würde ihm diese Geschichte abnehmen?

Oliver Steinhaus beschloss, die lokale Polizei zunächst nicht zu kontaktieren. Er betrat eine Trinkhalle. So nennt man im Ruhrgebiet winzig kleine Lädchen, wo man bis spät in den Abend Zeitungen, Bier, Kaugummis und ähnliche Dinge des täglichen Bedarfs kaufen kann.

»Sie winssen?«, fragte ihn die Frau hinter dem Ladentisch.

Oliver trank, wenn er im Dienst war und Durst verspürte, gern mal ein alkoholfreies Bier. Er fragte danach.

»Alkocholfreies Birr chabben wir ibberchaupt nicht. Das trinkt chier niemand.«

Der Akzent stimmt schon mal, dachte Oliver. Doch das Verhalten der Dame war völlig unauffällig, zumindest in diesem Moment. Also blieb ihm nur die Wahl, durch eine geschickte Frage herauszufinden, ob die Dame wie der gesuchte Terrorist beziehungsweise die Terroristin neu in Recklinghausen war oder nicht. Oliver fragte nach der Goethestraße, wohl wissend dass es keine deutsche Stadt ohne Goethestraße gibt. Die Dame erklärte ihm den Weg, ohne lange nachdenken zu müssen. Offenbar lebte sie schon lange hier.

Oliver trank eine Cola und kaufte sich in der Trinkhalle noch eine örtliche Tageszeitung. Anschließend setzte er sich auf eine Parkbank und suchte den Lokalteil nach Meldungen über Personen ab, die sich auffällig verhalten hatten. Eine an einem Waldesrand gelegene Siedlung wurde seit Tagen von einem Waschbären terrorisiert. Waschbär? Die von ihm gesuchte Person konnte ein Mann oder eine Frau sein, das war schon merkwürdig genug. Doch von einem Waschbären hatte die schöne Politikerin nichts gesagt. Dann war eher schon der betrunkene Obdachlose von Interesse, der am Vortag in der Innenstadt Passanten angepöbelt hatte. Doch sollte es sich bei ihm nach Angaben der Zeitung um einen Heiner M. aus dem benachbarten Bottrop gehandelt haben. Der hatte bestimmt nicht mit einem starken griechischen Akzent gesprochen. Ein Einbrecher, der aus der Waffenkammer des Schützenvereins drei Gewehre entwendet hatte, passte schon eher zu dem Bild des gefährlichen Terroristen, doch hatte der bei seiner Tat offenbar mit niemandem gesprochen, da das Vereinslokal des Schützenvereins nachts nicht bewacht wurde.

Schließlich verlegte Oliver seine Einsatzzentrale in ein bahnhofsnahes Internetcafé. Er fragte den jungen Mann an der Kasse nach einem freien Computer.

»Wir chabben nur noch einän freiän Platz. Sie kännän sich gärrnä auf dänn Platz Nummär finf sätzän. Ich ssaltä Innen das gleich frei.«

Da hätten wir ja schon wieder einen starken griechischen Akzent, dachte Oliver. Leider verhielt sich auch dieser Mann vollkommen unauffällig, und den Weg zur Goethestraße kannte er ebenfalls.

Oliver begann seine Internetrecherche auf der Seite des Polizeipräsidiums Recklinghausen. Im Newsticker fanden sich etliche Hinweise auf

Personen, die sich im Laufe der letzten Tage auffällig verhalten hatten. Oliver strich alle Wohnungseinbrüche und alle Fälle von Fahrerflucht von seiner Liste. Auch die Trickbetrüger und Taschendiebe der Stadt verhielten sich eher unauffällig. Einen unbekannten Brandstifter schloss Oliver deswegen aus, weil aller Erfahrung nach jemand, der für Freitag einen besonders spektakulären Terroranschlag plant, nicht am Mittwoch davor einen Kiosk in Brand setzt. Am Ende blieben drei Meldungen über, die es ihm wert schienen, näher unter die Lupe genommen zu werden. Eine war ganz frisch und trug den Titel: »*Frau drohte mit Selbstmord*«. Am Vorabend hatte die Polizei eine Meldung ins Netz gestellt, die ebenfalls Olivers Interesse erregte: »*Mann belästigt junge Frauen*«. Die dritte Nachricht, der er nachzugehen beschloss, stammte vom Dienstag: »*Unbekannter bedroht spielende Kinder mit Mistgabel*«. Ein unbekannter Mann mittleren Alters hatte der Meldung zufolge im Stadtteil Pöppinghausen mehrere spielende Kinder im Alter von sechs bis acht Jahren mit einem Gegenstand bedroht, den die Kinder als »riesige Mistgabel« beschrieben. Der Mann sprach Deutsch mit einem starken ausländischen Akzent. Oliver beschloss, sich diese drei Meldungen ausdrucken zu lassen.

Er ließ sich von dem jungen Mann mit dem starken griechischen Akzent, der sich weiterhin völlig unauffällig verhielt, die drei Ausdrucke aushändigen und bezahlte die Rechnung. Oliver dachte, dass es nicht schaden könnte, wenn er versuchte, sich bei den Kollegen vor Ort wenigstens in Bezug auf die Hintergründe dieser Meldungen schlauzumachen. Natürlich wusste er, dass er, wollte er sich nicht verdächtig machen, nur nach einem der drei Ereignisse fragen konnte. Es kam ihm in etwa so vor wie der Telefonjoker bei ›Wer wird Millionär‹, der jedem Kandidaten nur ein einziges Mal zur Verfügung steht. Oliver dachte an Günter Jauch und daran, dass man ihn auf dem Olymp für seinen Komplizen gehalten hatte. Er beschloss, die Hilfe der Recklinghäuser Kriminalpolizei im Fall des Mannes in Anspruch zu nehmen, der die jungen Frauen belästigt hatte.

Die Meldung sprach davon, dass in verschiedenen Teilen der Stadt ein Mann aufgetaucht sei, der an drei aufeinanderfolgenden Abenden jungen Mädchen, die allein unterwegs waren, in dichtem Abstand gefolgt war. Dabei habe er unaufhörlich auf diese Mädchen eingeredet. Der Täter sei circa vierzig bis fünfzig Jahre alt, mittelgroß, südländischer Typ. Während Oliver Steinhaus zum Polizeipräsidium lief, dachte er sich die Geschichte aus, mit der er die Kollegen dazu bewegen wollte, ihm zusätzliche Informationen preiszugeben. An der Pforte zeigte er seinen Dienstausweis vor, und man schickte ihn in den zweiten Stock, Raum 213.

Oliver schaute auf das Schild an der Tür: Kriminaloberkommissar Pavlos Athanassiadis. Hier ist wohl gerade griechische Woche, dachte Oliver, während er durch die Tür trat. Der Kriminaloberkommissar Athanassiadis sprach Deutsch ohne jeden fremdländischen Akzent. Er begrüßte den Kollegen aus Berlin und fragte, was er für ihn tun könne. Oliver sagte ihm, dass er in einer sehr heiklen Mission unterwegs sei. Ein Diplomat der griechischen Botschaft sei verschwunden. Der Mann sei schon seit einiger Zeit durch sein eigenartiges Verhalten aufgefallen. Es bestehe der Verdacht, dass er unter irgendeiner Psychose leide. Nun habe man auf der Internetseite der Recklinghäuser Polizei von dem Mann gelesen, der hinter jungen Mädchen herlaufe und auf sie einrede. Das entspräche in etwa dem, was dieser Diplomat auch in Berlin zu tun pflegte.

Athanassiadis' Interesse für den Fall wurde offenbar durch Olivers Schilderung deutlich angefacht, ging es doch um einen Landsmann seiner Eltern. Er rief sofort die Kollegin an, welche die Mädchen befragt hatte. Binnen weniger Minuten stand die junge Kriminalkommissarin zur Anstellung Ayşe Özgür vor ihnen. Ihr zufolge hatten die Mädchen keine Vorstellung davon, mit was für einem Akzent der Mann gesprochen hatte. In Bezug auf den Inhalt der Monologe bestand eine hohe Übereinstimmung unter den Zeugenaussagen. Die Mädchen hatten ausgesagt, dass der Mann von einer weltweiten Verschwörung gesprochen habe, die in wenigen Tagen zuschlagen würde. Der Verdächtige hatte den Mädchen vorgeschlagen, mit ihm zu kooperieren, um die Verschwörung im letzten Augenblick aufzudecken.

Oliver Steinhaus bedankte sich herzlich bei den Kollegen. Er sei noch bis morgen Mittag in der Stadt und würde sich freuen, wenn sie ihn informieren würden, sollte sich etwas Neues ergeben. Er gab ihnen seine Handynummer. Glücklicherweise waren die Leute in der Bunkerfestung so freundlich gewesen, ihm bei seiner Entlassung das Handy zurückzugeben. Beim Verlassen des Gebäudes stellte Oliver fest, dass er im Grunde so schlau war wie zuvor. Er fragte sich, ob er den Polizei-Joker nicht unnötig verspielt hatte.

Den Rest des Nachmittags brachte er damit zu, Augenzeugen zu befragen, welche die Szene mit der Frau beobachtet hatten, die damit gedroht hatte, sich von ihrem Balkon im achten Stock eines Mietshauses in die Tiefe zu stürzen. In der Meldung hatte gestanden, wo sich das Ereignis zugetragen hatte. So war es für Oliver ein Leichtes, diesen Ort aufzusuchen und den Nachbarn ein paar Fragen zu stellen. Er bekam heraus, dass es sich bei der Frau um eine Serbin handelte, die seit Langem in dem Viertel wohnte und erhebliche familiäre Probleme hatte. Also schied diese Spur schon einmal aus.

Oliver nahm den Stadtbus in Richtung Bahnhof und ging erneut ins Internetcafé, da er nachsehen wollte, was sich seit dem Mittag in Recklinghausen noch alles ereignet hatte. An der Kasse saß jetzt ein anderer junger Mann, der mit einem arabischen Akzent sprach. Als Oliver den Rechner hochgefahren und den Browser geöffnet hatte, klickte er zunächst die elektronische Ausgabe der lokalen Tageszeitung an. Plötzlich sah er Olymbías Foto. Sie sah in dem pinkfarbenen Hosenanzug genauso aus, wie er sie heute Morgen verlassen hatte. Neben dem Foto stand die Meldung. »*Der Fall der angeblich von dem deutschen Staatssekretär Adam Zeussen entführten griechischen Abgeordneten Olymbía Theodorou wird immer mysteriöser. Heute Morgen meldete sich bei der Polizei in Thessaloniki eine Frau, die behauptete, Olymbía Theodorou zu sein (Foto links). Parteifreunde der verschwundenen Abgeordneten erklärten jedoch, dass es sich bei der Frau um eine von der deutschen Bundesregierung bezahlte Schwindlerin handeln müsse, die allenfalls eine oberflächliche Ähnlichkeit mit der gesuchten Abgeordneten aufwies. Rechts Archivbilder von der Abgeordneten, welche der als besonders deutschlandkritisch bekannten Partei der Nationalen Linken angehört. Die unbekannte Frau wurde am Nachmittag wegen Irreführung der Behörden verhaftet.*«

Oliver überlegte, wie er seiner Wohltäterin helfen konnte. Er konnte kaum nach Thessaloniki zurückfliegen, um eine Aussage zu machen. Damit würde er unweigerlich diplomatische Verwicklungen hervorrufen, zumal sein Einsatz in Griechenland nicht mit den dortigen Behörden abgesprochen war. Schließlich hatte er eine Idee. Er ging kurz hinüber zum Bahnhof, wo er am Mittag seine Reisetasche in ein Schließfach geschlossen hatte. Wenig später betrat er mit der Tasche erneut das Internetcafé. Er bat den Mann an der Kasse, ihm ein USB-Kabel zu leihen, weil er etwas ins Netz hochladen wollte.

»Aber nichts Verbotenes!«, schärfte ihm der Kassierer ein, während er ihm das gewünschte Kabel aushändigte.

Oliver kramte kurz in seiner Reisetasche herum, bis er die kleine Videokamera fand. Er schloss sie an den Rechner an. Glücklicherweise war dort die notwendige Software installiert, die ihm gestattete, die Aufnahmen, die er in der Nacht zum Dienstag von Ingrids Balkon aus gemacht hatte, ins Netz hochzuladen. Erst vor Kurzem hatte er an einer Weiterbildungsmaßnahme des BKA zum Thema ›Erpressung und Rufmord durch das Internet‹ teilgenommen. Das dort Gelernte erwies sich bei der Positionierung der Aufnahmen im Netz als sehr nützlich. Er wusste natürlich, dass diese Bilder sowohl für den Staatssekretär als auch für Olymbía äußerst kompromittierend waren. Doch um zu verhindern, dass die beiden unschuldig im Gefängnis landeten, hielt Oliver die Veröffentlichung dieser Aufnahmen für moralisch gerechtfertigt. Über die juristische Seite ließ sich natürlich streiten. Oliver sah bei dieser Gelegenheit die Aufnahmen selbst zum ersten Mal. Er fand sie wirklich gelungen.

Doch was bewiesen seine Aufnahmen eigentlich? Strenggenommen gar nichts, auf der anderen Seite jedoch alles. Wenn das Opfer am Abend der angeblichen Entführung mit dem Entführer eine solche Orgie veranstaltet, dann kann doch von einer wirklichen Entführung kaum die Rede sein, oder? Nach erzwungenem Geschlechtsverkehr sahen die Bilder wahrlich nicht aus. Natürlich schloss auch die Existenz von Olivers Video nicht vollständig aus, dass Adam Olymbía nach den Sexspielen getötet hatte, doch würde das wohl kaum jemand glauben.

In Griechenland erregten Olivers Aufnahmen großes Aufsehen. Wer die Nationale Linke für eine gefährliche Sumpfblüte des Populismus hielt, hatte sich seit Tagen darüber geärgert, wie Olymbía zur Nationalheldin stilisiert worden war. Jetzt war die Stunde der Rache gekommen. Die Aufnahmen bewiesen eindeutig, dass die feine Dame mit dem großen Mundwerk und der deutsche Staatssekretär im wahrsten Sinne des Wortes unter einer Decke steckten. Olymbías Parteichef berief zu später Stunde eine Krisensitzung ein. Man war sich einig, dass es ein Fehler gewesen war, alles auf eine Karte zu setzen, nämlich auf die Hypothese, die Abgeordnete sei entführt oder sogar ermordet worden. Auch war es falsch, sie bei ihrer Rückkehr zu beschuldigen, eine Schwindlerin zu sein. Jetzt war guter Rat teuer. Am nächsten Morgen würde niemand mehr an die Entführung glauben, und, was noch schlimmer war, die wahre Identität der Gefangenen käme ans Licht. Die Abgeordneten, die Olymbía verleugnet hatten, stünden als Lügner da, und niemand konnte abschätzen, auf welche Weise sie selbst sich an ihrer Partei rächen würde. Sie musste weg, und zwar sofort.

Olymbía dachte angestrengt nach. Sie rechnete zurück. Um rechtzeitig um sechs Uhr bei der Götterzentrale zu sein, musste sie gegen zwei Uhr am Parkplatz Prionia ankommen, denn von dort aus bis zur Hütte ging man zweieinhalb Stunden, und von der Hütte bis zur Zentrale noch einmal eine – bei Tage versteht sich. In der Nacht würde man bestimmt nicht so schnell vorankommen. Von Thessaloniki aus würde ein Taxi bis zum Parkplatz etwa zwei Stunden benötigen. Also müsste sie allerspätestens um zwölf hier herauskommen. Aber wie? Olymbía rief nach dem Wachhabenden. Sie wolle ein schriftliches Geständnis ablegen. Der Beamte brachte ihr einige Blatt Papier und einen Kugelschreiber.

Olymbía suchte nach einer Erklärung, die möglichst harmlos klang, sodass die Straftat keine Untersuchungshaft rechtfertigte. Auf der anderen Seite musste die Überprüfung ihrer Angaben als dermaßen schwierig erscheinen, dass die Beamten gar nicht erst die Lust verspürten, damit zu beginnen. Sie schrieb:

»Ich heiße Ioanna Papazoglou. Ich wohne in Konstantinopel. Im Moment befinde ich mich auf der Durchreise in Thessaloniki. Heute Morgen hat man mir am Busbahnhof sämtliche Papiere und alles Geld gestohlen. Ich war gerade in die Zentrale der Sicherheitspolizei gekommen, um den Diebstahl anzuzeigen. Der Fall der entführten Politikerin ist mir durch das griechische Satellitenfernsehprogramm, das wir in Konstantinopel empfangen können, bekannt. Ich bin mir auch meiner großen Ähnlichkeit mit Frau Theodorou bewusst. Wenn ich mich heute für sie ausgegeben habe, dann geschah das nicht aus Geltungssucht. Ich überlege mir schon seit einiger Zeit, die für uns Griechen sehr ungastliche Türkei zu verlassen und nach Griechenland überzusiedeln. Ich dachte, wenn ich in Frau Theodorous Rolle schlüpfen würde, würde mir der Neustart in Griechenland erheblich leichter fallen. Doch war es sehr naiv von mir, so etwas zu glauben. Ich bereue aufrichtig, dass ich versucht habe, die griechischen Behörden in die Irre zu führen.«

Die Zugehörigkeit zur schwindenden griechischen Minderheit in Istanbul, der Diebstahl, die Naivität, die Versuchung, der sie ausgesetzt war, alle diese Elemente zielten darauf ab, möglichst viel Mitgefühl zu erregen. Die Behörden sollten sie als armes Würstchen einstufen, das man getrost laufen lassen konnte. Sie hoffte nur, dass man sie nach diesem Geständnis sofort entlassen würde und nicht erst am nächsten Morgen.

Noch ehe sie ihr schriftliches Schuldbekenntnis dem Wachhabenden übergeben konnte, öffnete ein Polizist, den sie bisher noch nicht gesehen hatte, die Tür von außen.

»Mitkommen!«, befahl er knapp, und sie folgte der Anordnung.

Vor der Zellentür wartete eine große Überraschung auf sie. Olymbía musste über einen gefesselt am Boden liegenden Polizisten klettern. Sie erkannte ihren Bewacher, der ihr noch vor einer halben Stunde Papier und Stift gebracht hatte. Der neue Polizist, wenn es denn einer war, ging mit ihr durch ein stockdunkles Treppenhaus zu einem Hinterausgang. Er öffnete die Tür, schob sie unsanft hinaus und schloss schnell hinter ihr ab. Unmittelbar vor der Tür stand ein Lieferwagen. Noch bevor Olymbía sich ihrer Situation bewusst wurde, warf jemand von hinten eine Wolldecke über ihren Kopf. Gleichzeitig wurde sie von zwei kräftigen Männerarmen umarmt, sodass sie keine Chance hatte, sich der Wolldecke zu entledigen. Sie hörte, wie sich die seitliche Schiebetür des Wagens öffnete. Mehrere Männer ergriffen sie. Ehe sie sich versehen konnte, hatte man sie in den Wagen gezerrt und die Tür wieder geschlossen. Als man ihr die Decke abnahm, erblickte sie drei maskierte Männer. Sie kam aber nicht dazu, sich Einzelheiten zu merken, denn man verband ihr sofort die Augen. Anschließend wurde sie gefesselt und geknebelt. Schließlich setzte man sie unsanft in eine Ecke des Laderaums. Sie ärgerte sich darüber, dass das Blatt mit ihrem Geständnis in der Zelle liegen geblieben war.

Wenige Augenblicke später fuhr der Wagen los. Zunächst ging die Fahrt eine ganze Weile durch die Stadt. Das merkte Olymbía an den vielen kurzen Stopps. Danach fuhren sie etwa eine Stunde lang, ohne anzuhalten, aber auch ohne viele Kurven, offenbar über flaches Land. Schließlich kam das Fahrzeug zum Stehen, und sie hörte, wie der Fahrer ausstieg. Nach wenigen Minuten kam er wieder und fuhr los. Ganz kurz danach wiederholte sich die Prozedur. Olymbía kombinierte, dass es sich um einen Grenzübergang handeln musste. Es konnte sich dabei nur um den Übergang von Evzoni handeln, denn die Straße zur bulgarischen Grenze hatte sie als kurvenreicher in Erinnerung, im Vergleich zu derjenigen, auf der sie jetzt unterwegs waren. Der Wagen fuhr wieder an. Von da an dauerte die Fahrt noch etwa zehn Minuten. Plötzlich hielt das Fahrzeug an und machte eine Kehrtwendung. Die Tür ging auf, man half ihr heraus. Zum Schluss nahm man ihr die Fesseln ab, nicht aber den Knebel und die Augenbinde. Bevor sie beides mit ihren noch stark schmerzenden Händen entfernen konnte, war der Lieferwagen schon wieder in Richtung Grenze davongebraust. Sie sah sich um. Es war inzwischen dunkel geworden. Man hatte sie auf einer Landstraße in einer völlig menschenleeren Gegend ausgesetzt. Doch dann sah sie in einer Entfernung von nur wenigen Metern eine Gestalt, die sich auch gerade von ihrem Knebel und ihrer Augenbinde befreite. Es war Adam.

Adam und Olymbía umarmten sich. Adam überraschte die Begegnung noch mehr als Olymbía, denn er hatte keine Ahnung davon, dass sie auch verhaftet worden war. Sie erklärte ihm mit wenigen Worten, was seit seiner Verhaftung auf dem Olymp geschehen war. Lediglich über Cindys Verbleib vermochte sie keine Auskunft zu geben.

Hast du eine Ahnung, wo wir sind?«, fragte Adam. »Ich nehme stark an, dass sie uns ins Land der Namenlosen gebracht haben.«

»Ins Land der Namenlosen? Was soll das heißen?«

»Nun, in Griechenland sagen wir dazu ›Skópia‹.«

»Skopje ist aber meines Wissens eine Stadt, und dorthin haben sie uns definitiv nicht gebracht, oder siehst du hier irgendwo eine Stadt?«

Das war natürlich eine rhetorische Frage, denn sie standen wortwörtlich in der Mitte von nirgendwo. Nicht ein einziges Licht war rundherum zu sehen, abgesehen vom Mond, der inzwischen seine volle Größe entfaltet hatte. Nur ganz in der Ferne, in südlicher Richtung, da schien ein Dorf zu liegen. Doch Adam verstand, was Olymbía meinte. Er erinnerte sich an den Namensstreit zwischen Griechenland und seinem nördlichen Nachbarland. Für die Griechen war Mazedonien, der Staat Alexanders des Großen, ein zentrales Kapitel ihrer eigenen Geschichte, die sie nicht mit ihren slawischen Nachbarn zu teilen gedachten. Nichtsdestoweniger verspürte er Lust, seine Liebste ein wenig zu piesacken.

»Ihr Griechen werdet euch wohl daran gewöhnen müssen, dass das Nachbarland den Namen Mazedonien trägt.«

»Aber der ist doch längst vom Tisch. Selbst offiziell heißt das Land ›Ehemalige Jugoslawische Republik Mazedonien‹«, gab Olymbía zurück.

»Na und? Wenn ich sage ›der ehemalige Taschendieb Anton‹, dann heißt der, den ich meine, doch immer noch Anton, nur ist er kein Taschendieb mehr ...«

Die schöne Halbgöttin stutze. »Ja ... So habe ich das noch nie gesehen.« Nach einer kurzen Pause fügte sie hinzu: »Aber das hieße ja, dass man uns Griechen mit dieser Bezeichnung über den Tisch gezogen hat!«

»Ich fürchte, da hast du recht.«

Olymbía beeilte sich, das Thema zu wechseln.

»Was hast du da in dem Brustbeutel?«, fragte sie.

»Dasselbe wollte ich dich auch gerade fragen.«

Sie stellten plötzlich fest, dass jeder von ihnen einen Brustbeutel um den Hals trug. Zuerst öffnete Adam seinen und fand darin hundert Euro und einen Zettel, auf dem geschrieben stand:

»Obwohl du widerwärtiger Imperialist und Kapitalist das eigentlich nicht verdient hast, haben wir dich heute aus dem Knast geholt, damit du unsere heilige hellenische Erde nicht länger mit deiner Anwesenheit besudelst. Hier hast du hundert Euro für ein Taxi nach Skopje zur deutschen Botschaft.«

Eine Unterschrift gab es nicht.

Olymbías Brustbeutel war wesentlich dicker als Adams. Sie öffnete ihn. Drinnen war ein dicker Packen Geldscheine. Daneben steckte ebenfalls ein Zettel, auf dem geschrieben stand:

»Du Schlampe hast alles gründlich versaut. Wir haben geglaubt, du seist von diesem Barbaren ermordet worden, und in Wahrheit lässt du dich von ihm durchficken. Schäm dich! Du hast unsere Partei lächerlich gemacht! Lass dich nie wieder in Griechenland blicken! Anbei findest du fünfzigtausend Euro für einen Neustart im Ausland. Auf Nimmerwiedersehen!«

Auch hier fehlte die Unterschrift.

Adam und Olymbía hatten keine Ahnung von Olivers Aufnahmen und den Reaktionen, die ihre Veröffentlichung im Internet hervorgerufen hatte. Fürs Erste standen sie da wie Hänsel und Gretel, zwei armselige Halbgötter in der Wildnis, mitten in der Nacht. Die genaue Uhrzeit kannten sie nicht, denn man hatte ihnen ihre Uhren bei der Inhaftierung abgenommen.

Genau genommen standen sie an der Nationalstraße nach Skopje, irgendwo zwischen Mrzenci und Prdejci, doch das wussten sie natürlich nicht so genau. Olymbía hatte Adam erzählt, dass sie um sechs Uhr wieder auf dem Olymp sein musste. Andernfalls würden die Götter sie töten. Eine Alternative gab es nicht. In ihr altes Leben konnte sie ohnehin nicht zurückkehren, und für den von ihren Genossen vorgeschlagenen Neuanfang im Ausland benötigte sie zumindest ihre Papiere. Die würde man ihr aber gewiss nicht nachschicken, denn dann käme ja heraus, dass sie noch lebte. Offenbar war etwas über ihre Beziehung zu Adam an die Öffentlichkeit gelangt, und die Partei wollte jetzt beide so schnell wie möglich loswerden.

Adam seinerseits wusste, dass er mit seinem Wissen um die Existenz der Götterzentrale für die Olympischen zum Sicherheitsrisiko geworden war. Auch war er sich darüber im Klaren, dass es für ihn keinen Platz mehr in Deutschland gab. Als Griechen-Maulwurf verschrien, konnte er seine Karriere vergessen, selbst wenn sich hundertmal seine Unschuld herausstellen sollte. Wer in Deutschland auch nur einmal mit irgendwelchen zwielichtigen Affären in Verbindung gebracht wurde, den spie das System gnadenlos aus. Da reichten schon ein paar abgeschriebene Sätze in einer Doktorarbeit. Wie sollte er zudem sein griechisches Abenteuer erklären, ohne die Rolle der Götter zu erwähnen? Doch wenn er das tat, war ihm die Einweisung in die Psychiatrie sicher. Schließlich erschien ihm der Gedanke an eine endgültige Trennung von Olymbía unerträglich.

»Was meinst du, Schatz«, fragte er mit einem zärtlichen Ton in der Stimme, »wäre vielleicht auch für mich ein Plätzchen frei auf dem Olymp?«

»Ich weiß nicht«, antwortete Olymbía. »Für meine Aufnahme dort haben sich insbesondere die männlichen Götter stark gemacht. Vielleicht hast du ja Chancen bei den weiblichen ...«

Man einigte sich schließlich darauf, dass Probieren immer noch über Studieren gehe. Man würde die Götter einfach fragen. Das Problem war nur, wie sie rechtzeitig zur Götterzentrale zurückkehren sollten. Um keine Zeit zu verlieren, marschierten sie schon einmal los. Auf der Straße war es ruhig. Nur alle paar Minuten rollte ein Auto an ihnen vorbei. Adam stellte eine Art Katalog der Hindernisse auf:

Da war einmal die Wegstrecke bis zur Grenze. Der Lieferwagen war nach der Grenzkontrolle noch etwa zehn Minuten gefahren. Gesetzt den Fall, dass er im Schnitt mit sechzig Stundenkilometern unterwegs war, mussten sie etwa zehn Kilometer vom Grenzübergang entfernt sein. Das war allein schon ein Fußweg von etwa zweieinhalb Stunden. Dann käme der illegale Grenzübertritt. Da sie keine Papiere hatten und sie in Griechenland mit Sicherheit zur Fahndung ausgeschrieben waren, mussten sie außerhalb der Sichtweite der Grenzstation die Seiten wechseln. Auch das würde Zeit kosten. Eine Alternative wäre, es darauf ankommen zu lassen und sich auf der Ladefläche eines Lastwagens zu verstecken. Nun wurden Lastwagen viel gründlicher kontrolliert als Pkws, was nicht nur gefährlich, sondern auch zeitraubend war. Auf griechischer Seite mussten sie wieder ein Verkehrsmittel finden. Das war ein großes Problem, denn um diese Zeit wäre an der Grenze wohl kaum ein Taxi zu finden. In Katerini könnten sie dann Papadopoulos bitten, sie auf den Olymp zu bringen, doch wo wohnte der eigentlich? Adam kannte nur die Anschrift seines Büros, und dort würde er sich wohl kaum vor neun Uhr sehen lassen. Also musste man schon in den sauren Apfel beißen und mit einem Taxi bis auf den Olymp fahren. Schließlich würde der Fußweg vom Parkplatz bis zum Eingang der Götterzentrale noch einmal mindestens dreieinhalb Stunden in Anspruch nehmen. Alles in allem ein wenig ermutigendes Szenario, denn es war mehr als fraglich, ob sie das alles bis sechs Uhr schaffen würden.

Doch wie so oft im Leben sollte alles ganz anders kommen. Adam hatte eine durch und durch deutsche und zudem männliche Rechnung aufgemacht, wie Olymbía lachend bemerkte.

»In diesem Teil Europas laufen die Dinge etwas anders, zumindest solange man Geld hat, und das haben wir ja, meinen ehemaligen Parteifreunden sei Dank. Jetzt fahre ich erst mal alleine per Anhalter in die kleine Grenzstadt hier, an deren Namen ich mich nicht erinnere. Irgendwas mit G. Ich fahre alleine, denn wenn wir als Pärchen den Arm hochhalten, nimmt uns mit Sicherheit niemand mit. Ich komme dann mit einem Taxi zurück, um dich aufzulesen. Dann sehen wir weiter.«

Adam fand den Vorschlag viel zu gefährlich. Olymbía allein mitten in der Nacht, in einem fremden Land mit irgendwelchen unbekannten Männern, da konnte viel passieren.

»Na und«, sagte sie, »nach der Erfahrung mit dem ausgehungerten Titanen gestern wäre das auch nicht mehr so schlimm. Es würde nur Zeit kosten, und die haben wir nicht. Aber sag mal ehrlich, so als Halbgott und Mann, gibt es etwas Unerotischeres als einen pinkfarbenen Hosenanzug?«

In diesem Punkt musste Adam ihr zustimmen.

Trotz ihres Outfits fand Olymbía, als sie sich allein an den Straßenrand stellte, sehr schnell eine Mitfahrgelegenheit. Es fügte sich, dass der Fahrer nicht zur Grenze wollte, sondern in das Grenzstädtchen Gevgelija. Auf dem zentralen Platz der Stadt standen trotz der vorgerückten Stunde ein paar Taxis. Olymbía nahm das erste. Sie bat den Fahrer, auf der Nationalstraße in Richtung Skopje zu fahren, bis sie einen einzelnen Wanderer träfen.

»Illegale, eh? Wollt über die Grenze, eh?«, sagte der Fahrer in einem durchaus passablen Englisch. »Macht tausend Euro, fünfhundert jetzt und noch mal fünfhundert bei Ablieferung bei meinem Freund Kostas in Matschukovo.«

Olymbía sagte, dass sie nach Griechenland wolle und nicht nach Matschukovo.

»Matschukovo liegt in Griechenland. Die griechischen Besatzer haben alle unsere Dörfer südlich der Grenze umgetauft. Sie nennen das jetzt Evzoni.«

Olymbía hätte ihm gern widersprochen, aber sie konnte mit dem Fahrer nicht über das Verhältnis zwischen Athen und Skopje und über die Ausmerzung der slawischen Ortsnamen in Griechenland diskutieren, ohne sich als Griechin zu outen. Er musste glauben, dass sie eine von den vielen illegalen Arbeitskräften war, die ihr Glück auch weiterhin im krisengeschüttelten Hellas suchten. Also schluckte sie die feindliche Propaganda herunter und öffnete ihren Brustbeutel, aus dem sie einen Fünfhunderter hervorzog. Als sie sich anschickte, ihn dem Fahrer zu geben, sagte der: »Du hast mich nicht verstanden, fünfhundert pro Person meine ich!« Olymbía hatte keine Lust, mit dem Fahrer zu feilschen. So gab sie ihm einen zweiten Fünfhunderter. In wenigen Stunden wäre sie entweder auf dem Olymp oder tot. In beiden Fällen würde ihr das Geld nichts mehr nützen.

Nach wenigen Minuten trafen sie auf Adam, der ihnen zu Fuß schon ein ganzes Stück entgegengekommen war. Er stieg wortlos ein, nachdem das Taxi gewendet hatte. Kurz vor der Grenze bog der Fahrer von der Nationalstraße auf eine Seitenstraße ab und von dieser nach wenigen Hundert Metern auf einen nicht asphaltierten Feldweg. Jetzt fuhren sie eine Weile in Richtung Osten. Der Fahrer hatte die Scheinwerfer des Wagens ausgeschaltet. Das Mondlicht half ihm bei der Orientierung, doch erschien er ausgesprochen routiniert. Adam wäre jede Wette darauf eingegangen, dass der Mann den Weg auch bei Neumond mit derselben Leichtigkeit gefunden hätte. Auf einmal erschienen wie aus dem Nichts zwei Uniformierte vor dem Wagen.

»Noch zwei so Scheinchen«, brummte der Fahrer in Richtung Olymbía. Diese öffnete den Brustbeutel. Gott sei Dank hatte sich die Partei trotz ihres gerechten Zorns so großzügig gezeigt. Olymbía hatte nicht aufgepasst, welche Uniform die beiden Grenzwächter trugen. Es war auch egal.

Nach einer weiteren Viertelstunde kamen sie vor einem am Rande eines Dorfes allein stehenden Haus an. Der Fahrer stieg aus und klopfte in einem bestimmten Rhythmus an die Tür. Eine Minute später ging diese auf, und ein etwa fünfzigjähriger Mann, der einen Schlafanzug trug, erschien im Türrahmen. Sie wechselten ein paar Worte in der Sprache des Nachbarlandes, die weder Adam noch Olymbía verstanden. Anschließend kam der Taxifahrer zurück.

»Das hier ist Kostas, der wird euch mit seinem Wagen bis nach Thessaloniki bringen. Kostet fünfhundert Euro.«

»Pro Person?«, fragte Olymbía.

»Nein, für beide. Gibt keine Grenze, ist billiger.«

Das erschien Adam und Olymbía einleuchtend. Der Taxifahrer stieg in seinen Wagen und fuhr zurück zur Grenze.

Adam und Olymbía mussten eine Weile warten, bis ihr neuer Fluchthelfer reisefertig war. Schließlich erschien Kostas wieder auf der Bildfläche. Er zog die Tür zu seinem Haus hinter sich zu und zeigte auf einen alten Kleinlaster. Draußen stand etwas von ›Handel mit Frischfleisch‹. Adam bemerkte, dass es sich um einen Kühltransporter handelte. Na, dann wird es uns wenigstens nicht zu warm, dachte er. Kostas forderte Adam auf, ihm dabei zu helfen, einige Schweinehälften aus einem Kühlraum im Erdgeschoss seines Hauses zu holen und in den Wagen zu hängen. Das war offenbar die Tarnung, dachte Adam. Die armen Tiere sahen so aus und rochen ganz so, als hätten sie ihre posthume Rolle schon öfter gespielt. Kostas forderte das Paar auf, hinter den letzten Schweinehälften, gleich an der Trennwand zur Fahrerkabine, Platz zu nehmen. Dort fanden sie auch einige übelriechende, fleckige Wolldecken, in die sie sich einwickeln sollten, falls es unterwegs zu kalt würde. Lieber erfriere ich, dachte Olymbía.

Die beiden mussten aufpassen, dass sie nicht aus Versehen Griechisch sprachen. Bevor Kostas sie einschloss, sagten sie ihm, dass sie nicht nach Thessaloniki wollten, sondern dass sie so schnell wie möglich in die Gegend des Olymp müssten.

»Ich würde euch überall hinbringen, aber ich habe gehört, dass es rund um den Olymp in diesen Tagen vor Polizisten nur so wimmeln soll. Irgendeine dunkle Geschichte mit irgendwelchen Deutschen, kakó chróno náchoun.« Er sprach ein mäßiges Englisch mit einem starken griechischen Akzent. Nur die letzten Worte hatte er auf Griechisch gesagt: Es möge ihnen dreckig gehen!‹

Man einigte sich schließlich darauf, dass Kostas sie für einen Extra-Fünfhunderter bis nach Kolindros bringen würde, das nördlich von Katerini lag. Dort habe er einen Freund, dessen Auto lokale Nummernschilder trug. Der würde sie bestimmt für ein entsprechendes Honorar bis zum obersten Parkplatz bringen, ohne sich verdächtig zu machen, wie es bei ihm selbst der Fall wäre, denn sein Auto war im Bezirk Kilkis zugelassen.

»Anestis fährt euch direkt zu den Göttern«, scherzte Kostas, ohne zu ahnen, wie richtig er lag.

Es klappte genau, wie Kostas es vorausgesagt hatte. Sein Freund war zunächst sehr verärgert darüber, dass man ihn um zwei Uhr in der Nacht geweckt hatte. Am Anfang war er verwundert über Kostas' Anliegen, aber dann freute auch er sich über einen unverhofften Fünfhunderter. Sie erreichten den Parkplatz Prionia um halb vier. Es war klar, dass sie es nicht mehr rechtzeitig bis zur Götterzentrale schaffen würden. Nichtsdestoweniger machten sie sich auf den Weg. Vielleicht würde sie unterwegs ein

Blitz des Zeus treffen, vielleicht würden die Götter aber auch Gnade vor Recht ergehen lassen. Einen Weg zurück in die menschliche Gesellschaft gab es für beide ohnehin nicht mehr.

Die Wege auf dem Olymp sind sicher nicht für Nachtwanderungen geeignet, auch nicht in Vollmondnächten. Das mussten die beiden Halbgötter am eigenen Leibe erfahren. Manchmal wären sie beinahe in Abgründe gefallen, einmal fehlte nicht viel und Olymbía hätte sich ihren rechten Fuß verstaucht. Besser wurde es erst, als die Sonne aufging. Als sie den Felsen, der den Eingang zur Götterzentrale markierte, erreichten, war es dem Sonnenstand nach zu urteilen etwa acht Uhr. Offenbar hatten unsichtbare Titanen-Polizisten sie bereits erspäht, denn vor ihren Augen wurde der Felsbrocken, der den Eingang seit der Polizeiaktion am Mittwoch versperrte, wie von Geisterhand bewegt und an die Seite gerollt.

Sie krochen in den Tunnel und hörten, wie sich der Eingang hinter ihnen schloss. Was würde sie am anderen Ende des Ganges erwarten? Ein Todesurteil für beide oder nur für Olymbía, weil sie ihren heiligen Eid gebrochen hatte? Oder würden die Götter sich als gnädig erweisen, wenn sie sie darum anflehten? Opfern konnten sie ihnen nichts mehr, denn sie hatten nur noch ihr nacktes Leben, wie Olymbía bemerkte. »Und 45.600 Euro«, ergänzte Adam, aber auch er wusste, dass sich die Götter aus Geld nicht viel machten. Ihre Karrieren hatten sie bereits drangegeben, ihre weltlichen Besitztümer ebenfalls. Adam musste an sein stattlich gefülltes Bankkonto denken, an das er jetzt nicht mehr herankam. Was half es ihm in dieser Situation? Gar nichts!

Als sie den Hauptgang durchschritten hatten und auf den runden Platz kamen, mussten sie zu ihrer Verblüffung feststellen, dass weit und breit kein Gott zu sehen war. Schliefen die etwa noch alle? Oder war ihre Abwesenheit als ein schlechtes Vorzeichen zu werten? Wollten ihnen die Götter auf diese Weise etwa ihre Verachtung demonstrieren?

Erst nach knapp zwei Stunden erschien Hermes auf der Bildfläche. Olymbía fiel sofort vor ihm auf die Knie, Adam zögerte ein wenig, doch dann tat er es ihr nach. Mit gesenkten Köpfen erwarteten die beiden Halbgötter die Rede des Gottes.

»Hey, Olymbía, hey Adam, was soll der Quatsch?«

»Ich habe«, hob Olymbía an, »meinen heiligen Eid gebrochen. Statt um sechs, war ich erst um acht zurück.«

»Na und«, sagte Hermes, »wer hat das bemerkt? Sechs Uhr – so früh ist hier seit dem Trojanischen Krieg niemand mehr aufgestanden! Hauptsache, du bist wieder da, und Adam hast du, wie ich sehe, auch befreit. Das ist ja wohl das Wichtigste!«

Hermes hieß die beiden aufstehen und wandte sich Adam zu.

»Na Adam, was macht die Kunst? Schon irgendwelche Pläne, was du jetzt machen willst?«

Adam erklärte ihm seine schwierige Situation. Hermes hörte mit großem Interesse zu. Am Ende fasste sich Adam ein Herz und fragte, ob es unter Umständen möglich sei, dass auch er hier auf dem Olymp bliebe. Hermes war sich nicht ganz sicher.

»Ich glaube, da gibt es so eine Bestimmung. Allerdings müsstet ihr wohl heiraten. Aber ich kenne mich da nicht so genau aus. Dafür ist Aphrodite zuständig. Die wacht aber garantiert nicht vor zwölf Uhr auf.«

Das hieß, sie mussten warten.

Nachdem Hermes sich entschuldigt hatte, denn er musste sich an seine Arbeit machen, warteten Adam und Olymbía in dem Besprechungsraum, den sie schon am Dienstag kennengelernt hatten. Adam fragte Olymbía, was sie denn von dem Vorschlag hielte, dass sie heiraten sollten.

»Nun«, sagte sie, »solange uns das nicht einengt ... Ich werde sicher auch mal wieder mit Hermes schlafen wollen oder mit sonst irgendeinem Gott. Und an dir wird manche Nereide Gefallen finden, da bin ich sicher. Solange wir dann keine Eifersuchtsszenen veranstalten, warum nicht? Wenn es dir hilft, die Aufenthaltsgenehmigung zu bekommen ...«

Adam war glücklich über Olymbías Antwort.

Gegen ein Uhr wurde in allen Zimmern der Zentrale von den Titanen eine Ambrosiamahlzeit serviert. Hierdurch geriet Olymbías und Adams Entschluss, auf dem Olymp zu bleiben, vorläufig wieder ins Wanken. Nichtsdestoweniger hatten sie keine Wahl mehr. Sie würden sich an das Zeug gewöhnen müssen. Gegen zwei schließlich kam Aphrodite hereingewirbelt. Sie umarmte beide mit großer Herzlichkeit.

»Ich habe gehört, ihr beiden Süßen wollt heiraten! Wie romantisch! Wisst ihr, wie lange hier keine Hochzeit mehr stattgefunden hat? Das ist mindestens fünfhundert Jahre her!«

»Heißt das, dass hier auf dem Olymp keine Kinder mehr geboren werden?«, fragte Adam.

»Oh nein, Kinder gibt es etliche. Nur heiratet kaum noch ein Gott, wozu auch?«

»Für uns ist es wichtig, wegen Adams Aufenthaltserlaubnis.«

»Ja, das stimmt«, pflichtete Aphrodite bei. »Das heißt hier bei uns Familienzusammenführung. In den Bestimmungen steht: Hält sich ein Halbgott legal auf dem Olymp auf, hat sein Ehepartner ein Anrecht auf eine Aufenthaltserlaubnis, sofern er selbst auch mindestens ein Halbgott ist, es sei denn, Zeus entscheidet anders.«

Es sei denn, Zeus entscheidet anders, dachte Adam. Ein perfekter Rechtsstaat war der Olymp nun auch wieder nicht.

»Ich muss aber dazusagen, dass ich nicht beabsichtige, Adam treu zu sein«, meinte Olymbía. »Stört das?«

»Ganz im Gegenteil, meine Liebe. Unser Hochzeitsritual hier sieht sogar vor, dass man schwört, von seinem Partner niemals, aber auch wirklich niemals, eheliche Treue zu verlangen. Es wäre doch unanständig, einen anderen zum Lügen zu verleiten, oder? Dass Hera diesen Eid laufend missachtet, das steht auf einem anderen Blatt.«

»Was bedeutet denn eheliche Treue nach euren Regeln?«, wollte Adam wissen.

»Nun«, sagte Aphrodite, »da gilt dasselbe für Götter wie für Menschen. Eine Person ist ihrem Partner treu, solange ihre sexuellen Aktivitäten mit Dritten nicht zehn Prozent ihrer gesamten sexuellen Aktivitäten übersteigen.«

»Und wie misst man so was?«, fragte Olymbía.

»Ganz einfach, es wird alles auf die Grundeinheit heruntergebrochen. Das ist der Händedruck. Zehn Händedrücke entsprechen einem Kuss, und zehn Küsse entsprechen einmal, na ihr wisst schon, was ich meine.«

λγ′

Cindy hatte es sich in Franks Zimmer bequem gemacht. Frank hatte allein eine Reise angetreten, die ursprünglich als gemeinsamer Urlaub mit seiner Freundin geplant war. Doch hatten sich die beiden am Tag vor dem Abflug gestritten. Karola, seine Freundin, versuchte ihn zu treffen, indem sie verkündete, dass sie nicht mit nach Griechenland käme. Frank wiederum wollte ihr beweisen, dass ihr Entschluss ihn nicht im Mindesten berührte. So kündigte er an, dann eben ohne sie zu fahren, schließlich habe er die Tickets bezahlt. Karola hatte gelacht und gesagt, sie stelle sich ihn bereits vor, wie er allein am Strand läge und sich mit seinem Handtuch zentimeterweise an irgendwelche allein reisende Damen mittleren Alters heranrobbte. Frank hingegen hatte großspurig verkündet, dass er schon am ersten Tag etwas Besseres finden würde als sie.

In der Tat sah es in den ersten zehn Tagen des Urlaubs so aus, als würde Karola recht behalten. Jetzt aber, vier Tage vor dem Heimflug nach Nürnberg, widerfuhr ihm *das*. Da setzte sich plötzlich diese unglaubliche Frau an seinen Tisch, deren Schönheit sämtliche Models der Welt wie hässliche Entlein erscheinen ließ. Sie stellte sich ihm als Angelika Baum vor. Schon nach einer halben Stunde waren sie beide auf sein Zimmer gegangen, welches sie seither nicht mehr verlassen wollte. Immer wenn er vorschlug, zum Strand oder sonst irgendwo hinzugehen, sagte sie eigenartige Sätze wie: »Lass uns doch hierbleiben. Ich möchte nicht, dass du dir was anziehst. Ich will dich so sehen, wie Prometheus dich schuf.« Der Hinweis auf Prometheus irritierte den Chemieingenieur, dessen klassische Bildung sich auf die von Hollywood bearbeiteten Versionen der antiken Mythen beschränkte. Merkwürdig war auch, dass die junge Frau immer dann im Bad verschwand, wenn der Zimmerservice anklopfte, um ihnen etwas zu essen zu bringen.

Am Freitagmorgen kam Frank gerade aus dem Bad. Cindy alias Angelika hatte den Fernseher angestellt und verfolgte aufmerksam die griechischen Nachrichten. Frank stutzte.

»Du verstehst Griechisch?«

»Ein bisschen, Volkshochschule«, sagte sie knapp und gebot ihm mit einer Handbewegung, still zu sein. Der Sprecher berichtete, dass sowohl der deutsche Staatssekretär, der wegen der Entführung der Abgeordneten Olymbía Theodorou inhaftiert war, als auch die ebenfalls verhaftete Ioanna Papazoglou in der Nacht auf mysteriöse Weise aus dem Polizeigewahrsam entkommen seien. Die Sache trage eindeutig die Handschrift des deutschen Geheimdienstes BND. Papazoglou habe in der Zelle ein schriftliches Geständnis hinterlassen, dass sie in der Tat, wie bereits vermutet worden war, die Behörden in die Irre führen wollte, als sie sich am Vortag als Olymbía Theodorou ausgegeben hatte. Cindy musste kurz lachen, als die das Foto ihrer neuen Freundin in einem pinkfarbenen Hosenanzug sah. Darunter stand: Ioanna Papazoglou. Unterdessen, hieß es, verberge sich der Unternehmer Klaus Müller noch immer im deutschen Generalkonsulat. Müller werde bekanntlich der Vergewaltigung einer jungen Griechin beschuldigt. Parallel dazu erschien eine Vergrößerung des Bildes, welches Papadopoulos ins Netz gestellt hatte. Darauf war Müllers Gesicht klar zu erkennen, während ihr eigenes unkenntlich gemacht worden war.

»Frank, Liebster, spendierst du mir ein Taxi nach Thessaloniki?«, fragte Cindy in einem Ton, der es keinem Mann der Welt erlaubt hätte, Nein zu sagen. »Ich bin heute Abend auch wieder da, ich verspreche es.«

Frank, der inzwischen wieder ins Bad zurückgekehrt war, rief durch die Tür: »Was immer du willst, Liebling. Geld findest du in meiner Brieftasche. Nimm lieber etwas mehr mit, für alle Fälle.«

Das ließ sich Cindy nicht zweimal sagen. Sie nahm sich fünfhundert Euro und zog eines der Kleider an, die Müller ihr gekauft hatte. Sie wollte Klaus Müller erlösen, denn sie fühlte sich einfach schuldig. Nach allem, was passiert war, war das Freizeitpark-Projekt sowieso gestorben. Dessen war sie sich sicher. Nur wie sollte sie vorgehen? Am besten, sie würde zum Generalkonsulat fahren und dort ihre Aussage machen. Der Generalkonsul hätte dann sicher eine Idee, wie man die Sache mit den griechischen Behörden regeln könnte. Was aber, wenn man ihr nicht glaubte? Schließlich war ihr Gesicht auf dem Bild verpixelt. Dann würde sie sich wohl ausziehen müssen. Sei's drum, das hatte sie schließlich schon öfter gemacht, wenn auch noch nicht in einem Generalkonsulat.

Was aber wäre, wenn man sie schon auf dem Weg nach Thessaloniki erkennen und ebenfalls verhaften würde? Ach, dachte sie, was gäbe ich darum, wenn mich mein Vater Prometheus in eine schrumpelige alte Hexe verwandeln könnte, wenigstens für zwei Stunden! Sie öffnete die Tür zum Bad, um sich von Frank zu verabschieden. Er putzte sich gerade die Zähne und wollte sich den Mund ausspülen. Er sah Cindy an, und in demselben Moment zerschellte das Wasserglas im Waschbecken.

»Ciao Frank, bis heute Abend«, sagte Cindy und zog die Tür hinter sich zu.

Sie ließ sich von der Rezeption ein Taxi rufen.

»Der Wagen wird in zehn Minuten hier sein«, sagte der Mann an der Rezeption. »Wollen Sie sich nicht solange in einen der Sessel setzen? Hier zu stehen wird Sie sicher ermüden.«

Der Taxifahrer war ein gutaussehender junger Mann um die dreißig. Er öffnete ihr die Wagentür. Als sie eingestiegen war, fragte er sie, ob sie auch bequem säße. Natürlich saß sie bequem. Unterwegs sprach der Taxifahrer fortwährend über seine Großeltern und die neuesten Rentenkürzungen. Was ging Cindy das alles an? Aus Höflichkeit nickte sie immer wieder oder gab ein zustimmendes »ja sicher« oder »völlig richtig« von sich. Als sie vor der Tür des Generalkonsulats in der Allee Alexanders des Großen hielten, kam der Fahrer um das Auto herum, öffnete Cindys Tür und half ihr behutsam beim Aussteigen.

Das Konsulatsgebäude war von Kamerateams und Journalisten belagert. Cindy hatte große Angst, erkannt zu werden, doch zu ihrer eigenen Verwunderung nahm niemand von ihr Notiz, selbst als sie sich durch die Menge bis zum Wachposten vorkämpfte. Sie sagte dem Security-Mann auf Griechisch, dass sie eine bedeutende Aussage zu machen habe, welche Herrn Müller endgültig entlasten würde. Sie müsse daher unbedingt den Generalkonsul persönlich sprechen. Der Wachmann drückte auf einen

Knopf. Die Tür ging auf, sie schritt hindurch und stand vor einer verglasten Pförtnerloge. Sie nahm ihren deutschen Personalausweis aus ihrer Umhängetasche und legte ihn in den Schlitten, der dazu diente, Dokumente auf die andere Seite der Panzerglasscheibe zu befördern.

»Vielleicht sollten Sie den mal aktualisieren lassen«, meinte der Beamte, als er ihren Ausweis sah.

Cindy verstand den Sinn der Bemerkung nicht. Nach wenigen Minuten wurde sie vorgelassen. Generalkonsul Lönninger machte einen übernächtigten Eindruck. Neben ihm saß ein weiterer Herr, der sich als Kanzler Engelmann vorstellte. Cindy verstand nicht genau, warum sich der Mann als Kanzler bezeichnete, doch dachte sie nicht lange darüber nach. Sie kam schnell auf den Punkt. Sie sei das angebliche Opfer der Vergewaltigung. Es handele sich bei dem Bild aber um eine gestellte Situation, die Müller und sie spaßeshalber inszeniert hätten. Ein gemeinsamer Freund habe das Bild mit einer Videokamera aufgenommen. Sie habe volles Verständnis dafür, wenn die Herren ihr keinen Glauben schenken würden, zumal das Gesicht des vorgeblichen Vergewaltigungsopfers auf dem Bild unkenntlich gemacht wurde. Wenn es aber der Wahrheitsfindung diente, sei sie bereit, sich auszuziehen, wenn es sein musste, auch jetzt sofort, vor den beiden Herren.

Die Reaktion der beiden Diplomaten erschreckte sie zutiefst. In ihren Augen stand blankes Entsetzen geschrieben. Hatte sie etwas so Schlimmes gesagt? War es solch ein Sakrileg, sich in einem Generalkonsulat auszuziehen? Oder war sie zufällig an zwei tief religiöse Beamte geraten?

Cindy wurde sofort aus dem Generalkonsulat hinauskomplimentiert. Ehe sie begriff, was eigentlich gespielt wurde, fand sie sich im Aufzug wieder. Noch bevor sich die Tür der Kabine schloss, hatte ein Konsulatsmitarbeiter den Knopf mit der Aufschrift ›Erdgeschoß‹ gedrückt, als wollte er sichergehen, dass Cindy das Gebäude auch wirklich verließ. Als sich die Tür geschlossen hatte, schaute Cindy in den Spiegel. Sie erschrak wie noch nie zuvor in ihrem Leben. Statt des gewohnten göttlichen Gesichts, an dem sie sich oftmals selbst nicht sattsehen konnte, erblickte sie die hässliche Fratze einer Frau um die neunzig. Also war ihr Wunsch heute früh in Erfüllung gegangen! Jetzt verstand sie mit einem Mal die Reaktio-

nen ihrer Mitmenschen. Das Entsetzen in Franks Augen, als sie ihn verließ, die Fürsorglichkeit des Rezeptionisten, aber auch die Tatsache, dass
der Taxifahrer mit ihr über Rentenkürzungen gesprochen hatte und dass
es die beiden Diplomaten bei der Vorstellung schauderte, sie könnte sich
ausziehen, all das ergab auf einmal einen Sinn.

Voller Entsetzen wandte sich Cindy von ihrem Spiegelbild ab. Die Tür
des Aufzuges öffnete sich schon, da wagte Cindy doch noch einen letzten
Blick in den Spiegel. Doch was sah sie da? Das alte wohl vertraute Bild der
schönen Halbgöttin! Offenbar waren die zwei Stunden, für die sie sich
verwandeln wollte, gerade während ihrer Fahrt mit dem Aufzug abgelau-
fen. Danke Papa, dachte sich Cindy und drückte kurz entschlossen wieder
auf den Knopf mit der Aufschrift ›Eingang Generalkonsulat‹. Die Mitarbeiter des Konsulats staunten nicht schlecht, als kaum eine Minute nach
dem Abgang der verrückten Alten eine andere, mindestens sechzig Jahre
jüngere Frau den Raum betrat, die, um die Verwirrung zu vervollständi-
gen, das gleiche Kleid trug wie die alte Frau. Hatte das kurze, tief ausge-
schnittene Kleid bei der Alten noch grotesk gewirkt, schien es jetzt, als
wäre es einem wahrhaft göttlichen Körper auf den Leib geschneidert worden.

Cindy betrat erneut das Büro des Generalkonsuls. Beide Herren standen am Fenster, ließen den Blick über den Thermaischen Golf schweifen
und lachten dabei.

»Das müssen wir nachher dem armen Müller erzählen, das mit der
verrückten Oma. Vielleicht heitert ihn das ja auf.«

Vor lauter Lachen hatten die beiden Cindys Eintreten nicht bemerkt.

»Meine Herren«, sagte sie, »das wahre Opfer der Vergewaltigung steht
hinter ihnen.«

Die beiden drehten sich auf der Stelle um. Diesmal hatten sie gegen
Cindys Art der Beweisführung nichts einzuwenden. Sie nahmen einen
eingehenden Vergleich mit dem Foto vor und kamen übereinstimmend zu
dem Schluss, dass dieses in der Tat Cindys nackten Körper zeigte.

Der Generalkonsul rief daraufhin den Polizeichef, den Staatsanwalt,
den Untersuchungsrichter und den Chefredakteur der bedeutendsten
Tageszeitung der Stadt an. Er lud sie alle in das Generalkonsulat, wo sie

sich durch eigenen Augenschein von der Wahrheit seiner Angaben würden überzeugen können. Keine halbe Stunde später waren alle vier Herren im Konsulat eingetroffen. Als Cindy das Generalkonsulat verließ, verlangte sie ihren Ausweis zurück. Der Pförtner erstarrte bei ihrem Anblick. Als die Dame kam, hatte er ihr geraten, das Bild in ihrem Ausweis ihrem aktuellen Aussehen anzupassen. Jetzt hatte sich stattdessen das Aussehen der Frau ihrem Bild angepasst.

Klaus Müller war ihr trotz allem immer noch böse, weil sie ihn so schändlich hereingelegt hatte, und fuhr umgehend zum Flughafen. Mit ihm entschwanden die Hoffnungen von mehreren Tausend Bewohnern des Bezirks Piería auf einen Arbeitsplatz und zugleich die Aussicht auf eine behindertengerechte Umgestaltung der Akropolis.

Oliver dachte, es wäre an der Zeit, sich langsam eine Schlafgelegenheit zu suchen. Seine Recherche im Internetcafé hatte keine neuen Hinweise ergeben, außer dass der Mann mit der Mistgabel erneut gesichtet wurde. Ein älteres Ehepaar, das von der Begebenheit mit den Kindern wusste, war bei einem Spaziergang im Pöppinghäuser Wald auf den Mann gestoßen. Das Paar wollte ihn zur Rede stellen, wurde aber von dem wunderlichen Mann, der mit einem stark ausländischen Akzent sprach, mithilfe der Mistgabel in die Flucht geschlagen. Oliver nahm sich vor, am nächsten Morgen früh aufzustehen und der Sache nachzugehen.

In der Nähe des Internetcafés fand er schnell ein preiswertes Hotel. Es war eins von der Sorte, wo Vertreter übernachten, die ihre Reisekosten in einem überschaubaren Rahmen halten müssen. Ihm war klar, dass er den Abstecher nach Recklinghausen wohl aus eigener Tasche bezahlen würde. Wenn er versuchte, ihn abzurechnen, hätte er mit Sicherheit viele Fragen zu beantworten. Am meisten fürchtete er sich vor der Frage, warum er sich nach seiner Rückkehr nicht bei seinen Vorgesetzten gemeldet hatte.

Oliver schlief in seinem engen Einzelzimmer schnell ein. Er träumte vom Olymp und von wunderschönen griechischen Politikerinnen. Am Morgen gönnte er sich erst einmal eine ausgiebige Dusche, die erste seit der Nacht mit Ingrid. Wie es ihr wohl gehen mochte, fragte sich Oliver. Nach dem Frühstück ging er zur Bahnhofsbuchhandlung und erstand einen Stadtplan. Seine Reisetasche schloss er wieder in ein Schließfach ein.

Kurz darauf erhielt er einen Anruf. Es war Ayşe Özgür vom Polizeipräsidium. Man habe in der Nacht den Mann gefasst, der die jungen Mädchen belästigte. Ayşe habe den Akzent des Mannes schnell erkannt und ihn auf Türkisch angesprochen. In der Tat stellte sich heraus, dass es sich um einen Landsmann handelte. Er sei also mit Sicherheit nicht der gesuchte griechische Diplomat. Oliver bedankte sich herzlich bei der netten jungen Kollegin. Das bedeutete, dass er sich in den noch verbleibenden drei Stunden mit dem Mistgabelmann im Pöppinghäuser Wald beschäftigen würde. Sollte er bis halb elf nichts erreichen, würde er den Bus zum Bahnhof nehmen und Olymbías Rat befolgen, die Stadt so schnell wie möglich zu verlassen. Dann hätte er jedenfalls getan, was er tun konnte.

Oliver nahm einen Stadtbus zum Pöppinghäuser Wald. Natürlich wusste er nicht, ob sich der Mann mit der Mistgabel hier noch herumtrieb. Nichtsdestoweniger war die Tatsache, dass er am Vortag hier gesehen worden war, der einzige Anhaltspunkt, den Oliver Steinhaus besaß. So machte er sich daran, das etwa siebzig Hektar große Waldgebiet systematisch zu durchwandern. Auf seinem Stadtplan waren die wichtigsten Waldwege eingezeichnet. Am Freitagmorgen hatte das Wochenende noch nicht begonnen. So waren in dem Naturschutzgebiet nur wenige Menschen unterwegs. Die meisten waren Rentner, die ihre Hunde ausführten. Im Gegensatz zu dem, was in den Wäldern rund um die Hauptstadt üblich ist, waren hier sämtliche Hunde vorschriftsmäßig angeleint, wie der ordnungsliebende Oberkommissar zufrieden feststellte.

Jetzt war der Berliner Polizist schon mehr als zwei Stunden in dem Wald unterwegs, ohne irgendeine Spur des Mannes mit der Mistgabel entdeckt zu haben. Er gab sich selbst noch zehn Minuten, dann würde er aufgeben, um noch rechtzeitig bis elf Uhr zum Bahnhof zu kommen. Recklinghausen müsste er dann seinem Schicksal überlassen, was immer das bedeuten mochte. Er vergewisserte sich, dass der Brief, den er der Zielperson übergeben sollte, in der Innentasche seines Jacketts steckte.

Oliver hatte es sich angewöhnt, von den Hauptwegen, auf denen er sich bewegte, in jeden kleinen Querweg hineinzuspähen. Manchmal ging er auch fünfzig oder hundert Meter in solch einen Weg hinein, um dann zum Hauptweg zurückzukehren. Auch in diesem Moment war er wieder bei einem schmalen Querweg angelangt. Er versuchte, diesem Weg mit den Augen so weit als möglich zu folgen. Auf den ersten hundert Metern standen links und rechts dichtgedrängt junge Tannen. Dahinter schien sich auf der linken Seite eine freie Fläche aufzutun. Darauf ließ zumindest das Sonnenlicht schließen, welches dort auf den Weg fiel.

Diese Lichtung würde er sich noch anschauen, und dann wäre Schluss. Vorsichtig betrat Oliver den Querweg. Dort, wo das dichte Gestrüpp der Tannenschonung auf der linken Seite endete, um der Lichtung Platz zu machen, hielt Oliver an. Um von der Wiese aus nicht gesehen zu werden, zwängte er sich zwischen die Tannen. Zurückfedernde Zweige peitschten ihm immer wieder ins Gesicht.

Auf einmal sah er ihn. Keine zwanzig Meter vor ihm stand mitten auf der Lichtung der Mann mit der Mistgabel. Er schien mit diesem Gerät eine besondere Art der Gymnastik zu betreiben. Immer wieder hob er die Gabel hoch in die Luft, um sie dann mit Kraft vor sich in den Boden zu rammen. Doch halt, bei genauerem Hinsehen erkannte Oliver, dass das Gerät den Boden nicht wirklich berührte. Sie stoppte jedes Mal wenige Zentimeter über den Gräsern, die die Waldlichtung bedeckten. Es sah fast so aus, als versuchte der Mann immer wieder, mit seiner Mistgabel ein imaginäres, auf dem Boden liegendes Opfer aufzuspießen. Oliver schaute dem seltsamen Treiben eine Weile zu. Ihm fiel dabei auf, dass der Mistgabelschwinger bei jedem Versuch den Neigungswinkel seines Werkzeugs leicht veränderte. Was sollte das bedeuten? Er konnte sich keinen Reim auf dieses Verhalten machen.

Oliver konzentrierte sich jetzt auf die Gestalt des Mannes. Er mochte Mitte fünfzig sein und war von kräftiger Statur. Er trug einen weißen Overall, wie ihn die Anstreicher tragen, und darunter ein dunkelblaues Hemd. Das Gesicht konnte Oliver aus der Entfernung nicht genau erkennen, aber trotzdem kam es ihm irgendwie bekannt vor. Richtig, das war … Nein, das konnte nicht wahr sein. Aber doch, Olivers Personengedächtnis ließ ihn so gut wie nie im Stich. Jetzt sah er es deutlich, da gab es keinen Zweifel mehr. Vor ihm stand der Admiral aus dem Krisenstab in der Bunkeranlage auf dem Olymp!

Der Mann schaute jetzt in die entgegengesetzte Richtung. Oliver trat aus dem Dickicht der Schonung hervor und näherte sich dem anderen von hinten. Als er näher kam, sah er, dass es sich bei dem Werkzeug überhaupt nicht um eine Mistgabel handelte sondern um einen großen Dreizack, wie man ihn, in viel kleinerer Form, am Mittelmeer benötigt, um zwischen strandnahen Felsen nach Tintenfischen zu jagen. Tintenfische in Recklinghausen?

»Excuse me, Sir ...«

Oliver kam nicht weiter. Im selben Moment wandte sich der Marineoffizier um. Offenbar erkannte er Oliver sofort. Sein Gesicht verriet höchste Verärgerung über die plötzliche Störung. Oliver wollte ihm sagen, dass er eine wichtige Nachricht vom Olymp für ihn habe, wusste aber nicht, wie er ihn ansprechen sollte. Schließlich erinnerte er sich, dass die schöne Politikerin gemeint hatte, die Zielperson würde positiv auf das Wort ›Triäna‹ reagieren, was immer das bedeutete.

»Triäna!«, rief Oliver laut.

»Die kannst du chabben!«, schrie der Mann wütend und schickte sich an, den Dreizack durch Olivers Bauch zu bohren. Doch der Polizist reagierte blitzschnell. Er hatte beim Kampfsporttraining gelernt, wie man einem Angreifer eine Stichwaffe entwindet. Noch ehe sein Gegenüber die Situation richtig einschätzen und seine göttlichen Kräfte aktivieren konnte, hatte Oliver ihm den Dreizack aus der Hand gewunden und in einem weiten Bogen hinter sich geworfen, wo er der Länge nach auf dem Boden landete.

Im selben Moment begann die Erde unter Olivers Füßen zu beben. Das lenkte ihn für einen Augenblick von seinem Gegner ab. Das Beben hielt etwa zehn Sekunden an.

Während die Erde noch wackelte, verschwand der mysteriöse Marineoffizier. Es war, als hätte er sich in Luft aufgelöst. Oliver hob den Dreizack auf. Er würde ihn, dachte er, in Berlin an die Wand seines Wohnzimmers hängen. Am besten über der Couch.

In den Zeitungen des Ruhrgebiets stand am nächsten Tag zu lesen: »*Ein Erdbeben der Stärke 3,9 der nach oben offenen Richterskala war gestern in der Stadt Recklinghausen zu spüren. Das Epizentrum lag im Pöppinghäuser Wald. Verletzte gab es nicht, doch wurden etliche Gebäude beschädigt. Fachleute machen Bergschäden für das Beben verantwortlich.*«

Die Nachfolgefirma der Ruhrkohle AG sah sich einer Welle von Schadensersatzansprüchen gegenüber, von denen einige vor Gericht ausgefochten wurden.

Nach dem mysteriösen Verschwinden des Marineoffiziers hatte Oliver noch kurz die nähere Umgebung abgesucht. Eine irgendwie geartete Bombe oder sonstige Höllenmaschine fand er nicht, sodass er sich gar nicht mehr sicher war, ob er Recklinghausen wirklich vor dem Untergang gerettet hatte. Es blieb ihm aber auch keine Zeit mehr, groß darüber nachzudenken. Er musste jetzt zum Bahnhof, wo er seinen Zug nach Essen eben noch erreichte. Dort stieg er in den ICE nach Berlin um. Sein Dreizack wurde von den Mitreisenden gebührend bewundert. Ein älterer Herr fragte ihn, ob er vielleicht der griechische Gott Poseidon sei. Oliver kam mit ihm ins Gespräch. Der Mann, der Karl-Heinz Baumann hieß, erzählte ihm von dem tragischen Verlust seines Dackels Trixie infolge jenes rätselhaften Wannsee-Tsunamis in der vorhergehenden Woche. Oliver und Ingrid besuchten sich in der Folgezeit einige Male wechselseitig in Berlin und Delmenhorst.

Poseidon mochte es überhaupt nicht, wenn man ihn später an Recklinghausen erinnerte. Um ein Erdbeben der Stärke neun zu erzeugen, hätte er seinen Dreizack mit sehr großer Kraft und in einem ganz bestimmten Winkel in den Boden rammen müssen. Doch vor dem entscheidenden Stoß hatte ihn ein Sterblicher überrumpelt. Diese Geschichte sowie der Verlust seines Jahrtausende alten Dreizacks nagten stark am

Selbstbewusstsein des Zeusbruders, und das, obwohl Hephaistos ihm bald einen neuen Dreizack schmiedete.

Cindy wagte nicht, zu Frank zurückzukehren, weil sie ihm ihre wundersamen Verwandlungen nicht erklären konnte. Ihren Beruf musste sie zu ihrem Leidwesen aufgeben, weil sie durch die Affäre mit dem verschwundenen Staatssekretär zu bekannt geworden war. Sie zog nach Offenbach und nahm eine Halbtagsstelle beim Sozialamt an. Es geht dabei um die Betreuung von Prostituierten, die in Not geraten sind. Von den Göttern trifft sie nur Hermes, und den auch nur dann und wann, wenn er mal dienstlich in Offenbach zu tun hat.

In der griechischen wie in der deutschen Presse wurde das Thema des Freizeitparks auf dem Olymp schnell durch aktuellere Fragen verdrängt. Alle drei Personen, Adam Zeussen, Olymbía Theodorou und Ioanna Papazoglou waren und blieben verschwunden. Im Berliner Finanzministerium wurde ein neuer Staatssekretär ernannt. Er hieß Meier-Weidenthal. Klaus Müller ärgerte sich nicht lange über das entgangene Griechenlandgeschäft. Schon nach wenigen Wochen gewann seine Firma eine Ausschreibung für das Management der Chinesischen Mauer.

Adam und Olymbía heirateten unter großer Anteilnahme aller Götter und Gottheiten des Olymp. Die Trauungszeremonie leitete Aphrodite persönlich. Knappe neun Monate später brachte Olymbía ein reizendes kleines Mädchen zur Welt. Sie hatte nämlich nicht gewusst, dass die Antibabypille nicht wirkt, wenn beide Partner Götter oder Halbgötter sind. Es stellte sich daraufhin die Frage nach der Vaterschaft. Das Kind konnte Hermes, Adam oder den Titanen Eleutherios zum Vater haben. Nicht dass das auf dem Olymp irgendjemanden besonders interessierte. Es war nur wichtig zur Beantwortung der Frage, ob das Mädchen eine Halbgöttin oder eine Dreiviertelgöttin war. Doch Asklepios, der Gott der Heilkunst, erklärte, dass es bisher noch keinen DNA-Test gebe, mit dem man den Grad der Göttlichkeit einer Person feststellen könne.

Zeus löste daraufhin das Problem auf seine Art. Als das Kind ein Jahr alt war, erklärte er die ganze Familie für unsterblich. Olymbía wurde von Zeus zur »Göttin für nutzlosen Informationsaustausch« ernannt und beschäftigt sich seither vor allem mit Facebook und anderen sogenannten

Social Media. Adam mutierte zu Adamantios, dem Gott der Finanzmärkte, wo er mit der Zeit einige längst überfällige Reformen durchsetzte, die dazu beitrugen, die Märkte wieder in den Dienst der Realwirtschaft zu stellen. Seine bevorzugte Methode bei der Umsetzung seiner Pläne war die Metamorphose. Mit besonderem Vergnügen nahm er immer wieder die Gestalt des Staatssekretärs Meier-Weidenthal an.

BIOGRAPHISCHES

Martin Knapp

Martin Knapp studierte in Deutschland und in Griechenland klassische, byzantinische und moderne griechische Philologie sowie Geschichte. Er arbeitete jahrelang als Gastarbeiter in einem griechischen Ministerium. Nach einem journalistischen Intermezzo gewann ihn die Wirtschaft, für die er in Thessaloniki, Belgrad, Berlin und in Athen tätig wurde.